# 금시조

이 문 열
중단편전집
———— 2

**일러두기**

1. 『이문열 중단편전집』에는 작가가 발표한 중단편 소설 51편을 모두 수록하였습니다.

2. 전집의 권별 번호 및 수록 작품의 게재 방식은 발표된 순서를 기준으로 하되 전체 구성을 고려해 예외를 두었습니다. 각 작품 말미에 발표 연도를 밝혀 놓았습니다.

3. 전집의 본문은 작가가 새롭게 교정, 보완한 내용을 충실히 반영하여 확정하였습니다.

4. 전집의 각 권에는 평론가의 해설을 실었습니다.

5. 전집 1권의 표제작이기도 한 '필론과 돼지'는 작가의 의도에 의해 수정된 것으로, 발표 당시 제목은 '필론의 돼지'입니다.

이 문 열
중단편전집
─────── 2

# 금시조

알에이치코리아

# 중단편전집을 내며

12년 만에 다시 중단편 전집을 낸다. 내가 직접 추고와 교정 교열에 참가하는 판본으로는 이게 마지막이 될 공산이 크다.

가만히 헤아려보면 1권부터 5권까지는 1979년부터 1993년까지 대략 3년 만에 한 권씩 발표한 셈이 되고, 마지막 6권은 2004년 초에 나왔으니 10년을 넘겨 겨우 단편집 한 권을 묶은 셈이 된다. 그리고 6권 출간으로부터 지금까지 10년은 단 한 편의 단편도 쓰지 않아, 그쪽으로 나는 이미 폐업한 걸로 봐야 되는 게 아닌지도 모르겠다.

요즘에도 조금은 그 자취가 남아 있는 듯하지만, 한때 우리 소설 문단은 등단뿐만 아니라 문학적 성장과 그 성취까지도 단편 소설 위주로 측정된 적이 있었다. 내가 등단한 70년대 말까지도 장편으로 등단하는 작가는 아주 드물었고, 어쩌다 문예지나 신문의 현상공모에서 장편으로 등단하게 되는 경우에도 되도록 빨리 단편으로 자신의 기량을 추인 받아야만 문인으로서의 정상적인 성장 과정에 접어들 수가 있었다. 동배의 작가로는 김성동이나 박영한 같은 경우가 좋은 예가 될 것이다. 대신 단편집(중편 포함)은 잘

만 짜이면 그 자체로 엄청난 대중적 성공을 기대할 수 있는 문학 상품이 될 수 있었다. 『난쟁이가 쏘아올린 작은 공』이나 『장마』 같은 단편집이 1970년대 말의 예가 된다.

내 젊은 날의 뼈저린 인식 속에는 내게 단편을 잘 쓸 수 있는 재능이 없는 것 같다는 강한 추정이 있다. 습작 시절 체홉이나 모파상은 누구보다 자주 나를 절망하게 만들었고, 고골이나 토마스 만의 섬뜩한 혹은 중후한 단편들도 내 가망 없는 사숙(私淑)의 대상이 되었다. 그렇지, 카뮈나 카프카의 숨 막히는 명편들, 그리고 여기서 일일이 다 늘어놓을 수 없을 만큼 긴 명인과 거장들의 행렬이 있었다. 거기다가 등단에 가까워질수록 눈부셔 보이던 이청준 김승옥 황석영의 1970년대 명품들…… 그런 단편들이 주는 절망감에 가까운 압도와 외경이 69년에 구체적으로 소설 쓰기를 지망하고도 10년이나 되어서야 겨우 중앙문단에 처녀작을 내게 된 내 난산의 원인이 되었다.

나의 문단 이력에서 눈에 띄게 고르지 못한 단편 생산도 그와 같은 습작 시절의 고심이나 고련과 무관하지 않을 것이다. 재능이 모자라다 보니 죽어나는 게 시간이라 그만큼 긴 습작 기간에 재고도 늘어났다. 등단할 무렵에 들고 나온 재고 목록에서 나중에 활자화된 것만도 세 편의 중편과 아홉 편의 단편이 있다. 그 넉넉한 재고들이 나를 자주 문단의 다산왕(多産王)으로 만들었지만, 동시에 현저하게 균형이 맞지 않은 내 단편 창작 연보의 원인이 되기도 했다. 그리하여 오래 준비된 풍성함으로 독자의 저변 확대와 작가로서의 나를 문단에 각인시키는 작업을 어느 정도 마무리 짓자, 나는 곧 힘들기만 하고 생산성은 낮은 단편 창작을 경원하고 마침내는 기피하게까지 된 것은 아닌지.

나는 단편을 쓸 때 기본 구성은 물론 제목과 소재의 배분까지 치밀하게 계산된 설계도를 가지는데, 거기 따라 탈고한 원고지 매수는 80매 내외의 단편 기준으로 설계도의 그것과 200자 원고지로 3매 이상 차이가 나지 않는다. 그 이상 늘어나거나 줄어들면 무언가 쓸데없는 것을 집어넣어 늘였거나 꼭 넣어야 할 것을 빠뜨린 것 같아 원고를 넘기기가 불안해진다. 나는 지금도 단편 창작이라고 하면 정교하게 제작되는 수제 공산품을 떠올리고 긴장부터 하게 된다.

이제 돌아오지 않는 강가에서의 한나절 분주히 혹은 쓸쓸하게 몰두했던 내 투망질은 끝나간다. 날이 저물면 집으로 돌아가야 할 아이가 기우는 햇살을 보고 그러할 것처럼 나도 어느새 낡고 헝클어진 그물을 거둘 때가 가까워진 느낌에 가슴이 서늘하다. 때로는 홀린 듯 더러는 신들린 듯, 함부로 내던진 내 언어의 그물은 어떤 시간들을 건져 올린 것인가. 여섯 권 50여 편 중단편이 펼쳐 보이는 다채로움과 풍성함이 주는 자족의 느낌에 못지않게 반복이나 변주를 통해 들키는 치부와도 같은 내 상처와 열등감을 추체험하는 민망함도 크다.

그러나 모두가 내 정신의 자식들이고, 더구나 다시는 이들을 없었던 것으로 돌릴 수도 없다. 내 투망에 걸려 세상 밖으로 내던져지는 순간부터 이들의 탯줄은 끊어지고 자궁으로 되돌아갈 길은 막혔다. 못마땅한 것은 빼고 선집(選集)의 형태로 펴내는 방도를 궁리해 보지 않은 것은 아니었으나, 길고 짧은 손가락을 모두 살려 손을 그리듯 모자란 것, 이지러짐과 설익음을 가리지 않고 내가 쓴 중단편을 모두 거두어 여섯 권의 전집으로 엮는다.

돌아보는 쓸쓸함으로 읽어봐 주는 것까지는 참을 수 있으나 물색없는 동정이나 연민은 사양하겠다. 이 자발없고 모진 시대와의 불화는 1992년 이래의 내 강고한 선택이었다.

2016년 3월 負岳 기슭에서
李文烈

# 초판 서문

중단편선집을 묶는 일은 최근 몇 년간 나의 은근한 골칫거리였다. 다 합쳐야 네댓 권 분량밖에 되지 않는 작품들이 이런저런 명목의 선집으로 일고여덟 종이나 나와 있는 까닭이다. 그렇게 되면 내용의 중복은 피할 길이 없다. 심한 경우 어떤 선집과 어떤 선집은 절반 가까운 작품이 중복된다. 그러나 제목과 표지를 달리하고 있는 까닭에 내 이름만 믿고 책을 산 독자들은 불만에 찬 항의를 해 오기 일쑤이다.

이 자리를 빌려 밝히거니와 일이 그렇게 된 데는 나 자신보다는 우리 출판의 그릇된 관행 쪽에 책임이 있다. 웬만한 출판사면 중단편선집의 시리즈물을 갖고 있는데 묘하게도 그때에는 출판권이 무시된다. 다시 말해 중단편에 관한 한 아무리 서로 간 전재를 해도 따지지 않는데 그게 오늘날 같은 중복 출판의 원인이 되었다. 그러나 출판사 나름대로 계획을 해두고 허락을 간청해 오면 작가로서는 뻔히 중복이 될 줄 알면서도 거절하기가 어렵다. 최근에는 기를 쓰고 거절해 왔지만 그때에는 또 우리 특유의 인정(人情)주의에 큰 부담이 남는다. 출판사 '솔'과 '청아'의 기획에 동의해 주지 못한 게 아직도 마음에 걸린다.

그런저런 고심 끝에 기획된 것이 이 중단편전집이다. 이 중단편 전집에는 이제까지 내가 쓴 모든 중단편이 한 편도 빠짐없이 다 실려 있다. 다만 발표할 때는 중단편이었더라도 나중에 한 제목 아래 단행본으로 묶은 것은 차별을 두었다. 곧 『젊은 날의 초상』에 묶었더라도 「그해 겨울」처럼 독립성이 강한 것은 그대로 중단편 취급을 해서 이 전집에 싣기로 했다. 『그대 다시는 고향에 가지 못하리』에 실려 있는 단편 몇 편, 그리고 『우리가 행복해지기까지』에 실린 중편 「장군과 박사」도 그러하다. 하지만 나머지는 비록 중단편의 형태를 띠고 있고 또 그렇게 발표되었더라도 이 전집에서는 빼기로 했다. 중복이 주는 불리한 인상을 최대한 줄이기 위해서이다.

처음 기획할 때는 다소 망설였지만 이제 이렇게 다 모아놓고 나니 흐뭇한 점도 있다. 무엇보다도 지난 17년에 걸친 중단편 작업을 한눈에 살펴볼 수 있게 되었다는 점과 이제부터라도 어지러운 중복의 폐해를 피할 수 있게 된 점이 그러하다. 앞으로 발표될 중단편전집은 언제나 신작(新作)으로만 채워지게 될 것이다. 독자들의 볼멘 항의 전화를 받지 않을 수 있게 된 것만도 얼마나 다행인가. 오래 게을리해 왔던 중단편 작업에 다시 주의를 기울이게 된 것도 이 중단편전집 발간이 한 계기가 되어주었다. 머지않아 새로운 작품집으로 독자와 만나게 될 것 같은 예감이다.

언제나 깨어 있기를 빌어온 내 기도는 아직도 유효하다. 작가는 독자가 기르는 나무이다. 어떻게 자라고 무엇이 달리는지는 나무만의 일이 아니다. 좋은 독자가 없는 곳에 좋은 작가가 자랄 수는 없다. 변함없는 격려와 충고를 기대한다.

1994년 10월
李文烈

# 차
# 례

# 사과와 다섯 병정

팔월의 따가운 햇살 아래 마을은 한 폭의 동양화처럼 정지해 있었다. 짙은 녹음 사이에서 매미들이 요란스레 울고 있었지만, 그 요란스러움마저도 전혀 잡것이 섞이지 않은 상태여서 오히려 정적에 가까운 느낌이었다.

그런 마을을 바라보면서 그는 야릇한 감개에 젖어들었다. 스물일곱 해 만의 귀향 — 그러나 사실을 말하면 그것은 귀향이라기보다는 차라리 낯선 곳으로의 첫 발걸음이라는 편이 옳았다. 그는 태어난 지 사흘도 안 돼 눈도 한 번 제대로 맞춰보지 못한 채 그곳을 떠나야 했고, 그 뒤로는 그런 마을이 세상에 있다는 것조차 모르는 채 어느 외딴 산사(山寺)에서 자라났기 때문이다.

허드렛일과 목탁 소리 속에 잔뼈가 굵어가는 동안 그 역시도 자신의 출신 내력이나 부모가 궁금하지 않았던 것은 아니었다. 그러나 그가 그걸 물을 때마다 핏덩이 같은 자신을 받아 길렀다는 조실(祖室) 스님은 애매하게 대답하곤 했다.

"너는 그저 불자(佛子)니라. 하늘과 땅이 네 어버이니라."

그런 조실 스님의 태도는 그가 군에 입대하게 되었을 때까지도 변함이 없었다. 그러다가 복무 기간 동안 세속의 생활을 어느 정도 맛본 그가 전역과 함께 환속을 들고 나서자 비로소 일러주었다.

"무슨 인연에 끌리어 그러는지 알 수 없다만 말리지는 않겠다. 그러나 한 번 너를 버린 그 땅이 다시 따뜻이 맞아줄 것 같지 않구나. 언제든 다시 돌아오너라. 산문(山門)은 항상 열려 있다."

그리고 기억을 더듬어 한 번 끊어졌던 세간과의 인연을 이어주었다. 즉 그가 버림받은 땅과 그를 버린 어느 신심(信心) 깊은 마나님을. 그러나 그녀가 왜 약간의 논밭까지 곁들여 수백 리 떨어진 산사에 한 칠(七)도 안 난 그를 맡겨야 했는지 조실 스님도 잘 모르는 것 같았다.

처음 그런 얘기를 듣게 되자 그는 오히려 그 땅을 찾는 일이 망설여졌다. 거의 본능적으로 자신의 숨겨진 출신 내력 속에서 어떤 불륜과 치욕의 그림자를 감지한 탓이었다. 그러나 결국은 어쩔 수 없었다. 한 사문(沙門)으로 삼보(三寶)에 의지하든 범부(凡夫)로서 세간을 살게 되든 그 땅은 그가 한 번은 반드시 찾아야 할 유연(由緣)의 땅이었다.

찾고 있는 참봉댁과 과수원의 위치는 마을과는 좀 떨어진 강가의 산부리 아래였다. 그 과수원과 강둑 사이에는 울창한 아카시아 숲이 싱싱한 초목의 향기와 함께 짙은 그늘을 드리우고 있었다. 그는 그 아카시아 숲 사이로 난 폭 좁은 도로를 따라 들어갔다. 우마차나 경운기가 간신히 드나들 정도의 폭이었는데, 곧게 나 있어 멀리서도 산 밑 과수원의 탱자 울타리와 목재 대문이 보였다.

그런데 원인 모를 감동과 설렘에 젖어 그리로 다가가던 그는 돌연 한 떼의 이상한 인물들과 마주치게 되었다. 요즈음도 저런 군인들이 있을까 싶을 정도로 남루한 차림을 한 다섯 명의 사병들이었다. 위장포도 씌우지 않은 알철모에 계급장도 명찰도 분명하지 않은 너덜너덜한 군복, 군화는 한결같이 진흙투성이인 데다 형편없이 긁히고 찢어진 것이었다. 얼굴은 더욱 심했다. 며칠이나 세수를 안했는지 기름때로 번질거리는 데다 불쑥 솟은 광대뼈나 충혈된 눈은 그들의 예사 아닌 피로와 굶주림을 나타내고 있었다. 함부로 자란 수염이나 눈썹 위에 하얗게 앉은 먼지 — 거기다가 하나는 마치 허기진 사람처럼 철모에 담긴 아직 새파란 풋사과를 정신없이 씹어 대는 중이었다.

그는 갑자기 까닭 모를 전율에 빠져 걸음을 멈추었다. 그들이 탈영병이거나 또는 그보다 더 끔찍한 범법자들일지도 모른다는 추측 이상의 어떤 섬뜩한 분위기 때문이었다. 그러나 그들은 조금도 개의치 않고 자신들의 길을 갈 뿐이었다. 둘은 풋사과를 가

득 싼 상의를 어깨에 메고 둘은 역시 풋사과로 불룩한 작업복 양
호주머니를 어루만지며, 그리고 하나는 여전히 아귀아귀 풋사과
를 베어 먹으면서.

그러다가 그들과 엇갈릴 무렵 그는 다시 한번 일층 강도 높은
전율을 경험했다. 한결같이 무관심하게 지나치는 그들 가운데서
한 사람 사과를 씹고 있던 사병이 잠시 날카로운 눈길로 그를 쏘
아본 때문이었다. 일행 중에서 가장 앳되고 차분한 얼굴이었는데,
그 눈매는 뼛속까지 한기를 느끼게 할 만큼 차면서도 그윽한 느
낌을 주었다.

하지만 그뿐이었다. 그들은 별일이 없이 그를 지나쳐 갔고, 왠지
뒤가 끌린 그가 잠시 후 다시 돌아보았을 때는 강둑 너머로 사라
진 뒤였다. 그도 이내 그들을 잊고 말았다. 어느새 그 앞에 다가와
있는 칠이 벗겨진 나무 대문과 무거운 정적 속의 고가(古家)가 그
를 새로운 종류의 긴장과 흥분 속에 빠뜨렸기 때문이다.

대문은 반쯤 열려 있었지만 집 안은 텅 빈 듯, 가까운 과수 아
래에도 사람의 그림자는 비치지 않았다. 다만 늙은 개 한 마리가
툇마루 밑에서 졸고 있다가 머뭇머뭇 들어서는 그를 보고 게으르
게 눈을 떴다. 그러나 별로 짖고 싶은 생각이 없는지 귀만 한 번
쫑긋하더니 이내 스르르 눈을 감아버렸다.

"계십니까?"

그는 손수건을 꺼내 땀도 없는 이마를 문지르며 목소리를 가다
듬어 주인을 찾았다. 예상대로 대답이 없었다. 몇 번 더 불러본 후

에 그는 마침 가까운 나무 그늘에 놓인 살평상을 보고 그리로 갔다. 거기 앉아 담배라도 한 대 피우면서 주인을 기다릴 작정이었다. 그러나 미처 살평상에 가 앉기도 전에 그 집 한구석에서 여자의 힘없는 목소리가 들려왔다.

"누구요?"

"주인 되시는 분을 뵙고 싶습니다만……."

"지금 들에 나갔으니 나중에 와요."

"아뇨, 기다리죠."

"멀리서 온 모양인데, 그럼 안으로 드세요."

그러나 여전히 사람은 나타나지 않았다. 그는 도대체 그 목소리의 임자가 어디 있는지 종잡을 수 없었다.

"어디 — 계십니까?"

"마루로 올라와서 곧장 왼편으로 돌면 돼요."

그는 약간 이상한 기분이 들어 망설이다가 시키는 대로 했다. 집 안은 겉에서 보기보다 훨씬 넓었다. 마루의 유리 덧문이나 일본식 내부 구조로 보아 그리 오래된 집이 아닌데도 낡은 고가(古家)처럼 느껴지는 것은 손질을 않아 퇴락한 탓인 듯했다. 굵지 않은 나무 기둥과 창틀이 군데군데 거멓게 삭아 있었고, 회벽에도 여기저기 얼룩이 보였다. 발을 떼어놓을 때마다 마룻바닥이 요란스럽게 삐걱거렸다.

그 목소리가 말한 대로 마루 왼편 구석에 문이 열려 있는 방이 하나 눈에 띄었다. 마당 쪽의 창문 곁에 낡은 침대가 하나 놓여 있었는데 그 목소리의 임자는 거기 누운 중년의 여자였다. 그녀는 반듯하게 누운 채로 조그만 손거울을 통해 들어오는 그를 시종 비춰 보고 있었다. 그것으로 보아 그녀가 마음대로 놀릴 수 있는 것은 두 손뿐인 것 같았다.

"어떻게 오셨지요?"

그가 방에 들어서는 것을 보며 여인이 여전히 억양 없는 목소리로 물었다. 그는 난감했다. 어디서부터 어떻게 자신을 설명해야 할지 얼른 생각이 나지 않았다. 나이로 보아 적어도 그녀가 핏덩이 같은 자신을 절로 보냈다는 그 마나님은 아닌 듯했지만, 그 집과의 관계를 확실히 모르는 이상 함부로 말을 꺼낼 수도 없는 노릇이었다.

그러나 그런 그의 난감함은 이내 그녀에 의해 사라졌다. 손거울을 통해 가까이 다가오는 그를 찬찬히 살피던 그녀가 갑자기 놀라움인지 두려움인지 모를 표정으로 떨며 물었다.

"젊은 양반, 이름이 혹시…… 만서(萬恕) 아닌가? 백만서."

"그렇습니다만……."

그는 얼떨떨하게 대답했다. 그녀가 상좌승조차도 모르는 자신의 속명(俗名)을 알고 있다는 사실보다도 완전히 정상을 잃은 그녀의 눈동자 때문이었다. 대답을 들은 그녀는 신음 같은 흐느낌과 함께 여윈 두 팔을 미친 듯이 허우적거렸다.

"아이구, 내 새끼야, 네가 살아 있었구나. 결국 돌아왔구나……."

어느새 그녀의 창백한 얼굴은 눈물로 범벅이 되어 있었다. 그도 갑작스러운 감격에 휩싸여 파리하고 야윈 그녀의 두 손을 마주 잡았다. 처음 그녀를 대할 때부터 이상하게 가슴 깊이 닿아오던 예감이 마침내 적중한 셈이었다. 참으로 다행스러운 것은 그 오랜 궁금함과 그리움과 원망 대신 그리고 당장의 낯섦과 서먹함에도 불구하고 그녀가 바로 자기 어머니란 사실이 이미 오래전부터 알고 있었던 것처럼 느껴지는 일이었다. 조금 과장하면 그저 어디 긴 여행에서 돌아온 기분이었다. 그녀는 완전히 몸을 떨며 흐느끼고 있었다.

"돌아올 줄 알았다. 내 아들아…… 암, 돌아오구말구……."

그리고 손을 놓은 그녀는 다시 맹렬하게 두 손을 허우적거리며 그를 안으려 애썼다. 그도 차츰 콧머리가 시큰하고 목이 메어왔다. 그는 별다른 마음의 준비 없이 거의 자연스럽게 허리를 굽혀 그녀의 가슴에 얼굴을 묻었다. 처음 맡는 냄새였지만, 분명 긴 유년의 꿈속에서 맡았던 바로 그 어머님의 냄새였다. 끝내 그의 볼에도 두 줄기 눈물이 타고 내렸다.

잠시 후에 다시 마음을 가다듬은 그는 조용히 그녀의 품을 빠져나가 침대 모서리에 앉았다. 이제야말로 오랜 의문 ─ 자신의 출생 내력을 알아볼 차례라고 여겨졌다. 그러나 어머니의 얼굴을 바라본 그는 어쩔 수 없이 자신의 궁금증을 억제하지 않을 수 없었다. 병색으로 초로(初老)의 그늘을 가리고 있는 듯한 어머니의 얼굴은 신열과 흥분으로 벌겋게 달아 있었다. 숨결마저 듣기조차 괴로울 만큼 거칠어졌다. 그러나 입만은 거의 실성한 사람처럼 쉴 새

없는 물음들을 쏟아 놓았다. 어디서 어떻게 자랐는가, 지금은 무얼 하며 앞으로는 또 어떻게 할 작정인가, 몸은 건강한가, 장가는 갔는가 따위.

그가 그런 물음에 띄엄띄엄 대답하고 있는 사이에 들에 나갔던 외삼촌 부부가 돌아왔다. 중년의 평범한 시골 농부들이었다. 그들로 보아 그 집이 자신의 친가는 아니란 것을 알게 되었지만 난생처음 핏줄기를 대하는 감격은 여전했다. 그러나 그들 부부가 그를 대하는 품은 전혀 뜻밖이었다. 어머니의 감격에 찬 설명에도 불구하고 그들 부부의 표정에서는 원인 모를 악의와 냉담이 시종 떠나가지 않았다. 그가 애써 말을 붙여도 깍듯한 존댓말로 자신들과 그의 관계에 대한 부인을 대신했다. 한 가지 뚜렷한 것은 그의 출현이 도무지 엉뚱하고 성가시다는 기색뿐이었다.

거기다가 더욱 알 수 없는 일은 그들도 그의 출생에 대해서는 거의 아무것도 모르는 점이었다. 과도한 흥분으로 기력을 소모한 어머니가 끝내 혼절하듯 잠들어버린 후 그는 에돌 것 없이 곧바로 외삼촌에게 자신의 내력을 물어보았다. 실망스럽게도 대답은 모르쇠나 다름없었다.

"하두 오래되고 — 또 그때는 내 나이 어린 데다 — 워낙이 비밀로 처리된 일이 되어서…… 어머님께서 주관하셨지만 이미 돌아가셨고 — 누님은 통 말씀이 없으셨으니……."

진지한 표정으로 보아 외삼촌이 적어도 거짓말을 하고 있지 않은 것은 분명했다. 그래서 외삼촌이 약간 굳은 얼굴로 이런 부탁을 해왔을 때도 그는 별 저항감을 느끼지 않았다.

"젊은이가 이렇게 찾아온 것이나 누님의 태도로 보아 굳이 우리 관계를 부인하려는 건 아니지만, 남들에게는 비밀로 해주게. 이곳은 우리 집안의 삼백 년 세거지(世居地)라네. 누님은 처녀로 깨끗이 늙은 걸로 되어 있고오.

거기다가 — 물론 젊은이가 무슨 죄가 있겠나만 — 아버님과 형님이 돌아가시고 집안이 이 지경이 된 것은 젊은이의 출생 때문으로 알고 있네. 지하에 계신 아버님과 형님을 위해서라도 젊은이를 선뜻 받아들이지 못하는 내 심정을 이해해 주게."

결국 늘어난 것은 의문뿐, 모든 것은 여전히 그의 어머니가 실마리를 쥐고 있었다. 그러나 그 밤늦도록 그는 어머니의 침대 곁에서 기다려보았으나 그녀는 밤새도록 고열과 신음에서 깨어나지 않았다.

이튿날도 그의 어머니는 깨어나지 못했다. 외삼촌의 청으로 면(面)의 공의까지 다녀갔지만 소용이 없었다. 간간 의식이 회복되어도 기껏 그녀가 하는 일은 그의 존재를 확인하고 불덩이 같은 손으로 그의 두 손을 꼬옥 잡는 것이 전부였다. 되도록이면 곤두선 그녀의 신경에 지나친 자극을 주는 일은 피하라는 공의의 주의가 아니더라도 도무지 무엇을 물어볼 수 있는 상태가 아니었다. 외삼촌 내외는 그런 그들 모자의 주위를 불안스러우면서도 못마땅해하는 침묵으로 맴돌았다.

오전 내내 그와 같이 답답하고 어색한 분위기 속에서 보낸 그는 점심을 먹자마자 강가로 나갔다. 어머니가 얼마 전부터 혼수상태에 가까운 잠 속에 떨어져서 굳이 침대 곁을 지킬 필요가 없었기 때문이었다. 바람 한 점 없는 후텁지근한 병실에서 그것도 답답하고 어색한 분위기에 눌려 기다리기보다는 시원한 강물에 몸이라도 식히고 앞으로의 거취나 생각해 보는 편이 옳을 것 같았다.

그러나 강물에 한동안 몸을 식힌 후 아카시아 그늘에 앉아 이것저것 생각에 잠겨보았지만 어디서부터 어떻게 풀어가야 할지 실마리가 잡히지 않았다. 자신의 출생에는 짐작했던 것보다 훨씬 어둡고 경우에 따라서는 참혹하기까지 한 이면이 있음에 분명했지만, 하룻밤에 그의 궁금증도 몇 배나 가열해져 있었다. 그 끔찍한 비밀로부터 도망치고 싶기는커녕, 그것을 알기 전에는 앞으로의 삶을 한 발자국도 내디딜 수 없을 것 같은 심경이었다.

잠시 후 그는 나올 때나 별반 다를 바 없이 막연하고 우울한 기분으로 과수원을 향했다. 그런데 그 아카시아 숲 사이의 길에서 그는 또 어제의 그 군인들을 만났다. 모든 것이 어제와 똑같은 것이 묘하게 섬뜩했다. 남루한 복장에 지치고 허기진 표정. 거기다가 둘은 여전히 사과를 가득 싼 군복 상의를 메고, 둘은 사과로 불룩한 것임에 틀림없는 작업복 양 호주머니를 어루만지며, 그리고 하나는 철모에 가득 찬 풋사과를 열심히 씹으며.

한 가지 달라진 것이 있다면, 그들과 엇갈릴 때 사과를 씹던 그 사병이 어제보다 좀 더 오래, 그리고 더 깊고 그윽한 눈길로 그를 바라보았다는 정도였다. 그 자신도 어제와는 달리 세찬 전율 속에서도 왠지 낯익고 친밀한 느낌이 들어 한동안 그를 마주 바라보았다. 전날의 기억보다는 훨씬 잘생긴 얼굴에 왼쪽 이마의 꽤 깊게 팬 한 줄기 상처가 새로 그의 눈에 들어왔다.

그가 돌아오니 과수원은 조용했다. 외삼촌 부부는 보이지 않고 늙은 개만 졸고 있었다. 그러자 문득 이상한 기분이 들었다. 여러 가지로 보아 그들 다섯 명의 군인들은 분명 그 과수원에서 사과를 얻었을 텐데 과수원에는 전혀 그들이 다녀간 흔적이 없었다. 그들에게 사과를 팔거나 준 사람이 없을 것 같은 데다, 몰래 들어와 훔치기에는 탱자나무 울타리가 너무 높고 빽빽해 보였다.

"뭘 그렇게 살피고 있니?"

그가 사방을 두리번거리고 있을 때 병실 쪽에서 어머니의 목소리가 들렸다. 방에 들어가 보니 어머니가 뜻밖에도 말짱하게 회복된 얼굴로 손거울을 들고 있었다. 그걸 보고 그는 불쑥 물어보았다.

"웬 군인들이죠? 방금 나간 사람들 말입니다."

"아무도 오지 않았는데……."

"어제도 다녀갔는데요. 사과를 사간 것 같던데……."

"사과를 사? 요즈음은 차라리 낙과로 버려두지 풋사과를 주워 팔지는 않는걸."

"외삼촌이 모아두었다 주셨겠죠."

"외삼촌은 어제오늘 건너 논에 농약을 치고 있어."

"그럼 훔쳤나?"

"그럴 리도 없어. 사방이 탱자 울타리로 막혀 있어 대문으로밖에 들어올 수 없으니까. 도대체 몇 명이나 되던?"

"다섯 명이었어요."

"그럼 더욱 내가 못 봤을 리 없어. 어제는 하루 종일 이 손거울로 밖을 내다보고 있었고, 오늘도 네가 없어진 후부터는 줄곧 너를 기다리느라고 밖을 살폈으니까."

"그래도 분명히 여기서 나오던데……."

"이상한 일이다. 알 수 없어……."

그 말을 듣자 그는 더욱 그들 다섯의 정체가 궁금해졌다. 그는 당장이라도 달려나가면 그들을 따라잡을 수 있을 것 같은 기분이 들어 급히 집 밖으로 나가보았다. 그러나 아카시아 숲길은 물론 멀리 강둑까지 뛰어가 보았지만 그들의 자취는 찾을 길이 없었다.

강둑 위에서 이리저리 사방을 살피던 그는 가까운 원두막에서 한 늙은이가 담배를 태우고 있는 걸 보고 다가가 물었다.

"할아버지, 이리로 군인들 지나가는 것 못 보셨습니까?"

"군인들? 못 봤는데."

"분명히 여길 지났을 텐데요."

"몇 명이나?"

"다섯 명이었습니다."

"거참 모를 일이로군. 한둘도 아니고…… 이 근처에는 군부대가 없어. 어쩌다 휴가 나온 이곳 젊은이들이 있지만 한둘이 기껏이지.

다섯씩이나 몰려다니다니…….”

“그렇다면 정말로 이상하군요. 어제도 보았는데.”

“어제도? 아닐걸. 나도 어제는 왼종일 이 원두막을 지켰는데, 그리고 참봉댁 과수원에서 나왔다면 여기 앉은 내 눈을 피할 수 없어. 보아하니 어제 온 참봉댁 젊은 손님 같은데.”

“그럼 어제 제가 오는 것도 보셨습니까?”

“물론 봤지.”

“그런데 저와 엇갈려 간 그들을 못 보셨다니요?”

“글쎄, 아무도 없었대두.”

“혹시 저 아카시아 숲에 샛길이 있는 게 아닙니까?”

“가다가 한번 들어가 보게나. 어쩌나 나무들이 모질게 엉켰는지 들짐승도 뚫고 다니기 힘들걸세. 어쨌든 잠깐 올라오게. 더운데 여기서 쉬었다 가지.”

그가 아직도 미진해서 머뭇거리다가, 재촉을 받고서야 마지못해 원두막으로 올라가자 늙은이는 생각난 듯 강가로 내려가더니 샘 줄기에 채워둔 수박 하나를 꺼내 왔다. 그러는 늙은이는 목발을 짚지 않는 게 용하다 싶을 만큼 다리를 심하게 절고 있었다.

수박은 생각보다 훨씬 달고 시원했다. 그는 늙은이가 권하는 대로 사양 않고 받으며 이것저것 외가에 관한 것을 물어보았다. 그가 늙은이를 통해 들은 것은 대강, 외가가 그 마을의 오랜 명문으로 가까운 조상에 참봉(參奉) 벼슬을 한 이가 있어 참봉댁으로 불린다는 것, 그래도 인물들은 계속 났는데 ‘6·25’ 통에 외조부 부자(父子)가 한꺼번에 없어지자 그나마 끝나고 말았다는 것 등이었다. 어머니에 대한 것은 외삼촌이 말한 대로였다. 그러면서 늙은이는 그의 정체에 대해 궁금히 여기는 눈치였으나 그는 군이 자기를 참봉댁의 먼 친척으로만 둘러대었다. 외삼촌의 부탁보다는 이상한 방어 본능에서였다.

그런데 한동안 그런저런 얘기를 들려주던 늙은이가 문득 무얼 생각했는지 고개를 갸웃거리며 물었다.

"참, 아까 그 군인들이 다섯 명이라고 했지?"

"네, 분명 다섯 명이었습니다."

"말이 났으니 얘기네만, 그 다섯이란 숫자가 묘하게 맘에 걸리누먼."

"어째서요?"

그러나 늙은이는 다시 무엇인가를 생각하는 것 같더니 이내 세차게 고개를 저었다.

"그럴 리는 없지. 이런 대명 천지에. 아니야……"

그는 그러는 늙은이를 의아스럽게 쳐다보았다.

"뭐가 말입니까?"

"아니, 아니 그저 갑작스레 옛날 일이 떠올라서."

"무슨 일인데요?"

그렇게 묻자 늙은이는 다시 망설이는 눈치더니 드디어 이야기를 시작했다.

"그때 여기서 정말 참혹한 일이 하나 있었네. 바로 6·25 사변이

난 해였지. 저 산 너머 큰 강을 두고 피아간에 한참 치열하게 싸우고 있었으니까 아마 이맘때쯤이었을 거야. 밤새 조명탄이 올라 벌건 하늘 한가운데로 앞산 그리매가 거멓게 드러나고, 어떤 때는 미군이 강물 위에 휘발유를 퍼붓고 소이탄을 쏘아 어둠속에 낙동강을 건너는 인민군을 아예 튀겨 죽였다는 끔찍한 소문도 나돌기도 했지. 하지만 중국 팔로군인가 하는 무서운 군대에서 이름을 떨쳤다는 인민군 장군의 부대 하나가 죽기 살기로 악착같이 싸워 저 위쪽 샛강 쪽을 지키던 국군 부대를 밀어내면서 이 마을은 인근 동네 너댓과 함께 한 달포 적치(赤幟)하에 들어간 적이 있었네.”

거기서 갑자기 늙은이의 말투가 지긋해지고 표현이 제법 세밀한 서술조가 되면서 무언가 긴 얘기의 밑자리를 깔고 있는 듯한 느낌을 주었다. 그러나 그는 그게 조금도 부담스럽지 않았다. 오히려 그 늙은이가 무언가 자신이 알아야 할 일을 들려줄 것 같은 예감에 은근한 기대까지 품으며 쓸데없는 대꾸로 늙은이의 말을 끊지 않았다.

“바로 그 인민군 부대가 저쪽 산 너머에서 비 오듯 쏟아지는 국군의 포격을 뚫고 샛강을 건너 이 일대를 점령하기 전날이었을 거야. 그때도 나는 이미 두 다리가 이 모양 이 꼴이어서 들일을 제대로 나가지 못하고 이 비슷한 원두막에서 밭작물을 지키고 있었네. 지금처럼 수박 참외가 아니고 늦감자와 올강냉이였지만, 각지에서 밀려온 피난민 때문에 지금보다도 훨씬 엄중하게 지켜야 했다네.

그날 꼭 이 무렵이었지 아마. 그러잖아도 샛강 쪽을 맡고 있는 국군부대가 허술해 방어선이 곧 뚫릴 것이네, 마네 하는 흉흉한 소문이 대놓고 하는 수근거림으로 떠돌고 있을 때였어. 뒤숭숭한 마음으로 강변 쪽을 바라보고 있는데, 국군 다섯이 저쪽 산마루를 타고 내려와 이 마을로 들어서더군. 다른 곳에서 싸우다 인민군에 밀리고 밀려 거기까지 온 낙오병인지, 앞산 너머에서 샛강 방향을 지키다가 부실한 보급에 배가 고파 잠시 전선을 이탈한 국군들인지 모르지만, 아무튼 모두 총이 없는 데다 행색들이 무척 남루했네.

강둑을 따라 내려온 그들은 미리 말이라도 맞추고 온 듯 곧장 참봉댁 과수원으로 들어가더군. 그때는 흔한 게 군인이고 군복이었지만, 오히려 그 때문에 긴장한 내 눈길은 뒤쫓듯 그들 다섯의 움직임을 살펴보게 되었네. 그 바람에 나는 그들에게 일어난 일을 처음부터 끝까지, 감시하듯 면밀하게 지켜볼 수 있었지. 더구나 그때는 저 아카시아 숲이 지금처럼 우거지지도 않아서 그들에게 일어난 일을 지금보다 훨씬 더 잘 알아볼 수 있었어.

참봉댁 과수원 안으로 들어간 그들 다섯은 어찌된 셈인지 한 식경이 가깝도록 조용하데. 그런데 이런 딱한 일이 있나. 그들이 아직 과수원에서 나오기도 전에 헌병 셋이 나타났어. 계급장이 갈매기 셋에 작은 별까지 얹힌 특무상사에다 헌병 사병 둘이었는데, 셋 모두 권총을 차고도 사병 하나는 장총까지 들고 있더군. 그들은 이미 누구에겐가 들어 국군 사병들에게 총이 없다는 걸 알고 있는 것 같았어. 나에게 따로 물을 것도 없이 바로 과수원 대문께로 가서 탱자나무 울타리 뒤에 숨어 기다리더군. 나는 그걸 보자 까닭 모르게 가슴이 철렁했지만, 그래도 그 다섯 국군을 크게 걱정하지는 않았어. 헌병들에게 걸려봤자 아군끼리니까 무슨 끔찍한 일이야 당할까 했던 게야.

얼마 뒤 그들 국군 사병 다섯이 풋사과를 잔뜩 따서 싸고 메고 과수원을 나오자 헌병들은 총을 겨누며 그들을 정지시키더군. 그리고 무슨 말인가로 국군 사병들을 앞세운 헌병들은 아카시아 숲을 가로질러 강변 솔무더기 쪽으로 데려가더라고. 그때 이미 장총을 든 헌병이 총부리로 그들을 이리저리 몰아대는 듯했지만 나는 그들이 차마 아군을, 그것도 한꺼번에 다섯씩이나 어찌하리라고는 상상도 못했지. 그때만 해도 그쪽에는 마을로 내려가는 샛길이 있었으니까, 기껏해야 헌병대로 데려가 혼찌검을 내려고 한다는 정도로만 짐작했던 거야. 그러나 아니었네. 그들 모두가 다복솔 그늘 아래 들어갔다 싶기 바쁘게 요란한 총소리가 나더니 오래잖아 헌병 셋만 그 솔무더기에서 다시 걸어 나왔어. 어찌된 셈인지 앞장선 특무상사가 손에 쥔 소총에서는 한 줄기 푸르스름한 화약 연기가 아직도 새어 나오고 있는 것 같더라고. 그들 헌병 셋이 그 다섯 병정을 모두 총살해 버렸을 거라는 근거 없는 단정이 내게 헛것을 보게 했는지도 모르지만.

나중에 총소리에 놀라 모여든 마을 사람들에게 그 헌병 상사는 무엇 때문인가 격앙된 목소리로 말하더군. 낙동강 방어선이 오늘내일하는데 그 다섯 병정이 전선을 이탈해, 더군다나 약탈로 양민들에게 민폐까지 끼쳐 즉결처분 했다는 거야. 전시에는 헌병에게 독전대(督戰隊)로서의 임무가 있어 무단이탈이나 투항은 재판 없이 총살할 수 있다나 어떻다나…….

내가 보기에 그 다섯 병정이 군복 차림이면서 총도 없이 마을로 내려온 것은 그 무렵의 급박한 전황으로 부실해진 보급 탓이 아니었던가 싶어. 너무 배가 고픈 나머지 잠시 마을로 내려온 그들은 무어로든 요기를 좀 하고, 남은 것은 같이 굶주리는 전우들에게 나눠주려고 싸 가려는데 운수 나쁘게 헌병들이 들이닥친 거지. 다섯 모두 작업복 상의 가득 풋사과를 싸고 바지 주머니가 찢어지도록 풋사과를 채워 넣은 것은 그 때문이었을 거야. 맞아. 알철모 가득 풋사과를 담아 안고 있는 병정도 있었던 것 같아. 거기다가 나중에 마을 사람들이 그들의 시체를 묻으러 가서 보니 그들 가운데 하나는 아직도 베어 먹다 만 풋사과를 그대로 움켜쥐고 있더라고 했어. 정말이지 내 평생에 다시 보게 될까 끔찍한 시절의 이야기야. 다섯 모두가 꽃다운 나이였지. 어느 집 귀한 자식들이었는지…… 이쪽저쪽 피 맛을 본 사람들이 모두 미쳐 있었던 게지. 탈영이나 투항이 아니라 그보다 더 모질고 끔찍한 죄를 지었기로서니 그 새파란 생명을, 다섯씩이나……."

늙은이의 말은 꽤 길었으나 여느 시골 무지렁이들과는 달리 조리 있고 앞뒤 연결이 반듯했다. 그는 가슴 서늘한 감동으로 지루한 줄 모르고 들었다. 얘기를 그친 늙은이가 수박을 몇 입 크게 베어 물어 목을 축인 뒤에 다시 한번 그의 얼굴을 구석구석 뜯어

보듯 유심히 살피더니 얘기를 이어갔다.

"자네 물상에는 분명 참봉댁의 그늘이 짙지만 또 다른 야릇한 선이 있네. 왠지 내게는 익숙하면서도 섬뜩한 그 어떤 건데, 그게 난데없이 옛날 일을 시시콜콜하게 얘기하도록 만드는구먼."

"무슨 말씀이신지요?"

그가 선잠에서 퍼뜩 깨어나는 기분으로 물었다. 그러면서 자신을 바라보는 그의 눈길을 잠시 살피는 듯한 눈길로 맞받던 늙은이가 짐짓 덤덤하게 말했다.

"바로 자네의 그 눈길 같은 거. 나를 쳐다보면서도 실은 내 뒤의 어떤 멀고 깊은 것을 그윽이 바라보고 있는 것 같은 느낌. 어쨌든 여기까지 왔으니 하던 얘기는 매조져야겠지. 특히 참봉댁과 관련된 뒷얘기는."

그러고는 무슨 재촉이나 받고 있는 사람처럼 다시 스물일곱 해 전 그 여름을, 시골 늙은이 같지 않은 기억력과 묘사력으로 어제 그제 본 일처럼 되살려냈다.

"국군 다섯이 즉결된 바로 그다음 날인가, 섬들[島坪] 혹은 무섬[水島]이라 불리던 샛강 남쪽 여러 마을을 맥없이 포기하고 낙동강 원줄기 건너로 밀려나 버티던 국군이 다시 이 마을로 돌아온 것은 그렇게 떠난 지 한 달포 만이었네. 북쪽의 선무대(宣撫隊)니 정치군관이니 하는 것들이 이런저런 교육도 하고 사람들을 모아 놓고 여러 가지 좋은 소리로 달래기도 했지만 다행스럽게도 이곳 대여섯 마을은 흔한 인민위원회 하나 결성될 틈도 없이 대한민국으로 되돌아갔지. 그런데 문제는 그다음 날이었네. 이번에는 국군 선무대와 헌병들이 들어와 난데없고 괴이쩍은 추모 사업을 하나 벌이더군. 즉결당한 국군 다섯이 묻힌 곳을 전사자 임시매장지로 지정해 봉분을 하고 이미 육탈(肉脫)이 시작된 시신에서 어떻게 찾았는지 군번 패 넷을 찾아내 영현(英顯)처리과에 넘긴 일이 그래. 그들은 그 다섯 병정을 죽인 것이 국군 헌병 복장을 한 인민군 편의대(便衣隊)였다나, 유격대였다나 하고 우겼는데, 그 모든 광경을 멀지 않은 곳에서 바라본 내게는 정말 터무니없더군. 그 다섯을 죽인 뒤 동네 사람을 데려다 시체를 묻게 한 그 특무상사나 헌병 사병들은 하나같이 이북 사투리를 쓰지 않았거든. 복장도 국군 헌병으로 수상쩍은 데가 전혀 없었고. 거기다가 봉분을 올릴 때 그 국군들의 군번 패 네 개가 찾기 좋은 곳에 함께 몰려 있던 것도 이상했고."

"혹시 기억의 청소 또는 조작 같은 게 아니었을까요? 그 즉결처분이 지나쳤다고 생각한 헌병대가 주동이 된……."

그가 송연한 느낌 가운데서도 문득 그렇게 물었다.

"몰라. 어쨌든 그때 봉분 작업에 동원된 동네 사람들은 한결같이 인민군들 짓이라고 들었다더군. 그리고 대부분은 새로 온 헌병들에게 들은 대로 황급히 기억을 바꾸었지. 그런데 말이야, 거참 야릇도 하지. 여럿이 그러니까 나도 차츰 이상해지데. 그 몇 달 시도 때도 없는 쌕쌕이 폭격 소리와 밤마다 산 너머에서 쿵쿵거리던 포격이며 콩 볶듯 하던 총소리에 머리가 휘황(허황)해지기라도 한

36

건지, 여럿에게 되풀이 그 소리를 듣자 나도 슬며시 그런 것 같다는 느낌이 들더라고. 인민군 유격대가 거기까지 넘어와 전선을 이탈해 민폐를 끼치던 국군 다섯을 몰살시키고 간 거라고. 그 재수 없는 국군 병정들이 된통 걸린 거라고."

"그런데 말입니다. 조금 전에 죽은 그들의 군번 패 넷이라고 하셨는데, 그럼 하나는……?"

그가 이상하게 그 일이 마음에 걸려 물었다. 늙은이가 깜박 잊고 있었다는 듯 받았다.

"듣고 보니 그러네. 하지만 뭐 죽은 병정들 가운데 하나쯤은 민가로 내려간다고 군번 패를 목에 안 걸었을 수도 있고. 아니면 죽이고 묻고 하느라 수선스러운 통에 하나쯤은 따로 묻혀 찾지 못했을 수도 있고……."

그렇게 말끝을 흐리다가 난처한 자리를 빠져나가듯 화제를 바꾸었다.

"그런데 내 기억은 그 뒤 참봉댁이 치러야 했던 곤욕 때문에 차츰차츰 제자리로 돌아오더만. 자네 들었는지 모르지만, 참봉댁 어른께는 일정 때 동경 유학까지 다녀온 맏아들이 하나 있었네. 일찍부터 좌익에 물들어 해방 뒤에는 건준(建準)에 나가더니 끝내는 박헌영이 따라 월북했는데, 그게 뒤늦게 문제가 되었어. 국군 병정 다섯이 몰살당한 게 참봉댁 과수원 앞이다 보니 엉뚱한 의심을 받게 된 거네. 수복 뒤에 떠돈 소문에는 참봉댁 맏이가 인민군 군관 복장을 하고 안동까지 내려온 걸 봤다는 게 있었는데, 다시 칠

곡 철교 부근에서 말 타고 지나가는 걸 봤다는 사람이 나와 더욱 일을 이상하게 꼬아 놓았어. 그 인민군 유격대가 공연히 이 마을까지 온 게 아니라 참봉댁 맏이가 보낸 거라는 헛소문에 이어, 맏이 자신이 옷을 갈아입고 왔을지도 모른다는 말까지 수근거림으로 번지더군. 먼빛으로나마 지휘자인 헌병 특무상사뿐만 아니라 그 부하 둘까지 눈여겨 바라본 적이 있는 나는 그런 소리를 듣고서야 비로소 참봉댁이 무언가 좋지 않은 일에 말려들고 있다는 느낌이 들었네. 국군 병정 다섯을 죽인 게 기실 인민군 유격대란 말은 생판 거짓으로 꾸며진 것이고…….

예감대로 일은 점차 고약하게 돌아갔어. 서울이 수복되었다는 날 참봉댁 어른이 그새 기세가 살아난 경찰서로 끌려가 며칠 엄한 취조를 받는 사이 대구 고모 집에서 용케 난리를 피한 참봉댁 둘째가 국군에 자원입대하고 다시 참봉댁 마님은 무전옥답 서른 마지기를 팔아 여기저기 풀어먹이며 영감마님 구명에 나서야 됐지. 그러다가 찬바람 불 무렵에야 참봉댁 어른이 상한 몸으로 풀려나시게 되었는데, 이 무슨 청천벽력 같은 소식인가. 그사이 일선에 나간 둘째의 전사 통지가 날아온 거네. 중공군의 갑작스러운 참전에 화를 입은 것인데, 그러잖아도 자신이 겪은 혹독한 고초와 생사를 모르는 맏이 일로 상심해 있던 참봉댁 어른은 둘째마저 죽었다는 소리에 고목나무 무너지듯 하시더군. 전사 통지서를 전해받고 그대로 혼절하시더니 그해 겨울을 넘기지 못하고 돌아가시고 말았지. 그러자 철석같다던 참봉댁 마님도 그리 오래 버텨내시지는 못하셨어. 이듬해 오월 마지막으로 따님을 입원시킨다며 대구 병원으로 옮기더니 얼마 안 돼 따님과 나란히 과수원으로 실려온 뒤 곧 세상을 떠나셨지. 이 큰 과수원에는 병든 따님과 이제 열다섯인 참봉댁 막내만 남겨 놓고.

그 뒤 십여 년, 전쟁 때만 해도 코흘리개였던 참봉댁 막내가 중학교 고등학교에 군 복무까지 마치고 돌아와 사과 농사를 맡을 때까지 병든 따님이 창밖으로 내민 손거울 하나로 안팎을 살피며 지켜내던 참봉댁 과수원집은 이 마을에서도 가장 외지고 으스스한 곳이 되고 말았어. 벙어리 할멈을 데리고 살던 농막 김 씨와 그들 내외처럼이나 말하기를 꺼려하며 그림자처럼 참봉댁 따님을 수발들다가 맞교대라도 하듯 막 제대하고 나온 젊은 주인에게 평생 누워 지내는 그 누님을 맡기고 홀연히 떠나버린 언년이 처자 — 가끔씩 그 과수원을 지나치다 보면 대낮에 나타나도 되는 귀신들처럼 소리 없이 제 할 일을 하던 그들이 꼭 기괴한 옛 그림 속의 사람들 같았지. 건넌방 창틀 너머로 올라와 있던, 손거울을 움켜쥔 그 집 따님의 길고 푸르스름한 손가락까지……."

이제는 제법 세련된 묘사력까지 드러내며 자신의 얘기에 취해 있던 늙은이가 그쯤에서 말끝을 흐리며 얘기를 그쳤다. 자신의 난데없는 열심이 민망스럽다는 듯, 혹은 홀로 취했다가 깨어나는 겸연쩍음 같은 것으로. 그러다가 변명이라도 하듯 머뭇거리며 덧붙였다.

"어쩌다 보니 묻지도 않은 참봉댁 얘기를 있는 것 없는 것 다

끌어대 수다를 떤 셈이 됐네. 젊어 먼빛으로 볼 때 그토록 형세 좋던 집이 저리 폐가처럼 된 게 햇 영감을 중언부언 말 많게 한 것 같구먼. 참, 그 집 친척 된다고 했지. 어느 쪽으로 친척이 되는지 몰라도 젊은이에게 썩 듣기 좋은 얘기는 아닐 텐데. 하지만 풋사과를 싸든 국군 병정 다섯이란 말이 문득 까마득한 그때 일을 떠올리게 해서. 물론 젊은이가 태어나기 전의 일일지도 모르고. — 따라서 젊은이가 아까 보았다는 그 국군 병정 다섯과는 전혀 무관하겠지만……."

그러나 그는 왠지 자기가 만난 그들이 늙은이가 말한 그 다섯 병정과 무관하지 않을 것 같은 예감에 오싹했다. 그는 문득 무언가 할 일을 않고 있다는, 또는 긴치 않은 일에 너무 오래 붙들려 있었다는 느낌에 수박 물로 끈적거리는 손을 수건으로 닦으며 서둘러 일어났다.

"그럼 가 봐야겠습니다. 할아버지, 수박 잘 먹었습니다."

그가 까닭 모르게 두근거리는 가슴으로 뛰듯이 돌아가니, 어머니는 손거울로 밖을 내다보며 열심히 그를 기다리는 중이었다.

"그래, 그들을 찾았니?"

"아뇨, 벌써 어디론가 없어졌어요."

"그럼 이리 와서 그들 얘기를 다시 해 봐라, 다섯이라고 했지?"

"왜 아실 것 같으세요?"

"글쎄, 섬뜩하기는 하다만 어쩌면 그들일지 모른다는 생각이 든다."

"그들이라니요?"

그가 다시 이상한 예감으로 다그쳐 묻자 어머니는 잠깐 당혹한 표정을 지었다. 그러나 이내 달콤한 어조로 말했다.

"하여튼 그 다섯 병정의 얘기를 한 번 더 해 봐라."

그는 자기가 이틀에 걸쳐 만난 그들 다섯에 대해 소상하게 얘기했다. 갑자기 듣고 있던 어머니의 얼굴에 짙은 의혹과 놀라움의 표정이 떠올랐다.

"분명히 그들 같애. 혹시 너를 빠안히 쳐다보았다는 그 사람 얼굴에 무슨 상처 같은 건 없디?"

"왼쪽 이마에 무엇에 찢긴 것 같은 상처가 있었어요."

"포탄 파편이 스친 거야. 틀림없이 그분이로구나……."

그녀는 혼잣말처럼 망연히 중얼거렸다.

"누군데요?"

그가 묻자 그녀는 대답 대신 베갯잇 속에서 기름종이로 싼 조그만 꾸러미를 꺼냈다. 그녀가 조심스럽게 펴서 그에게 내민 것은 끈 없는 군번 패 하나였다. 아라비아 숫자가 여섯 자리밖에 안 되는 게 얼른 보아도 아주 오래된 군번 같았다.

"이게 그분의 것이다. 어쩌면, 아니 틀림없이 너의 아버지다."

그는 머릿속이 휑한 가운데도 명치끝을 스쳐가는 찬바람에 온몸이 으스스했다. 어머니는 어느새 신열에 들뜬 얼굴로 아무런 조짐도 예고도 없이 자신만의 회상 속으로 빠져들었다.

"그 무렵의 며칠은 밤새도록 포격 소리가 요란하고 앞산 등성이는 곧잘 조명탄으로 훤했다. 그러다가 포격이 뜸해지며 샛강 쪽 국군이 밀리고 있어 인민군이 여기까지 밀고 들지 모른다는 소문까지 나돌던 날이었어. 전날 세상 형세를 살펴본다며 면사무소가 있는 장터로 나가신 어머님 말고도 과수원 식구들이 모두 집을 비워 나 홀로 이 방에 누워 있었지. 내 나이 스물하나 때였는데, 그때 이미 나는 척추 카리에스[骨結核]로 두 팔과 목 위만 남기고 온몸이 마비된 채로 누워 지내던 터였다.

전날 밤새도록 서북쪽 하늘을 밝히던 조명탄과 새벽까지 잦아들지 않는 포 소리에 잠을 설친 탓인지, 한낮인데도 혼곤히 잠이 들어 있었는데 그들이 들이닥친 거야. 틀림없이 네가 말한 그들 다섯이었어. 점박이가 시끄럽게 짖어대는 바람에 손거울을 창들 위로 내밀어 살펴보니 국군 다섯이 집 마당가 홍옥(紅玉) 나무에 매달려 정신없이 사과를 따먹고 있더구나. 붉게 익지 않아도 먹을 수 있는 홍옥이고 아무리 먹을 게 변변찮은 전쟁 때라지만, 그래도 양력 칠월 하순의 풋사과가 그리 맛날 수는 없는데 그들은 사과를 씹어 먹는 게 아니라 퍼마시기라도 하듯 설익은 풋사과를 두 볼이 터지도록 우겨 넣고 있는 거야.

주인에게 묻지도 않고 함부로 과수에 손을 대는 것도 그렇지만, 아직 상품이 되지도 못하는 풋사과를 그렇게 마구잡이로 따먹는 것도 여느 때 같으면 용서하기 어려운 일이었다. 거기다가 남의 것을 훔쳐 먹으면서 조금도 경계하거나 거리껴 하는 눈치가 없는 그들의 태도도 주인 되는 내게는 은근히 부아 돋는 일일 수 있었다. 그런데도 그들을 처음 손거울 속에서 보게 된 때부터 배를 채운 그들이 이제는 제법 사과 품종까지 가려가며 먹을 만한 풋사과로 한 보따리씩 싸고 지고 우리 과수원을 떠날 때까지 나는 한 번도 그들에게 화를 내지 못했다. 오히려 터질 것처럼 풋사과를 우겨 넣은 그들의 두 볼이 견과류를 가득 채운 다람쥐의 볼 주머니처럼 우스꽝스럽고, 제집 과일 따듯 그때로서는 고급 품종인 고리땡(골든)이나 인도 같은 나무에까지 함부로 손을 대는 그들의 배짱이 오히려 감탄스럽기까지 했다.

먼저 배를 채우고 가까운 펌프를 찾아 목까지 축인 그들은 집 안에서 이렇다 할 인기척이 없자 아무도 없는 과수원으로 알았던지 염치없는 여유까지 부렸다. 가까운 데 흩어져 품종을 살펴가며 저희 부대로 가져갈 풋사과를 골라 따기도 하고 그늘 좋은 곳에서 편안히 담배를 피우거나 더러는 그대로 사과나무에 기대앉아 슬그머니 다리를 뻗기도 했다. 그런데 — 뜻밖의 일이 벌어졌다. 그들 가운데 하나가 머뭇머뭇 집 쪽으로 다가들더니 이내 중문 안으로 모습이 사라졌다. 이어 대청마루에 저벅거리는 군화 소리가 나면서 조심스럽기는 하나 이 방 저 방 문 여는 소리가 들렸다. 그러다가 드디어 발자국 소리가 내 병실 앞에서 멈추고 소리 없이 방문이 열렸다. 내가 손거울을 내밀고 밖을 내다보는 문 맞은편, 대청과 툇마루로 연결된 안마당 쪽 지게문이었다.

자식 되는 네게 그분에게 욕된 말은 피하겠다만, 처음 그분이 이 방으로 들어설 때 내가 두려움에 떤 것은 사실이었다. 고녀(高

女)에 들어간 첫해에 이 모진 병을 얻어 몇 군데 병원을 돌다가 이 방으로 돌아와 누운 지 다섯 해째 되는 그때까지 또래의 젊은 남자 누구도 홀로 내 방에 든 적은 없었다. 자라면서 네 외할머니에게서 들은 가장 엄한 교훈은 정조를 잃은 여인의 불행과 비참이었고, 그때까지만 해도 나는 아직 첫날밤의 내 낭군에게 티 없는 몸과 마음을 바치게 되리란 환상을 품고 있었다. 따라서 그때 가슴 아래 어느 한곳 마음대로 움직일 수 있는 곳이 있었더라도, 나는 비명과 함께 머리맡의 가락곳(가락)이라도 집어 들었을 것이다. 하지만 내가 할 수 있었던 것은 지금보다는 훨씬 더 자유로웠던 두 팔을 가슴에 모아 다가오는 그분을 밀쳐낼 자세를 갖추는 것뿐이었다.

그때 갑자기 그분이 발소리를 죽이며 내 침대 머리맡에 다가오더니 가만히 나를 내려다보았다. 그분이 덮쳐오는 대로 밀어낼 태세를 하고 있던 나는 그분이 더 다가오기를 멈추는 바람에 엉거주춤 두 팔로 젖가슴을 감싸 안듯 하며 마주 올려볼 수밖에 없었다. 뜻밖으로 맑고 고요한 그분의 눈빛이었다. 그을고 거칠어져 있었지만 피부에는 해맑고 윤기 나던 시절의 흔적이 남아 있었고, 얼굴의 음영도 깎이고 거세진 대로 한때의 수려함을 짐작할 수 있게 했다. 거기다가 무엇보다 그때의 내 가슴을 철렁하게 한 것은 그분의 모습 어디엔가에서 풍기는 낯익음이었다. 조금 전까지 훔친 풋사과를 아귀아귀 베어 먹던 그 초라한 전선 이탈 병사와는 전혀 다른……."

그러는 어머니의 얼굴은 어느새 신열로 벌겋게 달아 있었다. 그가 조심스레 물어보았다.

"이대로 괜찮으시겠어요? 옛날 얘기는 좀 쉬었다 들려주셔도 되는데……."

"아니, 괜찮아. 오히려 아침보다 훨씬 좋아졌다. 아주 오랜만에, 그것도 나 아닌 사람에게 처음으로 해보는 그분 얘기라 볼이 좀 후끈거리긴 한다만."

어머니가 그래 놓고 다시 무엇에 취한 사람처럼 조금 전의 어조를 이어갔다.

"어찌 보면 급박하고 그지없이 짧은 시간이었겠지만 나는 침착하고 진지하게 떠올려 봤어. 그분을 언제 어디서 보거나 만났는지를. 그러나 가물가물 잡힐 듯하면서도 그게 언제 어디서였는지는 잘 떠오르지 않더구나. 그때 그분이 불쑥 말했어. 요즘 들어 자주 꾸는 꿈인데 그 꿈속에서 당신을 봤소. 나는 죽기 전에 꼭 당신 같은 사람과 만나 사랑하고 싶었소, 라고. 마치 하던 얘기를 이어가는 것처럼. 이제 와 생각하면 그 무슨 괴이쩍은 소린가 싶기도 하지만, 나는 그 말을 듣자마자 화들짝 놀랐어. 비로소 그분을 언제 어디서 만났는지 떠올랐기 때문이야. 바로 그였어. 내가 어린 소녀 적부터 꿈꾸고 그리워했던 님. 모진 병으로 이 외진 방에 갇혀 지내게 되어서도 아직 잊지 못한 님. 그분이야. 그분이었어. 너는 어떻게 듣고 있을지 모르지만, 그게 지금보다는 훨씬 더 움직이기에 자유롭던 내가 그분을 아무런 저항 없이 받아들이게 된 까닭이었어.

우리는 오래된 약속을 서둘러 이행하듯 짧고 격렬한 사랑을 나누었지. 함께 온 군인들이 그분이 없어진 것을 이상히 여기고 집 안 구석구석을 뒤져오기 시작해서야 겨우 옷을 추스리고 바로 달려 나가 그들 모두를 과수원에서 데려나갈 수 있었을 만큼. 어쩌면 처참한 전장 한 모퉁이에서 순간으로 피었다 스러진 스물한 살 동갑내기의 슬프고도 불같은 사랑이었을지도 몰라. 아까 준 군번 패는 그분이 그렇게 달려 나가면서 자기 목에서 끌러준 거야. 더럽고 질긴 목숨으로라도 그 비정한 전장에서 살아남기만 한다면 반드시 나를 찾아올 거라 했어. 만약 찾아오지 않거든 이 사람이 죽은 걸로 알아 달라고도 하면서.

물론 그날 나도 들었다. 그들이 우리 과수원을 떠나고 오래잖아 아카시아 숲 쪽에서 나던 그 불길한 총소리와 그들이 모두 헌병에게 즉결처분 당했다는 소문을. 그리고 나중에 벌어진 인민군 유격대 소동도. 하지만 나는 그 소문을 믿지 않았다. 늘 죽음을 앞세우긴 해도 그분은 결코 죽을 수 없을 것 같았고, 그래서 언젠가는 꼭 나를 다시 찾아올 것만 같았다. 내가 이런 몸으로도 지금까지 목숨을 이어온 것은 무엇보다도 그분을 기다리기 위함이었다.

그리고 또 너 ― 처음 내 몸 속에서 뛰는 너를 느꼈을 때 나는 오히려 기뻤다. 병든 내 몸에도 새로운 생명이 깃들일 수 있었다는 것뿐 아니라 그분과 나를 잇는 어떤 확실한 고리를 지니게 된 느낌 때문이었다. 사람들은 그걸 오랜 외로움과 병고에서 온 일시적인 이상 심리라고 말했지만, 나는 끝내 너를 낳았어.

하지만 네 외가는 너를 용서할 수 없었다. 큰오빠의 월북이나 아버지의 죽음이나 동생의 자원입대처럼 무엇이든 집안의 재난은 네 아버지와 그 일행에게 책임을 돌리던 때였으니까. 거기다가 그들은 또 지켜야 할 가문의 체통이란 것이 있었지. 어머님은 아무도 모르게 너를 낳게 하시더니 멀리 있는 재궁(齋宮) 부근의 절에다 몇 마지기의 위토(位土)와 함께 맡겨 버리셨다. 어머님이 돌아가신 후 나는 네 외삼촌에게 사정하여 그 절로 사람을 보내 보았지만 그가 가져다준 소식은 네가 홍역으로 죽었다는 것이었지. 그러나 나는 역시 믿었다. 너 또한 살아 어디선가 자라고 있고, 그래서 언젠가는 반드시 나를 찾아오리라고.

그래 — 이제 너는 돌아왔다. 직접 보지는 못했지만 그분도 — 결국 돌아왔다……."

거기서 그의 어머니는 갑자기 숨이 가빠지고 목소리가 잦아들기 시작했다. 그러다가 이런 말을 마지막으로 길고 긴 혼수상태에 빠져들었다.

"병화(兵火)에 그을린 귀신은 원귀(寃鬼)가 되지 못한다고 들었다. 그런데도 아직 그들이 이 세상을 떠도는 것은 풀지 못한 한의 무게 때문일 게다. 그 한을 풀어드리도록 해라. 하지만 그 한이 지난 시대의 눈먼 증오에서 비롯된 거라면 새로운 증오로는 풀지 못한다. 그 시대의 광기(狂氣)에서 비롯된 거라도…… 역시 새로운 광기로는 풀 수가 없을 거야……."

그리고 사흘 후 숨을 거둘 때까지 그녀는 끝내 깨나지 않았다. 그동안 종종 그는 으스스한 기대로 아카시아 숲 길을 배회했지만 그 다섯 명의 군인들도 다시는 나타나지 않았다.

나흘 후, 그는 어머니의 하관이 끝나자마자 그곳을 떠났다.

— 내게 이 이야기를 들려준 것은 어떤 여행길에서 우연히 만난 젊은 운수승(雲水僧)이었는데, 그때 나는 무슨 괴기담(怪奇談)을 듣는 기분이었다. 그러나 이제 나는 생각한다. 그들 다섯이라면 삼십 년 정도는 이 땅을 중음신(中陰身)으로 떠돌아도 좋다고. 그리고, 우연히 펼친 책갈피에서나 지나가다 마주친 나이 든 이들에게서 그 시대의 끔찍한 증언과 접하게 될 때, 또는 까닭 없이 잠 못 이루는 밤이나 주제넘게도 역사가 슬프고 한심스럽게 느껴질 때 나는 생각한다. 항상 밝은 쪽에 아첨하기 잘하는 우리의 간사한 기억과 근시적인 이기와 번잡한 일상, 그리고 이 시대의 괴질인 불문(不問)과 타성 같은 것들에 가리어 잘 만나지지는 않지만, 그와 같이 이 땅을 떠도는 것이 어찌 그들 다섯뿐이겠느냐고.

(1981년)

# 어둠의 그늘

구속영장의 발부와 함께 경찰의 예우는 끝나고 말았다. 손목에 와 닿는 수갑의 섬뜩한 감촉. 그때부터 나는 그들이 하루에도 수십 건씩 처리하는 잡범 중의 하나에 불과하였다.

경찰 보호실에서 구치소로 넘겨지는 동안 나는 그야말로 참담한 심경이었다. 부근의 조용한 암자에서 얼마 안 남은 사시(司試)를 위해 마지막 '서브 노트'를 정리하고 있던 것이 바로 한 달 전의 일이었다.

검찰에서의 간단한 절차 후에 도착한 구치소에서 나는 또 한 번 섬뜩한 기분을 맛보았다. 경멸과 냉소에 찬 반말로 서류를 꾸미는 교도관 앞에서 내가 몇 가지 소유물을 영치하는 사이에 어두운 감방 쪽에서 날카롭게 고막을 찔러오는 야유가 있었다.

"멀쩡한 도둑놈이 또 하나 들어오는구나."

나는 움찔하며 소리 나는 쪽을 바라보았다. 아직 어둠에 익숙하지 않아 사물이 잘 분간되지 않았다. 그런데 그때 어둠 속에서 불쑥 유령처럼 창백한 얼굴 하나가 떠올랐다.

"야, 이 도둑놈아, 뭘 봐. 피를 싹 뽑아놓을라."

아직 앳된 얼굴이었지만 표정은 정말로 괴기 영화에서나 봄 직한 흡혈귀의 그것 같았다. 나는 그 엉뚱한 공포에 자신도 모르게 눈길을 돌리고 말았다.

다행히도 내가 수감되기로 결정 난 방은 그 창백한 얼굴이 떠올랐던 창살 쪽이 아니었다. 나중에 안 일이지만, 그쪽은 이튿날이면 A교도소로 호송될 기결수들의 감방이었다. 이제 몇 달 또는 몇 년 동안 자기들을 고통과 외로움 속에 격리시킬 사회에 대한 원한을 그들은 곧잘 그런 식의 독설로 죄 없는 신참에게 풀고 갔다. 나는 미결 3호실이었다.

"문지방 밟지 마라."

교도관에게 떼밀려 그 방에 들어서는 순간, 입구 근처의 어둠 속에서 낮으나 힘 실린 목소리가 다시 나를 움찔 놀라게 했다. 나는 펄쩍 뛰듯 문지방에 해당되는 부분을 타 넘었다. 등 뒤로 목재 문이 무겁게 닫히며 자물쇠 잠그는 소리가 비정하게 들려왔다.

"이거 왜 이리 어릿거려? 빨리 제자리에 기어들어 가."

다시 누군가의 적의에 찬 목소리가 무턱대고 나를 앞으로 내몰았다. 미리 들은 것이 없더라도 내 자리는 금세 알아차릴 만했다. 스무 명 가까운 갖가지 연령층의 남자들이 네 벽에 줄줄이 붙어 있었는데, 유일하게 한군데 비어 있는 곳이 있었다. 그곳을 내자리로 지목하고 찾아가던 나는 갑자기 고약한 냄새 때문에 숨을 멈추었다. 소위 '빵끼통'이라고 불리는 플라스틱 분뇨통이 바로 그 자리 곁에 놓여 있었다.

나는 마흔 개의 눈초리를 따갑게 의식하며 그곳에 쭈그리고 앉았다. 그리고 막 주위를 둘러보려고 고개를 돌렸을 때 입구 쪽에서 누군가가 빠른 걸음으로 다가오더니 다짜고짜로 내 가슴팍을 걷어찼다.

"건방진 새끼. 꿇어앉아. 이 도둑놈아."

숨이 훅 막히는 것 같았다. 나는 분노보다도 처참한 기분에 눈시울이 화끈해 왔다.

"형편없는 새끼로군. 교육부장, 이 새끼 교육 똑똑히 시켜."

비로소 얼굴을 들어 보니 30대의 험상궂은 사내가 내 곁에 있는 몸집이 자그마한 청년에게 거칠게 지시하고 있었다.

"알겠습니다, 감방장님."

그 청년은 어쩔 줄 몰라 하며 내게로 다가왔다. 자그마한 키에 왼눈에 백태가 낀, 약간 희극적인 얼굴이었다.

"어찌 됐건…… 우리는 죄를 짓고 여길 왔으니까 꿇어앉아."

두려움과 짜증이 섞인 목소리였다. 이어 그는 명색이 교육이란 것을 시작했다. 이미 여러 번 되풀이한 때문인 듯 자못 익숙하고 정연했다.

첫 번째가 '3대 몰수'였다.

"첫째, 안면 몰수. 사회에서의 관계는 일체 이곳에서 인정되지 않는다. 저기 감방장님이 계시지만, 감방장님 형님이라도 일단 이곳에 오면 최고 하빠리 쫄다구에 지나지 않아. 그다음이 연령 몰수. 나이가 골백 살이라도 이곳에 들어오면 어디까지나 한 살배기 신참이다. 하루가 빨라도 고참은 하나님과 동기다. 끝으로 재산 몰수. 적어도 이 노고지리 통 안에선 네 것 내 것이 있어서는 안 된다……"

그리고 인사 문제로 들어갔다. 어떤 곳이라도 신참에게는 신참의 예의가 있는 법, 이왕 들어온 이상 감방장 이하 여러 선배들에게 인사가 있어야지 않겠는가? 라는 거였다. 그는 한 번도 직접으로 돈 얘기를 하지 않았지만, 나는 신통하게도 금세 알아들을 수가 있었다. 나는 미리 준비해 둔 오천 원권 한 장을 내놓았다.

교육부장이란 청년은 쓰다 달다 말도 없이 그 돈을 받아 들고는 곧장 입구의 감방장 쪽으로 갔다. 다음 지시를 기다리는 듯했다.

감방장은 그 곁에 앉은 서른 안팎의 생김새가 희멀쑥한 사람과 무얼 의논하는 눈치였다. 그러더니 이내 감방장의 퉁명스러운 목소리가 내 쪽까지 들려왔다.

"김 형, 자꾸 배운 사람, 배운 사람 하는데 너무 그러지 마슈. 제 깐 놈이 배웠으면 다여? 원칙대로 해야지—"

그러자 상대편은 또 무어라고 낮은 목소리로 그런 감방장을 설득하는 것 같았다. 내용은 거의 들리지 않았지만 적어도 내게 호감을 가지고 있다는 것은 직감으로 느낄 수 있었다. 결국 감방장도 할 수 없다는 듯 퉁명스레 내뱉었다.

"가재는 게 편이라더니, 쳇. 그럼 김 형 좋을 대로 해."

그러자 곧 김 형이라고 불리는 사람의 나직나직한 목소리가 무얼 지시하는 것 같더니 교육부장이 다시 내 곁으로 돌아왔다.

"감찰부장님께 고맙다고 해. 네 신고는 병종이다."

병종 신고라는 게 어떤 내용인지를 모르는 나로서는 그저 어리둥절할 뿐이었다. 그러나 누군가가 나지막이 '땡 떴군, 땡 떴어.' 하는 것으로 보아 내게 유리한 결정이라는 것쯤은 쉽게 짐작할 수 있었다.

그 뒤에 알게 된 것이지만 병종 신고라는 것은 내게 베풀어진 대단한 호의였다. 제일 지독한 것은 갑종이었다. 관록을 내세우는 장군들(전과자들)이나 소위 '야꾸샤[力士]' 물을 먹었다는 친구들의 기를 죽이기 위한 그 신고는 차라리 신고라기보다는 그대로 가혹한 집단 폭행이었다. 헌 이불이나 담요를 뒤집어씌우고 사정없이 짓밟는 것인데 좁은 공간에서 스무 명 가까운 사람들에게 둘러싸이고 보면 제아무리 날고 기는 재주를 가져도 별수 없었다.

을종 신고는 군대식으로 치면 기합으로 이어진 신고였다. 가장 보편적인 신고로 통상 한 시간쯤 걸리는데, 끝나면 대개 옷이 함빡 젖고 이마 어름이 까지기 마련이었다. 이마가 까지는 것은 원산폭격 자세로 마룻바닥을 몇 바퀴 돌기 때문이었다.

내가 하게 된 병종 신고는 노래로 이어진 가장 온건한 것이었다. 감방장이 돈을 내보내 신고 잔치(라야 일인당 건빵 한 봉지에 사과하나였지만)를 준비시키는 동안 나는 신고용의 노래 교육을 받았다. 첫 곡은 '아리랑 신고'로 아리랑에 가사를 바꿔 놓은 것이었다.

"아리랑, 아리랑, 아라리요. 아리랑 신고로 들어간다. 니기미 씨부랄 것 농사나 짓지, ○○에 노고지리 통엔 ×빨라고 왔나……."

이 중에서 '농사나 짓지' 대목은 내 죄명이 병역 기피였으므로 '군대나 가지'로 바뀌었다. 강간범인 경우에는 '제 꺼나 먹지', 폭행인 경우에는 '빽이나 치지' 등이 된다.

두 번째 곡은 '빵까야 신고'라는 것으로 얼핏 보아서는 매우 희극적인 신고였다. 두 발을 옆으로 일직선이 되도록 벌리고 두 손으로 양쪽 귀를 잡은 채, 마룻바닥의 좁은 판자를 한 칸씩 밟고 지나며 빵까, 빵까야 하는 후렴 속에다 집어넣은 우스꽝스러운 가사를 불러대는 것이었다. 즉 열 개쯤 자기가 희망하는 직종을 늘어놓다가 그 끝에 자기의 죄명을 댄다. 절도범인 경우에는 '그래도 도둑놈이 제일 좋더라.' 하는 식으로. 나이 어린 죄수들이 씩씩 웃으며 이 신고를 하는 걸 보면 재미있는 구석도 있지만 사십 넘은 중년 남자가 울상을 지은 채 마지못해 해나가는 걸 보면 그것은 그대로 비극이었다.

그다음 항상 빠지지 않는 중요한 곡은 '나까오리 세탁 신고'라는 것이었다. 신고자의 연애 경력을 음담패설로 바꾸어 노래하는 신고로 원래는 사실을 말해야 하는 것이었지만 대부분은 듣는 사람들의 강요에 의해 엄청나게 과장되기 일쑤였다.

신고를 해나가는 동안 나는 쥐어짜다 둔 빨래처럼 후줄근한 기분이 되었다. 비록 육체적인 고통은 면했지만, 순간순간 피어오르는 모멸감은 정말 견디기 어려운 데가 있었다. 나중에는 내게 그런 신고를 하게 만든 감찰부장이라는 사람이 원망스럽기까지 했다.

신고가 끝나고 그 의식을 통해 특별히 들여온 건빵과 과일을 다 나누자 날이 저물어 왔다. 그리고 그곳에서의 첫 번째 식사가 나왔다. 곱삶은 보리밥에 소금에 절인 배추 잎이 몇 개 얹힌 한심스러운 것이었다. 그걸 보자 또 한 번 울컥 치미는 슬픔이 일었다. 나는 아예 숟갈도 들지 못하고 그릇을 밀어내고 말았다. 그러자 누군가가 기다렸다는 듯 그걸 말없이 자기 앞으로 끌어갔다.

밤이 되자 방 안의 분위기는 한결 부드러워졌다. 낮 동안 굳은 듯이 앉아 있던 사람들이 하나둘 몸을 풀고 말문을 열었다. 한 구석에는 무슨 좋은 일이 있는 듯 킬킬대는 축들도 있었다. 나도 몸 두기가 어느 정도 자연스러워졌다. 그러나 교육부장이란 청년은 정말로 무슨 천직이라도 하듯 그놈의 교육이란 걸 틈틈이 계속했다.

"'6조지기'란 게 있지. 즉 집구석은 팔아 조지고, 죄수는 먹어 조지고, 간수는 세어 조지고, 형사는 패 조지고, 검사는 불러 조지고, 판사는 미뤄 조지고……."

"네 통은 공기통, 빵끼통, 식구통, 번개통……."

그러나 이미 그런 그의 말은 별로 귀에 들어오지 않았다. 입소 뒤부터 나를 욱죄어온 그들의 적의에 찬 관심이 점차 내게서 멀어져가고 있음을 느끼자마자 나는 어느새 나만의 음울한 상념에 젖어들고 있었다.

……대학 친구인 형표가 내가 공부하고 있는 암자에 든 것은 대략 한 달 전의 일이었다. 무엇엔가에 쫓기고 있는 표정이었지만, 정말로 나는 녀석이 그렇게 큰 사건에 연루돼 있는 줄은 몰랐다. 맡기고 간 독어판 『헤겔』 몇 권과 『크로포트킨』도 어딘가 불온한 냄새가 풍겼지만 나중에 알게 된 것처럼 그렇게 엄중한 금서로는 의심하지 않았다.

그게 바로 탈이었다. 내게서 하룻밤을 잔 녀석이 황황히 떠나간 지 열흘도 안 돼 나는 두 명의 사복형사에게 연행되는 신세가 되고 말았다. 처음에는 임의동행 형식이었지만, 이내 그것은 긴급구속으로 대치되고 나는 꽤 심한 신문을 받았다.

경찰은 나를 형표 녀석의 동조자로 믿고 있는 것 같았다. 그러나 결국 아무런 혐의를 잡지 못하자 이번에는 범인 은닉과 증거인멸 쪽으로 몰아갔다. 역시 이렇다 할 근거가 있을 리 없었다. 나는 그 무렵 이미 한 해 가까이나 외부와 두절된 상태로 법 공부에만 몰두해 왔었다.

당황한 경찰이 마지막으로 찾아낸 것이 나의 병역 기피였다. 가끔씩 있는 일이지만 나도 사시를 위해 기피 중이었다. 고시생은 기피를 눈감아준다는 일반의 미신을 확인 없이 믿어버린 탓이었다.

실제로 그런 관례가 없는 것은 아니었지만, 그것은 어디까지나 합격되었을 때의 얘기였다. 또 1차 시험 합격만으로 입영 연기를 하는 경우는 까다롭고 복잡한 절차를 거쳐야 했다. 결국 이도 저도 아닌 나는 그 마지막 카드에 걸려들어 주소지의 경찰서로 이관되는 신세가 되고 말았다.

형과 친족들이 여러 곳에 손을 써서 처음에는 일단 자수에 불구속으로 처리되었다. 그러나 며칠 전 갑작스러운 기피자 단속 기간이 설정되면서 나에게도 끝내 구속영장이 떨어지고 말았다.

나는 원인 모를 무력감과 절망에 빠져 암담한 앞날을 생각해 보았다. 만약 실형이라도 받게 된다면, 만약 신원 조회에 전과 기록이라도 나오게 된다면…… 문득 해맑은 약혼녀의 얼굴과 근심 어린 어머님의 모습이 눈물겹게 떠올랐다. 낙담과 비난에 찬 큰형의 표정.

거기다가 가장 나를 괴롭힌 것은 내가 겪게 될 앞날의 고초에는 아무런 대의가 없다는 점이었다.

마침내 취침 시간이 되고, 차곡차곡 재듯 누운 피의자들의 발치에 팔베개를 하고 누워서도 그런 내 음울한 상념은 끝이 없었다. 나는 나를 그 지경으로 밀어 넣은 부주의와 경솔을 뼈저리게 후회하고, 공소시효 만료를 불과 두 달 앞두고 붙들리게 된 자신의 불운을 한탄하면서 늦도록 잠을 이루지 못했다.

그런데 새벽 한 시경이나 됐을까. 잠든 피의자들 가운데 누군가가 벌떡 일어났다. 그리고 잠시 멍청하게 앉아 있더니 이내 머리를 쥐어뜯으며 울부짖기 시작했다.

"나는 아니야, 나는 죽이지 않았어—."

거의 광란하는 표정으로 악을 쓰고 있는 것은 40대 초반의 남자였다.

"아무리 하면, 제 새끼를 무는 범이 어디 있어? 나는 정말 몰랐어!"

얕게 잠들었던 몇몇이 짜증스러운 얼굴로 일어났다. 바로 곁에 누웠던 동년배의 피의자 하나는 그를 진정시키려고 애를 썼다.

"기주 씨, 기주 씨, 정신 차리쇼."

그러나 기주 씨라고 불리는 그 남자는 막무가내였다.

"정말 아니야. 정말로 나는 그 애들을 죽이지 않았어……."

그러자 언젠가부터 그쪽을 험하게 노려보고 있던 감방장이 벌떡 일어났다. 그는 아직 잠에서 깨어나지 않은 동료들을 함부로 밟고 타 넘으며 기주 씨 쪽으로 오더니 낮에 내게 그랬듯 사정없이 가슴팍을 걷어찼다. 그리고 기주 씨가 끄응 하며 쓰러지자 발뒤꿈치로 그의 등을 다시 찍었다.

"정신 차려, 이 새끼야."

그 격심한 타격은 앞뒤 없는 광란 상태에 분명히 효과가 있었다. 쓰러졌다 일어난 기주 씨는 표정 없는 얼굴로 멍하니 감방장을 올려 보더니, 이윽고 정신이 돌아온 듯 갑자기 흑 하며 엎드려 흐느끼기 시작했다.

"옆 사람도 생각해야지. 나이대접을 받으려면 나잇값을 해."

감방장이 찬바람 도는 얼굴로 냉랭히 쏘아붙였다. 잠시 후 기주 씨의 흐느낌 소리가 잦아지자 이내 실내는 조용해졌다. 선잠에서 깨어난 축들은 다시 투덜거리며 잠을 청했고, 무슨 일인가 싶어 달려왔던 당직 교도관도 별 간섭 없이 돌아갔다. 여러 가지로 보아 처음 있는 일은 아닌 듯했다. 나는 기주 씨란 사람이 몹시 흥미로웠으나, 그의 자리가 떨어져 있고 또 내 곁의 사람들은 곧 잠들어버려 내막을 알아볼 길이 없었다.

새벽녘에야 눈을 붙인 내가 다시 깨어난 것은 이튿날 아침 여섯시였다. 벌써 구월로 접어들어 아직 새벽 기운이 남아 있었지만 감방마다 소란스럽게 수런거리고 있었다.

침구를 정돈한 그들의 첫 일과는 단체 용변이었다. 비록 감방마다 변기통이 있었지만 대변은 관례로 그 시각 변소로 가서 보게 돼 있었다. 낮 시간에 변기통을 이용하는 것은 배탈을 만나든가 하는 예외적인 경우뿐이었다. 그러나 그 경우에는 하루 종일 실내에 가득한 고약한 냄새 때문에 톡톡히 대가를 치러야 했다. 심지어는 그 때문에 몰매를 맞는 경우까지 있었다. 따라서 배탈 같은 때에도 대부분은 교도관에게 사정해서 원칙으로는 금지된 바깥 화장실을 개인적으로 이용했다.

그러나 그 밖에도 아침의 단체 용변 시간은 모든 수인들에게는 여러 가지로 귀중한 시간이었다.

그 첫째는 무엇보다 잠시라도 감방을 벗어난다는 해방감이었다. 비록 감방장의 인솔 아래 그것도 교도관들의 엄격한 감시와 통제 속에서 불과 10미터도 안 되는 그 건물 끝의 화장실로 가는 것이었지만 그 신선한 해방감이 주는 기쁨은 정말로 각별난 데가 있었다.

그다음은 담배였다. 원래 재소 중에는 흡연이 일절 금지돼 있지만 그때 그 구치소에서는 미결수에 한해 화장실에서만은 눈감아주었다.

담배의 반입 루트는 대개 총감방장이라고 불리는 사람이었다. 버스 운전사 출신인 30대 중반의 건장한 체격이었는데 죄질이 경미해 감방 밖에서 교도관들의 보조수 노릇을 했다. 그의 담배는 턱없이 비싸 당시 고급에 속하던 신탄진은 한 개비가 꼭 한 갑 값이었다.

그러나 아무도 그 값을 따지려고 드는 사람은 없었다. 그 기막힌 맛에다가 실제로 한 개비면 열 사람은 넉넉히 피울 수 있었다. 대부분 영양실조와 비슷한 상태에서 그와 같은 시각의 빈속에, 그것도 꼬박 스물네 시간 만에 한 모금씩 빨아들이고 나면 잠시나마 그 어떤 독주를 마셨을 때보다 더 강렬한 명정(酩酊) 상태에 빠져들었다.

비록 그 엄청난 수익이 고스란히 혼자에게 떨어지는 것은 아니었지만, 총감방장에게는 그 외에도 몇 가지 비슷한 음성적인 수입이 있었다. 거기다 복역도 반자유 상태여서, 그전의 어떤 총감방장은 선고유예로 나가게 되자 실형을 받을 길은 없느냐고 물었을 정도였다.

그 밖에 경험 못한 일반인으로는 좀체 이해할 수 없는 일로 그 단체 용변이 주는 또 하나의 정신적인 이익은 어떤 성취감이었다. 예정된 시각에 예정된 일을 무사히 마침으로써 생기는 그 느낌은 피의자들에게 그렇게 시작된 하루가 무엇이든 잘돼 나가리라는 이상한 확신까지 가지게 했다.

그리하여 그 한차례의 중요한 행사가 끝나면 잠시 지리한 반성의 시간이 있었다. 단정하게 꿇어앉아 여덟 시에 아침밥이 들어올 때까지 자기가 저지른 죄를 뉘우치게 되어 있었다. 간밤에 광란하던 기주 씨가 검찰에서 받고 있는 끔찍한 혐의를 내가 언뜻 듣게 된 것은 바로 그 반성 시간이었다.

김기주, 나이는 마흔두 살, 양복점 주인.

그의 전 반생은 거의 입지전에 가까운 것이었다. 집이 가난한 그는 초등학교를 졸업하자마자 곧바로 지금은 그가 주인이 되어 있는 그 양복점에 잔심부름꾼으로 들어갔다. 사람이 성실하고 머리도 영리한 그는 곧 거기서 양복일을 배우기 시작해 나이 스물도 되기 전에 일류 양복공이 되었다. 그러나 여느 양복공들과는 달리 대도시로 진출해도 충분한 기술을 가졌음에도 여전히 그 양복점에 남아 그걸 읍내에서 제일가는 양복점으로 키웠다. 늙은 주인이 그를 신뢰하고 사랑하게 된 것은 당연했다.

그런데 그 양복점 주인에게는 딸이 하나 있었다. 위로 아들 둘을 차례로 잃어버리는 바람에 주인 내외의 유일한 혈육이었다. 기주 씨는 무슨 옛날얘기에서처럼 그 딸과 결혼하고 양복점을 물려받았다. 주인 딸은 여고까지 나왔는데도 그의 성실한 인품과 준수한 용모에 반해 부모의 권유를 순순히 받아들였다고 한다.

어쨌든 그들은 그 뒤 십년간 일견 행복한 부부로서 살았다. 양복점도 날로 번창하고 아이들도 삼 남매나 낳았다.

그런데 갑자기 지금의 기주 씨를 결정적으로 불리하게 만들고 있는 여자가 나타났다. 바닷가 낚시터에서 만난 과부로 기주 씨는 곧 앞뒤 없이 그녀에게 빠져들었다. 그는 오래잖아 그녀와 딴살림을 차리고 본처에게는 이혼을 요구하기 시작했다. 그러나 본처는 아이들 삼 남매를 이유로 굳게 이혼을 거부했다.

그 불행한 사건은 그 무렵에 일어났다. 바로 지난 팔월 어느 더운 오후, 기주 씨는 마침 방학 중인 삼 남매를 데리고 바다낚시를 나갔다. 해수욕을 하고 있는 아이들 곁에서 그는 낚시를 던지고 있었는데 돌연 끔찍한 일이 일어났다. 느닷없는 삼각파도에 아이들이 한 덩어리가 된 채 휩쓸리고 만 사고가 그랬다.

그 일을 알고 기주 씨가 허겁지겁 아이들이 모여 있던 곳으로 헤엄쳐 갔을 때는 이미 빈 바다뿐이었다. 증인이라고는 단 한 사람 근처의 낚시꾼이 있었는데 그도 모든 것을 다 보지 못했다. 그가 본 것은 겨우 빈 바다에서 허겁지겁 헤엄쳐 나온 기주 씨가 창백한 얼굴로 큰일났다며 뛰어가는 것뿐이었다.

처음 그 일은 단순한 익사 사고로 처리됐다. 그러나 의혹을 느낀 처족의 고발로 경찰의 수사가 시작되고 기주 씨는 곧 구속됐다. 그의 이중생활이 드러나고, 이혼을 요구했던 사실이 밝혀졌다. 그날 가기 싫어하는 막내딸까지 억지로 데려간 것과, 기주 씨가 택한 장소가 인적이 뜸한 바닷가였다는 것도 불리했다. 거기다가 기주 씨가 문제의 여인에게 며칠간만 더 참아 달라고 말한 것이 그의 살인 혐의를 결정적인 것으로 만들고 있었다.

그러나 그때껏 검찰이 가지고 있는 것은 상황 증거와 강요로 얻어낸 몇 개의 단편적인 자백뿐이었다. 그것이 기주 씨를 관할인 지방법원 합의부로 송치하지 못하고 단독심인 지원 구치소에 묶어 놓은 이유였다.

내게 그 얘기를 들려준 것은 교육부장이란 그 청년이었는데, 우리가 얘기를 주고받는 동안 기주 씨는 내내 침울하고 고뇌에 찬 표정으로 천장만 올려다보고 있었다. 그런 그의 외양에는 어딘가 그가 받고 있는 끔찍한 혐의와는 어울리지 않는 나약함과 섬세함이 있었다.

전날처럼 곱삶은 보리에 소금에 절인 야채 잎이 얹힌 아침 식사가 끝나자 다시 지리한 반성 시간이 기다리고 있었다. 면회가 시작될 때까지의 두어 시간이었다. 하지만 그렇게 엄격한 통제가 있는 것은 아니어서 피의자들 나름대로 무료함을 때우고 있었다. 주로 둘씩 셋씩 가까이 앉은 사람들끼리의 잡담이었지만 개중에는 장기를 두는 패들도 있었다.

말이 나왔으니 하는 얘기지만 그들의 장기는 좀 독특했다. 장기판은 따로 있는 것이 아니고 마룻바닥에 쇠젓가락이나 유리 조각 같은 것으로 새겨둔 것이었다. 말은 건빵 봉지로 접은 것인데, 그 크기나 접는 방법에 따라 역할이 정해졌다. 즉 제법 손바닥 반만 하게 접은 딱지 형태가 궁, 엄지손톱만 하게 접은 것은 졸, 마름모꼴로 접은 것은 포, 장방형은 상 — 대개 그런 식이었다. 그러나 그들은 조금도 헷갈리는 법이 없이 잘도 구별했다. 오락 기구가 일절 금지된 상황에서 만들어진 고안과 단련 탓이리라.

잡담을 하는 축은 대개 먹는 이야기와 여자 이야기 중심이었다. 그중에서 감방장은 가장 신명 나게 떠들고 있었다.

"속살이 꼭 분결 같았지…… 어찌나 부드럽고 연한지 만지면 그대로 손끝에 뚝뚝 묻어나는 것처럼 느껴질 정도였어. 거기다가 한번 열이 올라 밑에서 설쳐대면 이건 그저 정신이 아뜩아뜩할 판이지. 그렇지만 난들 곧 죽을 수 있어? 한번은 총검술 열여섯 개 동작을 신나게 몇 번 하고 나니 그만 축 늘어져버리더군. 까무러쳐버린 거야……."

그러나 벌써 몇 번 되풀이한 것인 듯 듣고 있는 사람들은 이야기하고 있는 그만큼 신명을 내고 있지 않았다. 거기다가 교육부장의 귀띔에 의하면 감방장은 바로 그 여자의 고발로 구속돼 혼인빙자 간음과 사기 혐의를 받고 재판을 기다리는 중이었다. 가까운 항구에서 머구리질(연안 무동력선 잠수부)을 했다는 그는 방금 말한 그 여자의 주막에 밥을 부치고 있었는데, 몸도 건드리고 돈푼이나 뜯어 쓴 듯했다.

"서른여덟이라지만 얼굴도 그만하면 어정쩡한 선창가 매미[酌

婦]는 저리 가라야. 나도 명색은 총각인데 뭣 때문에 헌계집하고 살려했겠어? 그것도 자식새끼까지 하나 달고 있는 년을. 그런데 — 그 썩어 빠질 년이 왜 안 오지? 말 한마디만 잘해 주면 지금 당장이라도 나갈 건데 말야……."

그가 감방장이 되도록까지 재판이 지연되고 있는 것은 증인들 외에도 당사자인 그녀가 두 번이나 출두 지시에 응하지 않았기 때문이었다. 그러나 이미 별이 셋(전과 3범)이라는 그의 경력이나 전형적인 범죄형으로 생긴 모습과 포악한 성격으로 미루어 봐 설령 그 여자가 온다고 해도 모든 것이 그의 말대로 쉽게 풀릴 것 같지는 않았다.

어차피 그들과 동료로 지내야 할 것이라면 그들의 인적 사항을 알아둘 필요가 있다는 생각으로 나는 사람 좋아 뵈는 교육부장에게 하나씩 차례로 물어보았다.

그 결과 기주 씨, 감방장, 그리고 공무 집행 방해로 들어온 교육부장과 나 자신을 제외한 나머지의 인적 사항은 대강 이러했다.

김광하(金光夏) 서른네 살, 전력 미상(前歷未詳). 공무원에 대한 증회(贈賄).

엄종섭(嚴宗爕) 스물다섯 살, 예비군 훈련 기피.

박덕룡(朴德龍) 스물여섯 살, 운전사. 업무상 과실치사 혐의.

이병훈(李柄熏) 서른 살, J신문 지국장. 기자 사칭 공갈 혐의.

김영국(金英國) 스물세 살, 김영호(金英浩) 스물한 살, 어부. 형제. 폭력 혐의.

박화영(朴華榮) 마흔세 살, 농촌의 막일꾼. 절도 혐의. 절도 전과 2범.

배창진(裵昌鎭) 열아홉 살, 농부. 강간 치상 혐의.

박삼수(朴三洙) 열아홉 살, 배창진과 동일.

김상욱(金尙旭) 쉰한 살, 어물 중개상. 사기 혐의.

이규택(李圭澤) 마흔두 살, 상습 도박 혐의.

강기삼(姜起三) 서른아홉 살, 이규택과 동일.

유상태(柳相泰) 서른일곱 살, 이규택과 동일.

열 시가 되자 기다리던 면회가 시작됐다. 마침 면회실이 복도 하나 건너 노천이어서 내가 있는 감방 창살에서 일부를 볼 수 있었다.

내가 본 면회인들의 공통된 특징은 눈물과 허세였다. 눈물은 주로 여자들의 것으로 그녀들은 노소를 불문하고 한 번쯤은 반드시 훌쩍거렸다. 한편 남자들은 한결같이 이 나라 사법부를 마음대로 주무를 수 있다는 듯 거품을 뿜었다. 열한 시쯤 면회를 온 어머니와 약혼녀는 약간의 시차로 둘 다 눈물을 보였고, 형님은 '검사가…….' '검찰 서기가…….' 어쩌고 하면서 내 조속한 석방을 장담하고 돌아갔다.

'6조지기' 중 '형사는 패서 조진다.'는 것을 경찰에서 이미 약간은 보고 온 내가 그 두 번째를 실감하게 된 것도 역시 면회실을 통해서였다. 정말로 '죄수는 먹어 조졌다.' 나를 비롯해서 삼 분의 일 가까운 사람들이 면회를 나가 배불리 먹고 돌아왔고, 면회인들이 감방 안에 넣어준 것도 일인당 건빵 한 봉에 빵과 떡도 대여섯 개 이상 돌아갔지만 점심시간이 돼서 그 거친 관식(官食)을 남긴 것은 나와 기주 씨 둘뿐이었다. 육체적인 활동이 거의 제한된 상태에서 그 엄청난 식욕은 어디서 온 것일까. 그러면서도 그들의 화제는 여자 얘기 다음이 먹는 것에 대한 것이었다. 모든 욕망이 식욕으로만 쏠려버린 것 같은 그들을 보며 나는 그저 아연할 뿐이었다.

오후가 되어 면회인이 좀 뜸해지고 다시 지리한 반성 시간이 되었을 때 김광하 씨가 나를 불렀다. 처음부터 내게 까닭 없이 호의를 보이던 감찰부장이란 사람이었다. 자리는 감방장 다음이었지만 내가 보기에는 감방 안의 정신적인 지배자인 것 같았다. 그의 말 한마디로 엄격하기 짝이 없는 감방 안의 자리 순서가 무시되고 그 곁에 내 자리가 만들어졌다.

"말동무가 생겨서 반갑소. 이 형에 대해 좀 들은 게 있지. 그래 하루 지내니 소감이 어떻소?"

입감 후 처음 듣는 점잖은 말씨였다. 나는 까닭 없이 위축된 채 더듬거렸다.

"뭐…… 아직은 별로……."

"그럴 거요. 더군다나 이 형이 한 달 전까지만 해도 열심히 하고 있던 공부를 생각하면."

그 말로 미뤄보아 그는 나에 대해 꽤 상세히 알고 있는 것 같았다. 그런 그의 표정에는 위로와 연민의 빛이 역력했다.

"하지만 위축될 거 없지요. 이것도 결국은 사회의 일각이니까."

"……."

"아마 이 형도 이곳에 있으면 모두 죄인이다, 라는 바깥세상의 미신을 믿어왔을 거요. 그러나 반드시 그렇지만은 않소."

"……."

"내 생각에는 이곳에 있는 사람들을 두 가지로 분류할 수 있을 것 같소. 하나는 죄인이고 하나는 죄수요. 합당한 우리말이 없어 내가 편의상 붙인 말인데 — 영어로 하면 시너(sinner)와 크리미 널(criminal)쯤 될까. 어쨌든 죄인이란 그 행위를 들으면 누구든지 그를 비난할 그런 짓을 한 사람이고, 죄수는 언뜻 그 행위로써는 선악을 구분할 수 없지만 그걸 금지한 법 규범이 있기 때문에 이 곳에 들어오는 사람이오. 그렇지, 이 형은 법 공부를 했으니까 죄 인을 자연범으로 죄수를 법정범으로 생각하면 대개 비슷하겠소."

그런 곳에서 듣게 되리라고는 전혀 예상하지 못한 얘기였다. 나 는 약간 어리둥절한 눈으로 그를 바라보았다.

"문제는 그 죄수, 즉 법정범이오. 그들에 대해서 사회나 법은 비 난할 수 있을지라도 개별적인 인간으로는 아무도 그를 비난할 수 없소. 거기다가 죄인이라고 모두가 그대로 비난할 수 있는 근거도 또한 없소. 모든 행위는 일견 범죄의 외형을 갖추었더라도 위법성 이 없거나 책임이 면제될 여지를 갖추고 있으니까. 중요한 것은 위 법성 조각(違法性阻却)이나 책임 조각(責任阻却)이 얼마나 완벽하 게 적용되느냐는 것인데 내가 보기에는 별로 충분한 것 같지 않 소. 따라서 여기 20여 명의 사람들 중에서 진정한 의미의 죄인은 불과 몇몇일 거요. 오히려 부끄러워해야 하는 쪽은 우리를 이곳에 이렇게 격리시키거나 처벌해야만이 자기들의 이익과 평안을 지킬 수 있는 저 바깥의 사람들이오……."

좀 억지스러운 데가 있는 논리였지만 독특하고 생생한 설득력을 가지고 있었다.

나는 문득 그가 받고 있는 뇌물 공여의 혐의를 떠올리며 그의 정체는 무엇일까를 추측해 보았다. 그러나 그는 내 그런 의문에는 상관 않고 얘기를 계속했다.

"그런데 이해 못할 것은 이들 자신의 의식이오. 아마도 사람들은 이런 곳에 수용되기만 하면 갑작스러운 도덕감의 확대를 경험하는 것 같소. 예를 들어 예비군 훈련 기피 같은 법정범으로 붙들려 온 사람도 막판에는 이상하게 도덕적인 죄의식에 사로잡혀 나가는 것이오. 요컨대 죄수로 들어왔다가 죄인이 되어 나가는 셈이지."

"……."

"내가 이 형에게 이 얘기를 하는 것은 행여 이 형도 위축될까 해서요. 국가와 법에게는 미안한 말이지만, 그리고 또 어떤 결말이 이 형을 기다리는지 모르지만 적어도 마음만은 당당하게 가지시오. 지난 다섯 달 동안 사람들의 원인 모를 나약함과 비굴에 정말 신물이 났소."

그리고 그는 옷깃에서 납작하게 눌린 담배 한 개비를 꺼내서 우리들의 대화에는 끼고 싶지만 적당한 말이 생각나지 않아 안달하고 있는 감방장에게 건넸다.

"하 형, 불 좀 붙이슈."

그 말을 들은 감방장은 그제야 자기가 참여하게 된 것이 즐겁다는 표정으로 역시 옷깃에서 이상한 도구를 꺼냈다. 짤막한 칫솔 자루에 라이터돌을 박아 넣은 것과 조그만 유리 조각이었다. 그다음 그는 이불에서 빼낸 것 같은 콩알만 한 솜뭉치를 부풀리더니 한쪽 끝에 침을 발라 벽에 고정시키고 그 아래에서 유리 조각으로 칫솔 자루에 박힌 라이터돌을 긁어댔다. 얼마 안 돼 솜뭉치에 발갛게 불이 일었다. 참으로 기묘한 라이터였다. 성냥을 소지하는 것이 금지된 감방 안에서 그 이상 간편한 채화 방식도 없을 것 같았다. 라이터돌은 부피가 작아 들여오기가 쉬운 까닭이었다.

담배에 불을 붙인 감방장은 연기 한 가닥 뿜지 않고 서서 서너 모금 빨더니 김광하 씨에게 넘겼다. 김광하 씨도 똑같은 방법으로 몇 모금 빨더니 내게 넘겼다. 나는 두어 시간 전 면회실에서 거푸 세 대나 피우고 들어왔지만 담배 맛은 역시 각별했다. 그런 나를 보며 김광하 씨가 약간 미안한 표정으로 말했다.

"오랜만에 부담 없이 말할 상대를 만나다 보니 나만 떠들게 된 모양이오. 앞으로 좋은 얘기 자주 나눕시다. 오늘은 그만 자리로 돌아가시오. 여기 관례도 관례니까. 곧 이쪽에 자리를 마련해보겠소. 금요일엔 공판이 있고, 어쨌든 몇몇은 여길 뜰 테니 말이오."

내가 냄새나는 자리로 되돌아가는 것이 못내 안됐다는 어조였다. 자리로 돌아온 후 또 하나 감탄한 일은 내가 몇 모금 빨고 건

넨 담배가 열여섯 번째인 내 앞자리까지 돌아왔다는 점이었다.

그날 오후 늦게 우리 감방에는 약간의 인원 변동이 있었다.

시종 말 한마디 없이 우울하게 웅크리고 앉아 있던 김상욱이란 50대의 어물 중개상이 선고유예로 보름 만에 풀려나갔다. 단언할 수 없는 일이긴 하지만, 감방 안의 단편적인 의견을 종합해보면 그가 치른 보름의 옥고는 순전히 구속적부심사(拘束適否審查)의 폐지에 따른 희생 같았다. 확실히 그는 어느 정도의 사술(詐術)을 사용해 거액을 빌렸고, 또 약속한 기일 내에 갚지 않았지만, 객관적으로 변제 능력과 의사가 있는 이상 형법의 사기죄에 문의하는 데는 무리가 있었다. 그러나 잘못된 경찰 판단에 의해 한 번 영장이 떨어지자 그를 기다리는 것은 복잡한 검찰 신문 과정뿐이었다. 구속적부심의 폐지로 자신의 정당함을 객관적인 법원에 소명할 기회를 잃어버렸기 때문이었다. 그사이 가장의 구속에 놀란 그의 가족들은 닥치는 대로 가산을 팔아 민사상의 채권자에 불과한 피해자에게 황급히 변제를 했다. 그리고 검찰은 신문 과정에서 다소 미심쩍은 곳을 발견했지만 이미 피해자에게 변상까지 했다는 걸 알고는 미적지근하게 기소유예로 처리해 버렸다. 결국 그 영악한 채권자는 형사소송법의 허점과 채무자 가족의 무지를 이용해서 자기의 채권을 가장 빠르고 확실하게 확보한 셈이었다.

이 억울한 김상욱 씨 대신 들어온 사람은 도벌 혐의를 받고 넘어온 권기진이란 농부였다. 낡고 때묻은 한복 차림에 수염이 텁수룩한 중년인 그는 입감 순간부터 별스러운 데가 있었다.

어딘가 굼뜨고 미련스러워 뵈는 그가 앉을 생각도 없이 감방 한가운데 엉거주춤 서 있는 걸 보고 감방장이 또 예의 그 발길질을 한 것이 발단이었다. 별로 급소를 챈 것 같지 않았는데도 그는 커다란 비명과 함께 나뒹굴었다. 감방 안에서는 드문 일이었다. 성이 난 감방장은 그런 그의 옆구리며 등허리를 사정없이 짓밟았다. 엄살인 경우 대개 그 정도면 일어나 몸을 도사리기 마련이었다. 그러나 그는 일어나지 않았다. 오히려 사지를 힘없이 늘어뜨리며 눈을 까뒤집고 거품을 물었다.

그제야 주위의 사람들이 놀라 일어서고 김광하 씨가 달려왔다. 감방장도 약간 당황한 듯 발길질을 멈추었다. 그러자 정신을 차린 권기진 씨는 그야말로 시골 사람 행짜 부리는 식으로 감방장에게 퍼부었다. 내가 언제 까무러쳤냐는 듯 거칠고 높은 목소리였다.

"사람을 패도 정도가 있지. 그리 무작스럽게 패는 법이 어디 있능교? 내가 죄지었으면 법에 죄졌제, 당신한테 죄졌능교? 응, 시상에 그따위 법이 어딨능교?"

하다가는 또 느닷없이 밖을 보고 고함을 질렀다.

"간수님요, 간수님요, 여(여기) 사람 좀 살리 주소. 가만 났뚜믄 사람 하나 넉넉히 때리 쥑이겠구마……."

그러고는 다시 생각났다는 듯 맞은 데를 어루만지며 숨을 씩씩거렸다. 다시 화가 나서 달려드는 감방장을 김광하 씨가 말리고 있을 때 교도관이 왔다. 그러나 교도관은 대수롭잖다는 투로 비죽이 감방 안을 들여다보며 건성으로 물었다.

"뭣들 하는 거야?"

감방장이 금세 아첨하는 얼굴로 굽실댔다.

"교육 좀 합니다, 형님. 이 맨 촌놈이 어찌나 흉물스러운지……."

그러자 다시 권이 게거품을 물었다.

"뭣 교육이라꼬? 그리고 니는 애비한테도 놈자 쓰나? 간수님요, 내 갈빗대 뿌라졌구마, 날 병원에 보내 주소."

교도관이 약간 신경질적인 표정을 했다.

"시끄러워. 별로 잘한 짓도 없으면서, 그리고 야, 감방장 너도 조심해. 한 번만 더 시끄럽게 굴면 3호실은 단체 기합이야."

그렇게 말하는 교도관의 나이는 불과 스물대여섯이 됐을까. 상대는 둘 다 최소한 그보다 열 살은 위로 보이는데도 서슴없이 반말이고 욕질이었다.

어쨌든 감방 안의 소란은 곧 수습되었다. 그러나 권기진 씨는 끝내 일어나지 않고 길게 누워 간간 생각난 듯 신음을 낼 뿐이었다. 감방장이 한 번 더 권위를 내세우려고 그를 건드려보았지만 결과는 전과 마찬가지였다. 교육도 신고도 제대로 될 리가 없었다.

"남은 굴신을 못 하겠는데 교육이 뭐꼬? 고마 절로(저리로) 가소."

교육부장이 그에게 다가가 어쩌고저쩌고 수작을 붙이자 그가 퉁명스레 쏘아붙인 말이었다. 결국 그는 발길로 몇 번 챈 것을 이용해 가장 괴롭다는 감방에서의 첫날을 편안히 누워서 보낼 수 있었다.

이튿날 면회를 온 형은 상당히 기쁜 얼굴로 검사가 나와 대학 동문이라는 점을 알려주었다.

"어쨌든 선배님 한 번 살려 달라고 매달려라. 검찰 서기는 마침 친구의 집안 형이어서 따로 선을 대어 놨다. 잘하면 기소유예 같은 것으로 이번 주 안으로 나갈 수 있을 거다."

그러나 막상 검찰 조서를 받기 위해 불려가서 보니 상황은 기대와는 딴판이었다. 검사는 얼굴도 대하지 못하고 마흔 줄의 성깔 마른 서기에게 한 시간이 넘도록 시달려야 했다.

"왜 기피했어?"

"공부 좀 하다가…… 그만……."

"공부? 흥, 무슨 공부를 그리 요란스리 했어?"

그런 그에게는 형이 굳게 믿고 있는 호의를 털끝만큼도 찾아볼 수 없었다. 나는 갑자기 당황하고 위축돼 더듬거렸다.

"고시를…… 사법시험을 준비했습니다."

"그럼 누구보다 법을 더 잘 알고 있을 놈이 기피를 해?"

"괜찮다는 말만 믿고…… '법률의 착오'였습니다."

나는 얼떨결에 엉뚱한 법학 용어를 쓰고 말았다. 그러자 그는 돌연 얼굴이 새빨개질 만큼 화를 냈다.

"법률의 착오? 흥, 건방진 새끼. 너 법률의 착오가 뭔지 제대로 알고나 있어? 어디 한번 말해 봐, 빨리."

더욱 당황하고 무안해서 나는 아는 대로 더듬거렸다. 조리 있는 설명이 될 리가 없었다. 사뭇 험악한 얼굴로 듣고 있던 그가 싸늘한 조소와 함께 말했다.

"정말 웃기고 있네. 그래 그게 네놈의 명백한 입영 기피의 변명이 돼? 같잖은 새끼. 기껏 그 정도를 고시 준비했다고 내밀어? 야임마 너 같은 놈이 고시가 된다면 대한민국에 검판사 아닌 놈 하나도 없겠다."

마치 입영 기피보다 내가 고시 준비를 한 것이 더 큰 죄라는 투였다. 나는 그가 왜 그렇게 성을 내는지 까닭도 모르면서 한 시간에 가까운 야유와 모멸감을 감내해야 했다. 도중 몇 번이나 그의 차고 날카로운 낯짝에다 침을 뱉어주고 싶은 충동이 일었지만 비굴한 계산이 간신히 그걸 억제해주었다. 어쨌든 칼자루를 쥐고 있는 것은 그쪽이고 따라서 만약 그가 적극적인 악의로 나를 해치려 든다면 어떤 불리를 입을는지도 모른다는 불안에서 나온 계산이었다.

내가 참담하다 못해 거의 울고 싶은 기분으로 돌아가니 다시 감방 안에는 약간의 변동이 있었다. 폭력 혐의로 들어온 김영국, 김영호 형제가 불기소로 풀려나가고 대신 사람을 친 트럭 운전사가 하나 더 들어와 있었다.

김광하 씨는 그 변동을 이용해 자기 곁에 내 자리를 마련해 두었다가 내가 돌아가자 거기에 앉혔다. 그리고 검찰의 신문에 대해 물었다.

나는 먼저 그 검찰 서기가 그렇게도 성을 낸 이유를 물어보았다. 정말 궁금하기 짝이 없는 일이었다.

"나와 똑같은 실수를 했군……."

김광하 씨는 한동안 쿡쿡거리며 웃더니 그 이유를 이렇게 설명했다.

"40대 전후의 검찰 서기나 법원 서기 중에는 고시에 깊은 원한을 가진 사람들이 더러 있소. 서기보로 들어와 서기가 됐건, 고시를 하다 하다 안 돼 서기로 들어왔건 적어도 열 번 이상의 낙방 경력이 있는 그런 사람들 말이오. 그게 좋다는 걸 누구보다 자주 경험할 수 있는 위치에서 열렬히 구했으나 끝내 얻지 못한 자의 가슴에 맺힌 응어리가 얼마나 무서운 것이겠소? 거기다가 오랜 세월 실무를 경험해 오는 동안 그들에게는 은연중 자신의 법 지식에 대한 비뚤어진 확신이 생기게 마련이오. 따라서 그들을 화나게 하는 데는 서투른 법 지식을 둘러대는 것보다 더 효과적인 방법은 없소. 이 형이 바로 그걸 한 거요."

그 말을 듣고 보니 나도 어느 정도 이해할 것 같았다.

"이제 이쪽에는 더 이상 기대하지 마시오. 당신 형님더러 다른 데나 제대로 힘써 보라고 하시오."

"그래도 검사는……."

"글쎄, 다 소용없어요. 검사란 시시한 기피자 하나 놓고 옴냐곰냐(옴니암니) 따지고 있을 한가한 자리가 아니오. 물론 한 번 대면은 하겠지. 그러나 그때는 이미 모든 게 끝나 있을 때요."

그러더니 의기소침해진 내 주위를 다른 곳으로 돌리려는 듯 화제를 바꾸었다.

"오늘 김 군 형제가 나갔어요. 이 형은 그들의 죄명을 알고 있소?"

나는 여전히 딴생각에 잠긴 채 건성으로 대답했다. 그러나 그는 다시 물어왔다.

"그 이상 다른 것을 생각해본 적은 없소?"

"별로."

"사물의 외관과 실질이 언제나 일치하지는 않소. 더구나 거기에 인간의 작위가 개입되면 더욱. 지금 우리가 처해 있는 곳은 이 사회의 어둠이오. 그러나 자세히 보면 그 어둠은 또 하나의 그늘을 가지고 있소. 이 형도 그 어둠의 그늘에 유의해야 할 거요. 거기서 어둠이 어둠일 수밖에 없었던 원인을 찾을 수 있으니까."

"네?"

"그들 형제의 죄명은 무력과 빈곤이었소."

"무력과 빈곤?"

"사건의 진상을 얘기해 드리지. 그들은 평범한 어부였소. 사건이 나던 날도 그들은 연안에 쳐둔 그물을 걷기 위해 배를 끌어내고 있었소. 그런데 갑자기 부두에 검은 승용차가 한 대 서더니 몇 사람이 내려 그 배를 전세 내자고 했소. 선유(船遊)를 하기 위한 것인데, 할 일이 바쁜 형제는 그걸 거절했소. 그러자 그쪽 사람들은 반 강압적으로 나오고 결국은 시비로 번졌소. 하지만 생각해보쇼. 설령 우직하고 거친 그 형제가 시비를 먼저 걸었다 한들 젊은 운전사를 포함한 그 다섯 명과 그들 형제의 격투 양상이 어떠했겠는가를. 곤죽이 되도록 얻어맞은 그들이 다시 정신을 차린 것은 그곳 지서였소. 상대편은 대부분 나이 마흔이 넘고 지체 있는 분들이어서 가볍게 혐의를 벗고 이미 떠난 후였소. 2주일 진단서까지 남겨 놓고. 짐작건대 난투 중에 긁히기라도 했던 모양이오. 그러나 만약 그 형제가 진단서를 끊을 정신과 여유가 있었다면 10주(週)는 넘었을 거요. 처음 그들이 넘겨졌을 때는 거의 피투성이였으니까."

"……."

"다행히 물은 제 길을 찾았소. 그리고 그것이 법을 공부한 우리에겐 늦으나마 큰 위로요."

도대체 이 사내의 정체는 무엇일까. 뒤이은 그의 얘기도 그의 법에 대한 깊숙한 통찰을 짐작케 하는 것이었다.

"폭력의 엄단에도 문제가 많아요. 더구나 형법의 폭행죄를 사문화(死文化)해 가면서 특별법으로 다루는 것은 사회질서를 파괴하거나 대단한 피해가 있는 것도 아닌 젊은이들의 단순한 사투(私鬪)에까지 법이 눈을 부라리고 달려들 필요는 없다고 봐요. 그것은 젊은이들의 정당한 감정 발산을 왜곡시키고 필요 이상 법에 의지하게 만들 뿐이오. 사람이 필요 이상 법에 의지한다는 것은 간교해진다는 뜻도 되오. 새파란 놈들이 저희끼리 투닥거려 놓고 병원으로 달려가는 꼴이나, 옥도정기도 필요 없을 만한 찰과상으로 한두 주일의 진단서를 끊어주는 의사나 또 그걸 근거로 중죄인 다루듯 하는 재판하는 양반들이나 모두가 마찬가지로 한심스럽지……"

그러다가 그는 문득 내 얼굴에 강하게 떠올라 있는 그에 관한 의문을 읽기라도 한 듯 서둘러 이야기를 맺었다.

"그들 형제의 진상을 이야기한다는 것이 그만 얘기가 빗나갔소. 여기 이 사람들도 반드시 그들의 외형적으로 받고 있는 혐의와 그 실제가 일치하지는 않는다는 것을 말한다는 게 그만……"

그리고 그는 깊은 침묵 속에 빠져들었다.

그 침묵이 어찌나 견고한지 나는 끝내 궁금한 그의 전력을 묻지 못하고 말았다.


이튿날 금요일은 공판일이었다.

내가 그것을 안 것은 그 새벽에 벌어진 '문지방 시비' 때문이었다.

"야, 이 개새끼야, 문지방을 왜 밟어?"

아직 잠이 덜 깬 채 변소행을 기다리고 있던 나는 철썩 따귀 치는 소리와 함께 들린 그 고함에 퍼뜩 정신이 들어 그쪽을 바라보았다. 평소 온순하고 말수 적던 교육부장이란 청년이 새파랗게 날이 선 눈으로 기자 행세를 했다는, 신문 지국장의 희멀쑥한 얼굴을 노려보고 있었다.

"이 새끼 누굴 징역 뱃띠미(포식)시킬려구 이래?"

이어 감방장의 장기인 발길질.

"정말 정신 나간 사람이구면. 오늘이 무슨 날인데."

절도 혐의인 박화영 씨가 투덜거리며 끼어들었다. 그 불행한 사이비 언론인은 그저 멍한 표정으로 그 날벼락을 당하고만 있었다.

"내가 미처 일러주지 않았군. 오늘은 공판일이오. 크게는 생명이 적게는 자유와 재산이 낮에 있을 공판의 결과에 달려 있기 때문에 오늘은 미신이 많아요. 첫째 문지방을 밟지 말 것. 둘째 머리를 긁지 말 것. 셋째 이나 빈대같이 사람의 피를 빤 생물을 죽이지 말 것. 그리고 ―."

의아롭게 그 소동을 바라보고 있는 내게 나직한 목소리로 설명하던 김광하 씨가 갑자기 내 귓가에 입을 대고 소곤거렸다.

"원숭이란 말조차 입에 담지 말 것."

그리고 다시 목소리를 높여 계속했다.

"공판에 나가는 사람들에게는 꿈도 중요해요. 가장 길몽은 소[牛] 꿈이오. 소는 조상이라고 해서 반드시 석방된다고 믿고 있소. 물고기 꿈은 무조건 나빠요. 보통 여기 들어오는 것을 '물에 빠진다.'라고 표현하는 것과 관련이 있는 것 같소. 그 밖에 이유는 모르지만 해, 구름, 별 따위 하늘에 있는 것들의 꿈도 흉몽으로 치고 있소."

그제야 나는 처음 수감되는 날을 제외하고는 관대하게 보아주는 문지방 밟는 것이 그렇게도 엄중하게 문책당하는 이유를 알 수 있었다. 말이 문지방이지 실제로는 특별하게 표시 나는 데가 아닌데도.

그리고 보니 그날 공판정에 나가기로 되어 있는 다섯 사람은 거의가 신경질적인 상태였다. 그들이 먹을 것을 남기는 것도 그날 아침에 처음 보았다. 그들 때문에 나머지 사람들마저 침울하고 무거운 분위기에 떨어지고 말았다. 시끄럽게 잡담하는 사람도 없고, 장기판을 벌이지도 않았다. 그동안 형성된 어떤 동료 의식 탓일까. 남은 사람들도 공판정에 나간 사람들 못지않게 초조해하며 그 결과를 궁금히 여겼다.

아홉 시경 공판정으로 나갔던 다섯 중 셋은 두어 시간 후에 돌아왔다. 결과가 좋지 않았다는 단적인 표현이 감방장의 발길질이었다. 그는 감방으로 들어서자마자 멋진 돌려차기로 가짜 기자의 등허리를 찍었다.

"개놈의 새끼, 너 때문에 또 연기야."

그 뒤를 박화영 씨가 받았다.

"사람이 저래 방정맞아 놓으니까, 저 멀쩡한 허우대에 좋은 학식을 가지고 이런 데서 끝장을 보지."

그리고 나머지 한 사람 교육부장은 그저 노려보기만 했지만 그 역시도 자기의 재판이 연기된 것은 온전히 그 가짜 기자가 그날 아침 문지방을 밟았기 때문이라는 것을 굳게 믿어 의심하지 않는 것 같았다.

한 번 연기된다는 것은 적어도 2주일 이상 심리가 연기된다는 뜻이었다. 피의자들이 연기를 싫어하는 것은 무엇보다도 그 기간만큼 자기들의 불확실한 상태가 길어져 그것이 가져오는 초조를 그만큼 더 불안과 겪어야 하기 때문이다. 물론 선고 전의 구금 일

수는 형 집행 일수에 가산되지만 기결수로서의 하루와 미결수로서의 하루는 성질이 전혀 달랐다.

거기다가 재산형이나 각종의 유예가 선고될 경우 그들이 미결감에서 고생한 것은 그대로 헛고생이 되어버린다. 그리고 무죄가 되는 경우에는 그 억울함이 훨씬 커진다. 법이 정하고 있는 보상은 대부분의 경우 한심할 정도로 적은 액수였기 때문이다.

만약 그 이상을 받아내려면 국가를 상대로 하는 새로운 소송을 제기해야 하는데, 대부분은 엄두조차 내지 못한다. 한 번 불에 덴 아이가 불을 무서워하듯 한 번 재판 과정, 특히 형사재판의 경우를 겪은 사람이면 법원 근처에도 얼씬하기 싫어하는 것이 상례였다.

피의자들로 보아서는 어쨌든 재판 진행 기간은 짧으면 짧을수록 좋았다.

나머지 둘은 나중에 선고를 받고 들어왔다. 어린아이를 치어 불구를 만든 버스 운전사는 징역 8개월, 어떻게 쳤는지 주먹으로 술집 주인의 이를 네 개나 못 쓰게 만들어 논 시골 건달은 10개월을 각각 선고받았는데 당사자들은 그 형량이 몹시 불만스러운 기색들이었다.

그들도 어김없이 그 애매하기 짝이 없는 일간지 지국장에게 분풀이를 했다.

"치워, 이 씨팔눔의 발모가지."

시골 건달은 자기 죄명에 어울리게 그의 다리를 걷어찼고,

"기름밥 먹은 지 10년에 징역 살기는 또 처음이네."

하며 사고 운전사는 거칠게 그를 흘겼다. 그런 분위기는 전혀 엉뚱한 사람들에게도 옮아갔다.

"뭘 봐, 눈깔을 확 뽑아 놓을라."

단기 1년 이상인 죄명 때문에 오후 늦게 A지방 합의부로 넘겨지게 된 강간범 중 배창진이란 소년이 두 손가락을 갈고리처럼 해가지고 그 운수 나쁜 동료의 두 눈을 겨누며 내뱉었다. 그들은 자기들의 당연한 이송까지도 그가 문지방을 밟은 탓으로 여기는 것 같았다.

그런데 감방 안의 분위기에는 무심한 채 줄곧 그 두 명의 나이어린 강간범들을 연민에 찬 눈으로 보고 있던 김광하 씨가 그들이 감방을 나서는 것을 보며 문득 독백처럼 중얼거렸다.

"불행한 시대의 불행한 아이들이오……."

그리고 이어 그는 독특한 해설을 시작했다.

"우리나라의 영어 참고서 체제가 대부분 명사(名詞)를 제일 앞에 내놓아서 영어 실력이 신통찮은 친구도 명사에는 정통하듯 이 형도 법을 공부한 이상 강간죄에 대해서는 정통할 거요. 형법 각론을 사면 제일 먼저, 그리고 가장 재미있게 보는 것이 그 부분이니까. 그런데 실제로는 참 문제가 많은 조항이오. 기수(旣遂) 시기, 객체, 소송 조건 같은 이론적인 것 외에도……."

거기서 김광하 씨는 잠시 말을 끊었다가 다시 계속했다.

"첫째로는 그 보호 가치요. 저 애들이 덮친 것은 남녀 혼성 캠

핑 텐트요. 당한 처녀들은 경찰서에 정확한 주소조차 대줄 수 없는 파트너들과 그전에 벌써 나흘이나 거기 묵었소. 그녀들은 이미 자기의 정조를 자기 스스로와 가정의 보호 밖으로 내동댕이친 지 사흘째란 말이오. 그런데도 그걸 법이 그렇게 엄중하게 보호해줄 필요가 있겠소? 민법에서 '손이 손을 지켜야 한다.'는 법 격언이 광범위하게 수용되고 있음에 비해 형법에서는 거의 고려조차 않고 있다는 것은 납득이 안 되오.

그다음은 원인 행위에 관한 것이오. 그 아가씨들은 거기서 거의 해수욕복 차림으로 지냈고, 때로는 마을에까지도 그런 차림으로 나왔다는 거요. 그런 일이 흔하지 않은 산골 마을에서는 충분히 성적 충동이나 범죄 심리를 유발시킬 만한 원인 행위요. 위난을 스스로 초래한 자에 대해서는 정당방위나 긴급피난조차 인정하지 않으면서, 그녀들에게 법이 왜 그렇게 동정적인지. 하다못해 민법의 과실 상계(過失相計) 같은 규정이라도 준용돼야 했다고 생각되오.

물론 지금 지적한 두 가지는 법관의 양형(量刑) 때에 충분히 고려되는 것으로 알고 있소. 하지만 나는 그것을 법관에만 맡기지 말고 어떤 객관적인 기준을 주자는 것이오.

셋째로는 그 죄에 대해 광범하게 퍼져 있는 일반의 미신이오. 예를 들면 뾰족한 돌자갈밭에서 덮치니까 여자가 아픔을 참다못해 '풀밭으로 가서 하자.'고 했는데 나중에 그 말 때문에 무죄가 되었다든가, 최음제를 사용한 것은 강간이 아니라든가, 강간을 하고

난 후 돈을 두고 오면 괜찮다든가 하는 따위 말이오.

저 우직한 녀석들도 그걸 곧이곧대로 믿었던 거요. 낫과 도끼로 남자들은 쫓아 보내고 그들은 곧바로 자갈밭에서 그녀들을 덮쳤소. '아픈데 텐트 속으로 들어가서 하자.'고 말하도록 만들기 위해서였소. 그리고 정말 쓴웃음 나는 일은 그런 그녀들의 말을 무죄의 증거로 주장하고 있는 점이오. 진의(眞意), 비진의(非眞意)조차 구별 못하는 저들에게 형벌이 무얼 기대하는지.

그리고 마지막으로 — 이건 주관적인 것이지만 — 인간적인 면에서 저들에게 동정을 금할 길이 없어요. 생각해 보쇼.

하루 종일 뙤약볕 아래서 비탈밭 개골짝 논을 헤매다가 저녁나절 피곤한 몸을 씻으러 강가에 나간 저 애들이 강물에 채워둔 맥주를 마시며 전축을 틀고 있는 그녀들을 보며 느낀 것이 어찌 단순한 성적 충동뿐이었겠소. 나는 그들이 낫과 도끼까지 들고 나선 것도 그들 본래의 흉포성 때문만은 아니었다고 생각되오⋯⋯."

그러다가 갑자기 흥분한 것이 부끄러운 듯 어색하게 웃었다.

"내가 또 도사 앞에서 요령을 흔들었나? 마, 그렇다는 얘기요."

그러나 그런 김광하의 독특한 해설은 사흘 후 김기주 씨가 끝내 살인 혐의로, 지방법원 합의부로 넘겨졌을 때도 마찬가지였다.

"그의 어둠에도 또 하나의 그늘은 있소. 외견상으로 그의 혐의는 움직일 수 없는 것처럼 보이고, 자칫 도덕적인 비난까지도 가능하지만, 내가 아는 바로는 반드시 그렇지 않소.

우선 그의 아내 — 그녀는 겉으로는 상당히 미인이고 교양도 있고, 더구나 김기주 씨에게는 전 재산인 양복점을 가져왔소. 그러나 그녀는 과거가 있는 여자요. 그 조그만 읍을 떠들썩하도록 연애를 하고 낙태까지 한 경력이 있소. 그러다가 실연을 당하자 거의 자포자기 상태로 김기주 씨와 결혼한 거요. 하지만 살아가면서 은 연중 무식하고 가난한 남편에게 환멸과 권태를 느끼게 됐을 거요.

한편 김기주 씨에겐 처음 그녀가 거의 황송했을 거요. 주인집 딸, 자기보다 많이 배우고, 자기 전 재산의 실질적인 주인인 여자…… 그러나 차츰 세월이 지나자 그 황송함은 갑갑함으로 변했을 거요. 아이를 셋씩이나 낳고 십 년이나 살을 맞대고 살아도 그들 부부 사이의 깊은 강은 쉽게 메워지지 않았기 때문이오.

그것이 김기주 씨가 낚싯대를 들고 집을 나서기 시작한 동기였을 거요. 그의 새 여자는 그런 낚시터에서 만났소. 흔한 바닷가의 과부이고 인물도 못생기고, 학교 문전에도 못 가본 무식꾼이고, 또 김기주 씨가 던져주는 푼돈에 감지덕지할 만큼 가난한 여자였소. 언뜻 보면 그런 여자에 김기주 씨가 그렇게 빠져든 것이 이해되지 않을 거요. 하지만 다시 생각해 보시오. 그 여자에게 갔을 때 김기주 씨의 마음이 얼마나 편안하고 아늑했겠는가를. 무엇이든 자기보다 못한 여자를 보호하고 거느리는 기쁨.

설령 그가 정말로 이혼하기 위해 세 아이를 물에 던져 넣었다 하더라도 나는 그를 이해할 수 있을 것 같소. 이십 년간이나 선량한 시민이고 자애로운 가장이었던 중년 남자가 어느 날 총을 들고 거리에 나가 열한 명이나 쏘아 죽이고 자살해 버렸다는 외신 보도가 실제로 있었던 일이라면……."

일주일이 지나자 모든 것이 익숙해졌다. 내 앞일에 대한 불안
은 여전히 나를 괴롭히고 있었지만 주위를 냉철하게 관찰할 여유
도 생기고 면회 온 형님에게 읽던 책을 넣어 달라고 부탁할 정도
까지 됐다.

내가 그 두 번째 주일에 얻은 정신적인 소득 중의 하나는 자
유의 개념에 대한 '켈젠' 파의 오류를 경험으로 확인한 일이었다.

자유를 '이념상으로는 국가적 강제 질서가 인간의 전 행태(全
行態)를 포착할 수 있지만, 실제로 그런 일이 일어나지 않은 데서
온 반사적 이익'일 뿐이라고 하는 그들의 학설은 형벌로서 자유
형의 존재를 불가능하게 하는 것이었다. 왜냐하면 자유를 그렇게
볼 경우 자유형은 그 반사적 이익을 없애는 것, 다시 말해서 국가
적으로 강제 질서의 확대에 불과하고, 따라서 형벌로서의 의미를
상실하기 때문이다. 만약 국가적 강제 질서를 형벌로 파악한다면
모든 국가의 국민은 태어나는 것이 바로 형벌이 되고 만다. 그들
학파가 단 하루라도 실제적인 자유 박탈을 경험해 보았다면 결코
자유를 반사적 이익이라고 보는 형식논리에 떨어지지 않았을 것
이다. 자유는 분명 실제적 권리이며 그 박탈은 중요한 형벌이었다.

감방 안의 '6조지기' 중 '검사는 불러 조진다.'는 항목을 실감한
것도 그 주일이었다. 나 같은 죄, 그러니까 범죄 내용이 뚜렷하고
피의자의 부인이 전혀 없는데도 검찰은 두 번이나 더 나를 불렀다.

증언의 상위가 있거나 범죄 사실을 부인할 경우면 도대체 몇 번이나 불려가야 할 것인가. 확실히 '검사는 불러 조졌다'.

그러나 검사를 직접 대한 것은 그 마지막의 한 번뿐이었다. 아직 젊은 사람이었는데 그 얼굴에는 어딘가 피로와 신경과민의 표정이 비쳤다.

동문인 것이 확실하면 비록 과는 달라도 몇 해밖에 선배가 안 될 것 같아 기대를 걸었으나 그는 끝내 거기에는 관심을 보여주지 않았다. 검찰 조서의 형식적인 확인 끝에 기껏 물은 것이 왜 학교를 중도에 그만두었는가라는 것이었다. 검사실로 불려간 지 채 오 분도 안 되는 동안의 일이었다.

실망에 찬 내가 감방 안으로 돌아가 그 얘길 했더니 김광하 씨가 그것 보라는 표정으로 물었다.

"왜 학교를 중퇴한 사유를 물었는지 아시오?"

"글쎄요. 그게 좀 석연찮군요."

"석연찮을 것도 없어요. 그는 아마도 이 형이 다닌 학교에 조회를 지시했을 거요. 사적인 흥미나 호의로서가 아니라 혹 이 형이 데모 관계로 제적된 것이나 아닌가 해서요. 이 형이 체제에 협조적인가 아닌가를 확인해 보기 위해서 말이오."

"그건 병역법과는 무관하지 않습니까?"

그러자 김광하 씨가 피식 웃었다.

"이 형은 법의 목적이 무엇이라고 생각하시오?"

"여러 가지 있겠지요. 형평이라든가, 정의, 공서양속(公序良俗)……."

"그러나 가장 크고 우선되는 목적은 그 법을 산출한 체제를 보호하고 유지하는 것이오. 나머지는 바로 그 대전제 아래서 부수적으로 추구될 따름이오."

그리고 여전히 납득하지 못해 어리둥절한 나를 잠시 바라보다가 말했다.

"물론 이상적으로 법은 정치로부터 객관화되어야 할 것이지만, 아직 지상에서 그런 법이 시행된 적이 없소. 재판을 맡는 '정의의 여신'의 눈을 가린 것은 희랍인의 예지였을 뿐 땅 위의 법은 언제나 눈을 부릅뜨고 재판당할 자의 정치적 색깔부터 살폈소."

그의 말은 분명 독단과 편견의 요소를 가지고 있었지만 동시에 예리한 시선을 포함하고 있었다. 내 경험에는 참으로 새로운 인간형이었다.

"맞아요. 얼마 전 우리 신문의 논조가 좀 과격하다 싶더니, 놈들은 별거 아닌 걸로 나를 옭아 넣었다고요."

언제부터인가 눈을 깜빡거리며 우리들의 대화를 듣고 있던 신문 지국장이 불쑥 끼어들었다. 제법 지사적인 강개가 서린 목소리였다. 그러자 김광하 씨가 갑자기 싸늘해진 눈초리로 그를 훑어보며 쏘아붙였다.

"요새 신문도 논조라는 게 있던가? 그리고 중앙에서 논조가 좀 과격했다고 유가지(有價紙) 이백 부도 안 되는 산촌 지국장을 옭아 넣는다는 말도 처음 듣겠네."

무안을 당한 사이비 언론인은 상기된 얼굴로 무어라고 항변하려다가 입을 다물었다. 김광하 씨는 그런 그를 한층 차가운 눈초리로 쏘아보더니 더 매섭게 몰아세웠다.

"당신은 이곳에서 진심으로 반성해야 할 몇 중의 하나야. 당신은 직접으로 돈을 요구하지 않았다고 내세우지만, 비위 사실을 알고 있다고 으름장을 놓은 게 분명하다면 그 사람이 돌아가려는 당신에게 억지로 돈을 주었더라도 틀림없는 공갈죄야. 더구나 기자 자격까지 사칭했잖아? 정말로 더 이상 잘못되기 전에 반성하고 삶의 방식을 바꿔 봐.

당신이 태산처럼 믿고 있는 그 언론이란 것, 허무맹랑한 거야. 스스로 제4부를 자처하고 특권을 행사하려 들지만 도대체 누구로부터 수권(受權)했지? 대통령이나 국회의원은 선거를 통해 나왔고, 법관은 시험을 쳐서 자격을 얻었지만, 언론은 뭐야? 자임(自任)에 불과하잖아? 그 힘은 오직 스스로 설정한 책임과 사명을 성실하게 수행하는 데서 나올 뿐이야. 그런데 당신은 그 역기능이라고 해도 좋은 언론의 특권에 기생해 살려고 하고 있어. 그런 태도는 아무리 뉘우쳐도 지나치지 않아……"

끝내 그 지국장은 부끄러움인지 분노인지 모를 표정으로 일그러진 얼굴을 세운 무릎 사이에 파묻고 말았다.


그런데 내가 있던 감방에는 언제부터인가 김광하 씨 못지않게 내 관심을 끄는 사람이 하나 있었다. 바로 수감 첫날 감방장과 소동을 벌인 권기진 씨였다.

그는 그날 이후 줄곧 드러누워서 지냈다. 진단도 두 번이나 받고 엑스레이까지 찍었다. 그쯤 되자 감방장도 교도관도 그가 드러눕는 것을 묵인해주었다. 그러나 거의 습관적으로 끙끙 신음 소리를 내고는 있었지만 때로는 대낮에도 몇 시간씩 코를 골며 자는 것으로 보아 그의 상처가 그가 주장하는 것처럼 그렇게 대단한 것 같지는 않았다.

내가 그에게 묘한 흥미를 느끼기 시작한 것은 언젠가 면회실에서 그를 만난 후부터였다. 그날 어머님께서 면회를 오셨기에 나는 일부러 쾌활하게 떠들고 있었는데 바로 옆자리에 권기진 씨가 나와 있었다. 상대는 몹시 세련된 도회풍의 신사로 그들은 무언가 은밀한 내용을 주고받는 듯 나직나직 얘기하고 있었다. 그런데 그 사이에서 언뜻 이런 소리가 들렸다.

"지내기가 불편하시더라도 병보석은 생각하지 마십시오. 자칫 판결에 불리한 영향을 미치게 될지도 모르니까요."

나는 어머님을 위로하려고 애쓰면서도 언뜻 의아한 기분이 들었다. 과벌(過伐)의 재판과 병보석 사이에는 어떤 연관이 있을 것 같지 않았기 때문이었다. 게다가 공손하게 말하고 있는 상대는 너무나 안 어울릴 만큼 신사복 차림이었는데도 권기진 씨는 조금도 위축되거나 두려워하는 기색이 없었다. 오히려 무엇인가를 지시하는 느낌마저 들었다.

그러나 감방 안으로 되돌아가자 권기진 씨는 전과 같이 순박하고 무지한 중년의 농부일 뿐이었다. 의사를 불러달라거나 병감(病

監)으로 옮겨달라고 조르지 않는 것이 달라졌을 뿐 신음도 누워
지내는 것도 그대로였다.

그 밖에 또 이상한 점은 그를 면회 오는 사람들이 한결같이 그
의 겉모습과는 걸맞지 않았다. 부인만 해도 수수한 한복 차림으
로 찾아왔지만 어딘가 기품 있는 안주인의 태도가 엿보였다. 그
의 장남도 D시의 명문고에 다니고 있었다. 도무지 알 수 없는 노
릇이었다.

언젠가 나는 그런 의심을 김광하 씨에게 은근히 비쳐본 적이
있었다.

"나도 흥미롭게 관찰하고 있소. 저 사람은 내가 미결감에 있는
다섯 달 동안에 정체를 알 수 없는 유일한 사람이오. 어쩌면 나보
다도 한 단수 위인 사람일지 모르겠소."

김광하 씨 역시 이상한 점을 느껴온 모양이었다. 그러나 그날
저녁 은근히 권기진 씨를 떠보려던 그는 보기 좋게 당하고 말았
다. 조용히 다가가 무얼 물은 모양인데 권기진 씨는 펄펄 뛰었다.

"벨(별)소릴 다 듣겠네. 없는 놈이 산전(山田) 몇 백 평 개간하다
가 도리솔(다박솔) 몇 뿌리 더 캤다고 끌려왔는데 이상하긴 뭐가
이상하노? 몸 아픈데 귀찮구마, 절로(저리로) 가소."


마침내 나 자신의 첫 공판일이 되었다.

수감된 지 꼭 열아흐레 만이었다. 나는 원인 모를 불안과 설렘
으로 전날 밤을 거의 뜬눈으로 새웠다.

우리 감방에서 그날 공판정에 나간 사람은 감방장과 김광하 씨, 박화영 씨, 권기진 씨, 지국장과 나 이렇게 여섯 명이었다. 감방장과 김광하 씨와 지국장은 심리의 계속이었고, 박화영 씨는 선고 공판, 나와 권기진 씨는 첫 심리 공판이었다.

아직 그럴 철은 아니건만 방청객이 반 이상 찼는데도 공판정은 으스스했다.

공판정에 선 피의자는 다른 감방까지 합쳐 모두 열세 명이었다.

김광하 씨가 말한 '도덕감의 확대'를 내가 처음 실감한 것은 바로 그 공판정에서였다. 몇 번 마음을 다져 먹었는데도 목소리는 떨리고 저절로 머리가 숙여졌다. 개전의 정을 보여 작량 감경(酌量減輕)의 덕을 보겠다든가 하는 따위 식의 계산으로서가 아니라 마음 깊은 곳에서 우러나는 원인 모를 죄의식 때문이었다. 나중에는 나 스스로 생각해도 내 꼴이 너무 처량해서 화가 날 정도였다.

재판의 순서는 심리 공판부터였다.

나는 이제 더 이상 증인이나 할 말이 없었으므로 그날 중에 구형이 떨어질 줄 알았다. 그러나 판사는 채 몇 마디 묻지도 않은 채 재학 증명서 문제로 뜻밖에 이 주일을 미루고 말았다. '6조지기' 중 '판사는 미뤄 조진다.'를 체험하게 된 셈이었다. 그날 공판정에서의 나머지 시간은 거의 다른 사람의 공판을 구경하면서 보냈다.

먼저 인상적인 것은 권기진 씨의 언행이었다. 그는 철저하게 무식한 농부로 일관했다. 과벌(過伐)이라든가 전력(前歷) 같은 쉬운 말도 못 알아들었고, 재산을 물었을 때는 겨우 오만 원이라고 대답했다.

그러고는 애절한 목소리로 빌기 시작했다.

"재판장님요, 한 번만 용서해 주소. 지가 무식해 가지고 뭐가 죄가 되는지 모르고 한 짓임더, 밭뚜렁에 있는 소나무 맷뿌리 파내는 기 이렇코롬 큰 죄가 될 줄 참말로 몰랐임더……"

정말로 눈물겨운 호소였다. 나중에 그가 '내만 처다보는 눈까리 까만 기집 자슥……' 할 때는 방청석뿐만 아니라 법관석에서도 측은하게 여기는 빛이 역력했다.

김광하 씨 측의 증인은 좀 엉뚱한 느낌이 들었다. 평범한 시골 농부 두 명뿐이었는데 그들은 뇌물 공여와는 별 관계없는 김광하 씨와의 어떤 거래를 성실하게 증언했다. 즉 그들 소유의 면실박을 포당 사백 원으로 분명히 김광하 씨에게 팔았다는 내용이었다. 판사는 몇 번이나 김광하 씨가 거짓말을 하거나 속이지 않았는가를 물었으나 그들은 한결같이 자기들이 좋아서 한 노릇이라고 말했다. 그러자 판사는 그들이 그렇게 쉽사리 정부 보조를 포기하고, 그 농촌 정책을 무시한 것을 나무란 후 증인신문을 끝냈다.

충격적인 것은 감방장의 피해자인 문제의 여자였다. 나는 감방장의 농도 짙은 묘사 때문에 그 여자에 대해 몇 가지 상상을 가지고 있었다. 즉 얼굴은 수수한 대로 보통 이상 잘생겼고, 피부는 희며, 육체는 풍만하리라는 것 등이었는데, 보니 전혀 딴판이었다.

얼굴은 바닷바람 탓인 듯 새까맣게 그을은 데다, 벌써 한꺼풀 주름이 덮여 서른여덟은커녕 마흔여덟도 넘어 보였다. 값싼

나일론 스웨터와 다프타 몸뻬에 싸인 몸도 앙상하게 시들어가는 노파의 그것에 가까웠다. 거기다 그녀의 진술은 더욱 충격적이었다.

"판사님, 판사님. 우짜든지 저 더러븐 놈 엄벌에 처해 주소. 저 놈이 바로 3년 동안 내한테 붙어 몸 뺏고 돈 뺏아 간 놈입니다. 찰거머리처럼 붙어 내 피를 빨아 묵은 놈이라에. 그리고 더 빨아 묵을 기 없던지, 딸아(이) 중학교 입학금 들고 뛴 놈이라꼬요. 우짜든지 저 놈을 다시는 햇빛 몬 보도록 맹그러 주소. 자식들하고 먹고살기 바쁜데도 당한 걸 생각하이 너무 분해 주막도 닫고 쫓아왔임더……"

판사의 질문이나 제지는 귓가에도 들어오지 않는 모양이었다. 앞뒤 없이 넋두리를 늘어놓던 그녀는 돌연 감방장한테로 휙 돌아서서 퍼부어 댔다.

"이 더러븐 놈아, 이 웬수야. 뭐 총각? 고향 가면 집도 땅도 있어 날 데리가 호강시켜줄 끼라고? 그래 참말로 니 집 좋구나. 번듯하고 이리 넓구나. 오래오래 한번 살아 봐라아—."

결국 그녀는 그 좋은 입심대로 다 말하지 못하고 정리에게 끌려나가고 말았다. 그녀가 떠드는 동안 그렇게도 기세 좋던 감방장은 고개를 들지 못한 채 초라하게 서 있었다.

이병훈(지국장)은 공판장에서까지 "언론에 몸담은 사람으로서…… 우리 J신문은……" 하다가 끝내 판사의 호된 질책을 들었다. 그 뒤 다시 몇 번의 희비극이 있은 후에 우리 다섯은 선고를 기다리는 박화영 씨만 남겨 놓고 감방으로 돌아왔다.

박화영 씨는 끝내 2년의 징역을 선고받았다. 거듭된 전과가 그에게 불리한 작용을 한 탓이었다. 자기의 공판에 대해서는 전혀 관심 없다는 듯한 태도로 덤덤히 앉아 있던 김광하 씨는 기결감으로 떠나는 박화영 씨의 뒷모습을 바라보며 다시 독백처럼 중얼거렸다.

"아마 그는 이번 형기를 채우지 못할 거요."

"왜요?"

"결핵 중증이오."

문득 나는 박화영 씨의 잦은 기침과 창백한 얼굴을 떠올리며 이번에는 자진하여 물어보았다.

"그는 죄인입니까? 죄수입니까?"

김광하 씨는 낮으나 확신에 찬 목소리로 대답했다.

"둘 중 어느 편도 아니오. 그는 무죄요."

"그럼 절도 혐의는."

"물론 그는 남의 원동기 모터를 훔쳐 팔아먹었소. 그러나 구성요건에 해당한다고 반드시 범죄가 성립하는 건 아니잖소?"

"그럼 위법성이나 책임을 조각(阻却)할 사유라도 있습니까?"

"둘 다 있소."

"어떤 건데요?"

"정당방위와 강요된 행위요."

"정당방위를 위한 절도? 처음 듣는데요. 강요된 절도는 몰라도."

"물론 이 형이 읽은 책에는 전혀 그런 것이 나오지 않거나, 혹 그 비슷한 것이 취급됐더라도 인정하려 들지는 않을 거요. 그러나 우리들의 법의식이 발전하면 반드시 고려해 넣어야만 할 개념이오."

그 말을 듣자 문득 생각나는 게 있었다.

"소위 사회적 긴급피난(緊急避難)을 말하시는 겁니까?"

"그게 이제 겨우 법의식의 표면에 떠오르기 시작한 개념이지만, 나는 그 이상 사회적 정당방위로까지 그걸 끌어올리고 싶소.

박화영 씨의 경우 그는 원래 평범한 농부였소. 병들기 전만 해도 그에게는 자기의 여섯 식구는 충분히 부양할 수 있는 토지와 재산이 있었소. 그런데 질병은 그의 노동력을 줄이고 토지와 재산을 축내 갔소. 생계의 부족분을 그의 노동임금으로 메워가야 할 처지가 되었건만 병든 그의 노동을 사람들은 아무도 사주지 않았지. 그대로 두면 그의 여섯 식구는 고스란히 굶어 죽어야 할 처지에까지 이르렀소.

그런데 문제는 그런 상태에 떨어지게 된 데 대한 책임이오. 물론 질병을 천재지변과 같은 불가항력적인 것으로 보아 그의 절도를 긴급피난으로 파악할 수도 있겠지요. 그러나 반드시 그렇지는 않소. 사회가 잘 조직되고 법이 적절하게 운용된다면 그의 불행은 충분히 막을 수 있었소. 그는 마땅히 보호를 받아야 할 사람

이었소. 그들 식구의 열흘치 양식도 안 되는 생보자(生保者) 구호
곡이나 형식적인 보건소의 알약 몇 개 이상으로. 따라서 그런 그
를 보호하지 못한 것은 이 법과 제도의 '부당한 행위'였다고 볼 수
도 있소. 즉 박화영 씨의 절도는 정당방위의 요건을 충족시키는
것이오.

'자기 또는 타인의 법익에 대한 현재의 부당한 침해를 방위하
기 위한 행위는 상당한 이유가 있는 때에는 벌하지 아니한다—.'"

"그렇지만 절도 외에 다른 방법도."

"그는 노동력밖에 팔 게 없는데 그걸 아무도 사주지 않았다고
말했잖소?"

"침해의 현재성은?"

"물론 그가 도둑질은 않는다고 오 분 후나 십 분 후에 당장 그
와 전 가족이 굶어 죽는 것은 아니었소. 그러나 이르든 늦든 그
런 위험에 떨어질 개연성만 있다면 그것이 현재성이 있다고 말할
수도 있소."

"그래도 그건 너무 지나친 정당방위 개념의 확대가 아닙니까?
자칫 법질서 전반을 뿌리째 흔들리게 할 만큼 위험한."

"그럴수록 그런 확대가 필요 없는 사회와 제도가 이룩되도록 노
력해야 하지 않겠소? 그리고 딱히 정당방위를 인정할 수 없다 하
더라도 강요된 행위는 인정할 수 있을 거요. 박화영 씨는 분명 '자
기 또는 친족의 신체, 생명에 대한 위해를 방어할 방법이 없는' 상
태에서 절도로 나아간 것이니까 — 적어도 그에게 책임을 물을 수

는 없을 거요."

그때 돌연 숨죽인 흐느낌과 신음 소리가 우리들의 대화를 중단시켰다. 소리 나는 쪽을 보니 감방장이 새로 들어온 두 명의 경범을 한창 모질게 들볶는 중이었다. 방금 신음을 낸 것은 손가락 사이에 대젓가락을 가로 끼운 채 손등을 밟히고 있는 덩치 큰 청년이었다. 그 곁에는 또 한 사람의 순하게 생긴 청년이 똑같은 상태로 눈물만 철철 흘리고 있었다.

"개새끼들. 술 처먹고 술집 부술 때는 기분 좋았지? 이제 맛 좀 봐라."

감방장은 표독스레 말하면서 두 사람의 손등 위에 한 발씩 올려놓고 서 있었다. 그는 마치 그 두 명의 경범이 자기 집이라도 부순 듯 가혹하게 다루었다. 둘은 고통을 못 이겨 큰 덩치를 꿈틀거리며 연방 신음을 토했다.

"술은 얼마나 처먹었어?"

"둘이서 한 되…… 한 되 마셨임더."

"한 되? 탁주야 쏘주야, 맥주야? 말을 확실히 해, 이 새끼들아."

그러면서 그는 따귀를 올려붙였다.

"쏘, 쏘줍니다."

"그래, 잘 처먹었다. 네놈의 새끼들 밖에서 멋대로 다니니까 눈에 뵈는 게 없디?"

이번에는 손등에서 내려서서 두 손을 잡고 쩔쩔매는 그들의 가슴팍을 차례로 걷어찼다. 그 혹심한 고통을 참고 있는 그들의 큰 덩치가 왠지 바보스럽고 밉살맞을 정도였다.

"하 형, 대강 하쇼, 너무 심하잖소?"

마침내 보다 못한 김광하 씨가 말렸다.

감방장은 전과는 달리 김광하 씨까지 잡아먹을 듯한 얼굴로 노려보며 내뱉었다.

"시끄러 이 새꺄. 누굴 약올리는 거야? 너는 좋은 증인 놈을 만나서 곧 나간다고 헤벌쭉해 있지만, 난 이번에 가면 또 몇 바퀴 돌 몸이란 말야. 국으로 입 닥치고 앉아 있어."

"하 형, 정말 그렇게 나오기요?"

"그래 이 새끼야, 일주일이나 늦은 놈을 봐줬더니 이게 아주 기어올라? 대가리를 바수어 놓을라."

그쯤 되자 김광하 씨도 드디어 화가 난 모양이었다.

"너 정말 그 따위로 놀래?"

"그래 — 이 새꺄."

갑자기 감방장이 경범 둘을 놓아두고 성난 표범처럼 김광하 씨에게 덮쳤다. 그는 반발광 상태인 것 같았다. 김광하 씨도 만만치는 않았다. 여러 사람이 팔 걸고 나섰지만 결국 그들의 충돌은 교도관의 개입이 있고야 끝났다. 덕분에 우리 감방은 그날 단체 기합을 받았다.

그런데 한 가지 이해 못할 일은 나머지 피해자들의 동향이었다. 그들은 대부분 감방장보다는 김광하 씨의 말을 무섭게 여겼지만 경범들에 관해서는 감방장과 견해를 같이했다. 김광하 씨와의 충돌 후에도 계속된 감방장의 경범들에 대한 고문에 가까운 폭행을 그들은 유쾌한 눈으로 보았고, 직접 간접으로 가담하기까지 했다. 한 번은 참다 못한 덩치 큰 경범이 감방장에게 대항하려는 자세를 취하자 가차 없는 발모둠으로 그를 제지해 주기도 했다.

경범은 길어야 한 달에서 하루 빠진 29일이면 석방된다는 데 대한 어떤 부러움과 시기가 그들의 가학 성향을 자극하는 것 같았다. 그것도 동료 의식으로 응결된 집단적인 가학 성향이었다.

따라서 그 두 명의 불행한 경범은 비록 일주일의 구류를 살았지만 실제 그들이 받은 육체적·정신적 고통은 기결감의 7개월과 맞먹을 만했다. 대도시에서는 벌써부터 분리 수용되었다고 들었지만, 그리고 내가 있던 그 시골 지원의 구치소도 지금이야 그럴리 없겠지만, 어떤 이유에서건 경범을 다른 잡범들과 함께 수용하는 일은 없어야 한다는 게 그때의 내 느낌이었다.

감방장은 날이 갈수록 포악해져 갔다. 그런데 결과적으로 그를 불행하게 만든 것은 처음 경범들에게만 쏠렸던 그의 포악함이 점차 감방의 동료 전체를 향하게 되면서부터다. 그는 별것 아닌 일에도 입에 못 담을 욕설과 함께 고참 신참 가릴 것 없이 후려 패고 차기 시작했다. 예외가 있다면 김광하 씨와 그 그늘에 있는 나 정도였을까. 거기다가 감방장은 노골적으로 같은 방 수감자들로부터 돈을 우려내려 했다.

원래 각 감방에는 감방장의 간수 아래 공동 명의로 비축되는 돈이 있었다. 신참의 인사비와 면회 때마다 조금씩 거두는 면회비

같은 것들도 모을 수만 있다면 상당한 금액이 될 만한 돈이었다. 그러나 워낙 쓰임새가 헤퍼 대체로 그리 많이 모이지는 않았다.

그 지출 중에 가장 중요한 것은 정기, 비정기로, 교도관에게 바치는 교제비였다. 그 교제비가 꼭 필요한 것은 턱없이 까다로운 감방 수칙 때문이었다. 원칙대로 하면 금주, 금연은 물론 피의자는 거의 하루의 대부분은 꿇어앉아 반성의 자세를 해야 하는데, 그걸 그대로 지킨다는 것은 여간한 고역이 아니었다. 그 교제비는 바로 그런 수칙을 완화시켜 내가 지금껏 묘사한 바와 같이 느슨한 감방 생활을 할 수 있게 해주었다.

그다음은 엄청나게 비싼 담뱃값과 간식비, 간장값이었다. 대개 총감방장을 통해서 구입하게 되는 그 물품은 싸야 정가의 두 배, 담배의 경우는 열 배가 넘었다. 감방에서 돈을 한 단위 줄여서 부르는 습관은 아마도 그 때문일 것이다.

그러나 우리 감방은 비교적 '잘 돌아가는 편'이어서 무리하게 짜낼 필요가 없는데도 감방장은 그곳 수감자로부터 돈을 짜내기에 혈안이 되었다. 대개 그의 포악성이 발작하는 것은 그런 요구가 순순히 받아들여지지 않을 때였다.

감방 내의 피의자들 중에서 특히 안되게 된 것은 권기진 씨였다. 지난번 공판 이후 감방장은 그때껏 보아 넘기던 권기진을 그야말로 집요하게 몰아붙였다. 몇 차례 소동이 있었지만 원체 살기를 띠고 설쳐대는 감방장 때문에 결국 권기진 씨는 손을 들고 말았다. 그는 기어이 일어나 앉게 되었고, 지금까지 면제돼 왔던 면회

비도 꼬박꼬박 바치지 않을 수 없었다. 그러나 감방장이 딴 곳을 보고 있을 때 그를 노려보는 권기진 씨의 두 눈에 이는 흉흉한 불길로 보아 반드시 무슨 일이 일어날 것만 같았다.

과연 내 짐작은 들어맞았다. 경범자들이 형기 만료로 나간 날 아침 배탈을 만난 감방장이 변소에 간 새 갑자기 권기진 씨가 격한 목소리로 말했다.

"보래, 이 사람들아. 범 같은 장골이 여남은 명씩이나 돼 가지고 노상 당하기만 할 끼가."

모두들 약간 어리둥절해서 그를 쳐다보았다.

"감방장 말이다. 그 사람 지금 우리한테 돈 우려내 겨울 살라 칸단 말이다. 어차피 지는 넘어갈 낀데, 돈이사 필요하겠제. 글치만 우리는 뭐하는 짓고? × 주고 뺨 맞는다꼬, 왜 돈 뺏기고 뚜디리(두드려) 맞아야 하노?"

그래도 아직 나머지 사람들은 머뭇머뭇했다.

"보래이, 이 딱한 양반들아, 당신들이 그 모양잉께 저 사람이 맘 놓고 설치제. 속 좀 차려라이, 무서울 게 뭐 있노? 당신들만 가만있으믄 내가 함(한번) 당해 볼란다. 그라믄 지발 가만히만 있어도고. 고놈아를 내가 대분(대번에) 패댕이를 쳐뿔란다."

그때였다. 그때껏 가만히 듣고만 있던 김광하 씨가 천천히 입을 열었다.

"권 형 말이 옳을 것 같군. 그럼 다른 감방으로 보내도록 하지. 그러나 권 형이 나설 필요는 없어요. 여기 서열도 서열이니까. 강기삼 씨와 유상태 씨가 좀 맡아주쇼."

그는 맞은편에 앉은 도박꾼들에게 말했다. 처음 떨떠름해 하던 그들도 김광하 씨의 지시가 있자 별 이의 없이 임무를 받아들였다.

"그럼 나는 필요하믄 도우꾸마."

권기진 씨는 약간 섭섭하다는 투로 말했다.

"교도관님, 교도관님 잠깐 뵙겠습니다."

김광하 씨가 생각난 듯 복도의 교도관을 불렀다. 그리고 귀찮다는 표정으로 다가온 교도관에게 무언가를 쥐어주며 낮은 소리로 말했다.

"이거 얼마 안 되지만 점심값이나 하시지요. 사람들 성의입니다."

교도관이 갑자기 풀린 표정으로 그런 김광하 씨에게 물었다.

"왜 무슨 일이 있나?"

"잠시 후에 아시게 됩니다. 모르고 있다가 오셔서 자연스럽게 처리해 주십쇼."

"알았어, 뭔지 모르지만 조심들 해서 해."

교도관은 아마도 우리가 담배를 피우거나 하는 따위 작은 규칙 위반을 준비하고 있는 걸로 안 듯했다.

그렇게 대략 채비가 끝났을 때 감방장이 태평스러운 얼굴로 바지를 추스르며 들어왔다. 그런 그를 보고 김광하 씨가 정색을 한 채 말했다.

"하 형, 거기 좀 앉으쇼."

"무슨 일이야."

저번 공판 후부터 감방장은 김광하 씨에게도 거리낌 없는 반말이었다.

"우리 모두의 의견인데. 하 형, 감방 좀 옮겨줘야겠소."

김광하 씨의 말소리는 조용하면서도 또렷또렷했다. 감방장은 처음 전혀 못 알아들은 듯 멍청한 표정이다가 이윽고 그 뜻을 알아차린 듯 벌떡 일어섰다.

"이 새끼가 돌았나? 그게 무슨 개 같은 소리야?"

그 순간 강기삼 씨와 유상태 씨가 뒤에서 감방장을 덮쳤다. 감방장의 필사적인 저항 때문에 세 사람은 한 덩어리가 되어 감방 바닥을 뒹굴었다.

"안 되겠구만."

그걸 보고 권기진 씨가 일어났다. 정말 예상 밖의 일이었다. 권기진 씨가 한 번 손을 쓰자 금방 난장판은 정리되었다. 어디를 어떻게 했는지 감방장은 두 팔이 뒤로 비틀린 채 엉거주춤 김광하 씨 앞에 주저앉는 꼴로 앉아 있었다. 그제야 도박꾼이 다시 버둥질을 시작하려는 감방장의 두 다리를 하나씩 맡았다.

"우선 우리 돈부터 찾아내야겠소. 물어봐야 대답할 리는 없고."

김광하 씨는 그렇게 말하며 감방장의 주머니를 차근차근 뒤지기 시작했다. 온몸이 옴짝달싹 못하게 붙들린 감방장은 입만으로 악을 쓰기 시작했다.

"이건 하극상이다, 교도관님."

"우스운 하극상도 있구마는, 그래, 니가 언제 우리 상전이 됐
노?"

권기진 씨가 이죽거렸다. 그사이 김광하 씨는 감방장의 상의 속
주머니에서 문제의 돈을 찾아냈다. 귀한 오천 원짜리 고액권으로
바꾸어둔 이만 몇 천 원이었다.

"그건 내 돈이다. 내 돈이란 말이야."

다시 감방장이 악을 썼다.

"다른 사람은 몰라도 내게는 그 말이 안 통할걸. 지난 석 달 동
안 누가 당신을 면회 왔소? 그렇다고 하 형이 감방 안에서 돈을 찍
어냈을 리도 없고. 자, 이제 임자인 우리들이 찾아가오."

여전히 침착하게 말하면서 김광하 씨는 그 돈에서 오천 원권
한 장을 빼내 감방장의 주머니에 넣어주었다.

"이건 우리들의 정표요. 어차피 당신은 교도소에서 겨울을 나
야 할 테니, 겨우살이에나 보태 쓰쇼."

그래도 감방장은 이미 기울어버린 대세를 인정하려 들지 않았
다. 그는 계속 고함을 치며 교도관을 불렀다. 아마도 지난 몇 개월
그가 건네준 교제비의 효과를 믿는 것 같았다. 그러나 달려온 교
도관이 말을 건 것은 김광하 씨에게였다.

감방 안의 광경으로 일의 내막을 대강 짐작한 것 같았다.

"왜 야단들이야?"

"교도관님, 이 친구 아무래도 안 되겠습니다. 감방을 좀 바꿔주

십시오. 너무 행패가 심해 도저히 견딜 수가 없습니다. 우리 모두의 의견입니다."

"왜, 무슨 짓을 했는데?"

"사람을 때리고 돈을 뺏습니다."

"아주 나쁜 새끼로군. 이런 데 와서도 아직 정신을 못 차려? 이리 나와."

결론은 의외로 간단했다. 그제야 모든 것이 글렀다는 걸 느낀 감방장은 갑자기 태도를 바꾸어 애걸하기 시작했다. 먼저 교도관을 보고,

"형님, 잘못했습니다. 한 번만 봐주십쇼. 앞으로는 정말 잘해나가겠습니다. 형님한테 섭섭히 하지 않겠습니다……."

하다가 김광하 씨를 보고,

"김 형, 너그럽게 봐주시오. 지난 정리를 봐서라도……."

그러나 이미 결정된 일이었다. 끝내 되돌릴 수 없는 상태라는 걸 깨닫자 다시 악을 쓰고 발버둥질을 시작했지만 그에게 돌아간 것은 교도관의 욕설과 따귀뿐이었다. 그는 5호 감방으로 옮겨갔다.

감방, 특히 미결감에서 방을 옮긴다는 것은 군대의 전입 이상 서러운 일이었다. 대개의 경우 그는 그곳에서 신참으로 다시 출발해야 했기 때문이다.

모든 소동이 가라앉은 후에 김광하 씨는 무언가 쓸쓸한 표정으로 말했다.

"할 수 없이 내쫓기는 해도 안됐소. 나는 그도 알고 있어요. 비록 지금은 이곳의 몇 안 되는 죄인 중에 하나지만, 그도 한때는 조그만 포구의 순진한 머구리(잠수부) 청년이었소. 스물두 살 때 선창가의 술집 색시에 반해 값비싼 어구(漁具)를 선주 몰래 들어낸 것이 오늘의 출발이오. 그때 선고받은 6개월의 징역형이 그 인생을 바꾸어 놓고 말았지. 단기 자유형(短期自由刑)의 희생이 된 것이오.

형벌의 이론은 원시의 동해 보복(同害報復)에서 오늘날의 교육형(敎育刑)까지 눈부신 발전을 거듭했지만 현실은 언제나 이론을 따라잡지 못하고 있소.

더구나 우리의 경우 기껏 상당 응보(相當應報)의 수준이나 될까. 교도소는 인간 개조의 장이 아니라 보다 크고 무거운 범죄의 학습장이 될 뿐이오. 그도 거기서 학습한 대로 다시는 그 힘들고 수입 적은 머구리배로는 돌아가지 않았소. 뭍을 떠돌며 폭력과 사기로 전과를 더해 갔을 뿐이오. 이제 다음번은 강도나 살인쯤 배워 나오겠지……."

그 사이 추석이 다가왔다. 그럭저럭 입감된 지 4주일로 접어든 어느 날이었다. 타향에서 맞게 되는 여느 명절만 해도 쓸쓸한데 그런 장소, 그런 상태에서 맞게 되는 추석이고 보니 그 감회는 더욱 쓰라린 데가 있었다.

김광하 씨와 나는 그날 어렵게 감방 안에서 술자리를 마련했다. 그곳에서는 술이 금지돼 있다는 것은 이미 말했지만, 전혀 길이 없는 것은 아니었다.

보통 때는 주로 면회를 이용했다. 면회객이 술병을 들여올 수는 없어도 드링크류는 허용돼 있었다. 따라서 드링크제의 내용물을 빼고 고량주나 보드카 같은 독주를 넣어 오면 웬만한 사람도 얼큰한 정도는 되었다.

그러나 단체로 그것도 감방 안에서 마시기 위해서는 여러 가지 비상한 수단이 필요했다. 우리가 그날 용케도 술자리를 마련할 수 있었던 것은 우리가 수감된 곳이 비교적 통제가 느슨한 지원(支院) 구치소라는 것과, 또 추석이란 명절을 내세운 탓이었다. 적지 않은 교제비가 당직 교도관들을 너그럽게 만드는 데 중요한 역할을 한 것도 사실이었다.

시간은 밤으로 결정됐다. 낮 동안은 예기치 않은 상부의 시찰이나 시답잖은 봉사 단체의 방문을 받게 될 염려가 있었기 때문이었다. 우리가 저물 때까지 주력한 것은 그 밤의 술자리를 위한 안줏감 확보였다. 주로 면회객들이 가져온 것으로, 날이 날이니만치 저녁 무렵엔 제법 통닭 두 마리와 돼지 수육, 쇠고기조림 따위가 베개 뭉치만큼은 모였다.

술은 저녁 식사가 끝나고 한 시간쯤 지났을 무렵 해서 전달됐다. 우리 감방에 돌아온 것은 1.8리터짜리 왜간장병 두 개였다. 관식은 반찬이 나빠 감방마다 왜간장을 공동으로 사 먹는 것을 허락하는 관례를 이용한 것으로, 내용물을 간장과 색깔이 비슷한 콜라에 고량주를 탄 그곳만의 칵테일이었다.

담배의 확보도 충분했다. 이미 여러 번 비친 얘기지만, 감방 안에서 담배보다 더 귀중한 것도 드물다. 아예 교도소로 넘어가면 모두들 체념하고 끊으려고 애쓰지만 미결수들의 경우에는 그런 노력이 별로 없다. 미결수들은 실형을 받게 될 것이 명백한 경우에도 일단은 자기가 석방될 것이란 전제 속에 대기하기 때문이다.

담배를 들여오는 방법은 보통 건빵 봉지 속에 집어넣거나 큰 빵 속 또는 사식 속에 비닐로 싸 넣는 것인데 교도관들이 눈감아 주지 않는 한 불가능하다. 그들도 그와 같은 반입 방법을 다 알고 있기 때문이다. 그다음은 옷솔기나 혁대 밑 같은 곳에 끼워 들여오는 방법인데 그것도 철저하게 단속하면 어렵다. 최후의 수단이 혀 밑과 항문이다. 혀 밑에 비닐에 싼 담배 가루를 사탕처럼 감추면 담배 세 개비분은 들여올 수가 있고, 항문에는 한 갑까지 넣을 수 있다고 한다. 그러나 그곳에서는 그렇게까지 할 필요가 없었다. 아침에 총감방장을 통하면 좀 비싸게 먹혀 그렇지 해갈은 할 수가 있었고, 교도관들도 대체로 관대했기 때문이다.

그날 저녁은 특별히 신탄진을 두 갑이나 입수할 수가 있었다. 기왕에 허락한 술자리니 하는 기분으로 당직 교도관이 선심을 쓴 덕분이었다.

속이 부실한 탓인지 술은 쉽게 올랐다. 간장병 하나가 비었을 때쯤 해서 감방은 온통 담배 연기와 왁자한 얘기 소리로 가득 찼다. 입감 후 처음 보는 흥겨운 분위기였다. 여느 때와 달리 복도 쪽이 시끌시끌한 것으로 보아 다른 감방에서도 몇 군데 술자리가 벌어진 것 같았다.

김광하 씨는 예상과는 달리 별로 술이 세지 못했다. 평소 침착하고 조용하던 그는 술이 몇 순배 돌지도 않아 얼굴이 붉어지고 억양이 높아졌다. 그리고 내가 묻기도 전에 그때껏 궁금히 여겨왔던 그 자신의 얘기를 끄집어냈다.

"이 형과 만난 첫날에 나는 이곳 사람들을 죄수와 죄인으로 구분한 적이 있소. 그 뒤 나는 여러 사람에 대해 그 구분을 적용했는데 듣고 있는 이 형의 눈은 언제나 묻고 있었소. 그러면 너는? 하고. 이제 — 내 그 얘기를 해 드리리다.

정확히 구분하면 나는 아마도 죄인에 속할 것이오. 딴 방으로 내쫓은 감방장이나 저 사이비 언론인이나 또는 권기진 씨처럼. 하지만 검찰이나 법원이 지금 내게 마지막 혐의를 걸고 있는 뇌물 공여는 절대로 아니오. 내가 범한 죄는 적어도 그들의 법으로는 처리할 수 없을 거요."

"그럼 죄가 아니지 않습니까?"

"그렇지는 않소. 법학은 많은 천재를 삼킨 학문이고, 또 그들의 노력으로 상당히 정비되었지만, 불행히도 인간의 전 행태를 다 포착할 수는 없어요. 그것은 법학 자신의 책임이라기보다는 그들의 주요한 도구인 우리들의 언어 탓이오. 아마 수많은 법학자들이 가장 고심하여 싸운 적은 언어의 불완전성이었을 거요. 나는 그들이 미처 못 메운 언어와 행태 사이의 간극을 교묘하게 빠져나왔을 뿐이오."

"글쎄요…… 죄라고 부를 만하면서도 그런 것이 아직도 남아 있을는지 모르겠습니다."

나는 정말로 그런 일이 있을 것 같지 않았다.

"그럼 법학을 공부한 이 형으로서 내 죄를 판단해 보시오.

작년에 정부는 퇴비 증산책의 일환으로 면실박을 농가에 공급했소. 그걸 퇴비 사이에 뿌리면 퇴비가 푹 썩는 것을 촉진할 뿐 아니라 양질의 퇴비가 된다는 거요. 가격은 한 포대에 천 원, 정부 보조 60프로에 자부담 40프로였소.

그런데 농가로 보면 그것은 귀찮기 짝이 없는 물건이오. 인분이나 몇 번 뒤집어씌우면 될 퇴비를 헐어 켜마다 면실박을 뿌린다는 게 쉬운 일이겠소? 그래서 당국의 권유나 보조에 혹해 그걸 사들였던 농가들도 대부분 처치 곤란이란 식으로 광 속이나 마루 밑에 처박아 두고만 있었소.

나는 그 점을 착안하여 포당 사백 원에 그 면실박을 거두어들였소. 농민들은 기꺼이 내놓았소. 귀찮은 것 처분하고 자기 부담 분을 되찾게 되니 거의 공돈 같은 기분이었을 거요. 그렇게 나는 한 군(郡)의 면실박을 몽땅 거두어서 아직 그 보급이 되지 않은 이웃 군에 넘겼소. 업자로서 칠백 원에 납품한 거요. 우리나라의 행정은 실수를 인정하기 싫어하는 특징이 있소. 멀지 않은 군에서 실패한 것을 그 군은 여전히 고집스레 시행하고 있더구먼. 그들은 다른 업자들보다 내 것이 싸니까 기꺼이 사들였소.

내가 단가를 칠백 원으로 내린 것은 부당이득의 올가미를 벗어나기 위해서였소. 우리나라에서 그 정도의 마진폭은 흔한 것이

114

니까.

그다음 농민들과의 계약은 비록 몇 천 원짜리지만 법률상의 하자가 없도록 완벽한 서류로 작성했소. 그들의 지려천박(知廬淺薄)을 이용했거나 사술을 썼다는 혐의를 벗어나기 위해서였소.

공무원들과 접촉도 다방 이상은 피했소. 뇌물 공여의 혐의를 피하기 위해서였소. 나는 다만 단가를 싸게 함으로써 그들의 구매 동기를 유발했을 뿐이오. 그들이 그 차액을 착복했는지 어쨌는지는 모르지만.

어쨌든 그 일로 나는 몇 천만 원 벌었소. 그런데 이제 이 형은 어떤 법의 조항에 내 죄를 문의하겠소?”

나는 한동안 내가 읽은 모든 법 조항을 동원해 보았다. 그러나 분명 어떤 범법의 냄새가 나는데도, 기껏 내가 혐의를 걸 수 있는 것은 정부 보조가 60퍼센트가 들어 있는 물건을 함부로 처분한 농민들 쪽일 뿐이었다. 주먹구구식 영농 정책과 농민들의 인식 부족을 교묘하게 이용한 폭리였다.

“별로 뚜렷한 혐의가 떠오르진 않을 거요. 그런데 이 일에서 어떤 냄새를 가장 먼저 맡은 것은 이 지방에 주재하는 신문기자 패거리였소. 그들은 내게 직접 간접으로 위협해 왔지만 나는 그들을 무시했소. 곧 경찰이 개입했소. 그리고 지금 이 꼴이오. 하지만 적어도 지금 현재의 법으로는 나를 어쩌지는 못할 거요. 지금 그들이 애써 찾아낸 뇌물 공여란 것도 사실 그 일과는 무관하게 군서기 하나와 점심 한 끼 나눈 데 불과하오.”

"그런데 왜 스스로는 '죄인' 쪽으로 분류하십니까?"

"죄는 분명 있소. 그것도 세 가지나. 첫째는 영농 시책을 방해한 죄. 둘째는 농민에게 준 정부의 혜택을 가로챈 죄, 그리고 끝으로 공무원을 타락시킨 죄. 법의 불비가 내 혐의를 유추나 확장해석 없이 포착할 수 없어 처벌하지 못할 뿐 내가 침해한 그 세 가지는 분명 보호되어야 할 법익임에 틀림없소."

그때 언제 왔는지 권기진 씨가 불쑥 끼어들었다.

"내가 보이(보니) 무죄다. 암만 생각해도 그건 죄가 아닌 기라."

그러나 김광하 씨는 무겁게 고개를 저었다.

"처벌받지 않는다는 것과 죄가 없다는 것은 달라요."

"글타 카믄 죄 아잉기 어딨노? 사는 기 모두 죄다."

그런 권기진 씨의 말은 문득 첫날 김광하 씨가 하던 말을 상기시켰다.

"혹 죄의식의 확대가 아닐까요?"

김광하 씨는 그 말을 듣더니 피식 웃었다. 그리고 심각한 표정을 풀며 말했다.

"걱정 마쇼, 이 형. 그렇다고 누구처럼 고개 푹 숙이고 쿨적거리지는 않을 테니까. 만약 이 일로 유죄판결을 받는다면 나는 끝까지 상소하겠소."

감방 안에 점차 술기운이 번져갔다. 아니 구치소 전체가 차차 무슨 축제일의 광장처럼 소란스러워졌다. 짐작했던 대로 우리 감방뿐 아니라 다른 데서도 술자리를 벌인 듯했다. 오히려 우리 감방은 조용한 편이었다. 곁엣 방에서는 욕설과 고함소리가 우리 쪽에까지 넘어왔고 다른 데서는 유행가를 합창하다가 교도관의 제지를 받기도 했다.

그런데 판을 벌인 지 채 두 시간도 못 돼 그 흥겨운 분위기에 찬물을 끼얹는 것 같은 일이 벌어졌다. 진작부터 그 우렁우렁한 목소리가 우리 방까지 요란스럽게 하던 옆방 '돌운짱(골재 운반 트럭 운전사)'이 기어이 말썽을 일으킨 것 같았다. 과적에 음주 난폭 운전으로 악명을 날리다가 택시 한 대를 납작하게 만들어 놓고 들어왔다는 모주꾼이었다.

진작부터 '술, 술.' 하며 외쳐 대던 그 고함소리가 갑자기 뚝 그치면서 유리병 깨지는 소리가 요란하게 복도로 건너왔다. 뒤이어 놀란 외침과 교도관이 달려가는 다급한 구두 발자국 소리가 들리더니 걷어붙인 왼팔이 피투성이가 된 그 운전사가 끌려나왔다. 감방 안의 술을 혼자 다 마신 듯 정신없이 취한 얼굴이었는데, 피를 철철 흘리면서도 여전히 술을 찾고 있었다. 아마도 술을 조르다 안 되자 술병을 깨 팔뚝에 자해를 한 것 같았다.

당직 교도관들은 처음에는 달래려고 애썼다. 그러나 취한 팔 톤 트럭 운전사는 막무가내로 술만 찾았다.

"좋아, 그럼 술을 주지."

마침내 성깔 있는 김 교도관이 그렇게 내뱉으며 자기 자리로 돌아갔다. 그리고 책상 서랍을 열더니 무언가를 한 줌 쥐고 나왔다. 미리 준비돼 있던 것 같은 고운 소금이었다.

갑자기 비명인지 고함인지 구별 못할 처절하고도 소름끼치는 소리가 구치소 안을 메웠다. 김 교도관이 집어 간 소금을 그 피 흘리는 팔에 비벼버린 것이었다. 운전사 출신의 그 피의자는 그대로 팔을 싸쥐고 폭삭 주저앉더니 이내 시멘트 바닥을 뒹굴었다. 비명도 한순간이었다.

그는 곧 흐느낌과 같은 괴상한 신음과 함께 몸을 부들부들 떨었다. 그의 바짓가랑이를 적시며 오줌이 흘러내렸다.

"어때? 아직도 술 생각이 나나?"

김 교도관이 무슨 악귀처럼 웃으며 그런 그를 내려다보며 차갑게 말했다. 격심한 고통으로 제정신이 아닌 그가 문득 눈길을 모았다. 핏빛 눈동자에 언뜻 형언할 수 없는 증오와 원한 같은 게 서리는 듯했다.

"어쭈, 이게 째려?"

김 교도관이 다시 소금 한 줌을 가지고 왔다.

"한 번 더 비벼줄까?"

순간 뜻밖의 변화가 일어났다. 사지를 풀고 늘어져 있던 그 운전사가 펄쩍 뛰듯 일어나더니 부들부들 떨면서 뒤로 물러났다.

"자, 잘못했습니다. 가, 간수님. 교도관님. 요, 용서해 주십시오."

그런 그의 눈길에는 이미 좀 전의 원한과 증오는 전혀 보이지 않았다. 다만 혹독한 고통에 패배한 육체의 비굴뿐이었다. 그러자 김 교도관은 다시 씩 웃었다.

"그럼 그렇지. 이 약은 너 같은 놈을 위해 특별히 준비해 둔 거야. 이제 정신 차렸으면 절루 가서 진짜로 치료받고 잠이나 자."

그 피의자는 어린아이처럼 고분고분 시키는 대로 했다. 다른 교도관이 머큐로크롬으로 상처를 소독하고 붕대로 감아주자 주위를 흘끔거리며 돌아가는 그의 모습은 영락없이 흠씬 두들겨 맞아 겁먹은 개였다.


걱정했던 것과는 달리 그 한바탕의 소동은 우리들의 술자리에까지 영향을 주지는 않았다. 교도관들은 그들이 한 번 보인 '뽄때'의 효과를 믿는 것 같았다. 사실 그 일이 있고부터 감방은 눈에 띄게 조용해졌다.

김광하 씨는 몹시 취한 것 같았다. 바깥의 소동에는 별 관심 없이 그는 언제부터인가 망연한 사념에 젖어 있었다. 그런 그를 바라보던 나는 불쑥 그에게 물었다.

"왜 고시는 포기하셨습니까?"

그때껏 가장 궁금히 여기면서도 물어보지 못한 일이었다. 당당하고 자신에 찬 언행에도 불구하고 그에게는 어딘가 상처받고 잃어버린 자의 분위기가 풍겼다. 그 때문에 혹 그의 아픈 곳이라도 건드릴까 봐 나는 그 질문을 미뤄 왔다. 그러나 내 판단에 의하면 그의 법 지식 수준은 대단한 것이었다.

독특하게 느껴지던 그의 견해도 대부분의 경우 내가 법학 서적에서 지엽적인 것으로 생각하고 흘려 읽는 소수 설이거나 전문지에 실린 최신 논문의 요지와 일치하는 것들이었다. 적어도 그가 대학에서 법을 전공한 것만은 틀림없어 보였다.

"왜 고시를 포기했느냐구?"

돌연한 내 질문에 퍼뜩 정신을 차린 그는 천장을 올려보았다. 그러나 이내 나를 보고 쓸쓸하게 웃었다.

"이거 오늘 이 형한테 단단히 껍질이 벗기는구먼. 사실 나도 왠지 그 얘길 하고 싶었소."

거기서 그는 또 잠시 말을 끊고 천장을 바라보았다.

"시작은 '해 뜨는 집'부터 되겠소. 왜 거 몇 년 전에 유행하던 양곡(洋曲) 말이오. 그 가사 중에 '내 아버지는 도박사, 그리고 내 어머니는 재봉사'란 귀절이 있죠? 바로 나의 노래요.

내 아버지는 도박사였소. 모든 혁명가는 도박사니까. 그는 어린 나와 어머니를 버리고 그 대단한 혁명을 위해 월북하였소. 해주 대회 인민 위원 명단에 나올 만한 인물이었지.

그 뒤 내 어머니는 재봉사가 됐소. 친정과 시집이 함께 결딴나자 어린 나를 삯바느질로 키웠단 말이오. 그런데도 나는 무럭무럭, 씩씩하게 자라 대학에 갈 나이가 됐소.

나는 기세 좋게 법대를 택했소. 고등학교 일반 사회 책을 곧이곧대로 믿은 것과, 내 아버지의 과오를 보상하겠다는 순진하고 장한 뜻 때문이었소. 대학에 가서도 4년 동안 나는 착실하게 공부했소.

하지만 생각해 보시오. 어떤 체제인들 월북한 남로당 골수분자의 아들을 판사나 검사로 앉히는 모험을 하려 들겠소. 기껏해야 변호사겠지만 우리 사회의 의식구조로 보아 법관 경력이 전혀 없는 풋내기 변호사란 뻔하잖소?

그래도 나는 고집스레 응시했소. 만약 합격되어도 임용시키지 않는다면 국가를 상대로 소송을 낼 작정이었지. 그러나 고시라는 게 부질없는 고집으로 될 수 있는 건 아니잖소?"

그는 다시 한번 자조적인 웃음을 흘리고는 담배꽁초에 불을 붙였다.

"철이 들고 보니 모든 게 끝나 있었소. 젊음도, 언제까지 기다려 줄 것 같던 여자도. 나이는 어느새 서른을 훌쩍 넘어 생계를 의지할 직장도 쉽게 얻을 수 없었소.

처음 나는 장사를 하거나 자그마한 사업이라도 벌여볼 작정이었소. 그러나 효율적으로 볼 때 내가 아는 법 지식을 활용하는 편이 더 유리하다는 걸 곧 깨닫게 됐소. 그게 시작이었소⋯⋯."

그다음은 내가 묻지도 않은 전력이었다.

"첫 번째는 부동산에 손을 댔소. 돈이 있어 투기를 한 게 아니라 역시 법의 허점을 찌른 거요.

내 고향은 산악 지방이면서 일찍부터 저쪽 사상에 물들어 유달리 월북자가 많소. 그런데 그 월북자들은 사망신고가 되지 않아 그들의 토지나 임야는 전혀 등기 이전이 되지 않아요. 나는 그들 중에서 연고자가 없거나 멀리 떠나버려 행방을 알 수 없는 사람들의 산만 골라 엉터리 매매 증서를 작성했소. 내가 산을 택한 것은 그쪽이 이의를 제기할 이해관계자가 적기 때문이오. 원체 산골 지방이라 아직 산을 중요한 재산으로 보질 않으니까.

그다음 나는 그 매매 증서를 근거로 등기 이전 소송을 냈소. 소위 재판 이전이란 거지. 기대한 대로 나는 궐석재판에서 승소하고 상당한 필지의 산을 얻었소. 그중에는 어떤 국회의원의 목장 곁에 붙어서 지금 내가 운용하는 자금의 기초가 된 산도……."

이제 그의 취기는 절정에 이른 것 같았다. 평소와 달리 그는 계속해서 떠들었다.

"나가면 또 한몫 볼 일을 봐 두었지. 이번 면실박과 비슷한 것으로 석회비료와 규산질비료가 있소. 모두 장기적 안목으로 보아서는 토지의 산성화를 막고 지력을 증진시키는 좋은 것이지만 농민들의 외면을 당하고 있소. 일손이 많이 가면서도 작물에 직접 효과가 없다는 약점과 당국의 계몽 부족으로 들판에서 무더기로 썩는 것도 있어요. 역시 정부 보조는 60프로, 나가면 그걸 거두어 또 한 번 장사를 할 작정이오."

그런데 언제부터인가 감방 안은 이상한 분위기에 젖어들고 있었다. 애조 띤 가락처럼 우리들의 마음을 슬픔으로 흥건히 젖게 하는 어떤 것이었다.

취한 중에도 그걸 느낀 듯 돌연 김광하 씨가 얘기를 중단했다. 그러고 보니 감방 안에서 그때까지 떠들고 있었던 것은 우리 두 사람뿐이었다. 나머지 모두의 시선은 한곳에 집중돼 있었다.

김광하 씨와 내가 의아한 눈으로 바라보니 달이었다. 어느새 중천으로 솟은 보름달이 창틀에 환하게 걸려 있었다. 방 안에 켜져 있는 희미한 백열등 때문에 그 빛이 새어 들어오지 않아, 얘기에 열중한 두 사람만 깨닫지 못하고 있었다.

한 번 그 달을 보게 되자 내게도 야릇한 감개가 밀려왔다. 원인 모를 슬픔으로 갑작스레 콧등까지 시큰해 왔다. 그러고 보니, 몇몇의 눈에는 정말로 눈물이 번쩍이고 있었다. 40대의 노름꾼, 그는 도박에 미쳐 그동안 팽개쳐둔 처자라도 생각한 것일까? 가짜기자, 그는 전날 면회 왔던 다방 레지 풍의, 그러나 아름답고 상냥해 뵈던 그 동거녀라도 떠올린 것일까? 그리고 생계 때문에 예비군 훈련 불참을 몇 번이고 거듭한 떠돌이 행상, 그는 그의 의지할 곳 없는 가족들을.

나도 마음속으로는 울었다. 너무도 어이없게 인생의 가장 밑바닥으로 전락해 버린 나를 위하여, 슬픔과 근심에 싸인 어머님을 위하여, 눈물을 감추려고 애쓰던 약혼녀를 위하여.


인간이 적응하지 못하는 환경이 있을까. 인간이 감당해 내지 못할 고통이 있을까.

나머지 내 어둠 속의 날들은 공판일 같은 특별한 날을 제외하면 별로 기억에 없다. 불과 한 달도 안 되는 사이에 그곳의 생활은 그만큼 내게 자연스럽고 평범한 것이 되어버린 까닭이었다. 엄청나게 제한된 자유도, 거친 음식도, 불편한 주거 환경도 그리고 무엇보다 격리의 고독도 순간순간의 사소한 불편 정도일 뿐 아무런 고통의 그림자를 동반하지 않게 되었다. 나중에 그곳을 끔찍한 곳으로 기억하게 하는 것은 바로 그 순간순간의 사소한 불편들이 극단으로 과장되어 결합되기 때문일 것이다.

어떠한 고통도 그것을 당하고 있는 순간은 고통이 아니다. 고통은 언제나 그것이 지나간 후에 기억으로만 존재한다. 그렇다. 고통은 맞지 않는 구두와 같은 것이다. 그것이 아무리 작더라도 일단 우리의 발이 들어가기만 하면 점차로 그 괴로움은 잊혀지기 마련이다. 우리가 그 괴로움을 다시 과장스럽게 느끼게 되는 것은 언제나 이미 그것을 벗어 던진 후의 일이다. 사람이란 거의 무한정하게 학대하고 착취할 수 있는 존재라는 모든 독재자들의 확신은 그런 상태에 대한 고찰에서 얻어진 것이나 아닐는지.

지금에 와서 생각해 보면, 거의 이상할 만큼 나는 평범한 수인이었다. 아침 용변을 성공적으로 끝낸 것으로 유쾌해졌고, 면회 갔다가 옷 솔기에 감춰 들여온 담배 몇 개비로 행복해했다. 어쩌다 교도관들이 불러내서 내미는 막걸리 사발에 감격했으며, 감방장이 된 김광하 씨 덕에 신참이 들어올 때밖에 쓰이지 않는 감찰부장의 명의를 얻게 된 것을 은근히 기뻐했다.

낮 동안의 길고 무료한 시간도 나는 그곳의 방식대로 힘들지 않게 때워갔다. 그 기묘한 장기에도 익숙하게 되었고, 음모(陰毛)나 머리칼로 조그만 공을 만드는 것도 재미나게 배웠다. 곁에 사람과 음담패설을 나누며 킬킬거리기도 하고 허풍 섞인 무용담으로 동료들을 즐겁게 해주었다. 나보다 늦게 들어온 장군(전과자)을 졸라 사마귀 같은 것이 세 개나 달린 그의 성기를 구경하며 하루 낮을 때운 적도 있다. 그 사마귀 같은 것은 성기의 껍질 속에 든 플라스틱 공이었다. 777 상표 칫솔 자루를 깎아 만든 것으로 장군이 지난번 복역 때 박아 넣은 것이었다. 그날 나의 부추김에 신이 난 장군은 아무런 수술 기구도 소독 약품도 없는 교도소에서 어떻게 그것을 박아 넣을 수 있는가. 또 그것이 여자의 성기 속에서 어떤 위력을 발휘하는가 따위를 과장스레 떠벌렸다.

내가 처음 들어간 날 김광하 씨가 어떻게 나에 대해 그렇게 많은 정보를 가질 수 있었던가를 깨달은 것도 그 무렵이었다. 외부와 격리된 사회에서는 새로 들어온 사람은 언제나 화제와 주목의 대상이 된다. 그리고 그에 관해서는 교도관을 통하면 적어도 조서에 적힌 사항은 알 수 있게 된다. 김광하 씨가 내게 보인 특별한 호의는 그렇게 알게 된 내 경력에서 자기의 젊은 날에 대한 어떤 향수를 느꼈기 때문이었을 것이다. 나도 술김에 경찰을 두들기고 온 나이 어린 대학생을 각별히 돌보아준 적이 있다.

그 밖에 내 변화 중엔 좀 엉뚱한 것도 있다.

장난기 섞인 것이기는 하지만 나는 어릿거리는 신참들에게는 제법 으름장도 놓게 되었고 때로 밉살맞은 경범들에겐 알밤도 먹였다.

한번은 내가 처음 들어올 때처럼 말쑥한 피의자 하나가, 역시 나처럼 소지품을 영치하는 걸 보고 으르렁거리듯 한마디 던졌다.

"멀쩡한 도둑놈이 또 하나 들어오는구나."

녀석은 움찔하며 내 쪽을 바라보았다. 어둠에 익숙하지 않아 잘 안 보이는 모양이었다. 나는 벌떡 몸을 일으켜 내 얼굴을 잘 볼 수 있는 채광창 쪽으로 고개를 디밀고 말해주었다.

"야, 이 도둑놈아 뭘 봐, 피를 싹 뽑아 놓을라."

이미 햇빛을 못 본 지 한 달에 가까웠고 머리칼도 함부로 자라 있어서 어쩌면 흡혈귀처럼 보였을 것이다. 녀석은 완연히 겁먹은 얼굴로 황급히 눈길을 돌렸다…….

그리고 때로는 김광하 씨처럼 나도 기묘한 논리에 빠져들곤 했다. 예를 들어, 창살 밖으로 자유롭게 나다니는 모든 인간들을 바라보면서 그들을 향해 나는 항상 마음속으로 이렇게 말했다.

"당신들은 모두 우리에게 감사해야 한다. 내가 여기서 당하는 이 고초를 보며 청년들은 성실하게 병역의무를 수행하고 당신들의 재산은 보호된다. 여기 강간한 동료가 와 있음으로써 당신들의 딸과 아내는 능욕당하지 않을 것이다. 여기 폭력범이 있으므로 당신들은 부당하게 폭행당하지 않을 것이고, 여기 증뢰자가 있으므로 당신들의 공무원은 부패하지 않을 것이다.

요컨대 우리가 이곳에서 고통당하는 것은 순전히 당신들의 평안과 이익을 위해서이다. 당신들은 우리에게 감사하라……."

지리하게 기다린 두 번째 공판일이 왔다. 구속된 지 한 달 만인 셈이었다.

인간이란 예측할 수 없는 앞날에 대해 얼마나 나약하고 비논리적이 되는지. 그날은 나도 새벽부터 그곳의 미신에 신경이 쓰여졌다. 다행히 김광하 씨가 아예 처음부터 주의를 주었기 때문에 별다른 불길한 조짐은 없었다. 그래서인지 공판은 모두에게 대체로 순조로웠다.

나는 몇 가지 심리가 있은 후에 징역 1년을 구형받았다. 공소장의 요지는 누구보다 법의 존엄성과 병역의무의 신성함을 잘 알 수 있는 처지에서 감히 기피로 나아갔기 때문에 동정의 여지가 없다는 것이었다. 1년이라니! 확정 판결이 아니라는 걸 알고 있으면서도 나는 가슴이 철렁했다. 1년이란 세월은 그만큼 그때의 내게 길고 아득한 것으로 느껴졌다.

김광하 씨는 10개월을 구형받았다. 여러 가지를 들먹였지만 결국 문제가 된 것은 공무원에 베푼 향응이었다. 본인은 그 일과 무관한 것이라고 주장하나, 그 공무원은 업무 속에 그 일이 포함된 이상 그의 주장을 채택할 수 없다는 결론에서 나온 논고였다. 그러나 향응의 내역이란 것이 겨우 삼천 원 상당의 술과 밥이라는 데는 어딘가 억지스러워 뵈는 데가 있었다.

5호실로 옮겨간 전 감방장은 3년을 구형받았다. 거의 그 법정에서 선고할 수 있는 최고형을 구형받은 셈이었다. 그 밖에 가짜 기자는 1년. 그는 구형이 떨어지는 순간 항고하겠다고 나서서 사람들을 웃겼다.

그러나 그날 공판에서도 가장 인상적인 것은 역시 권기진 씨였다. 그의 옷차림은 그날따라 더욱 남루했고, 수염이 덥수룩한 얼굴은 거의 애처로울 지경으로 초췌했다. 영락없이 그런 곳에 처음 끌려와 얼이 빠져버린 순진하디 순진한 산골 농부였다. 거기다가 또다시 반복한 그의 눈물겨운 애소는 어느 정도 그를 의심하고 있는 나까지도 동정이 갈 만큼 절절했다.

그는 어리석고 무지한 탓에 한 평의 땅이라도 더 만들려다 나라 법을 어기게 됐다는 것, 개간지 주위에 있는 소나무 몇 그루 잡목 몇 뿌리 더 캐낸 것이 이렇게 큰 죄가 될 줄 몰랐다는 것, 한 번만 통촉해 주시면 일후 그 열 배의 나무를 심어 지은 죄에 값하겠다는 것 등을 다시 늘어놓으면서 정말로 눈물을 줄줄이 흘렸다. 특히 그만을 기다리는 불쌍한 아내와 어린 것들을 보아서도 관대한 처분을 바란다며 흐느낄 때는 나까지도 눈시울이 화끈해졌다.

그래서인지 구형은 지극히 관대했다. 아무리 어린 소나무와 잡목이라지만 삼백여 그루나 더 베어냈는데도 겨우 징역 6개월이었다.

구형이 끝난 후 국선변호인의 일괄 변론이 있었다. 아무리 훌륭한 제도라도 그 운용이 제대로 안 되면 쓸모없다는 걸 보여주는 프로그램적 과정이었다.

50대의 두터운 돋보기안경을 낀 그 변호사는 열두 명의 변론을 한 장의 종이 위에 메모해 와서 한꺼번에 해치웠다. 아무리 좋게 보아도 권기진 씨의 애소보다 더 나을 게 하나도 없는 내용이었다. 변호사로서의 고심이나 법률적인 접근은 흔적도 없고 처음부터 끝까지 작량 감경(酌量減輕)에만 매달리고 있었다. 나이가 많은 사람은 나이가 많으니 어린 사람은 어리니 봐 달라는 것이었고, 좀 발전했다는 것이 가족, 생계를 이유로 관용을 비는 정도였는데 그 태도는 언제나 '어리석고 무지한 백성이……', '너그럽게 통촉하시옵소서.' 하는 식이었다.

만약 우리나라의 각급 법정에서 이루어지는 국선변호인의 변론이 모두 그러하다면, 그 제도는 그야말로 국고와 시간의 낭비에 불과한 것이라는 느낌까지 들 정도였다.

구형을 받은 후 선고가 있을 때까지 느끼는 초조와 혼란은 겪어보지 않은 사람은 잘 이해되지 않을 것이다. 특별한 확신범이나 자포자기 상태가 아닌 경우면 그 기간은 대부분 과민 상태에 빠진다.

내 경우에도 많이 자제된 것이기는 했지만 그 상태는 별반 다를 바 없었다. 구형을 받은 후부터는 먹는 것도 자는 것도 마음대로 되지 않았다. 거듭된 형님의 장담에도 불구하고 나는 형님에게 감방에서 떠도는 말대로 '신(申) 원장'을 찾아보라고 졸랐다.

신 원장이란 사람은 그 지원 판사와 단짝으로 어울리던 그곳 산부인과 의사였는데, 종종 재판에도 깊은 영향력을 행사하는 것으로 소문나 있었다. 결국 나는 형님에게 그를 찾아가서 뇌물을 쓰더라도 나를 석방되게 해달라고 조른 셈인데, 내가 그런 말을 한 것은 그때가 처음이었다.

그런데 단 한 사람 김광하 씨만은 모든 것이 전과 다름없었다. 법정에서 돌아오자마자 그는 내게 이렇게 말했다.

"아마 추측대로라면 법원은 내게 6개월을 선고할 것이오. 그날이 법정 구속 만기일인 동시에 형 만기일이 되도록 말이오. 성격이 애매한 사건으로 필요 이상 구속 기간이 연장됐을 때 흔히 쓰는 수법이오. 그러면 나는 교도소로 호송되어서 머리를 깎고, 이튿날 새벽 그곳에서 출옥하게 되는 것이오.

그런 경우 대부분 약간 억울해도 항소를 단념하고 말아요, 그러나 나는 달라. 나는 반드시 항소하겠소. 항소해서 안 되면 상고도 하겠소."

그리고 오후에 도박꾼들이 각각 징역 6개월을 선고받고 돌아왔을 때도 비평을 잊지 않았다.

"강물 이쪽 언덕에서는 사람을 죽이는 것이 흉악한 범죄가 되고, 저쪽 언덕에서는 영웅적인 행위가 된다. — 나는 도박죄의 재판을 보고 있으면 언제나 그런 기분이 드오. 똑같은 도박인데도 카지노에서 몇 십 몇 백만 원이 오가는 것은 죄가 안 되고, 품팔이꾼인 저들이 시골 농한기에 점심내기나 술추렴을 한 것은 엄중한 범죄가 되오. 거기다가 판검사 긴 사회 상류층에서 공공연하게 하고 있는 마작이나 포커판도 보통은 이들 판돈의 두 배는 넘소. 횟수도 이들보다는 잦아요. 그러나 판돈 몇 백 원에 석 달에 걸쳐 열한 번 한 저들은 상습 도박이 되고 상류층인 그들에겐 그저 오락일 뿐이오. 저들이 돌아올 때까지 그 가족이 겪어야 할 굶주림과 추위를 생각하면 내가 법관이 되지 못한 게 다행으로 여겨지오."

선고를 기다리는 그 일주일 동안에 유일하게 기억에 남을 만큼 인상적인 것은 김기주 씨의 후문이었다. 도박꾼들을 A교도소로 호송하고 돌아온 교도관에 의하면 그는 그곳 합의부에서 끝내 증거 불충분으로 혐의를 벗었다는 것이다. 그러나 이상한 것은 그다음이었다. 석방 통지를 받고도 별반 기뻐하지 않던 그는 석방 시간이 되자 갑자기 나가기를 거부하며 자기는 재판을 받아야 할 몸이라고 열렬히 주장하기 시작했다는 소문이었다. 결국 미쳐 버린 듯했다.

그 말을 듣고 나는 김광하 씨에게 물어보았다.

"김기주 씨가 사실은 그 애들을 바다에 밀어 넣은 게 아닐까요?"

"아니, 절대로 그렇지는 않을 거요. 내가 듣고 겪은 그는 결코 그토록 잔인하고 행동적인 위인은 못 됐소."

"그렇다면 왜 미쳐버렸을까요?"

"내심의 소리 — 어쩌면 미필적 고의 같은 것 때문이었을 거요. 비록 행위하지는 않았으나 원하였다, 또는 위험을 예측하였으나 용인하였다 하는 데서 오는 어떤 가책……."

그러나 그때부터 김광하 씨는 무언가 깊은 생각에 젖어들고 있었다.

내 어둠의 날들 중에서 가장 길고 괴로웠던 일주일이 가고 마침내 선고가 내려졌다. 거의가 예상대로였다.

나는 징역 8개월에 집행유예 3년을 선고받았고, 김광하 씨는 자신의 말대로 징역 6개월을 선고받았다. 권기진 씨는 징역 6개월에 선고유예로 가장 형량이 적었고 반대로 전 감방장은 2년 6개월을 선고받아 그날의 최고형이 됐다. 역시 전과가 불리하게 작용한 것 같았다. 가짜 기자는 구형대로 1년이었다.

선고가 떨어진 후 나는 처음 한동안 기쁨으로 정신이 없었다. 뒤에 달려 있는 집행유예 3년이라는 꼬리가 앞으로 나를 어떻게 괴롭힐지, 그리고 뒤미처 있을 입대가 내 인생의 계획을 어떻게 바꿔 놓을지에 대해서는 생각할 겨를이 없었다. 우선 석방된다는 것. 아, 이 울타리 밖으로 나가 마음대로 돌아다닐 수 있고, 사랑하는 사람들과 언제든 함께 있을 수 있고, 먹고 싶은 대로 먹고, 포근한 솜이불 속에 잠들고, 조용한 방에서 원하는 걸 읽을 수도 있고 — 그리고 떳떳하게 성냥과 담배를 넣고 다니다가 주위를 살피지 않고도 불을 붙이고 방해받지 않고 온 개비 담배를 다 태울 수 있고…… 술, 박카스 병에 든 독주를 마시고 면회실 세면대에 가서 얼굴에 찬물을 끼얹지 않아도 되고, 은단을 씹지 않아도 되고, 마음껏 마시고 고래고래 떠들다가 아무렇게나 쓰러져 자도 되고…….

그런데 문득 그런 내 주위를 다시 동료들에게로 환기시킨 것은 권기진 씨였다. 초라하고 무지하게만 뵈던 그가 일단 선고가 내려지자마자 돌연 이상한 위엄과 침착을 되찾은 것이었다. 정말 순간이다 싶을 만큼 선고장 낭독을 마친 판사를 바라보는 눈길부터 달라져 있었다.

이전의 관대한 처분을 애걸하는 눈물로 젖어 있는 것이 아니라 무언가 뜻대로 이루었다는 회심의 빛이 엿보였다.

그런 권기진 씨의 돌연한 변화는 감방으로 돌아오자 더욱 완연

하게 드러났다. 어제까지만 해도 깍듯이 교도관님, 교도관님, 하며
대하던 교도관들에게도 반말 짓거리였고, 영치물 찾는 과정에서
는 사소한 물건이 없어진 것도 까다롭게 따졌다.

"영치물 보관이 이렇게 허술해서야……"

하고 의젓하게 나무라 가면서.

남아 있는 동료들과의 작별 인사도 위엄 있는 악수로 대신했다.
그리고 김광하 씨에게 가서는 언제 가지고 있었는지 금박 박힌 명
함 한 장을 내밀며 이렇게 말했다.

"반드시 항소하시오. 당신은 나보다 훨씬 당당한 사람이오. 그
리고 나오거든 꼭 나를 한번 찾아주시오. 아마 우리는 서로 크게
도우며 살 수 있을 것 같소."

나는 얼떨떨했다. 도대체 그의 이런 급변은 어디서 온 것일까.
그러나 또 하나 놀라운 변화는 김광하 씨였다. 그는 권기진 씨가
내민 명함을 조용히 되돌려주며 가라앉은 목소리로 말했다.

"이 명함은 내게 별로 필요하지 않을 것 같습니다. 권기진 씨,
나는 당신을 모르고, 또 알려고도 않겠습니다. 그리고 ― 항소는
이미 이틀 전에 포기했습니다."

그렇게 말하는 그의 표정은 이상하리만큼 담담했다. 일종의
무안을 당한 권기진 씨는 잠시 복잡한 표정으로 김광하 씨를 보
다가 이내 태연한 동작으로 명함을 거두고는 말없이 나가버렸다.

"왜 항소를 포기하셨습니까?"

나는 작별 인사도 잊고 김광하 씨에게 멍청하게 물었다.

"내가 지금껏 해온 일은 기껏 나를 받아주지 않는 법에 대한 비열한 복수였소. 그러나 이미 저런 사람들이 해오고 있다면 나는 흥미가 없소. 나의 깨끗한 원한과 저런 사람들의 탐욕이 혼동되는 것은 진정 피하고 싶소."

그는 아마도 권기진 씨의 정체를 속속들이 파악한 것 같았다.

"그리고…… 김기주 씨의 일도 많은 것을 시사하는 데가 있었소. 고통은 일차적으로 인간의 육체를 향하고 있지만 필경은 정신적인 것이오. 육체적인 형벌을 면하는 것이 정신적인 고통을 배가시킬까 두렵소. 이미 말했듯이 나는 유죄니까…… 그럼 잘 가시오."

그리고 그는 멀리 창살 밖을 망연히 응시했다.


내가 권기진 씨의 참모습을 보게 된 것은 그날 저녁때였다.

출감 즉시 두부를 두 모나 먹고 목욕과 이발을 한 후, 속옷까지 새것으로 갈아입은 나는 저녁을 먹기 위해 형님과 어느 깨끗한 식당에 들어갔다. 그런데 더운 김과 고기 굽는 연기로 자욱한 식당 안쪽에서 누군가 나를 향해 손을 흔들었다.

"여어, 이영훈 씨. 이리루 오쇼. 술 한 잔 못하고 헤어지나 했더니 잘 만났소."

목소리는 귀에 익어도 전혀 알아볼 수 없는 중년 남자였다. 잘 재단된 감색 싱글이나 당시만 해도 아직 그 같은 소읍에는 유행 않던 비단 와이셔츠도 그러했지만, 특히 새파란 면도 자국이 이상한 세련미를 보이고 있었다. 사내는 쭈뼛쭈뼛하는 나를 보며 유쾌하게 웃었다.

"그새 사람을 못 알아보시오? 한 달이나 한솥밥을 먹고도 — 나 권기진이오, 권기진."

그제야 나는 놀라 그를 바라보았다. 정말로 권기진 씨였다. 기름때로 누렇게 번질거리던 얼굴과 그걸 뒤덮고 있던 텁수룩한 수염, 때묻고 해진 무명 바지저고리 같은 것들을 상상 속에서 다시 그에게 씌워보고서야 나는 간신히 그를 알아볼 수 있었다.

그 곁에 앉은 그의 부인을 알아보았을 때 놀라움도 그 못지않았다. 그런 시골 읍(邑)에서는 40대의 여인에게 양장이 어울리는 경우가 드문데도, 그녀는 그쪽이 훨씬 더 자연스러운 우아한 도회지의 여인이었다.

"이리 앉으시오."

그는 아직도 갈피를 못 잡는 나를 억지로 빈자리에 끌어 앉히며 형님에게도 자리를 권했다.

"인사들 하시지, 이쪽은 나와 함께 고생한 이영훈 씨. 이분은 형님 되시고 —."

그는 가운데서 양편을 다 소개했다.

"이쪽은 제 처와 항상 제게 법적인 조언을 주시는 박 변호사님."

그러나 더욱 충격적인 것은 술이 한 순배 돈 후, 약간 취한 그가 변호사의 동의를 얻어 털어놓은 그간의 내막이었다.

"나는 목재상이오. 주로 도회의 장의사를 상대로 하지. 근년 들어 관목이 무척 귀해졌소. 그런데도 떼돈을 번 녀석은 어찌 그리 많은지. 녀석들은 한결같이 잇지 않은 통관목을 찾았소. 나무 굵기가 어른 아름드리는 되어야 몇 판(板) 나오는 그 통관목 말이요. 수요가 달리니 자연 값이 뛸 수밖에. 그래서 그 관목을 찾아나선 내가 발견한 것이 문제의 개간지 부근에 있던 소나무였소. 국유림인데 오래된 묘 둘레에 관재로 쓸 수 있는 소나무가 백여 그루나 몰려 있었소. 물론 처음에야 어떻게 벌채 허가를 얻으려고 해 보았지. 잘 안 되더군. 그래서 꾸민 것이 이번의 일이요. 아내와 나의 주민등록만 그곳으로 옮기고 개간 허가를 얻어 무지렁뱅이 농부로 시작한 거요. 나머지는 이영훈 씨가 본 그대로요. 다만 '모르고 베어낸 다박솔 몇 뿌리' 속에 관재(棺材)로 쓰고도 남을 아름드리 금강송 백여 그루가 포함돼 있다는 것 외에는. 제일 두려웠던 것은 현장검증 때와 인근 주민들의 반응이었소. 그러나 주민들은 내가 정식 벌채 허가를 받은 걸로 알고 있고, 현장검증 때는……."

그때 그의 아내가 아무래도 불안한 듯 그의 옆구리를 찔렀다. 그러나 그는 자신 있게 말했다.

"걱정 마. 일사부재리야. 내게 불이익한 판결의 변경은 금지돼 있어."

변호사란 친구도 그에게 동조하듯 몽롱한 눈길로 고개를 끄덕였다. 그런데 사족 같지만 꼭 하나 덧붙일 얘기가 있다. 감방 안에서 들은 '6조지기' 중 다섯 가지는 이미 그동안 확인했다. 그러나 마지막 한 가지를 확인한 것은 내가 집에 돌아온 후의 일이었다.

오랜만에 형제끼리 마주한 술상 앞에서 나는 형님에게 술 한 잔을 부어 올리며 물었다.

"형님 정말 애쓰셨습니다. 경비도 상당히 났지요?"

그러자 형님은 겸연쩍은 표정으로 대답했다.

"나야 뭐…… 조상들께나 감사해라. 네 몫으로 지워진 새들 논 두 마지기 날아갔다."

내가 '6조지기' 중 마지막을 확인한 것은 바로 그때였다. '집구석은 팔아 조졌다.'

(1980년)

# 충적세沖積世, 그 후

나는 동굴 입구에서 아내로부터 오늘의 소(小)도구들을 넘겨받는다. 날이 선 단도 한 자루, 오래 써서 윤기 나는 활과 독 발린 화살 열두 개. 그리고 구운 고기 몇 점과 익힌 날알 한 주먹. 그리하여 길게 자란 풀숲과 짙게 드리운 나뭇잎을 헤치며 건너 숲 사냥터로 나는 떠난다.

꽤 늦은 아침이다. 모두들 벌써 사냥터로 떠났는지 간혹 보이는 것은 여인네들뿐이다. 노인과 아이들이 우리의 숲에서 사라져간 지는 오래되었다. 언제부터인가 아이들은 아이들로 남아 있을 틈이 없고 노인들은 노인이 되기도 전에 죽어버린다. 그리고 그 때문에 깊어진 이 숲의 고요는 내 걸음을 재촉한다. 나는 동료들을 기다리게 하고 있지나 않은가. 그런데 오솔길 맞은편에 불쑥 나타난 낯익은 사내가 있어 그런 내 불안을 얼마간 진정시킨다.

"이제 출근하십니까?"

약간 숙이는 대머리가 빛난다. 어깨에 걸친 그물, 이 사내는 사냥에 그물을 쓴다. 나도 전에 그물을 써보았지만 신통치 않았다. 그러나 이 사내는 꽤 재미를 보는 듯한 모양새다. 한 숲에 산다는 이유로 친절히 인사를 하지만 활을 멘 나를 보는 눈이 저토록 오만스럽지 아니하냐. 그 느긋한 목소리며 남아도는 기름기로 번질거리는 얼굴이며.

"아, 네. 좀 늦었습니다."

나는 본의 아니게 위축된다. 그러나 짐짓 딱딱한 목소리로 말끝을 사린다. 나는 알고 있다. 이런 자를. 예컨대 자기의 솜씨에 만족해하는 자들에게 말할 기회를 주어서는 안 된다. 아니면 나는 이 자와 헤어질 때까지는 계속 지리하고 속상할 것이다. 모아둔 값진 모피가 몇 장이며, 소금에 절여둔 고기가 얼마, 말린 낟알이 몇 독이라는 둥 그런 종류의 얘기가 끝이 없을 것이다.

상대도 이런 내 기분을 알아차린 듯 이어 무엇인가를 떠벌리려던 입을 어색하게 다문다. 나는 더욱 완강하게 침묵한다. 친구, 그대가 하고 싶은 얘기는 이 오솔길 끄트머리의 움집에나 들러서 하게. 남의 화살촉이나 갈고 가죽이나 무두질해 하루의 먹이를 얻는 그들에게나. 많건 적건 나는 스스로 내 몫을 마련하고 있어. 뭐 그대가 대단하게 쌓아두었다는 것도 그리 부러운 건 아니라네.

그러나 그는 결국 참지 못한다.

"요즈음 경기가 어떻습니까?"

나는 이해하지 못한다. 경기라고? 언제 우리 모두에게 공통하는 그런 공평한 바람이 분 적이 있던가. 결국 묻는 것은 신이나 자연의 부당한 편애(偏愛)를 받는 집단에 내가 속했는가의 여부겠지. 일없다. 그러나 나는 짐짓 호기롭게 답한다. 마찬가지, 괜찮다고. 물론 그 여운은 대화를 끝내기 위한 단호한 것이다.

마침내 그도 단념한다. 그리고 침묵 속에 숲을 빠져나온 우리는 그 어귀에 이르러 작별한다. 그와 나는 방향이 다르다. 그의 사냥터는 오른쪽으로 꺾어가고, 나는 왼쪽으로 돌아 매우 소란한 사냥터 하나를 지나야 한다.

말이 났으니까 하는 얘기지만 사람들이 교역장(交易場)인가 뭔가로 부르는 그곳은 내가 보기에는 참으로 기묘한 사냥터다. 거기서는 매일처럼 사냥이 벌어지는데 그러나 밤만 지나면 또 어디선가 사냥감이 몰려들어 이튿날은 다시 새로운 사냥이 벌어지곤 한다.

그곳에서 사냥에 종사하는 사람들은 대개 일정하다. 길을 잃을까 봐 멀리는 못 가는 친구들, 또는 겨우 무디고 짧은 창이나 조잡한 덫 외에 별다른 도구를 못 지닌 자들. 그러나 반들거리는 눈과 매끄러운 혀는 그들의 특징이다.

그들의 사냥을 한 곁에서 지켜보는 것은 재미있다. 통상으로 그들의 사냥은 단독이다. 거기다가 그곳의 사냥감들은 모두가 반복되는 사냥에 단련돼 있지만 잡히기는 잡힌다. 워낙 수가 많은 데다, 또 그곳은 사냥꾼들에게는 나름대로의 비법이 있다.

그래서 자주 그 놀라운 수확, 그들의 활기찬 함성과 땀 밴 근육처럼 나를 경탄시킨다. 그 사냥터 곳곳에 쌓여 있는 베어진 들짐승들, 털이 뽑힌 날짐승들, 흩어진 깃털과 발라진 뼈들, 피와 피……. 그렇지만 아 아, 우리가 산다는 것은 얼마나 죄 많은 일인가. 설령 우리를 위해 익어가는 것이 한 줌의 낟알일지라도 어찌 사라지는 생명의 고뇌가 없을 것인가.

이미 내 사냥터에는 동료들이 모두 나와 있다. 벌써부터 사냥이 시작된 모양이다.

"박 계장, 늦었군. 빨리 판매부로 가 봐요. 바이어가 기다리고 있는 모양이야."

징잡이가 사냥터 입구에서 기다리고 있다가 수선을 떤다. 이 노회(老獪)한 친구는 우리가 사냥할 때 높은 곳에서 사냥감의 방향이나 알리고 북이나 두들긴다. 그러나 창칼을 쓰며 땀 흘리는 우리들보다 더 많은 고기를 배당받는다. 그 외에도 우리들의 복종까지. 나는 물론 그의 지시대로 서두른다. 하지만 도중에서 통통 부은 추장을 만난다. 그는 볼멘소리를 한다.

"부장이 출장 중일 때는 자네라도 일찍 와야지. 하여튼 빨리 가 봐. 큰 거야. 잘해야 해."

그러고 보니 창잡이가 아직 돌아오지 않았다. 그는 며칠 전에 우리가 망가뜨린 창날이며 찢은 그물 따위를 보충하러 먼 숲으로 갔다. 나는 문득 나 혼자서 떠맡아야 하는 큰 사냥을 불안해하며 오늘따라 유난히 못 미덥게 느껴지는 내 활과 화살을 점검한다. 그리고 조심스레 목표로 접근한다.

지금까지 멀찍이서 기세를 올리며 사냥감의 퇴로를 차단하고 있던 젊은 동료 하나가 그런 나를 맞아 안도한 듯 사냥감을 인계한다.

"인사하시지요, 계장님. 이분은 대영건설 자재과장님이십니다."

과연 크다. 쓰러뜨리기만 하면 근래에 드문 수확이 될 것이다. 그러나 그만큼 상대의 몸은 질긴 가죽과 두터운 털로 덮여 있고 발톱과 이빨은 날카롭다. 나는 바짝 긴장한다. 그러면서도 한편으로는 고소(苦笑)한다. 이 거대한 맹수 자신은 지금까지 또 얼마나 많은 다른 사람 사냥감을 덮쳤던 것일까. 어쩌면 아침만 해도 몇 마리의 연약한 들짐승을 해치웠으리라. 그것이 애매한 적의를 일으키고 나는 침착하게 활줄에 화살을 먹인다.

하나, 둘, 셋…… 화살은 더러 맞기도 하고 더러는 빗나간다. 위협적인 이빨을 드러내고 위맹한 앞발을 휘두르기도 하던 목표는 점차 패퇴와 고통의 기색을 보인다. 그러나 열, 열하나, 열둘, 나의 화살은 끝난다. 거대한 상대에 비해 내 화살은 너무 가늘고, 그 독은 너무 약하다.

나는 급격히 전의를 상실한다. 이제 남은 단도 한 자루가 무슨 힘이랴. 이때 전령이 추장의 호출을 알린다. 낭패하여 달려간 나에게 추장은 삼엄한 얼굴로 창 한 자루를 내민다. 창잡이가 늘 쓰던 것이다.

"조금만 더 버티다가 안 되면 저쪽 선으로 응해 버려. 현품 납입 때 벗길 셈 잡고 말야. 그러나 뒷입은 미리 막아 놔야 해."

나는 용기백배하여 원위치로 돌아간다. 사냥감은 여전히 미련한 눈을 껌벅이며 오히려 나를 잡겠다는 투로 오만하게 대기하고 있다. 나는 다시 심신을 가다듬고 목표와 대치, 기회를 타 받아온 창으로 그 가슴을 깊숙이 찌른다.

그 보이지 않은 고뇌, 들리지 않은 비명. 가리어진 심장으로 피를 쏟으며 목표는 드디어 쓰러진다. 그러나 나는 피 묻은 창을 뽑아 미동도 없을 때까지 몇 번이고 더 찌른다. 죽은 듯하던 맹수가 얼마나 자주 우리들의 경박한 동료를 해쳤던가. 우리들은 그걸 '클레임'이라 부르는데, 지난번의 큰 사냥 때도 거기에 걸려 아까운 동료 하나가 희생되었다.

오후는 별다른 일이 없었다. 몇 마리의 무리에서 떨어진 초식동물이 있었으나 점심나절 창잡이가 생각보다 일찍 돌아와 준 덕분에 나는 화살 몇 개를 날리는 것으로 일과를 마칠 수 있었다. 그리고 황혼 — 빨갛게 물드는 원시림은 깃을 찾는 야조(野鳥)의 울음과 소혈(巢穴)로 돌아가는 짐승들의 풀잎 헤치는 소리로 수런거리고 우리들도 각자의 동굴로 돌아갈 시간이 왔다.

우리는 모두 하루의 몫을 배당받은 후, 분분한 인사와 함께 사냥터를 떠난다. 지금 우리의 동굴은 저녁 연기로 매캐하고 돌솥에서는 고기와 낟알들이 익고 있을 것이리라. 아내들은 숲 어귀로 우리를 맞기 위해 고된 성년(成年) 연습에서 돌아온 아이들을 내보내리라. 그러나 나는 내 동굴과는 반대 방향으로 길을 잡는다. 저 건너 다른 숲, 밤이 되어서 오히려 밝아오는 어떤 숲으로 나는 가려고 한다. 그곳에 촘촘히 들어선 저 '푸날루아'의 동굴로.

물론 우리는 벌써 오래전에 '푸날루아'의 시대를 지나왔다. 모든 여자는 모든 남자의 아내이고 모든 남자는 모든 여자의 남편이던 그 시대는 — 그러나 우리들의 향수(鄕愁)다. 우리들의 아내가 어쩌다 그날을 기억하고 그날의 자유를 회복하려 들면 그렇게도 격노하고 가혹히 벌하지만, 지난날 겪었던 그 어떤 '거룩한 어머니'의 시대보다도, 또한 그 어떤 '위대한 아버지'의 시대보다도 열렬하게 우리는 그 시대를 동경한다.

그런데, 이제 내가 가려는 동굴에는 아직도 그 '푸날루아'가 있다. 처음부터 거기 남아 있던 여인들과 일찍이 남의 아내가 되어 그들만의 동굴로 떠났으나, 끝내는 돌아오고 만 여인들이 거기서 영원한 남편 — 추상화된 우리들을 기다리고 있다. 그리고 우리들은 언제든 한 토막의 고기만 지니면 당연히 그네들의 남편이 될 수 있다.

하지만 지금 내가 그곳에 가는 것은 그런 '푸날루아'를 만나기 위해서가 아니다. 그곳에 상주하지 않는, 그래서 가끔씩만 그런 곳에 들러 가끔씩만 '푸날루아'가 되는 남의 아내를 나는 만나러 간다. 나만의 '푸날루아'를.

그녀와 나는 지난여름 우연히 만났다. 이 숲이 자욱한 이슬비에 젖어 있던 그날, 나는 싫증나는 나의 삶과 싫증나는 사랑과 싫증나는 번민으로 사냥터를 벗어나 빗속을 배회하고 있었는데 어디선가, 말없이 나타난 그녀가 넓은 잎새로 나를 가리어주었다. 그리고 그 특출할 것도 없는 인연은 오래잖아 우리를 야합(野合)의 형식으로 맺어 놓았다.

그녀는 우리가 연합하여 죽음과 고독에 저항하는 것이라고 주장했지만, 사실 우리가 손잡고 뛰어든 것은 욕정과 피로의 늪일 뿐이었다. 무성한 숲 그늘에서 혹은 어느 후미진 동굴을 빌려 우리가 그렇게도 격렬히 맺었던 성합(性合)은 언제나 쓸쓸함 속에 나뉘었고, 죽음조차 항시 가까이 있었다. 그렇지만 남자와 여자가 만나 결국 할 수 있는 것은 그 이상 무엇이던가.

하기야 우리의 오래인 습성은 때로 내가 남의 여자와 어울린다는 사실을 수치스러운 것으로 상기시킨다. 그게 바로 도덕이라고 불리는 것일 테지만, 그러나 나는 알고 있다. 우리가 병들거나 늙어 죽은 동료의 시체를 먹거나 들판에 방치하는 것에서 정중히 매장해 주는 단계에 이를 때까지 만도 무려 백만 년이 넘는 세월이 소요됐다는 것을. 그 점에서 나는 나의 숲과 그녀의 남편에게까지도 떳떳하다.

나는 그를 살해하고 그의 시체 옆에서 그녀를 강간한 것도 아니고 그가 없는 동굴에 침입하여 간사한 꾀로 그녀를 유혹한 것도 아니다. 거기다가 불문(不問)은 우리의 계율이었다. 그녀가 내 아내를 묻지 않은 것처럼 나는 한 번도 그를 묻지 않았다. 요컨대 나는 그의 존재를 묵살함으로써 그에 대한 예의를 다해 왔다. 그녀가 항시 걸치고 다니는 착색된 멋진 모피나 목에 걸린 진귀한 조개껍데기 따위가 끊임없이 그의 존재를 상기시킬 때조차도.

나는 다만, 사랑할 뿐이다. 내가 대단한 열병처럼 젊음을 앓고 다니던 시절에 어지럽게 만났던 그 어떤 여인보다 더 희고 부드러운 그 가슴을, 무두질과 낟알 찧기에 거칠어진 아내의 그것보다 몇 배나 화사한 손을, 세월조차 비켜간 것과 같은 순진한 영혼과 그 단순한 욕망을. 그리고 ― 오늘은 그런 우리들 약속의 날이다.

아직 때가 일러 동굴 안은 어둡고 한산하다. 수액(樹液)과 지방으로 분장을 마친 한 무리의 '푸날루아'가 대기하고 있다가 들어서는 나를 환성으로 맞는다. 그러나 나는 단호하게 그들의 환영을 거부하고 내가 자기들의 남편으로 오지 않았음을 직감한 그녀들도 미련 없이 물러난다. 약속의 시간은 아직 멀었다. 그때 기다리는 나를 위해 돌 탁자에 얹히는 술항아리. 나는 천천히 한 잔을 따른다.

원래 이 액체는 전대의 어떤 동료가 썩어가는 보리를 아까워하다 만들게 된 것이리라. 그러나 절약을 위한 이 액체는 오히려 그 반대가 되고 말았다. 나도 이제 이것을 위해 땀 흘려 얻은 오늘의 몫을 기꺼이 바치리라. 오전의 공로로 특별히 배당된 소의 허릿살 한 덩이까지도.

왜냐하면 가끔씩 그것은 내가 기억할 수 없는 저 영원한 고향을 보여주므로. 멀리 어느 하늘에선가 한 번 헤어진 후 땅 위에서는 다시 만날 수 없었던 그 고귀한 사랑과 대면케 하므로.

텅 빈 위는 탐욕을 부리고 거듭하는 잔의 취기는 미세한 혈관을 따라 내 몸을 돈다. 내 수많은 모공(毛孔) 하나하나에 무슨 작은 벌레처럼 스멀거리는 욕정. 오늘 밤은 오직 취하고 사랑하리라.

그런데 의외의 침입자가 나타난다. 어두운 구석에 먼저 와 있어 미처 알아보지 못했던 나이를 종잡을 수 없는 사내다.

"혼자시군요. 합석해도 좋겠습니까?"

별로 취한 것 같지도 않은데 입김에선 진한 술 냄새가 풍긴다. 그 쏘는 듯한 냄새와 불길같이 번쩍이는 두 눈이 웬일인지 내게 황급한 거절을 표시하게 한다. 나는 혼자가 아니라고, 누구를 기다리고 있다고.

"그래서 곧 둘이 될 거란 말이지요? 그러나 마찬가집니다. 단자(單子) 간에는 창이 없어요. 결국은 당신도 혼자일 뿐입니다."

이 선뜻 이해되지 않는 말은 ─ 그러나 내게 곧 이 사내가 속한 집단을 추측케 한다. 나는 이런 부류의 사람을 하나 알고 있다.

그는 어렸을 적에 나와 같은 숲에서 자란 친구로 그때는 시원찮은 녀석이었다. 우리가 다가올 성년을 위해 열심히 활과 창을 익히고 있을 때 녀석은 한갓진 곳에 처박혀 멍청한 공상에나 잠겨 있었다. 어쩌다 우리들끼리의 작은 사냥에 끼일 때가 있어도 기껏 녀석이 하는 짓이란 애써 몰아 논 산토끼에게 길이나 틔워 주고 우리의 화살에 떨어진 비둘기의 깃에 눈물이나 떨구는 따위 청승이었다.

그러더니 채 성년도 되기 전에 결국은 우리들도 떠나고 만 그 옛 숲에서 사라져버렸다. 무지개인지 구름인지를 잡으러 떠났다는 것인데, 그 후 얼마간 우리에게 전해온 그의 소식은 다만 초라한 방랑자의 행색뿐이었다. 그러다가 우리가 제법 한몫하는 사냥꾼이 되었을 때 풍문은 멀리 평원 지방으로 내려간 그가 어떤 주술사(呪術師)의 제자가 되었다는 것과 그래서 어린 날의 공상이나 다를 바 없는 멍청한 주문(呪文)이나 외고 다닌다는 것을 알려주었다.

그런데 그 뒤로도 몇 년인가 후에 나는 우연히 그를 만났다. 어느 평원 지방이었는데 그때 그는 그곳의 농경민들을 위해 비를 빌어주고 있었다. 어느새 그도 제법 효험 있는 주술사가 된 듯 사람들은 간절한 표정으로 그를 둘러싸고 있었고, 은은한 열광마저 일었다. 그의 두 눈에 보이는 것도 분명 저 이름 있는 주술사의 두 눈에서 타오르는 그 형형한 빛이었다.

그러나 무엇보다도 그의 추억을 유쾌하게 한 것은 그 의식(儀式) 후에 마주했던 몇 시간이었다. 비록 그는 대화의 태반을 천민(賤民)들의 무분별한 갈채와 또 그만큼한 무관심에 대한 냉소로 채웠고, 그 나머지는 기껏 제례(祭禮) 후의 먼지 앉은 과일과 말라빠진 고기 토막밖에 접지하지 못하는 자기의 신을 원망하는 것으로 메웠지만 즐겁지 아니한가. 잠시라도 우리가 보잘것없는 육신과 그에 부하(負荷)된 모든 성가신 것에서 자유로울 수 있다는 것은. 숙명처럼 찾아야 하는 날래고 영악한 동물들과 가시덤불이며 엉겅퀴로 뒤덮인 대지를 잊고 언어의 마술에 취한다는 것은.

그리하여 그 기억은 이 사내의 돌연한 침입을 관용한다.

"재미있습니다. 선생의 표정은 제가 마음에 들었다 안 들었다 하시는군요."

그러는 사내의 눈에는 의외에도 취한 사람답지 않은 관찰의 눈길이 번득였다. 나는 이 사내가 내 마음을 환히 읽고 있는 것 같은 착각에 당황하며 주술사가 된 그 친구를 얘기한다. 당신도 그와 동류 같다는 말까지.

"하지만 아닙니다. 그런 망상조차 해본 적이 없어요."

나는 그게 퍽 안된 일이라고, 당신 같은 사람이 그런 예사롭지 않은 생애를 고려해 보지조차 않은 것은 애석한 일이라고 원인 모를 조급에 빠져 앞뒤 없이 아첨한다. 그러나 무엇이 그를 성나게 했는지 그는 갑자기 거칠고 퉁명스러워진다.

"겨우 그따위 이유로 나를 환영했다면 나는 가겠소. 흥, 보기에는 멀쩡한 사람이 구역질나는 유아 취미(幼兒趣味)라. 도대체 너절한 시(詩) 나부랭이가 나와 무슨 상관이요?"

그러더니 벌떡 일어나 가버린다. 나는 무안하고 아연하다. 허나 이내 회복한다. 그의 팔은 그가, 내 팔은 내가 흔들 것이다. 나는 아름다운 내 '푸날루아'를 기다린다. 이제 그녀는 올 것이고 우리는 어딘가 은밀한 곳을 찾아 사랑할 것이다.

초승달은 벌써 서편 숲 속으로 져버리고 밤은 어둠과 함께 깊어간다. 그러나 내 '푸날루아'는 오지 않는다. 우리들은 초승달이 그 숲 전나무 가지에 걸릴 때 이 동굴에서 만나기로 했었다. 무슨 일인가 나의 여인이여.

동굴은 어느새 사람들로 가득하다. 성공한 사냥꾼들은 왁자하게 떠들며 술잔을 부딪치고, 실패한 사냥꾼들은 한구석에 수런수런 우울한 술잔을 든다. 그러나 내 탁자의 빈자리는 채워질 줄 모른다. 무슨 일인가 나의 '푸날루아'······.

그런데 그가 돌아온다. 내가 두 번째 항아리에서 다시 몇 잔인가를 따르고 있을 때 어느 구석엔가 박혀서 진탕 퍼마셨음에 분명한 그 사내가 이번에는 동의도 없이 내 맞은편에 털썩 앉는다. 그리고 알지 못할 득의에 차 내게 말을 걸어온다.

"아마 그 사람은 오지 않을 모양이오. 자 ─ 잊고 나하고나 한잔합시다. 실은 나도 일주일째 여기서 누굴 기다리고 있소. 오늘도 틀린 것 같지만······."

나는 착잡한 심경이 되어 그를 방관한다. 정말 이상한 사내다. 그에 대한 내 감정은 불쾌와 환영, 위압감과 경멸이 정확히 균형을 이룬 묘한 것이다. 그러나 사내는 그런 나를 개의치 않고 마치 하던 얘기를 계속하는 것처럼이나 물어온다.

"그런데 당신은 내가 왜 하필이면 당신을 택해 이리로 왔는지 아시오?"

나는 당연히 모른다. 주정뱅이의 행위 동기까지 단번에 간파할 능력이 있다면 무엇 때문에 이름 없는 소집단의 궁수(弓手) 노릇이나 할 거냐. 그러나 상대의 목소리는 은밀해질 뿐이다.

"저기 저 사람들을 보시오. 무언가 좀 이상하지 않소? 이를테면 저들의 머리통 같은 것 — 그게 몸통에 비해 너무 작다고 생각지 않소?"

그렇지만, 나는 동굴을 휘둘러보는 대신 그의 눈을 본다. 술은 두뇌와 더불어 이 사내의 눈마저 이상하게 만들지나 않았는지. 그런 내 눈길을 그는 오히려 공범자끼리의 은근한 말투로 받는다.

"하지만 당신은 예외요. 그리고 — 그것이 나를 이리로 부른 것이오."

나는 잘 납득이 되지 않는다. 그 표정을 읽었는지 그가 다시 물어온다. 이상하게 진득진득 묻어오는 목소리로.

"당신은 공룡(恐龍)에 대해서 들어본 적이 있소?"

물론 나는 들은 적이 있다. 그들은 우리의 선주민(先住民)으로 이 땅에 번성하였지만, 자연은 여러 가지 이유로 그 번성의 지속을 거부하였고, 그래서 그들은 멸망해 갔다는 것을.

"틀렸소. 그들의 번성을 거부한 것은 자연이 아니라 그들 자신이었소. 그들은 자신의 거대한 체구에 비해 너무도 작은 두뇌를 길렀기 때문이오. 몇 톤의 거구를 겨우 몇 백 그램의 뇌로 운용하며…… 그들이 하루 몇 트럭씩이나 닥치는 대로 먹어 치운 것은 오로지 그 육신을 위한 것일 뿐이었소. 그러나 — 그들이 영원히 멸망해 갔다는 것은 망상이오. 보시오. 그들은 저기 저렇게 부활하여 번성하고 있지 않소?"

그러고는 거의 방자할 만큼 혐오에 찬 눈으로 동굴 안을 휘둘러본다. 그것이 은근히 내 분노를 자극하고 그래서 나는 처음으로 서슴없이 그를 부인한다. 만약 저들이 진정으로 그러한 공룡이라면 당신도 별수 없이 그들의 동류일 뿐이라고.

"그것도 틀렸소. 공룡은 변해서 나방이가 되오. 그리고 나는 바로 그 나방이오. 나방이 — 그러나 잘못된 나방이오."

나는 다시 요령부득이다. 그러나 그가 반복하는 나방이란 말은 문득문득 우리들의 지난번 밀회와 내 '푸날루아'를 연상시킨다. 그날 우리는 온 밤을 함께 보내었다. 나는 수말이었고, 사자였고, 파도였고, 폭포였다. 그녀는 들개였고, 암표범이었고, 회오리였고, 늪이었다. 그리하여 날이 밝고 해가 솟았을 때 또 그날의 사냥을 나서야 하는 나는 왠지 아직도 몽롱한 열정에 떠 있는 그녀가 한 마리 나비처럼 느껴졌었다.

"십여 년 전의 일이오. 어떤 외국 작가의 글에서 나는 이런 걸 읽은 적이 있소. 신이 인간을 창조할 때 과연 오랜 성서(聖書)의 주장처럼 인간에게 최선의 것만을 허여했는지 의심스럽다고. 그리고 그는 인간에게 가장 바람직한 생의 형태로 나방이를 제시했소. 그것은 유충 시절에는 대개 추악한 모습으로 오직 먹고 싸고 그 밖의 혐오할 만한 작용에만 전념한다고 하오. 그러나 일단 나방이가 되면, 그래서 추악한 허물과 혐오스러운 작용에서 해방되면 그때부터 죽을 때까지는 가장 우아한 모습으로 오직 사랑만 즐긴다는 것이오. 우아한 나비로서…… 한 가난한 문과 대학생이었던 탓이었겠지만 — 그때 나는 얼마나 열렬히 그에게 동의했던지…… 그런데 말이오. 오래잖아 나는 바로 그 나방이가 되었소. 내가 어렵게 대학을 마치고 3년 만이었을 거요. 요행히도 어느 신흥 기업의 말단을 차지한 나는 열심히 공룡의 길을 걷고 있었는데, 이른바 그 행운이라는 게 찾아왔소. 세무 감사가 시작되면 이중장부의 원장을 트럭에 싣고 경춘(京春) 가도로 오르락내리락거리기도 하고 출처를 알 수 없는 고대의 석등(石燈)을 사장 댁의 정원으로 옮겨 심는 따위의 작업을 지휘하기도 하다가 무슨 통속극에서처럼 사장의 외딸과 결혼하게 된 것이오. 약간 바람기야 있지만 상당한 미인이고, 또 심심해서 불란서 유학이나 갈까 하던…….

그리고 — 그날로부터 나는 일약 전신(轉身)하였소. 생활한다는 것은 하등 부담이 되지 않고 오직 그녀와 사랑하고 즐기기만 하면 되었던 것이오…….”

여기서 목마른 듯 잔을 비운 사내의 어투는 갑자기 자조적(自嘲的)인 것으로 변해 간다. 나는 걷잡을 수 없는 이 사내의 희로(喜怒)에 혼란된다.

“물론 당신은 내 얘기를 주정뱅이의 망상이 꾸며낸 허구라고 단정할지 모르오. 그래, 당신도 행복해야 할 내가 왜 이런 불쾌한 모습으로 술에 젖어 있는가고 묻고 싶소? 당신도 나방이가 행복할 것이라 믿으시오? 하지만 그것은 우리가 빠지기 쉬운 환상 또는 미신에 불과하오. 사람들은 육체적인 결핍에서만 벗어나면 곧 정신적이고 고귀하게 될 수 있을 것으로 착각하지만 유감스럽게도 인간은 그럴 만한 천품을 지니지 못했소. 먼저는 공룡으로 걸신들린 것처럼 먹고 마시다가 어느 정도 그 탐욕의 배가 차면 그

다음은 나방이의 길을 걸을 뿐이오. 두 눈을 이성(異性)의 둔부와 하복부 언저리에만 집중시키고 집요하게 추구할 뿐이오. 그리고 — 이미 그것은 쾌락도 행복도 아니오. 공복과는 달라서 욕정은 또 새로운 욕정을 부를 뿐, 결코 충족될 수 있는 것이 아니기 때문이오. 아마도 나방이의 생명이 그 긴 유충 시절에 비해 너무도 짧은 것은 바로 그런 절망과 피로 때문일 것이오. 인간도 마찬가지 — 더구나 발정기(發情期)가 아니라도 교접할 수 있는 엄청난 성욕을 가졌으면서도 엉뚱한 독점욕과 또 그것을 비호하는 여러 규범 아래 얽매인 인간에 이르면 그 절망과 피로는 더욱 가중되는 것이오……."

아, 그 얘기. 그거라면 나도 알 듯하다. 나는 진작부터 몇몇 특별난 동료들에 관한 풍문을 들어왔다. 부(富)의 편재(偏在) 때문에 땀 흘려 사냥할 필요가 없어진 그들의 광태에 대해. 그들은 주체할 수 없는 풍요와 여가 때문에 하루 세 접시의 뻐꾸기 혀를 게워 내고 열 명의 아름다운 여자 노예를 갈아댄다고 한다. 그런데 글쎄, 그게 당신이 표현하는 것처럼 그렇게 견딜 수 없는 불행이던가. 하지만 사내의 어조는 급격히 엄숙으로 전환되어 내 언어의 개입을 차단한다.

"물론 나와 같은 나방이는 아직 소수에 불과하오. 그러나 그 불행은 결코 예외적인 것은 아니오. 물질문명의 진보는 언젠가 우리 모두를 나방이로 만들고 말 것이오. 과학자들의 현란한 청사진(靑寫眞)이 실현되면 우리 모두가 의식주를 위해 근심할 필요가 없어

지는 날이 올 테지만, 그러나 그 결과는 실로 가공할 것이오. 우
리의 모든 것은 부패와 단명 속에 스러져가고 누군가가 이다음에
이 땅을 차지할 생물들은 기록할 것이오. '이 어리석은 선주민들
은 자신의 칼로 스스로를 상했다. 모두가 절망적인 나방이가 되
어.'라고⋯⋯."

사내의 얘기는 계속된다. 그는 가상하게도 우리 전체를 걱정하
고 있다. 그러나 나는 거기서부터 나 자신의 사념에 빠진다.

사실 나는, 당신과 같은 동료들이 그리 대단하게 떠드는 우리
의 문명이나 진보라는 것에 대해 회의적이다. 당신들은 지나친 것
을 걱정하지만 나는 오히려 부족한 것을 근심한다.

내가 하루에도 몇 번씩 내 동료들에게서 발견하는 것은 아직
덜 벗어진 털과 퇴화 못 한 꼬리다. 내가 이 대지 위 곳곳에서 보
는 것은 아직도 활동하는 화산이며, 미처 길을 잡지 못한 강들과
울창한 밀림이다.

거기다가 또한 나는 믿고 있다. 종자의 수백 배를 거두는 낟알
의 재배나 자기 식량의 수십 배를 생산할 수 있는 노동력의 확대
가, 즉 그로 인한 풍요와 여가가 우리들의 일부를 이상하게 만든
것은 사실이지만, 그것이 바로 우리의 본질적인 변형을 의미하는
것은 아니라고.

더군다나 사내가 가장 절망적인 단언을 하고 있을 때조차도 나
는 생각하고 있었다. 아이들을. 지금 이 순간도 어디선가 은밀하
게 자라고 있고, 앞으로도 세상 곳곳에서 수없이 태어날 공룡의

새끼도 아니고 나방이의 유충도 아닌 그 모든 인간의 가능성들을.

그러나 사내의 열변은 도도하고 나는 무력하게 그런 그를 방관한다. 그러다가 문득 나는 이 시각이 내 '푸날루아'가 나오기를 기대하기에는 너무나 늦었음을 상기한다. 나는 헛되이 돌아가야 할 것인가. 갑갑한 나의 동굴과 그 단조로운 일상으로. 식상(食傷)해 버린 모노가미의 사랑과 그 번민으로.

그때 낯익은 이 동굴의 '푸날루아' 하나가 내게 다가와 속삭인다.

"박 선생님, 전화예요."

이 아무래도 이해 못 할 통신 방법. 그러나 우리가 지난날 연기를 사용했듯 또는 비둘기를 썼듯 나는 감탄 없이 이 방법을 쓴다. 지금 여기에 실려온 목소리는 그녀. 기다리던 나의 '푸날루아'다.

"많이 기다렸죠? 미안해요. 하지만 저 오늘은 그만두겠어요. 왠지 뒤숭숭하고 ─ 마음 내키지 않아요. 이해해 주세요. 정말 미안해요."

이상하게도 차분한 목소리다. 통상으로 그녀의 목소리는 들뜬 감미로운 것이었다. 그 변화가 다소 불안하지만 나는 그녀의 통보를 거절한다. 우리는 오늘, 그것도 당장에 꼭 만나야 한다고. 그녀는 내 단호한 목소리에 잠시 망설이는 듯했다. 그러나 이내 결정한 듯 승낙한다. 예전의 들뜨고 감미로운 그 목소리로.

"네. 알았어요, 알았어요. 곧 갈게요."

이제 그녀는 어디선가 나를 향해 출발할 것이고 우리는 곧 만날 것이다.

"아마도 얼마간은 내게 더 여유가 생길 모양이오. 그 전화는 늦는다는 거지요?"

그를 떼내기 위해 고의로 얼마간을 지체하고 돌아온 나에게 그때껏 버티고 있던 사내가 태평스럽게 묻는다. 나는 갑자기 그것이 불만스러웠다. 그래서 부인한다. 그녀는 이미 출발했노라고. 그러나 상대는 여전하다.

"그래도 삼십 분은 걸릴 거요. 이 도시는 넓으니까."

사내는 느긋이 술잔까지 기울인다. 그 산악 같은 태연이 내게 원인 모를 절망을 주고 비상한 수단을 쓰게 한다.

나는 직접으로 퇴거를 요구하기 전에 먼저 날카롭게 묻는다. 당신은 나를 아시느냐고 ―.

나는 그와 생면부지임을 상기시킴으로써 그의 무례를 과장하고 그래서 무안해진 그를 스스로 물러가게 할 작정이었다. 하지만 여전히 그는 철판 같은 둔감으로 버틴다.

"물론이오. 친구. 당신은 충적세(沖積世) 후기를 사는 한 마리의 병든 원숭이오."

나는 어이가 없다. 그러나 터지려는 내 분노는 지그시 나를 내려 보는 그의 이상하게 불타는 두 눈에 멈칫한다. 나는 쥐었던 주먹을 맥없이 펴서 애매한 술잔을 옮긴다. 그러자 돌연 그의 두 눈은 광채를 잃고 대신 형언할 수 없는 침울이 과음으로 창백해진 얼굴에 떠오른다. 그리고 그것은 길고 헝클어진 머리칼과 더불어 희미한 알지 못할 연민을 일으킨다.

"너무 성내지 마시오. 그것이야말로 내가 당신에게 바칠 수 있는 유일한 찬사요. 그 병든 원숭이는 지금 공룡과 나방이 이상적인 인간을 꼭짓점 삼아 만드는 삼각형의 외심(外心) 부근에서 신음하고 있지만 어쩌면 회복될지도 모르고, 그래서 잃어버린 인간 에로의 통로를 찾아낼는지도 모르기 때문이오. 그리고 하나만 더 이해해 주시오. 나는 결코 당신을 방해할 뜻은 없소. 무엇인가 때가 이르고 있다는 예감, 어쩌면 당신이 이 세상에 나와 대화를 나눈 마지막 사람이 될지도 모른다는 불안 같은 것이 나를 다변(多辯)하게 만드는 것뿐이오……."

술 취한 사내의 엉뚱한 감상에 속아서는 안 된다고 느끼면서도 알지 못할 내 연민은 깊어간다. 그리하여 그가 이야기를 중단하고 쓸쓸하게 술잔을 들 때에는 나도 망연히 잔을 들어 그의 잔에 부딪치고 만다. 내가 잔을 다 비우고 그를 바라보았을 때, 그의 두 눈에는 어느새 예의 그 이상한 불길이 타오르고 있다.

"아내의 첫 번째 정부(情夫)는 연극을 하는 자였소. 아내가 가장 천한 욕정으로 어울린 자인데 그것은 아마도 그자의 그럴듯한 용모보다는 예리한 혀가 가장 철저하게 나와 어린것을 살해했기 때문일 것이오 —."

기억한다. 우리 숲 속의 어떤 원숭이 떼의 암컷은, 침입자들이 무리의 모든 수컷을 물어 죽인 후 어린것들까지 잔혹하게 살해하게 되면 갑자기 발정(發情)이 시작된다. 그리하여 그때까지 짝지어 살던 수컷들과 그 새끼 되는 어린것의 시체 옆에서 그 잔인한 학살자들과 혼음(混淫)에 빠진다고 한다.

"하여튼…… 그 덕분에 내 응접실은 예술하는 천민(賤民)들 — 특히 허름한 문인 나부랭이로 득실거린 적이 있었소. 적어도 그들 중의 하나와 내 아내가 호텔 방에서 엉겨 있는 것을 내가 목도할 때까지는 말이오. 그런데 이상한 일이오. 그들 중 누구도 내 문턱을 넘지 않게 되었을 때 나는 갑자기 글을 써보고 싶다는 생각이 들었소. 경멸해 마지않던 그것이……."

나는 그 얘기가 지리할 것임을 짐작한다. 그러나 줄어들지 않는 연민 때문에 그를 중단시키지는 못한다.

"그것은 병든 의사의 얘기였소. 당신도 어쩌면 그를 보았을 것이오. 완전한 건강을 누리기 위해 의사가 된 그 사람을 말이오. 그러나 막상 의사가 되었을 때 그가 자신에게서 발견한 것은 이전보다 더 많은 병이었소. 처음 얼마 동안 그는 매일매일 새롭게 발견되는 수많은 병을 위해 그만큼의 처방전을 끊었소. 조제도 하였소. 하지만 그 어떤 시술(施術)도 투약도 끝내 자신에게 베풀 수는 없었소. 치료의 대상이 자기였기 때문이오. 한때는 다른 의사에게 맡기려고 했지만 그것도 실패였소. 그러기에는 그 자신 병에 대해 너무나 많은 것을 알고 있었기 때문이오……."

여기서부터 나의 연민은 줄어들기 시작했고, 그의 얘기는 점차 역겹고 지리해진다. 세상 어디에 그런 바보 같은 의사가 있을 것인가. 이거야말로 순전히 이야기를 위한 이야기가 아닌가.

162

나는 조심스럽게, 그러나 혐오를 감추지 못하고 그의 말머리를 자른다. 그런 공허한 얘기로 사람의 귀를 사로잡으려 했다면 그건 어리석었다고. 그는 의외로 담담하다.

"마음에 들지 않는다면 짧게 하겠소. 결국 여러 해에 걸친 상심과 고통 끝에 그 의사는 극약을 먹고 자살하고 말았소. 그러나 당신들이 흔히 단정하는 것처럼 그것이 절망 때문이었던 것은 아니오. 그것이야말로 최후의 그리고 가장 완벽한 치료였던 것이오. 그래 죽음보다 더 완전한 건강이 어디 있겠소?"

여기서 나는 혼란되고 만다. 갑자기 엄습하는 취기 때문이었을까. 그 병든 지식에 버럭 소리라도 지르고 싶다가 도로 축 처지고 그러다가 두서없이 지껄이고 만다. 그 치료야말로 당신 같은 자에게나 최선이 될 거라고. 하지만 엉뚱하게도 그런 내 폭언은 오히려 그를 기쁘게 한 듯하다. 섬뜩할 만큼 잔잔한 미소 사이로 그의 희고 가지런한 치아가 인상적이다.

"결국 당신은 동의하였소. 이 적절한 순간에 고맙게도 당신에게 이해되다니…… 자, 보시오. 나는 이렇게 처방하였소."

그러는 그의 손에는 내가 본 그 어떤 것보다도 더 날카로운 단도가 차갑게 빛나고 있었다. 눈을 찌르는 듯한 그 차가운 빛 속에서 그제야 나는 그가 누구인가를 확인한다. 그의 날카로운 당착(撞着)도, 공룡도 나방이도 그의 여러 자각(自覺) 증세의 일부에 지나지 않았다. 돌연 나는 공포보다는 조급으로 마비된다. 나는 이 사내를 붙들어야 한다고 막연히 느낀다. 무언가를 얘기해야 한다는 것도. 하지만 몸과 혀는 함께 굳어 있을 뿐이다.

"그리고 마침 때가 온 모양이오. 일주일이나 기다린 것이 헛되지는 않았소. 나와 함께 치료해야 할 사람이 이제 온 거요. 자, 안녕히."

사내가 벌떡 일어선다. 그리고 지금껏 내가 쫓았던 그 어떤 짐승보다 날래게 탁자를 돌아 입구 쪽으로 달려간다. 그런데 아, 거기에는 내 '푸날루아'가 서 있는 것이 아닌가. 조그만 거부나 회피의 기색도 없는 것이 안타깝다. 튀는 피, 피, 그리고 비명. 흐르는 피는 그녀가 걸친 흰 모피에 무슨 아름다운 무늬처럼 피어오른다. 혼신의 힘으로 일어선 나는 이내 힘없이 무너져내린다. 그런 내 귓가에 들리는 것은 조용한 지성의 고뇌가 아니라 저 원시림의 치정(痴情)에 들뜬 야수의 울부짖음이다.

"내 아내요, 색정광(色情狂)인 내 아내요, 집을 나가, 일곱 번째, 일곱 번째 정부와 어울리려고 하고 있소……."

갑자기 동굴 안은 어둡고 적막해진다. 아득히 먼 곳에서 원시림을 스쳐가는 바람 소리, 나는 알지 못할 잠 속에 떨어진다.

꿈, 어지럽고 사나운 충적세의 꿈. 거기서는 공룡의 음울한 비명이 들리고 나방은 분분히 독가루를 뿌린다. 그리고 쓰러져 신음하는 원숭이 떼. 그러나 그 속에서도 내가 미소하며 잠들 수 있는 것은, 아이들 — 그 모든 것들의 어지러운 윤무(輪舞) 가운데서도 꽃처럼 피어나는 아이들의 끝없는 행렬 때문이었다.

(1980년)

제쳐 논 노래

머리맡 재떨이에서 나는 역한 니코틴 냄새에 그는 늦잠에서 눈을 떴다. 마침 거실의 괘종시계가 열 시를 알리고 있었다. 그는 아무렇게나 손을 뻗어 재떨이를 위로 밀어붙였다. 부근에 있던 술병과 잔이 재떨이에 부딪쳐 쓰러지면서 요란스러운 소리를 냈다.

그 때문에 잠결에서 완전히 깨어난 그는 문득 간밤 늦게 홀로 술잔을 비우며 몇 번이고 되새긴 그날의 계획을 떠올렸다. 그래, 오늘은 밀양엘 가보기로 했었지.

그는 서둘러 화장실로 갔다. 양치질을 하고 세수를 해도 안주 없이 마신 간밤의 술 탓인지 전혀 식욕이 일지 않았다. 그는 바로 외출 준비를 했다. 아내가 언제나처럼 조그마하고 불안하게 그런 그에게 다가왔다.

"어딜…… 가시려구요?"

그 짤막하고 조심스러운 물음 앞뒤에는 '오늘은 일요일인데'와 '일주일에 하루쯤은 집에서 쉬셔도 되잖아요?'라는 말이 생략되어 있음을 그는 알고 있다. 그러나 그도 또한 그녀처럼 말을 절약한다.

"밀양엘 좀 가 봐야겠어."

아내도 알아들을 것이다. 그의 말 앞뒤에는 '나도 그러고 싶지만'과 '미안해, 가 봐야 할 일이 있어.'가 생략되어 있다는 것을. 아내는 잠시 그를 말끄러미 쳐다보다가 체념한 듯 조용히 그의 외출 채비를 도왔다. 그런 그녀의 눈길은 그런 일에 익숙한 눈길이었다.

골목으로 나서면서 흘끗 돌아본 그의 눈에 문께에 다소곳이 서 있는 아내의 그림자가 그날따라 새삼 외롭게 비쳤다. 그러나 아내여, 폭군도 쓸쓸하다. 이런 식으로라도 내뿜지 않으면, 당신을 향한 가학(加虐)과 압제는 더욱 커질 것이다. 아내여, 외로운 아내여.

서둘렀는데도 시외버스 정류장에 도착했을 때는 이미 열한 시에 가까웠다. 그는 매표소로 가서 밀양행 차편을 알아보았다. 가장 가까운 직행버스가 열한 시 십 분에 있고, 밀양까지 걸리는 시간은 한 시간 이십 분 정도라는 것이 안내원의 말이었다. 그런데 그가 그곳에 도착해야 할 시각은 정각 열두 시였다.

그는 잠시 낭패한 기분으로 대합실을 서성거렸다. 버스를 타고 가면 약속 시간에 삼십 분 정도 늦어지는 셈이었다. 그는 십 분 가까이 정류장 주변을 뒤진 끝에 청도까지 가는 승객을 찾는 택시에 합승할 수 있었다. 마침 청도 장날이어서 조금만 더 기다리면 합승객을 더 찾아낼 수도 있을 것 같았지만 시간에 쫓긴 그는 나머지 요금을 전부 부담하기로 하고 출발을 재촉했다.

"밀양엔 무슨 일이슈?"

택시가 완전히 교외로 벗어났을 때 함께 타게 된 사내가 넌지시 물었다. 운전사와 주고받는 말로 그가 밀양까지 간다는 걸 알고 하는 물음 같았다. 어딘가 전직 경찰 같은 인상을 풍기는 사내였다.

"네, 정각 열두 시에 사람을 만나기로 되어 있습니다. 영남루에서."

"정각 열두 시라 ─ 뭔가 시간이 중한 일인 것 같은데. 진작 서두르지 않구……"

숙취에서 덜 깼는지, 해장술을 한 탓인지 그렇게 참견하고 드는 사내의 숨결에는 텁텁한 술 냄새가 섞여 있었다. 어쩌면 그 사내의 수다 때문에 성가실지 모른다는 우려로 그는 되도록 말끝을 냉정하게 사리며 눈길을 차창 밖으로 돌렸다.

"그럴 사정이 있었습니다."

가로수 가지 끝에서, 멀리 산등성이에서, 아련히 봄기운이 피어오르고 있었다. 옅으나 신선한 그 생명의 빛이 그에게는 오히려 서먹하였다. 우리는 항상 어디선가 저러한 빛을 찾아내어 그것으로 자신을 달래고 속이며 살아왔다. 그는 짐짓 그 모든 것 위, 두터운

회색 구름으로 우중충한 하늘을 올려보았다.

그렇게 얼마쯤 달렸을까, 곁의 사내가 다시 못 참겠다는 표정으로 말을 걸어왔다.

"실례가 될지 모르겠지만서두 — 괜히 궁금해서. 만나려는 사람이 누구슈?"

그리고 어떻게 대답해야 될지 몰라 머뭇거리는 그를 돕기나 하려는 듯 사내가 덧붙였다.

"입성으로 보나, 영남루 같은 데서 만난다는 것으로 보나 우리 같은 장삿속은 아닌 것 같고……"

"아니, 그저……"

그가 우물쭈물 대답하자 다시 사내가 중얼거렸다.

"동창환가? 하지만 그렇다고 택시를 대절하면서까지 시간에 댈 필요는 없지. 그런 모임이라면 몇 십 분쯤이야 기다려줄 테니까."

"동창회는 아닙니다."

여전히 별로 대꾸할 마음이 내키지 않는 그는 그렇게 잘라 말하며 다시 고개를 창밖으로 돌렸다. 사내는 그런 그의 태도가 좀 뜻밖이긴 하지만, 기분만은 알겠다는 듯 말 상대를 바꾸었다. 아직 앳된 운전사 쪽이었다. 사내는 기름값이 올라 큰일이라는 등의 얘기부터 상스러운 농담까지 한동안 차 안이 시끌덤벙하도록 떠들었지만 이번에도 반응은 신통하지 못했다. 한두 번 간신히 형식적인 맞장구를 치던 운전사도 차가 가파른 고갯길로 접어들자 입을 다물고 말았기 때문이었다.

잠시 차 안에 어색한 침묵이 흘렀다. 그러나 별로 오래 계속되지는 않았다. 사내가 다시 무엇을 생각해 냈는지 그를 향해 의기양양한 말투로 물었다.

"여자를 만나러 가는구만. 그렇지 않으슈?"

그러고는 왼쪽 새끼손가락을 들어보이며 싱긋 웃었다.

"보아하니 결혼은 하신 것 같은데 ― 옛날 애인이라두 만나러 가슈? 몇 년 전 오늘 헤어지면서 그 자리에서 만나기루 한."

사내의 뜻밖의 소설적인 발상에 그는 잠시 당황했다. 그러나 그런 발상이 어떤 면에서는 제법 사실과 접근해 있다는 게 곧 그의 기분을 건드렸다.

"틀렸어요. 사실 저는 그곳 대밭에서 접선하기로 되어 있습니다. 거기서 무전기와 공작금을 수령하고 다음 지령을 받아야 하니까요."

그러자 사내의 얼굴이 묘하게 굳어졌다. 그런 사내를 향해 그는 짐짓 느긋이 웃어주었다. 이번에는 사내가 창밖을 향해 왼고개를 틀었다. 몹시 기분이 상했다는 표정이었다.

사내는 이후 줄곧 왼고개를 풀지 않았다. 그러다가 청도에 도착해서야 뚱한 얼굴에 거의 시비조로 한마디 던지고는 차에서 내렸다.

"잘 가슈, 옛 애인을 만나든, 접선을 하든, 제미랄."

도중 몇 번이나 운전사를 재촉하고, 차에서 내린 후에는 자신도 뛰다시피 서두른 끝에 그는 간신히 시간에 맞게 영남루에 도착할 수 있었다. 유원지로 개발하려는 서투른 노력 때문에 영남루는 기억 속의 것과는 많이 달랐다. 여기저기 함부로 들어선 구조물로 예전보다는 훨씬 좁고 어딘가 조잡해진 인상이었다.

입구 매표소에서 시간을 확인한 그는 비로소 안도의 숨을 내쉬었다. 자신은 비록 그녀를 위해 한 시간을 바칠 각오로 왔지만, 그녀는 단 일 분이라도 기다리게 만들고 싶지는 않았기 때문이었다.

금방 비라도 뿌릴 듯 잔뜩 흐린 날씨 때문에 그곳을 찾아드는 사람은 별로 없었다. 그는 낯익은 밀성 부원군(密城府院君)의 비석 난간에 기대서서 행여 하는 기분으로 한동안 경내를 살펴보았지만 그녀의 모습은 눈에 띄지 않았다. 그는 곧 입구 쪽을 잘 살필 수 있는 근처의 벤치에 자리를 잡았다. 그 벤치들 역시도 전에는 없던 것들이었다.

약속 시간이 되면서부터 그는 열렬한 눈빛으로 입구 쪽을 바라보았다. 드나드는 사람이 거의 없어 그녀가 나타나기만 하면 한눈에 알아볼 수 있을 것 같았다. 길이 먼 탓인지 그녀는 약속 시간을 지키지 않았다. 그는 별로 실망하지 않고 차분히 기다리기 시작했다.

여인이여, 지금 여기서 그대를 기다리는 것은 득의와 패기에 찬 30대 남자가 아니라 삶에 지친 그대의 동료이다. 그대가 오면 이제 나는 삶의 우수를 얘기하겠다. 우리가 일찍이 원했던 그 어떤 것을 얻더라도 끝내는 채울 수 없는 그 공허를. 사람들은 그가 오래 원해 왔다는 이유만으로 동료가 어쩌다 얻게 된 반짝이는 사금파리나 진기한 조개껍질 같은 것들이 그 동료에게 어떤 행복이나 성취감을 주리라고 추측한다. 그러나 여인이여, 진실로 그런 것은 없다. 우리가 이 땅에서 애착했던 그 어떤 것을 잃더라도 본질로서의 삶이 지금보다 더 나빠질 수는 없는 것처럼, 원했던 그 어떤 것들을 얻더라도 나아지는 법 또한 없다…….

입장객이 띄엄띄엄 눈에 들어왔다. 우산을 준비한 늙은이 하나, 비번 공원(工員)인 듯한 남녀 넷, 그리고 칭얼거리는 아이의 손을 잡은 중년의 여인. 그러나 기다리는 여인은 좀체로 오지 않았다. 한동안 몽롱하고 우울한 상념에 젖어 있던 그는 갑작스러운 무료를 느끼며 벤치에서 일어났다. 그사이 시간은 어느덧 약속시간에서 십 분 가까이나 지나 있었다.

이렇다 할 생각 없이 마당을 서성이던 그는 천천히 누각 쪽으로 가보았다. 예전과는 달리 넓은 대청은 개방되어 있었다. 지난날 대청 입구를 막고 있던 조잡한 철책을 떠올리며 그는 구두를 벗고 축대에 어지러이 널려 있는 실내화를 신었다.

넓은 대청은 텅 비어 있었다. 그는 휘적휘적 대청을 가로질러 강변 쪽의 난간으로 갔다. 이제 막 풀린 듯한 남천강이 발밑에서 회백색으로 흐르고 있었다. 건너편의 긴 강둑과 솔밭, 그리고 그가 살던 때는 가동 않고 있던 모직 공장이 이상스레 가깝게 보였다.

멍하니 그런 것들을 내려다보고 있는 사이에 갖가지 유년의 추억들이 불쑥불쑥 고개를 들었다. 그는 바로 그 모직 공장 아래쪽에 붙어 있는 초등학교에 다녔고, 지금 눈 아래 보이는 지역은 그 시절의 중요한 놀이터였다.

여인이여, 그대가 오면 나는 또 얘기하겠다. 이제는 두 번 다시 돌아오지 못할 곳으로 사라져버린 유년을, 그렇게도 소중하게 품어 왔지만 끝내는 무참하게 깨어져버린 그 꿈을, 그리고 한 번 그것들을 잃어버린 후 내 삶은 어떤 우여곡절을 겪었으며, 나는 어떻게 상처 입고 어떻게 전락해 갔는가를.

그러다가 언뜻 감상에 빠진 자신을 깨우치듯 그는 넓은 대청을 둘러보았다. 그런 그의 눈에 어떤 천재가 일곱 살 때 썼다는 커다란 편액(扁額)이 들어왔다. 그것이 기억에 생소함을 의아롭게 느끼며 한동안 그 편액을 바라보던 그는 이어 그 곁의 여러 편액들을 하나하나 읽어나갔다. 알려진 이름과 낯선 이름들이 뒤섞인 채, 갖가지 필법과 형식으로 자기들의 찬탄, 기개, 교훈 같은 것들을 적어 놓고 있었다.

처음 무료를 달래기 위해 별 뜻 없이 읽어가던 그는 차츰 기묘한 동정에 빠져들었다. 이 편액들을 써서 남긴, 이제는 죽음과 어둠의 세계에 속한 영혼들에게 여기 이렇게 남겨진 그들 삶의 흔적이 무슨 위자(慰藉)가 될 것인가.

여인이여, 나는 이것도 그대에게 말해 줘야겠다. 사람들은 잘 쓰여진 한 줄의 글, 잘 그려진 한 폭의 그림에다 함부로 영원을 건다. 그것들에 우리의 삶이 화체(化體)되었으며, 그리하여 그것들이 땅 위에 남아 뒤에 오는 사람들에게 우리의 존재를 상기시킴으로써 우리들의 삶이 연장된다고 믿는다. 하지만 그들 — 일평생을 사유(思惟)에 시달리고, 그렇게도 많은 언어의 색과 음을 낭비한 후 이제는 형체도 없이 사라져버린 그들의 영혼을 누가 만나 보았던 가. 여인이여, 생각건대 그것은 믿기 위해서 만들어낸 우리의 미신 이다. 그리고 그것이 미신인 줄 알면서도 부정해서는 안 되는 데 에 우리들의 우울이 있다…….

그가 다시 마당에 내려섰을 때 시계는 벌써 열두 시 반을 가리 키고 있었다. 그는 황급히 입구께를 둘러보고 다시 경내에 있는 새로운 입장객들을 확인했다. 여전히 그가 기다리는 여인은 보이 지 않았다. 어쩌면 그녀는 자기가 쓰잘 것 없는 편액들에 정신이 팔려 있는 사이에 거기를 지나쳐 갔을지도 모른다는 추측이 문 득 그를 사로잡았다.

그는 이상하게 두근거리는 가슴으로 다시 한번 경내(境內)를 세 심하게 살핀 후에 무봉사(無鳳寺) 쪽으로 서둘러 가보았다. 거기 는 없었다. 불상 앞에는 참배객이 몇 명 분향하고 있었고, 좁은 마 당에는 얼마 전에 올라간 공원(工員)으로 보이는 남녀가 무언가를 떠들며 키들거리고 있을 뿐이었다. 그는 가빠오는 숨을 진정시킬 사이도 없이 아랑각 쪽으로 내려갔다.

거기에도 찾고 있는 여인은 없었다. 옹색하게 둘러친 담과 역시 옹색한 입구를 가진 아랑각 경내뿐만 아니라 예전에 비해 형편없 이 빈약해진 부근의 대밭까지 살폈지만 그가 본 것은 기억에 흔한 광경 — 사복을 입은 고교생들임에 분명한 소년 소녀가 사진을 찍고 있는 것뿐이었다.

다시 영남루 쪽이 불안해진 그는 뛰듯이 원래의 자리로 돌아왔다. 여전히 없었다. 그대는 끝내 오지 않고 마는가. 여인이여, 나의 이 기다림은 헛되고 말 것이기에 더욱 치열한 것인가.


"사진 한번 찍으시지요?"

점점 무거워 오는 기분으로 경내를 서성이는 그의 뒤쪽에서 누군가 말을 건네는 사람이 있었다. 그 직업에는 이미 어울리지 않을 만큼 늙은 경내 사진사였다. 고르지 않은 날씨 때문에 입장객이 없어 영업을 포기한 동업자들 중 유일하게 남아 있던 사람인 듯했다.

밀양에서 일 년 이상 산 사람 중에서 영남루를 배경으로 한 사진을 가지지 않은 사람은 별로 없을 것이다. 그에게도 몇 장의 그런 사진이 있다. 대개는 어릴 적 친구들과 함께 찍은 것으로 '영원한 벗'이니 '밀양을 떠나면서' 따위의 글귀가 들어 있는 흑백사진이었다.

그런 것들이 떠오르자 그는 문득 사진을 찍을 마음이 생겼다. 자세히 보니 늙은 사진사도 어딘가 낯익은 인상이었다.

"여기서 일하신 지 오래되십니까?"

흔히 그런 곳의 사진사들에게서 볼 수 있는 방식대로, 꽤 까다로운 주문에 따라 포즈를 취해 주면서 그가 은근히 물어보았다.

"그럭저럭 한 이십 년은 넘을 끼구만."

그가 완전히 자기의 고객이 됐다고 확신한 탓인지, 친숙함을 표현하는 것인지 사진사는 어느새 원래의 사투리에 반말까지 썼다. 그런 사진사의 주름 덮인 얼굴을 보며 희미한 기억을 되살리던 그는 문득 그 사진사가 처음부터 낯익어 보이던 이유를 알아냈다.

오랜 세월이 지난 후에 만났을 때 어른 쪽보다는 아이 쪽이 상대를 더 잘 알아볼 수 있다. 나도 당신을 알 듯하다. 당신은 아마도 그때 둘뿐이던 사진사 중 젊었던 쪽일 게다. 하지만 당신은 그 옛날 기쁨보다는 더 자주 슬픔에 젖어 이 거리를 배회하던 어린 영혼을 기억할 수 있을는지.

그런 그에 비해 그 늙은 사진사는 지극히 무감각하고 직업적이었다. 사진을 찍고, 돈을 받고, 영수증을 건네자 그 사진사는 거의 말붙일 틈도 주지 않고 자기 자리로 돌아가 버렸다.

그는 다시 무료한 시간 속에 홀로 남겨졌다. 열두 시 사십오 분, 여인은 아직도 오지 않았다. 이제 그가 기대를 걸 수 있는 시간은 십오 분밖에 남지 않았다. 무료함 속에서도 그는 차츰 엷어져가는 자신의 기대에 절망적으로 매달렸다.

여인이여, 그대는 내가 왜 꽃을 사랑하는지 아는가, 꽃은 우리를 위해 피어나지 않더라도, 우리는 그 아름다움에 감사해야 하기 때문이다. 꽃에게는 물론 자신의 생리, 자신의 꿈이 있을 테지만, 그 존재만으로도 우리에게는 축복이다. 여인이여, 그대는 내 쓸쓸한 삶의 길섶에서 우연히 마주친 한 송이 꽃, 나는 그대 곁에서 상처 입고 지친 내 언어를 쉬게 하고 싶었다. 스러져버릴 그대의 아름다움을 기억 속에 영원히 꽃피우고 싶었다.

느끼지 못하는 사이에 가랑비가 내리기 시작했다. 하늘이 자욱이 내려앉은 것처럼 가늘고 부드러운 빗발이었다.

"박물관엘 가보라믄. 거기 창문으로도 경내가 모두 보일 끼라. 구경도 하고 사람도 기다릴 수 있을 끼구만."

좀 전의 사진사가 다시 나타나 선심이라도 쓰듯 일러주었다.


박물관은 수원지로 넘어가는 언덕바지에 새로 지어진 건물이었다. 어렸을 적 그는 가끔 그 뒤 참나무 숲에서 수제(手製) 딱총놀이를 하며 놀았었다. 자전거 스포우크로 약실(藥室)을 만든 그 딱총은 굉장한 폭음을 내서 거리에서 쏘면 어른들의 꾸중을 듣기 십상이었다.

박물관의 전시품들은 생각보다 초라했다. 사명당(四溟堂)의 유품 사진을 전시해 둔 1층을 관람한 그는 2층에 오르자마자 창가로 가서 영남루 경내를 살폈다. 떡갈나무 가지에 가리어서 반쯤밖에 보이지 않았다. 왠지 가려진 부분에 여인이 와 있을 것 같은 느낌으로 그는 민화(民畵)와 서예 족자들이 걸린 2층 전시실을 보는 둥 마는 둥 한 바퀴 돈 후 뛰듯이 박물관을 나왔다.

자우룩한 가랑비뿐, 경내는 여전히 텅 비어 있었다. 그는 요행을 기다리는 마음으로 이곳저곳 구석진 데까지 세심히 살펴보았다. 매점 곁에 비를 피하며 서 있는 중늙은이 하나가 눈에 띄는 게 전부였다. 그는 다시 밀성 부원군의 비석 곁으로 가서 입구 쪽을 확인했다. 그런데 아, 있었다. 그의 눈길이 막 매표소 앞 층계에 이르렀을 때 불쑥 검은 박쥐 우산이 솟아오르고 이어 회색 레인코트와 반장화를 신은 여인의 모습이 나타났다.

그는 거의 숨 막힐 듯한 기분으로 그 여인을 향해 마주 걸어나갔다. 그리고 우산에 깊숙이 가려진 얼굴이 드러나기를 기다렸다. 경내로 들어서던 여인은 그의 대여섯 발자국 앞에 이르러서야 우산을 제치며 얼굴을 드러냈다. 아니었다. 정신없이 자기를 내려 보고 있는 그를 이상한 눈초리로 마주보는 것은 감상에 젖은 낯선 소녀의 얼굴이었다.

약간 비참한 심경으로 다시 경내를 한 바퀴 돈 그는 시계를 보았다. 한 시에 가까웠다. 무모한 기다림도 끝나야 할 때에 이른 듯했다. 그는 자기가 서 있는 위치와 입구 매표소까지의 거리를 가늠해 보았다. 천천히 걸으면 나머지 시간을 다 채울 만한 거리였다.

그는 주위를 의미 없이 휘둘러보기도 하고, 흙바닥에 드러난 그곳 특유의 석화(石花)를 헤아리기도 하면서 되도록 천천히 걸었다. 그러나 매표소에 도착했을 때는 아직도 일 분 정도가 남아 있었다. 그는 자기 시계의 오차까지를 감안해서 내려온 길을 10여 미터쯤 되짚어 올라갔다. 그리고 다시 천천히 걸어 내려오면서 왼편 길섶에 세워진 역대 목민관(牧民官)들의 송덕비를 훑어보기 시작했다. 아직 명문(銘文)이 뚜렷한 것도 있었지만 어떤 것은 얼른 자획이 분간되지 않는 것도 있었다.

흐려진 자획까지 애써서 판독해 가며 그가 다시 매표소에 이르러 시계를 보니 한 시가 약간 지나 있었다. 그는 다시 한번 미련으로 주위를 돌아보았다. 여전히 없었다. 아무도. 그는 매표소 문을 두드려 졸린 듯한 얼굴로 내다보는 소녀에게 말했다.

"만약 머리칼이 길고 하늘색 코트를 입은 여자가 홀로 오거든 전해 줘. 내가 한 시간을 기다리다 갔다고."

그의 목소리는 진지했고, 소녀도 마치 그런 여인을 알고 있다는 듯 고개를 끄덕였다. 그런데 ― 그런 여인은 정말로 있었던가? 없었다. 그 여인은 애초부터 오지 않기로 되어 있었고, 그 때문에 그는 오히려 마지막 일 분까지 충실했었다. 아아, 산다는 것, 그 얼마나 부질없는 노릇인가…….

아침을 걸렀는데도 점심은 여전히 식욕이 없었다. 아무렇게나 들어선 식당에서 심드렁한 식사를 마치고 나오니 가랑비가 멎어 있었다. 그러나 그의 마음은 더욱 후줄근히 젖어오는 느낌이었다.

별 목적 없이 시가를 한동안 빈들거린 후에야 그는 겨우 두 번째의 행선지 ― 그가 그 도시를 찾게 된 실질적인 목적지를 찾을 마음이 생겼다. 그는 천천히 시가를 벗어나 그곳으로 향했다.

두 번째의 행선지가 있는 동네의 변화는 예상보다 훨씬 심했다. 전에는 넓은 농경지 사이에 인가가 드문드문 서 있었는데, 이제는 완연한 주택가로 변해 손바닥만 한 채소밭들이 오히려 주택 사이에 끼어 있는 형국이었다. 주위의 격심한 변모 때문에 몇 번이나 길을 물은 후에야 그는 겨우 목적한 곳에 이르렀다.

거기도 역시 심하게 변해 있었다. 부근의 넓은 포도원과 당근밭 때문에 홀로 우뚝하던 옛날의 건물은 이제 밀집한 신흥 주택가들 속에 숨 막히게 끼어 있는 것처럼 보였다. 정문은 예전 그대로였지만 간판은 달랐다. '갈릴리 보육원(保育院)' ─ 그게 옛날의 이름이었다. 그런데 한글화의 물결 탓일까, 그 간판에 쓰인 것은 '갈릴리 어린이집'이라는 것이었다.

여러 가지 변화에서 온 생소한 느낌 때문에 그는 한동안 문 앞에서 머뭇거리다가 마음을 가다듬은 후에야 안으로 들어갔다. 문은 전처럼 열려 있었지만 백여 명의 원아(院兒)들이 생활하는 건물치고는 이상하리만치 조용했다.

그는 먼저 총무실이라고 불리던 건물로 가보았다. 한눈에 전과 같은 용도로는 쓰이지 않음을 알 수 있었다. 먼지 낀 유리창을 통해 보이는 것은 엄청나게 커 보이던 총무 선생님의 책상이나, 응급 약품이 들어 있던 의료함, 아동 문고가 가득 차게 꽂혀 있던 책장 같은 것들이 아니라, 함부로 쌓아 놓은 잡동사니 물건들이었다. 대개 유아용 장난감이거나 초보의 산수 교재 같은 것들로 전에는 보지 못한 것들이었다.

그는 다시 원장 사택 쪽으로 가보았다. 한때는 궁전처럼 높고 으리으리해 보이던 곳, 어린 그의 눈에는 거기 살고 있던 원장의 어린 딸조차 고귀한 왕녀처럼 보였었다. 그러나 어찌 된 셈인지 그 집은 높은 담으로 막혀 있었다. 이제는 보육원에서 떨어져 나간 건물이 된 듯했다.

그제야 그는 약간 의아한 눈으로 주위를 찬찬히 살펴보았다. 식당, 피복실, 보모와 침모(針母)들의 거실로 쓰이던 건물도 거의 쓰이지 않거나 창고 따위로 전용되고 있는 것 같았다. 대신 이상하게 마당을 협소하게 만들고 있는 어린이용 놀이기구만 두 눈 가득 들어왔다. 미끄럼틀, 그네, 시소, 철봉. 그 외에 이름 모를 대소 설비들은 한결같이 최근에 도색된 깨끗하고 고급스러운 것이었다. 예전에는 빈약한 화단과 무화과나무 몇 그루가 전부여서 이런 계절에는 몹시 썰렁했었다.

그러고 보니 건물들도 옛날의 우중충한 청회색(靑灰色)이 아니라 연두색과 노랑색으로 산뜻하게 칠해졌고, 창틀에는 지저분한 방충망 대신 밝은 색조의 커튼이 드리워져 있었다. 외국 원조가 끊어진 지금 모든 것이 낡고 황폐하리라고 짐작하고 온 그에게도 언뜻 이해되지 않는 변모였다.

그는 한동안 이 건물 저 건물을 기웃거렸다. 그러나 어디서도 인기척은 없었다. 그는 문득 그날이 일요일인 것을 상기했다. 모두 교회로 예배 보러 간 것이로구나. 하지만 이내 그는 그 시각이 이미 모두 돌아와 있어야 할 시간이라는 것을 기억했다. 이제는 안식일에도 공동 작업을 하게 된 것일까.

이런저런 생각으로 주위를 두리번거리는 그에게 갑자기 개 짖는 소리가 들렸다. 마당 한 모퉁이에 새로 생긴 나지막한 단층 건물 쪽이었다. 어딘가 다른 건물에서 분리돼 있는 듯한 인상 때문에 처음부터 별로 유의하지 않던 곳이었다.

그쪽으로 다가간 그가 미처 현관문을 두드리기도 전에 누군가가 먼저 문을 열고 나왔다. 도수 높은 돋보기를 낀 30대 후반의 남자였다. 번득이는 안경알 밑으로 약간의 경계를 감춘 채 그 남자가 물었다.

"어떻게 오셨습니까?"

날카로운 말씨로 보아 그 남자는 벌써부터 이 건물 저 건물을 기웃거리는 그를 살펴 오고 있었던 것 같았다. 그 남자가 대뜸 용건을 묻는 바람에 괜히 당황한 그가 까닭 없이 더듬거리며 말했다.

"저 — 원장님 계십니까?"

"전데요."

그 남자는 한층 알 수 없다는 눈길로 그를 살폈다. 그는 이십 년의 세월을 고스란히 접어둔 채 다시 멍청하게 물었다.

"김 원장님은 안 계십니까?"

"김 원장이라니요?"

"김상우 원장님 말입니다."

"김상수겠지요—."

그러는 그 남자의 표정은 약간 누그러진 것이었다.

"그분은 벌써 삼 년 전에 미국으로 이주하셨습니다. 가족도 모두. 바로 제 매형 됩니다. 무슨 일로 그분을 찾아오셨는지는 모르지만 우선 들어오시지요."

다시 가랑비가 내리기 시작했으므로 그는 사양 없이 집 안으로 따라 들어갔다. 현관문 안이 바로 응접실이었다.

"김 원장님을 왜 찾으십니까?"

권하는 소파에 앉자마자 원장이라는 그 남자가 다시 물었다.

"그저 — 뵈옵고 의논할 게 있어서……."

그는 아직도 용건으로 들어가기가 쑥스러워서 자기가 궁금한 쪽으로 화제를 돌렸다.

"그런데 참 용하십니다. 이젠 경영이 매우 어려우실 걸로 알았는데."

"예?"

"솔직히 말해서 여러 가지 설비나 건물 관리를 보고 놀랐습니다. 오히려 전보다 훨씬 발전시키셨군요. 정말 대단한 수완이십니다."

"뭐, 그럭저럭 꾸려가고 있습니다."

젊은 원장은 돌연한 그의 찬사에 멋쩍게 대답했다. 그는 다시 다음으로 궁금하던 것을 물었다.

"원아(院兒)들은 모두 어딜 갔습니까? 전혀 보이지 않는군요."

"일요일이니까요."

"그래도 지금쯤은 교회에서 돌아와 있어야 할 시간인데요."

그 말을 들은 원장의 얼굴에는 영문을 알 수 없다는 표정이 떠올랐다.

"물론 어린이들 태반이 교회에 나갑니다만, 일요일에는 오질 않아요. 왜 어린이들에게 무슨 볼일이 있습니까?"

"실은 —."

그도 원장의 말 가운데 이해 안 되는 부분이 있었지만 그대로 용건에 들어갔다.

"원아 하나를 추천받고 싶어서 왔습니다. 여기서는 고등학교밖에 시키지 못하는 것으로 알고 있는데 — 그래서…… 제가 하나쯤 맡아보려구요. 대학에 갈 만한 자질이 있는 원아 하나만 추천해 주십시오. 당장엔 데려가지 못해 유감입니다만 고등학교를 마칠 때까지 뒤는 충분히 보살피겠습니다. 그리고…… 대학에 들어가면 집에 데려가서 시키겠습니다."

약간 상기된 얼굴로 이상하게 더듬거리는 그의 말을 듣고서야 원장은 그들의 대화가 처음부터 잘 맞아 들어가지 않던 이유를 알아차린 것 같았다.

"뭘 잘못 알고 오신 것 같습니다. 물론 전에는 이곳이 고아원이었습니다만 지금은 아닙니다. 탁아소와 유치원을 겸하고 있어요."

"네? 그럼 그 고아원은 어떻게 됐습니까?"

"벌써 사 년 전에 없어졌습니다."

"없어지다니요? 왜요?"

그가 너무도 뜻밖이라는 투로 반문하자 유치원 원장은 차근차근 설명을 해주었다.

"몇 가지 복합적인 원인이 있죠. 우선 지금은 옛날처럼 고아가 많지 않습니다. 전쟁이나 큰 천재지변이 없고, 사회도 어느 정도 안정되었으니까요. 거기다가 고아들의 질마저 낮죠. 전쟁고아들 중에는 혈통이나 자질이 우수한 애들도 많았습니다. 그러나 지금은 그야말로 '문제 있는 부모들'의 사생아가 태반이죠. 그 애들은 이곳의 불충분한 급식과 속박된 생활을 배겨내지 못하고 곧잘 사회의 유혹에 넘어갑니다. 열 살을 넘기기 무섭게 도망쳐버리죠. 자연 아이들은 줄어들고 ― 결국엔 이 고아원도 문을 닫게 되었죠."

"그럼 원아들이 하나도 남지 않게 되었단 말씀이십니까?"

"그렇지는 않지만 ― 이삼십 명의 아이들로는 이 건물과 설비를 유지할 수 없었죠. 그래서 고아원의 폐통합이 있었는데 남은 아이들은 그때 다른 곳으로 분산 수용됐습니다."

그 말을 듣자 그는 까닭 없이 맥이 빠지는 기분이었다. 옛집의 폐허 위에 돌아와 서 있는 듯한 비감(悲感)마저 들었다. 그가 망연한 침묵에 빠져 있는 동안 원장의 부인으로 보이는 젊은 여자가 차를 내왔다.

"그런데 선생은 그 고아원과 무슨 특별한 인연이라도 있습니까?"

차를 권하고 난 원장이 갑자기 생각났다는 듯 물었다. 그 질문으로 막연한 침묵에서 깨어난 그는 잠시 망설였다.

이 남자에게 얘기를 해줄 것인가? 이 도시에서의 마지막 이 년을, 그때 내가 썼던 그 음습한 시멘트 방과 기억나는 몇 개의 쓸쓸한 이름을, 그리고 마지막으로 이곳을 떠났던 안개 낀 가을 새벽을. 번거로운 일이다. ― 그는 짐짓 담담함을 과장하며 말했다.

"별로. 그저 옛날 이 부근에 살았고, 여기에 친구가 몇 있었죠."

"누군데요? 이름을 기억하고 계십니까?"

"네, 배윤식, 최재상, 한필용, 그리고 김형숙이란 여자애도 있었죠. 제가 이 동네를 떠난 후에는 모두 다시 만나지 못했지만……."

"아, 그 애들이라면 알 것도 같군요. 여기가 고아원이었을 때 몇 년간 총무 일을 본 적이 있으니까요."

그리고 더 묻지도 않았는데 그들의 근황을 알려주었다. 사실은 그도 가끔씩 궁금히 여겨온 일이다.

"윤식이는 참 잘된 셈이죠. 신학교를 나와 지금은 교회를 맡고 있어요. 충청도 어디라서 시간은 좀 걸릴 테지만 연락도 가능합니다. 형숙이도 여자지만 대단한 애죠. 혼자 힘으로 대학을 마치고 지금은 마산에서 교편을 잡고 있습니다. 아직 독신으로 지내는 게 좀 안됐지만."

"재상이와 필용이는?"

그 물음에 원장은 약간 풀 죽은 목소리가 되었다.

"그 애들은 ― 잘못됐어요. 재상이란 아이는 중학교 때 이곳에서 도망쳐 나가 제가 직접 대한 적은 없습니다만, 듣기로는 지금 다섯 번째 복역을 하고 있답니다. 필용이는…… 참 성실한 애였는데 ― 죽었어요."

"왜요?"

"자살했어요. 여자 문제루. 일찍부터 시계 기술을 배워 젊은 나이에 자기 점포까지 가질 만큼 성실했는데도 고아란 이유로 사귀던 부모들이 결혼을 반대했지요. 거기다가 여자까지도 결국은 부모들을 따라 마음을 돌리자……."

그는 한때 형제였던 아이들의 성취와 좌절을 들으면서, 슬픔이
나 기쁨에 앞서 스스로의 처지를 가늠해 보았다. 그러면 나는, 이
나는…… 그때 원장이 문득 말머리를 돌렸다.

"참 장한 생각을 하셨습니다. 전에도 전혀 없던 일은 아닙니다
만 선생처럼 젊은 분이 그것도 이렇게 직접 찾아오시기는 처음입
니다. 실례가 안 된다면 하고 계시는 일을 물어봐도 좋을는지요?"

그 돌연한 질문은 언제나 그를 당혹시키는 것이었다. 자기 자신
만을 향해 있는 삶, 기껏해야 이미 배고픔을 면한 자들의 여가를
가꿔줄 뿐인 나의 삶을 어떻게 말할 수 있단 말인가. — 그는 늘상
해오던 대로 대답했다.

"조그만 장사를 하고 있습니다."

"마음 편한 일이죠. 어쨌든 —."

원장은 약간 실망했다는 눈치였지만 더는 캐묻지 않고 본론으
로 돌아갔다.

"기왕 마음 내신 일이고, 또 이곳을 지목해서 오셨으니 — 이곳
출신으로 다른 고아원에 가 있는 아이를 하나 소개하겠습니다. 모
든 면으로 보아 선생께서 흡족해할 만한 아이죠."

그리고 원장은 이웃 군의 고아원에 수용돼 있는 소년 하나를
소개했다. 성적이 우수하고 품행도 착실하다는 고등학교 1학년
학생이었다.

원장은 그 소년이 있다는 고아원의 주소를 적어주면서 몇 번
이고 '장래가 촉망되는' 소년임과 '보람을 거두실' 것이란 점을 강

조했다. 오래 생각했던 일이어서 별 이의 없이 그 추천을 받아들이고는 있었지만 그는 왠지 원장의 그런 어투가 마음에 거슬렸다.

"그저 대학에 진학할 수 있는 최소의 지력과 체력만 있으면 됩니다. 아니, 그렇지 않아도……."

결국 그는 자신도 모르게 딱딱한 어조로 말끝을 맺고 자리에서 일어났다.

택시가 역전 광장에 도착했을 때 가랑비는 제법 부슬비로 변해 있었다. 대합실은 한산했다. 원장이 일러준 이웃 군의 고아원을 들러 집으로 돌아가려면 바삐 서둘러야 한다는 것도 잊은 채 그는 대합실 구석 벤치에 기대듯 앉았다. 그 옛 고아원을 떠날 때부터 그는 이상한 감정의 혼란을 겪고 있었다. 원래부터의 막연한 우울이나 공허감과는 다른 어떤 새로운 자극에 의한 것이었다.

그는 한동안 그 혼란의 원인이 무엇인가를 골똘히 생각해 보았다. 오래잖아 무슨 강력하고 날카로운 빛처럼 그를 전율시키는 깨달음이 있었다. 그를 사로잡고 있는 혼란의 원인은 바로 독선과 자기기만에 가리어져 있던 부끄러움이라는 괴로운 깨달음이었다.

그래 사실 나는 '장래가 촉망되는' 소년을 도와주어 '보람을 거두겠다'는 통속적인 목적을 가지고 있지는 않았다. 하지만 내가 이 일에서 얻고자 한 것은 오히려 그보다 훨씬 비열하고 끔찍한 것이었다. 어쩌다 잘못 빠져든 삶의 공허를 메우기 위해 나는 몇 푼의 돈으로 낯모를 소년의 운명에 개입하고자 했다. 그 소년에 대한 애정이나 불우한 처지에 대한 연민은 조금도 없이, 오직 나 자신만을 위해서. 거룩하고 귀한 것이 있음을 부인하고 숭고한 애타(愛他)를 모독하는 일이었다. 진실로 내가 그 불행한 고아를 상대로 획책한 것은 다만 정신적인 수음(手淫)이었을 따름이었다……

그는 한껏 비참한 기분이 되어 원장이 적어준 고아원의 주소를 찢어버렸다. 그리고 돌아갈 것도 잊은 채 음울한 상념에 젖어들었다. 아아, 예술적이란 이름의 이 공허한 삶, 아무리 아름다운 말로 꾸며보아도 본질적으로는 자기 자신만을 향해 있는 삶, 그 어떤 신성한 의미를 부여해 보아도 결국은 이미 배고픔을 면한 자의 여가를 가꾸는 데 불과한 삶. 새로 출발하기에는 너무 늦고, 떨쳐버리기에는 뼛속까지 뿌리 깊은 천형(天刑). 무엇을 하나, 아, 나는 무엇을 하나.

그런데 언제부터인가 생각에 잠긴 그를 유심히 살피는 눈길이 있었다. 그의 맞은편 벤치에 앉은 스무 살 전후의 청년이 보내는 눈길이었다.

"저어 ― 선생님……"

얼마 후 청년은 마침내 무슨 확신을 얻은 듯 그를 불렀다. 그 갑작스러운 부름에 그는 퍼뜩 자신만의 생각에서 깨어났다. 청년은 들고 있던 책의 어떤 부분을 펴 보이며 물었다.

"혹시 이 책을 쓰신 분이 아니십니까?"

그는 청년이 내민 책을 보았다. 청년이 펴 보이고 있는 것은 표지 안쪽에 있는 저자의 커다란 인물 사진이었다. 그런 청년의 눈에는 갑작스러운 행운을 만난 자의 기쁨과 놀람 같은 것이 비쳤다. 그는 순간적인 동요에 빠졌다. 그러나 이내 침착하게 대답했다.

"아닙니다. 잘못 보셨어요. 나는 도무지 글 같은 걸 쓸 줄 모릅니다."

그의 흔들림 없는 대답에도 불구하고 청년은 여전히 의심을 버리지 못한 것 같았다. 다시 한번 사진과 그를 대조한 후에 고개를 갸웃거리며 말했다.

"저는 이분이 쓰신 책을 모두 가지고 있습니다. 잡지며 신문에 실린 글까지. 틀림없이 선생님이신 것 같은데……."

"워낙 사진이란 게 실물과 다르니까요. 실은 그 사람과 내가 닮기는 닮은 모양입니다. 일전에도 그런 오인을 받은 적이 있어요. 자, 그럼 나는 차 시간이 바빠서—."

그는 다시 희미하게 동요하는 자신을 억제하며 그렇게 말했다. 그리고 아직도 아쉬운 표정으로 서 있는 청년 곁을 서둘러 떠났다.

이십 분 후 그는 자신의 도시로 가는 기차 객석에 앉아 있었다. 맞은편 객석에는 어떤 젊은 여자가 앉아 있었는데 — 만약 그녀가 조금만 세심한 성격이었다면 도중 몇 번이고 붉어지던 그의 눈시울을 이상하게 여겼을 것이다. 간간 탄식처럼 새어 나오던 그의 희미한 중얼거림도.

Qui es-tu? Mais rien!

(너는 뭐냐? 아무것도, 아무것도 아니지!)*

   – 발레리, 「제쳐 논 노래」에서

(1980년)

*저자 주(註): 이 구절을 '좇도 아니지!'로 번역한 사람도 있었다.

# 분호난장기

## 糞胡亂場記

그 귀향을 얘기하면서 전해 겨울에 있었던 첫 번째 통대(統代) 선거를 빼놓을 수 없다. 내가 고향에 돌아갔을 때는 이미 선거가 끝난 지도 반년이나 되었건만 그 선거의 경과는 바로 전날 밤에 본 텔레비전의 희극물처럼 재미있는 화젯거리로 고향 마을을 떠돌고 있었다.

하지만 내가 새삼 그 얘기를 옮기는 것은 사랑하는 고향의 또 다른 모습을 그려보려는 것일 뿐 별다른 정치적인 저의가 없음을 미리 밝혀두고 싶다.

선거의 풍설이 나돌면서 고향 사람들은 벌써 흥분으로 술렁이기 시작했다. 그들의 표현을 따르면, '실로 오랜만에 선거다운 선거'를 하게 된 까닭이었다.

물론 전에도 대통령이나 국회의원 선거를 해왔지만, 대통령은 그들의 일상과는 너무 까마득했고, 국회의원은 중선거구 때문에 항상 군세(郡勢)가 강한 이웃 군 출신의 선량(選良)이 차지해 버려 도무지 실감이 나지 않았기 때문이었다.

그런데 이제 면 단위가 선거를 하게 됨으로써 그들은 저 도의원 선거 이래 거의 십여 년 만에 피부로 실감이 되는 선거를 치르게 된 셈이었다. 이 경우 입후보자가 누구이건 유권자들 중 적어도 몇몇은 그의 불알 밑에 있는 점이나 썩은 이의 개수까지도 알고 있기 마련이다.

그래서 아직 공식적인 선거 일정이 발표되기도 전에 고향 사람들은 예상되는 입후보자를 놓고 의논들이 구구했다. 어떤 지방 어느 산골에도 때를 기다리는 정치적 야심가와 실력자는 있는 법이고, 내 고향도 예외는 아니어서 — 그 무렵 주로 물망에 오른 사람은 세 명이었다.

그 하나는 일찍이 고향을 떠나 치부에 성공한 사람으로 도회지에 몇 개의 공장과 극장을 가지고 있었는데 벌써 여러 해 전부터 옛 집터에 웅장한 저택을 세워 막대한 부(富)를 과시하고 있었다. 다른 하나는 어떤 권력기관의 고위직으로 정치적 배경과 권력을 겸비한 사람이었고, 나머지는 지금까지의 여러 선거에 지구당의 선전부장으로 활약해 조직력과 대중 연설에서 뛰어난 능력을 보여준 사람이었다.

그러나 선거 일정이 확정되고 입후보자 등록 마감이 가까워도 어떤 판단에선지 그들 세 사람은 전혀 움직이지 않았다. 거기서 파란 많은 그 선거의 막은 열렸다. 그들 셋의 동정을 살피며 마감 며칠 전까지도 자중하고 있던 고향 정치판의 이류급 인사들이 며칠 새에 열셋이나 무더기로 입후보자 등록을 한 게 그랬다. 당선 후의 자신들이 맡아야 할 역할에 대해 그들이 어떤 생각을 가졌는지는 알 길이 없지만 풍문에는 당국의 조정이 없었더라면 서른 명도 넘었을 거란 얘기였다. 실제로 마감 전날 저녁까지 아무것도 모르고 앉았다가 물망에 올랐던 세 사람의 실력자가 아무도 입후보하지 않았다는 것을 술자리에서 듣고서 부랴부랴 서둘러 이튿날 마감 직전에 겨우 등록을 마친 사람도 있었다.

유권자 오천도 못 되는 면에 열세 명의 입후보자 ─ 혼란은 처음부터 예상된 것이었다. 그중에서도 족인(族人)이 여섯이나 되어 문중 사람들이 받은 충격은 더욱 컸다. 아무리 문중이 해체되고 문회(門會)의 구속력이 없어졌지만 그래도 남아 있는 문중의 공론은 문회를 열어 입후보자를 조정해야 한다는 것으로 모아졌다. 그대로 두었다가는 유권자의 삼분의 일 가까운 표를 가지고서도 타성에게 통대(統代)의원 자리를 빼앗기겠다는 우려 때문이었다.

그래서 실로 몇 해 만에 문회다운 문회가 열렸지만 조정은 쉽사리 이루어지지 않았다. 몇몇 어른 분네의 간곡한 분부도, 식견 있는 숙항(叔行)들의 설득도 나름대로의 논리와 승산으로 무장된 그들 여섯의 입후보자에게는 무력하였다.

어디나 동족 부락의 경우면 매한가지겠지만 고향에서 문중을 지키고 있는 사람들의 능력과 자질은 대체로 우수한 편이 못 된다. 향토를 위해서란 갸륵한 뜻을 품은 사람이 전혀 없는 것도 아니나, 조그만 능력이라도 있으면 저마다 도회로, 도회로, 하는 마당에 굳이 궁벽한 산촌에 남아 있는 데는 어떤 피치 못할 사정들이 있었다. 좀 야박한 말로 바꾸면 도회로 나가 보았자 별 볼일 없는 사람들이 대부분이었다.

　문중의 입후보자들도 그 점에서는 대개 마찬가지였다. 그들이 똑똑하다고 한다면 그것은 호랑이 없는 굴에 토끼가 왕이라는 식이지 객관적이고 믿을 만한 평가는 못 되었다. 따라서 그들에게 지혜로운 판단이나 명예로운 진퇴를 기대한다는 것은 어쩌면 처음부터 무리였다.

　오히려 그 조정은 없는 것보다 못한 결과를 낳고 말았으니 ― 그들 중에서 가장 먼저 사퇴한 두 사람은 문중 대부분이 가장 많이 기대를 걸던 그리고 객관적으로 보아도 당선의 가능성이 가장 높던 사람들이었다. 한 사람은 홀어머니의 외아들로 대학 재학 중에 결혼을 하고 졸업하자마자 고향으로 돌아와 쓰러져가는 가업인 술도가를 윗대보다 키운 숙항이었는데, 모든 입후보자 중에서 유일하게 대학을 나온 데다 그 정도의 선거를 치르기에는 충분한 재력도 있었다. 또 한 사람은 일제 때에 전문학교를 나오고 여러 차례 민선(民選) 면장을 지낸 50대 막바지의 조항(祖行)이었는데 경력으로 보나 선거 기반으로 보나 마땅히 기대를 걸어봄 직한 쪽이었다. 그러나 둘 다 그리 정치적인 인물은 못 되는 듯 그들은 조정이 시작된 지 이틀 만에 아옹다옹 다투던 나머지 죽인 넷에게 입후보를 맡기고 스스로 사퇴해 버렸다.

그나마 기대되던 그 두 사람이 떠나버리자 조정의 문회는 이전투구(泥田鬪狗) ─ 그야말로 난장판이 되고 말았다. 문중의 비난과 위협에도 불구하고 남은 넷은 도무지 양보할 기색이 없었다.

그러다가 일주일 만에야 다시 두 사람이 극적인 사퇴를 했다. 술을 좋아하고 인심이 좋아 술친구들의 부추김 때문에 입후보했던 한 족인은 그 약점을 이용한 다른 입후보자에게 간단히 설득되고 말았다. 들리는 소문에 따르면 보다 약고 악착스러운 데가 있는 조카뻘 후보가 푸짐하게 마련한 술자리에서 인정과 눈물로 양보를 구하자 그만 허허거리며 사퇴해 버렸다는 후문이었다. 처음부터 입후보자 중의 하나가 미워서 전문적으로 그의 표를 깨기 위해 입후보했던 다른 하나도 뒤늦게 낌새를 알아차린 상대방이 지난 잘못을 간곡히 사과하자 깨끗이 사퇴를 해주었다.

문중은 놀라움과 기쁨 속에서 다시 마지막 남은 두 사람의 타협을 기다렸다. 그러나 더 이상의 진전은 없었다. 문중은 문중대로, 두 사람은 두 사람끼리 한 사람의 후보만을 내기 위해온갖 노력 ─ 그들 나름대로지만 ─ 을 했지만 허사였다.

"에잇, 아망스러운 놈들."

조정하던 어른 분네의 그 한마디를 마지막으로 문중은 결국 두 사람의 후보자를 내보내지 않을 수 없었다. 거기에 실망한 다수의 문중표가 타성(他姓)으로 흘러나갔다. 파탄은 이미 시작되고 있었다.

한편 타성 쪽의 일곱 명 사이에서도 적지 않은 우여곡절이 있었다. 사돈 간이 나란히 입후보해서 딸이 울며 친정으로 달려가는가 하면, 처남 매부 간이 함께 나와 화투 끗발로 사퇴 결정을 보았다는 풍문도 돌았다. 며칠 만에 급히 서둘러 한 등록인 데다 상대다운 상대가 없어 입후보만 하면 당선될 가능성은 비슷하리라는 데서 빚어진 통대열(統代熱)의 결과였다.

그러나 타성 쪽도 결국은 조금씩 정리되어 갔으니 끗발 나쁜 매부 외에도 사돈 간은 딸 둔 쪽이 양보했고 하나는 제 풀에 기가 죽어 사퇴했다. 또 몇몇 입후보자는 남은 사람에게서 얼마간의 돈을 받고 사퇴했다는 말도 있었다. 그리하여 대략 문중의 입후보자가 둘만 남게 되었을 때쯤 타성 쪽도 두 사람으로 압축되었다. 선거는 사파전으로 결정이 난 셈이었다.

그러면 여기서 마지막까지 남은 네 사람을 잠시 살펴보자. 그 무렵 나는 학업 때문에 십수 년 내 거의 타향살이에 가까운 생활을 해왔고, 그래서 고향이란 내가 좌절당하고 상처 입었을 때, 또는 삶이 권태롭고 피곤할 때, 잠시 돌아와 쉬는 곳 정도에 불과했지만, 그 네 사람은 모두 내게 익숙한 사람들이었다.

우선 문중의 두 사람은 여러 가지로 대조적인 데가 많았다.

먼 집안 지손(支孫)으로 내게는 동항(同行)이 되는 한 사람은 장터에서 정미소를 하고 있었다. 학력은 고졸, 특별히 고향에 뜻을 둔 것은 아니었으나 평생 직장은 가져본 적이 없는 부잣집 둘째로 서 정미소는 살림 날 때 본가에서 타온 몫이었다. 해방 직후에 세운 낡은 것이긴 해도 부근에는 하나뿐이다 보니 수입도 괜찮은 편이고 태반이 그의 고객들인 지방민들에게는 지명도(知名度)도 높은 편이었다. 장터거리에서 흔히 있을 법한 성적(性的) 추문의 대상이 되기도 하고 사람도 좀 막힌 데가 있기는 하지만 인정이 있고 경위가 밝다는 평판을 듣고 있었다. 그러나 그를 지지해 주는 조직은 전혀 없고 일관된 정치적 식견이나 뱃심도 기대할 수 없었다. 그에게 강점이 있다면 그저 언덕 위의 문중 출신이라는 것과 고졸의 학력 정도일까. 그런 그에 비해 다른 하나는 일찍 몰락해서 인근 민촌으로 밀려난 원(源) 종가의 후손으로 항렬은 질항(姪行), 농사를 생업으로 하는 집의 장남이었다. 학력은 중학교를 졸업하는 것으로 그쳤고, 고향에 뜻을 두고는 있어도 '문중'이라는 개념보다는 '향토'라는 쪽에 기울어져 있었다. 너무 따지고 드는 버릇과 함께 약간 과대망상적인 데가 있지만, 독실한 기독교 신자이고 남에게는 예절 발라 그의 동네 부근에서는 상당한 신망도 얻고 있었다. 거기다가 일찍부터 4H나 새마을운동에 관여해서 그에게 우호적인 약간의 조직이 있고 나름대로 정치적 신념과 투지도 있었다.

사실 이 둘의 경합적 관계는 처음부터 그렇게 적대적으로 굳어 있던 것은 아니었다. 자기가 약간 달린다는 걸 느낀 새마을 지도자에게는 웬만한 명분과 실리만 있다면 양보할 마음도 있었던 것인데 융통성 없는 정미소 주인이 일을 그르치고 말았다. 설득이라고 한답시고 그를 부른 정미소 주인이 곧이곧대로 그의 약점인 집안과 학력, 지명도, 재력 따위를 들먹이며 사퇴를 종용한 탓이었다.

누군들 자기의 아픈 곳을 건드리는 데야 발끈하지 않겠는가. 집안이 몰락했다고 해 봤자 같은 형주 이 씨고, 학력이라고 해 봤자 고등학교와 중학교는 오십보백보였다. 지명도에 눌리는 건 사실이나 대신 그에게는 4H와 새마을 계통의 지지 조직이 있었다. 재력도 낡은 정미소로 얼마나 모아두었는지는 모르지만 그도 논 몇 마지기만 내놓으면 정미소 주인만큼의 자금은 동원할 수 있을 것 같은 계산이었다. 거기서 하등의 이유 없이 무시당했다는 기분이 든 그는 이를 오히려 악물고 정미소 주인에게 덤벼들게 되었다.

그런 사정은 타성 쪽의 입후보자들 사이에서도 비슷했다. 남은 둘 중 하나는 바로 양보받은 '사돈'이었고 또 하나는 좀 떨어진 개골짝 마을의 잎담배 조합 총대(總代)였는데, 그 둘도 어지간히 대조가 되었다.

사돈은 옛 농막(農幕)의 후예로 일제 때 보통학교를 졸업한 후 면사무소에 소사(小使)로 들어가 거기서 잔뼈가 굵은 사람이었다. 스무 살 때 해방을 맞아 면서기로 일하게 되면서 그에게도 오랜 가난과 굴욕에서 벗어날 기회가 왔다. 바로 토지개혁의 풍문이었다. 문중이 전전긍긍 헐값으로 토지를 소작인들에게 떠맡기는 동안에도 그는 닥치는 대로 그것들을 사들였다. 어찌 된 셈인지 그는 그 토지개혁이란 것이 두려워하는 것만큼 철저하지도 않고, 오래가지도 않을 것이란 걸 알고 있었다. 과연 모든 것은 그의 예측대로 맞아떨어져 전쟁이 끝난 후 그가 여러 가지 편법으로 분산해 놓았던 토지들을 다시 끌어모았을 때는 미곡만 백여 석이 넘는 지주가 되어 있었다. 그걸 기반 삼아 장터로 진출한 그는 장사에도 상당한 수완을 보여 ― 그 무렵에는 농협 연쇄점과 맞먹는 규모의 상점을 부근에 셋이나 가지고 있었다.

'사돈'이 오랜 세월 자기의 재산을 힘들여 쌓아올린 데 비해 '총대'는 그들 타성들 간에는 신흥 세력이라고 할 수 있었다. 옛 산지기의 아들인 그는 그로부터 십 년 전만 해도 주막거리나 노름방 뒷전에서 개평술이나 마시면서 돌아다니던 건달이었다. 그러다가 서른 살에 접어들던 해 고향에 개간바람이 불어닥치자 그는 그 생활을 청산하고 건장한 두 명의 아우들과 함께 면소재지에서 30리쯤 떨어진 오지(奥地)로 들어갔다. 그리고 몇 만 평의 국유림을 개간해 잎담배 농사를 시작했다.

그후 무려 다섯 해에 걸쳐 그들 형제는 줄곧 면내에서 가장 많은 잎담배 수납자들이었다. 원래 담배는 비옥한 기존 경작지보다는 새로운 경작지에서 더 좋은 색이 나왔는데 그들 형제가 개간한 땅은 그중에서도 가장 유리한 땅이었다. 거기다가 그들이 있던 곳은 너무도 오지여서 소같이 일하는 그들 삼 형제의 소비는 저절로 최소한으로 억제되었다. 그리하여 꼭 육 년 만에 그들 삼 형제가 다시 전에 살던 마을로 내려왔을 때는 모두 한 살림 톡톡히 장만하고 있었다. 맏형인 그가 특히 많은 몫을 차지한 것은 두말

할 나위가 없었다.

그는 당연히 그 마을의 유지가 됐고 이어 잎담배 조합의 총대직도 맡게 됐다. 그리고 슬슬 장터거리 출입을 다시 시작하게 되었는데, 그런 그의 사교술이나 처세 방법은 정적(政敵)인 '사돈'조차도 감탄할 만한 것이었다. 장터로 돌아온 지 한 해도 안 돼 그는 술도가 사장이나 정류소장과는 너나들이를 했고, 면장, 지서장과는 '형님', '아우' 하면서 지냈다. 술잔깨나 산 덕분이었지만 여당의 지방 조직과도 선이 닿았고 농협에도 손을 뻗쳐 어찌어찌 이사 자리도 꿰어찼다.

처음 타성 쪽에서 입후보자 단일화에 손을 댄 것은 사돈 쪽이었다. 별다른 언변이나 정치 기술이 없는 사돈의 무기는 그의 든든한 재력이었다. 대부분 즉흥적 입후보자였던 나머지 다섯은 기껏해야 몇 십만 원의 공돈으로 사퇴를 해주었다.

사돈은 총대도 당연히 사퇴해줄 것으로 믿었다. 제일 먼저 사돈의 돈을 받아들인 것도 그였고, 나머지도 계속 돈으로 잡으라고 암시한 것도 그였기 때문이었다. 그러나 돈을 받고도 까닭 없이 사퇴를 미루던 그는 나머지 다섯이 등록을 취소하자마자 받은 돈을 냉정히 '사돈'에게 돌려보냈다.

첫 회전(會戰)에서 돈만 믿던 사돈은 멋지게 한 방 먹은 셈이었다. 결국 그는 많은 돈을 들여 상대의 경쟁자를 모조리 제거해주었을 뿐만 아니라, 자기를 공격할 수 있는 좋은 선전거리까지 장만해 준 셈이 되었다. 실제로 그 선거가 끝날 때까지 총대는 몇 번이고 금품으로 자기를 매수하려던 사돈의 비열한 음모를 폭로하고 그 유혹을 깨끗이 거절한 자기의 결백함을 과장하였다.

투표일이 가까워 오면서 그들 네 입후보자들의 공방은 점차 치열해졌다. 연일 대소의 전투가 벌어졌다. 그러나 가장 철저하고 흥미 있는 것은 문중의 입후보자와 타성의 입후보자 사이에서가 아니라 각 진영 내부에서 벌어지는 전투였다.

"조상도 몰라보는 못된 놈."

"종가 몰라주는 지손(支孫)은 크게 잘났고?"

"무식한 것이."

"고등학교 나왔다고 박사 학위 주나?"

"땅이나 열심히 파야 할 놈이."

"피댓줄 갈고 발동기 기름이나 치지 않고."

이것이 일가 간인 정미소 주인과 새마을 지도자가 유권자들 앞에서 얼굴만 맞대면 주고받는 독기 어린 응수였고,

"새파란 놈이 버르장머리 없이."

"벼람빡(벽)에 똥칠하도록 살면 대통령 되겠네."

"뒤지기(두더지) 같은 놈이 돈푼이나 모았다고."

"남의 땅 뺏어 모은 것보다는 낫소."

"산지기 자식 주제에."

"농막은 큰 벼슬이던가베."

이것이 사돈과 총대 간의 설전이었다.

대외적인 경쟁도 그 못지않게 치열했다. 사돈은 초등학교와 중학교에 풍금을 한 대씩 기증했고, 어디서 배운 수법인지 다리가 아쉬운 소하천에 금세라도 다리를 놓을 듯 측량을 한다 어쩐다 수선을 떨었다. 정미소 주인은 어려운 살림에도 객지에 자식들을 유학 보낸 몇몇 집에 갑작스러운 장학금 봉투를 내밀고, 노인들이 잘 모이는 정자나 동네의 사랑방에 반들반들한 바둑판과 장기판을 전달했다. 새마을 지도자는 청년 회의소 면지부 결성 대회와 4H 경연 대회를 열어 군수 영감을 끌어내는 데 성공했으며, 총대는 총대대로 '총대 친목회 및 잎담배 경작 촉진 대회'를 핑계로 공공연한 술잔치를 벌였다. 그 모든 일들은 그들의 빈약한 사회 활동 경력란을 장식할 뿐만 아니라 얼마 남지 않은 합동 유세 때의 자기 선전 자료로 쓰기 위함이었다.

더욱 재미난 것은 입후보자 부인들의 선거운동이었다.

"아메(아마) 되기는 꼭 될 낍니다만 그래도 혹시 모르이 한 표 보태 주소."

남편의 허세를 그대로 믿고 있는 정미소 안주인이 유권자를 붙들고 하는 말이었다.

"떡 쥔 놈 따라다니다 보면 고물이라도 흘린다꼬, 먼 일을 하더라도 가진 게 있어야제."

돈을 앞세운 안사돈은 그렇게 말했고,

"지금도 장터에 가서 사는데, 당선되면 아사리(아예) 서울 가 안 살겠나? 글치만 우야노? 그 사람밖에 누구 통대의원 할 만한 사람이 있어야제."

그게 총대 부인의 희생적인 결론이었다. 새마을 지도자 부인이라고 해서 가만히 입 다물고 있을 수 있으랴.

"뭣보다도 그런 자리는 남 앞에 서본 경험이 제일인기라. 그 사람들 중에 열 명이나 제대로 모아놓고 말해 본 사람 있는가 몰라. 아(아이) 아부지라꼬 말하는 거는 아이지만, 남 앞에 세우기야 그 사람 덮을 사람은 없을끼라……"

그러나 하루하루 지남에 따라 처음의 팽팽하던 세력 균형은 서서히 깨어지기 시작했다.

먼저 우위가 결정된 것은 문중 쪽의 입후보자들이었다. 새마을 지도자의 결기가 크게 일을 그르쳐버린 탓이었다. 어느 날 마지막 조정을 시도하는 몇몇 족인들 앞에서 자기주장을 꺾지 않는 새마을 지도자에게 정미소 주인이 먼저 분통을 터뜨렸다.

"다시는 너 같은 놈과 상종을 하면 내가 사람이 아니다. 이 짐승만도 못한 인종지말(人種之末)아."

지금이라도 사퇴해 주면 자신의 당선은 떼어놓은 당상인데 같은 족인이면서도 기어이 아득바득 달려드는 새마을 지도자에게 내쏟은 격분이었다. 따지고 보면 그런 기분은 새마을 지도자에게도 마찬가지였고, 따라서 가만히 참고만 있어도 일은 그에게 유리하게 전개되었을 터였는데 새마을 지도자는 한술 더 떴다. 그 자리에서 똑바로 지서로 달려간 그는 한방에 앉았던 족인들을 증인 삼아 정미소 주인을 모욕죄로 고소하고 말았다. 어떤 계산에서였는지는 알 길이 없지만 결정적인 실수였다. 오래잖아 그 경박한 행동이 문중뿐만 아니라 타성들의 여론까지도 심하게 악화시켰다는 걸 알아차린 새마을 지도자는 황급히 고소를 취하했지만 대세는 이미 기울어진 뒤였다.

어떤 우연의 결과인지는 알 수 없어도 그 비슷한 일은 타성의 후보들 사이에서도 일어났다. 역시 어느 날 연초 조합장의 생일잔치에서 맞닥뜨리게 된 그들 둘은 또 예의 그 입씨름을 벌였다. 그러다가 벌써 어디선가 거나하게 취해서 온 사돈이 먼저 일을 냈다.

"승갱이(승냥이) 꼬리 삼 년을 묻어 놔도 개 꼬리 안 된다더니, 예끼!"

그러면서 그는 들고 있던 술잔을 총대의 얼굴에다 퍼부어 버렸다.

"이놈의 영감쟁이, 낫살 처먹었으믄 나(나이)값을 해라!"

총대도 지지 않고 자기 술잔을 사돈에게 끼얹어버렸다. 하지만 아무리 경로(敬老) 사상이 설득력을 잃었다고 하더라도 사돈은 총대보다 무려 스무 살이나 위였다. 그 사건이 알려지자 총대가 불리해진 것은 뻔한 일이었다.

그런데 흥미 있는 것은 여기서 드러난 정치적인 인간과 그렇지 못한 인간의 차이점이다. 새마을 지도자가 자기를 지탄하는 여론에 압도되어 완전히 전의를 상실해 버린 데에 비해 총대는 한층 적극적이고 집요해졌다. 그는 자기의 약점을 오히려 이롭게 활용하는 정치적 기술을 본능적으로 습득하고 있었던 것 같다.

여론이 자기에게 불리하게 돌아가고 있는 것을 느낀 총대는 남몰래 비슷한 처지인 새마을 지도자와 접촉했다. 비록 전의는 상실했지만 그 때문에 정미소 주인에게 더 격렬한 증오를 품고 있던 새마을 지도자는 총대의 달콤한 말과 몇 푼의 돈에 얼마 남지 않은 문중의 지지표를 간단히 그에게 넘겨버렸다. 뿐만 아니라 정미소 주인의 표를 깨는 일이라면 무엇이든 거들어주겠다는 한심한 약속까지 하고 말았다.

아무도 모르게 정미소 주인의 발밑을 파는 데 성공한 총대는 이어 가장 큰 강적인 사돈을 공략하는 데 전력을 집중했다. 그가 눈독을 들인 것은 사돈의 운동원 쪽이었다. 무슨 인격적인 감화나 조직의 연계가 아니라 단순히 돈만으로 사돈과 묶여져 있는 그들 운동원들은 당연히 유혹에 약했다. 총대는 동원할 수 있는 모든 자금을 풀고는 당선 후의 더 많은 보상을 약속하며, 그들로 하여금 도리어 사돈의 표를 깨도록 만들었다. 고향의 일반적인 추측은 그 선거에 퍼부은 자금이 적어도 천만 원은 넘으리란 것이었다. 당시로는 대구에서도 괜찮은 집 한 채를 살 만한 돈이었다.

적을 잘 안다는 점에 있어서도 총대는 네 사람의 후보 중 가장 정치적이라고 할 수 있었다. 그는 사돈의 표를 깨는 데만 주력할 뿐 그 표를 자기가 흡수하는 데는 그리 힘을 쓰지 않았는데 그것은 나름대로의 판단이 있었기 때문이었다. 물론 사돈에게서 떨어져 나온 표가 정미소 주인에게 갈 염려가 전혀 없는 것은 아니었으나 걱정할 만한 것은 못 되었다. 정미소 주인의 가장 중요한 평판 중의 하나는 '경오 바르다(경위가 밝다)'란 것인데 그 말을 다시 바꾸면 '냉정하다', '까다롭게 따진다'는 뜻도 되어 일반의 호감과는 멀었다. 실제로 우리나라의 대중 선거가 일쑤 원만한 인품의 팔방미인에게 표를 몰아준다는 것을 생각하면 총대의 판단은 자못 정확한 것이었다. 거기다가 또 그는 새마을 지도자의 눈먼 증오를 이용해서 정미소 주인의 몇 가지 추문을 널리 폭로시키고 있는 중이었다.

그리하여 대다수의 고향 사람들이 결국은 사돈과 정미소 주인과의 싸움이 될 것이라고 막연히 믿고 있는 사이에 총대는 결정적인 우위를 구축해 나갔다. 여러 번 선거를 치러본 사람들 중에는 선거의 불가측성과 우연성의 개재를 과장하는 사람들이 많지만, 정확히만 살핀다면 반드시 그런 것만은 아님을 알 수 있을 것이다. 그 쉬운 예가 바로 총대 같은 사람의 좀 저질이지만 치밀하기 짝이 없는 선거 전략이었다.

하지만 이야깃거리로 그 선거를 본다면 역시 하이라이트는 두 번에 걸친 입후보자 합동 유세였다.

첫 번째는 면소재지 초등학교 교정에서 있었는데 입후보자들의 너무도 어마어마한 선거 공약으로 오래오래 고향 사람들의 얘깃거리가 되었다.

"저는 비만 오면 범람하는 아래 강변에 제방을 쌓고, 새들[新坪]과 용정을 연결하는 교량을 놓겠습니다."

"아스팔트를 면소재지로 끌어들이고 정기 버스 노선을 늘리겠습니다."

이 정도만 돼도 자칫 속아줄 만한 애교로 지나칠 수 있었다.

"다목적댐을 유치하여 향토 발전에 이바지하겠습니다."

"산림 자원 개발을 위해 내륙 공업단지를 조성하겠습니다."

내(川)도 못 되는 소하천에 다목적댐은 무슨 말이며 공업용수 하나 해결 안 되는 태백산맥 가운데 내륙 공업단지는 또한 어떻게 끌어들이겠다는 것인지, 경제기획원의 주무관들이 들으면 웃다가 숨넘어갈 소리들이었다.

그들의 학력 소개도 재미있었다. 이미 대부분의 유권자가 그들의 일이라면 그들이 홀랑 벗고 다니던 시절까지를 소상히 기억하고 있는데도 그들은 학력을 한두 등급씩 높였다. 예를 들어 정미소 주인은 어떤 삼류 대학의 야간부 중퇴로 변했고, 그 나머지는 전부 강의록으로 독학해서 고등부까지 마쳤다는 식이었다.

지역사회에 봉사한 경력 소개도 꽤 가관이었다. 사돈이 향토 교육의 발전을 위해 진력한 내용은 입후보 등록 후 초등학교와 중학교에 풍금을 기증한 걸 말하는 것이었고, 정미소 주인이 인재 양성을 위해 사재를 털었다는 것은 바로 보름 전 향토 출신 서울 유학생들에게 급작스레 떠맡긴 장학금 약간이었다. 면 인구의 절반 이상을 차지하는 잎담배 경작자들을 위해 분골쇄신 싸워 왔다는 것도 따지고 보면 총대가 지난 장날 '경작 촉진 대회'인가 뭔가로 벌인 술잔치에 지나지 않았으며, 영남의 북부 지방이 알아주는 청년 운동의 기수인 동시에 가장 바람직한 농촌의 지도자상을 구현하기 위해 활동해 왔다는 것도 바로 며칠 전에 열렸던 청년 회의소 지부 결성 대회와 4H 경진 대회를 가리키는 말이었다.

그래도 첫 번째 합동 유세는 참을 만했다. 두 번째는 바로 장마당에서 벌어졌는데, 그야말로 눈뜨고 못 볼 수라장이었다. 투표일을 이틀 앞둔 입후보자들은 모두가 눈에 띄게 안정을 잃고 있었다. 장기간에 걸친 정신적 소모와 겹친 피로로 눈은 한결같이 충혈되어 있었으며 감정도 조그만 일로 쉽게 폭발했다.

자연 연설도 뒤죽박죽, 터무니없는 자화자찬에 빠져 있다가도 앞뒤 없이 혹독한 인신공격으로 전환하기 일쑤였다.

"거, 뒤에 선 나이 자신 어른들, 괜히 장터서 얼찐거리며 공술 바라지 말고 장 볼일 끝났거든 빨리빨리 올라가시요잉, 내 그 놈의 술양동이를 조(줘어) 챘뿔라 카이."

이것이 돈은 자기만 써야 한다는 미신에 빠져 있는 사돈이 정미소 주인도 총대도 돈을 뿌리고 있다는 데에 격해서 유권자들에게 내지른 기상천외한 대갈(大喝)이었고,

"비누동가리나 수건쪼가리 주는 대로 다 받아 쓰소. 막걸리도 주면 마시소. 표만 바로 찍으믄 되니께는."

이것은 사돈의 격한 말을 능치는 총대의 응수였다.

"같은 족인으로 차마 폭로하기는 안됐으나……" 하는 허두로 새마을 지도자가 정미소 주인의 축첩(蓄妾)과 엽색 행각을 폭로하는 대목에서는 거기 있던 문중 사람들이 귀를 막을 지경이었고,

"에이, 씨도 못 전할 놈." 하며 정미소 주인이 연단 아래서 새마

을 지도자에게 침을 뱉을 때는 어쩔 수 없이 모두 눈을 감았다.

총대는 30년 전 토지개혁 때에 사돈이 저지른 죄상을 일일이 열거하자,

"이 아편 심어 돈 번 놈." 하며 사돈이 연단 아래서 고래고래 소리를 지르는 진풍경도 있었다. 총대 삼 형제가 그렇게 짧은 기간 내에 한 살림씩 장만한 것은 오지에서 잎담배 외에 아편 재배도 겸했기 때문이었으리란 일반의 수군거림을 거침없이 드러내 놓고 떠든 것이었다.

결국 그 시비는 연설이 끝난 후 멱살잡이로까지 발전했다가 좌우의 제지로 끝났다.

그 외에도 그 합동 유세에 관계된 이야기는 수없이 많다. 하지만 더 이상 그들을 욕되게 하는 일은 그만하련다. 그 뒤 단협 조합장까지를 겸하다가 허위 보고와 횡령으로 삼 년을 복역한 후 고향 거리에서 사라져버린 총대를 제외하면 나머지는 모두 아직도 고향 거리에서 존경과 신뢰를 받고 있는 유지들이므로.

그러나 한 가지, 그날의 합동 유세에 대한 재미있는 촌평(寸評)은 옮겨야겠다.

그날 무슨 바쁜 일이 있어 유세장에 가지 못했던 한 식자(識者)가 거기서 돌아온 마을 친구에게 경과를 물었다. 그러자 질문 받은 그 친구는 혐오에 찬 표정으로 대답했다.

"통대 선거 합동 유세가 아니라 똥되놈들 난장판이었어."

그 말을 들은 그 식자는 그 자리에서 한문으로 바꾸어 중얼

거렸다.

"흠, 분(糞: 똥)호(胡: 되놈) 난장(亂場)이라⋯⋯."

어쨌든 날짜는 어김없이 지나가고 마침내 투표일이 왔다. 네 명의 입후보자들 중 새마을 지도자를 빼놓고는 모두 안절부절못하며 제정신이 아니었다. 떨어지면 시체도 못 건질 일에 적어도 몇백만 원씩 처넣은 데다 한 달이나 심신을 혹사한 걸 생각하니 저질로도 너무 엄청난 일을 저질렀다는 느낌마저 들었다. 비교적 자신을 가지고 있던 총대마저도 그날만은 유권자라면 똥개에게라도 절을 하고 싶은 심정이었다.

투표는 계획보다 빠른, 오후 네 시경에 완전히 끝났다. 그러나 마지막 한 표를 기다리는 입후보자들의 극성 때문에 개표는 다섯 시를 넘긴 후에야 시작됐다.

고향 사람 대부분의 예상과는 달리 ― 그러나 사실은 필연적으로 ― 결과는 처음부터 독주하는 총대 뒤를 정미소 주인과 사돈이 허둥지둥 따라가는 꼴이었다. 족인 간의 눈꼴사나운 싸움에 실망한 문중의 표가 많이 기권하거나 타성으로 흘러간 데다, 총대가 은밀히 벌인 사돈 표 깨기 작전이 제대로 맞아떨어져 준 결과였다. 사돈이나 정미소 주인은 한 번도 총대를 넘어서 보지 못한 채 시간이 갈수록 그들과 총대의 표 차이는 벌어지기만 했다.

밤 아홉 시. 이제는 더 이상 결과가 뒤집혀질 염려가 없다고 판단한 총대가 끝까지 남아서 개표 상황을 지켜보고 있던 차점자를 찾았을 때 차점자인 정미소 주인은 이미 개표장에 없었다. 그 시각 실망과 분노에 찬 그는 가까운 대폿집에서 막걸리를 사발째 벌컥벌컥 들이켜고 있었다. 자기가 그토록 참담히 패배한 원인을 오직 족인인 새마을 지도자 탓이라고만 생각하고 있는 그는 술이 오르는 대로 그를 찾아 분을 풀 작정이었다.

총대는 확실히 정치적인 사람이었다. 차점자가 보이지 않자 그는 다시 다른 입후보자들을 찾았다. 그러나 그들은 정미소 주인보다도 먼저 자리를 뜬 후였다. 새마을 지도자는 자기가 한 짓이 있어 초저녁에 잠깐 얼굴을 비쳤을 뿐이었고, 삼십 분 전에야 자기가 완전히 가망이 없음을 알아차린 사돈은 어제저녁까지도 압도적인 승리를 장담하던 선거운동원 우두머리 녀석들을 찾아나섰다. 구렁이알 같은 내 돈, 내 돈 칠백이십만 원…….

그래도 총대는 단념하지 않고 다시 그런 주위를 둘러보았다. 그에게는 아직 실연(實演)하지 못한 각본이 한 대목 남아 있었다. 그때 그런 그의 눈에 거의 통곡하다시피 흐느끼는 정미소 안주인이 보였다. 그는 달려가듯 그 슬픔에 찬 차점자의 부인에게로 다가갔다. 하지만 그는 잠시 당황했다. 원래 그의 각본은 차점자를 다정하게 부둥켜안고 정중히 위로한다는 것이었다. 그는 텔레비전 중계 권투를 열심히 시청해온 터였고, 거기서 비록 사 회전짜리 선수일지라도 승자가 패자에게 어떻게 해야 하는가를 익혀둔 터였다. 그러나 이제 상대가 남의 아내인 여자이고 보니 함부로 부둥켜안을 수도 없는 노릇이었다.

그리하여 할 수 없이 말로 때우기로 작정한 당선자가 한동안의 온갖 궁리 끝에 차점자 부인에게 정중한 목소리로 한 말은 이런 것이었다.

"아이구, 눈이 많이 부었네요. 찬물로 찜질이라도 한번 해야겠니더……."

(1980년)

# 폐원 廢苑

"많이 젖었지?"

방문을 열자 희미한 호롱불 밑에서 무엇인가 열심히 수(繡)놓고 있던 그 애가 얼굴도 들지 않은 채 담담히 말했다. 나는 가볍게 머리를 쓸어 물기를 턴 후 방 안으로 들어섰다. 진흙이 엉겨붙은 우화(雨靴)가 높은 댓돌 아래로 굴러떨어지면서 둔탁한 소리를 냈다.

"오늘 밤쯤은 네가 올 줄 알았어. 오후 늦게 비가 쏟아지면서부터."

그 애는 여전히 고개를 수그린 채 마치 당연한 얘기를 하고 있는 것처럼 말했다. 그러나 침침한 불빛 아래서도 그 애의 바늘 든 손이 가늘게 떨리고 있음을 나는 분명히 알아볼 수 있었다.

"그저께 복순이 편에 네가 왔다는 걸 들었지. 부를 수도 없고…… 그런데 결국 너는 변하지 못했구나."

방 안이 그지없이 쓸쓸하다. 윗목에 잘 개어진 이불이 한 채, 수예 견본집인 듯한 책자가 댕그라니 놓인 앉은뱅이책상, 맞은편 벽에 걸린 들꽃 한 묶음, 그리고 그냥 길러 뒤로 묶은 머리칼을 길게 늘어뜨린 그 애가 호롱불에 호젓이 비껴 앉은 모습은.

"몹시 조용하군, 쓸쓸하고…… 그래 이렇게 큰 집을 교천 할머니와 둘이 지키는 거야?"

"행랑채에 을선네 식구하고, 복순이 하고, 또 강아지 한 마리가 있지. 왜 뭐가 이상해? 현주 언니가 시집간 것까지는 너도 알고 있잖아?"

"그러나 전과는 하두 엄청나게 달라져서."

"잠긴 사랑방? 그야 이젠 아무도 오지 않으니까. 그 밖에 또 뭐야?"

"모든 것이, 이를테면 너의 태도 같은 것도."

"그래……?"

여전히 그 애는 건성으로 길게 대답하며 입으로 수(繡) 테의 실밥을 뜯었다.

"너두 변하지 않았니? 그전에 네가 언제 오늘처럼 조용히 내 방에 들어온 적이 있어? 마치 나를 놀라게 하는 것이 우리 집에 오는 유일한 목적인 것처럼 언제나 요란스러운 행차였지."

"그렇군…… 하기야 모두 나이가 나이니까. 그런데 너는 앉으라는 소리도 없구나."

"별 우스운 소릴…… 언제는 물어보고 앉았니?"

수그린 얼굴로 그 애는 잠시 희미하게 웃는 듯했다. 그리고 마지막 감치기를 서두르더니 수 테와 색실을 책상 위에 얹고 오랫동안 쓰이지 않아 먼지 앉은 램프에 불을 붙였다. 방 안이 얼마간 밝아왔다. 그러자 그 애는 얼굴을 들어 찬찬히 나를 살피기 시작했다. 그런 그 애의 얼굴은 다소 늙고 원기가 없어 보였다.

"생각보다 많이 변했구나. 이제 학교는 마쳤지?"

"겨우 이 봄에 졸업했지."

"그동안 무얼 했기에?"

"여러 가지를. 술도 마시고 여자도 사랑하고 ― 그리고 군대도 다녀왔지."

"그래 공부는 무엇을 해?"

"뭐 처음부터 결정된 대로지. 별 가능성 없는 작가 지망생이야."

"네 데뷔 소식은 들었어. 역시…… 그렇게 되고 말았구나. 작년인가 나는 네가 다시 고시 준비에 열중한다고 들었는데."

"어쩔 수 없었어. 이제 와서 내 인생을 바꾼다는 건 무리지. 형님에게는 미안한 일이지만."

"섭섭해하실 테지. 집안 어른 분네들도. 그분들이 가진 문인(文人)의 이미지란 기껏 《폐허》지(誌)의 동인(同人) 정도니까."

"그것이었을 거야. 불쑥 고향에 돌아오고 싶었던 것은. 무언가 다시는 고향에 돌아올 수 없으리란 예감 같은 거. ― 이 나이로는 어울리지 않는 감상일까?"

나를 처다보는 그 애의 얼굴에 일순 형언할 수 없는 슬픔과 연민 같은 것이 서렸다. 바깥에는 다시 소낙비가 쏟아지는 것 같았다. 갑자기 한 줄기 바람이 빗발을 문살에 몰아붙여 그 처량한 음향은 이 음산한 고가(古家)의 정적을 더욱 어둡고 무겁게 만들었다.

"피로하고, 추워 보이네, 술 아직도 많이 해?"

애써 지은 듯한 미소로 그 애가 물었다.

"이렇게 되고 보니 더욱. 그런데 너야 이젠 아니겠지."

"응, 그때, 예전에 너와 마신 게 마지막이었어."

그 애가 조용히 일어났다.

"마침 농주 남은 게 좀 있어. 기다려. 내가 가져올게."

"교천 할머니가 언짢아하시지 않을까?"

"어머넌 괜찮아. 전보다 늙으신 데다 지난 몇 년 내가 근신한 덕택이야."

그 애는 밖으로 나갔다. 펄럭이는 그 애의 옷자락에서 옅으나, 그리웠던 작약 냄새가 났다.


언제부터인가 이 집은 여원(女苑)이라고 불리었다. 그 애의 아버지가 요절한 후에 남자라고는 하나 있던 오빠마저 인민군 의용군에 끌려가 버리자 집안에는 여자들만 남게 된 데다, 또 집도 궁원(宮苑)을 연상시키기에 충분할 만큼 컸다. 그 옛날 문중에서 가장 외롭고 빈한했던 그 애의 증조가 오직 근면과 절약만으로 당대에

만석 거부(巨富)를 이룩한 후 세운 천여 평 뜰의 80칸짜리 입 구(口) 자 집이었다.

이 집의 주인들은 여원이라는 그 이름을 싫어하였다. 거기에는 무언가 가계(家系)의 단절을 앞둔 그네들의 남모르는 슬픔과 한을 자극하는 것이 있었기 때문이다. 그러나 우리들 일문(一門)의 형제들은 짓궂음으로, 혹은 비밀을 주고받는 즐거움으로 그네들이 없는 곳에서는 언제나 그렇게 부르기를 서슴지 않았다. 그리고 동시에 그런 이 집은 우리 모두에게는 독특한 의미를 지닌 곳이 되었다.

어렸을 적, 이 집은 우리들의 원인 모를 동경의 대상이었다. 그리고 나이가 차 스스로 찾게 될 때는 그대로 사랑과 기쁨의 집이었으며, 다시 이제는 방문을 그친 성년(成年)으로 그 앞을 지날 때면 그것은 영원한 향수와 추억의 집이었다. 무언가 형언할 수 없는 장려와 우아가, 또 무슨 자욱한 안개처럼 서린 우수나 애상 같은 것들과 함께 저항할 수 없는 견인력으로 우리를 이끌었다. 여름이면 홍란, 백작약이 만발한 앞뒤 화원과 부용이 떠 있는 연못, 지금은 베어진 서실(書室) 앞의 아름드리 향나무며 그 앞 푸른 이끼 낀 바위 ― 그곳에 여름 저녁 그 애와 나는 가끔씩 걸터앉았다. ― 같은 것들에 그러한 장려와 우아가 있었으며, 잠시만 침묵해도 이내 회복돼 버리는 무거운 정적과 그을음 낀 회벽, 그리고 기다림으로 이십 년 내 한 번도 잠긴 적이 없는 대문 같은 것들에 그런 우수와 애상이 서려 있었다.

그러나 그 무엇보다도 우리의 영혼에 깊은 그림자를 드리우고 있는 것은 그 모든 것의 주인들, 그래서 우리가 여왕이라고 부르기를 서슴지 않았던 다섯 여인이었다. 우리 일문의 형제들이 또래를 바꾸어가며 그녀들에게서 발견한 것은 여성적인 것 — 특히 그 아름다움의 한 전형이었으며, 뒷날 그 최저의 한계로도 자신의 여자를 맞이할 수 없게 될 때 그녀들은 영원히 우리들의 가슴속에 살아 있게 되는 이념미로 승화되었다.

"문 좀 열어줄래?"

밖에서 그새 비에라도 젖은 듯한 그 애의 목소리가 들려왔다. 말없이 문을 열자 몇 개의 물방울을 머리칼에 반짝이며 엄청나게 큰 주전자에 김치 접시만 달랑 얹힌 상을 든 그 애가 들어왔다.

"갑작스러워서…… 술만이래두 되지?"

그 애는 또 희미하게 웃었다.

"나두 같이 마셔보고 싶은 생각이 났어. 너와는 이게 정말 마지막일 것 같아서. — 잔은 어울리지 않게 고급이지?"

조그만 종이 상자에서 두 개의 잘 닦여진 맥주잔을 꺼내면서 그 애가 말했다. 뻑뻑한 농주가 투명한 유리컵에 차는 동안 나는 돌연 그리움 같기도 하고 슬픔 같기도 한 야릇한 감회에 휩싸였다.

"술이 모자랄 것 같은데."

나는 진심으로 말했다.

"여전히 술 욕심은 대단하네. 걱정 말아요. 아직 반 독은 넘게 있고 양조장도 멀지는 않으니까. 자, 여기다 술이나 한 잔 줘."

유난히 길고 흰 손가락에 감긴 유리잔이 다시 한번 나를 야릇한 아픔에 젖게 했다.

"뭐야 이런…… 그러나 옛날 규칙은 잊지 마라. 비율은 이 대 일, 취한 숙녀는 질색이다."

하지만 잔이 찬 후에도 나는 선뜻 잔을 들 수가 없었다. 무언가 꼭 있어야 할 절차가 빠진 것 같았다. 그 애도 자기 잔만을 응시하고 있을 뿐이었다.

"자, 들지."

이윽고 나는 힘을 모아 말했다.

"건배다. 여원(女苑)을 위해, 내 영원한 향수를 위해."

그것은 억지로 꾸민 쾌활이어서 스스로 듣기에도 내 목소리는 공허했다. 순간 꾸짖는 듯한 그 애의 눈길에 이어 작은 떨림이 부딪치는 잔을 통해 전해 왔다. 그 애는 소리 없이 천천히 마셨다. 그리고 잔을 내민 그 애의 두 눈에는 엷은 눈물이 괴어 있었다. 나는 황급히 두 번째의 잔을 채우고 단숨에 마셨다.

"처음부터 규칙 부활이구나."

힘들여 웃으려는 그 애의 얼굴에 반짝 옛 모습이 보이더니 이내 사라졌다.


이 여원의 첫 번째 여왕은 그 애 어머니 자신이었다. 지금은 노쇠와 질병으로 옛날의 모습을 찾을 길 없지만 전하기에 열여섯의 나이로 처음 그녀가 이 집에 들어설 때는 정말 꽃다웠다고 한다. 아마도 이 집을 면면히 흐르는 아름다움의 근원은 바로 그런 그녀에게 있음에 틀림이 없다. 거기다가 그녀는 모든 동양적인 부덕(婦德)과 교양을 지니고 왔다. 그녀의 언행은 당시 모든 문중 새댁네의 모범이 되었으며, 그 음식 범절과 바느질 솜씨는 옛 고향을 통틀어 으뜸이었다. 그러나 나에게 삼종조(三從祖)가 되는 그녀의 남편은 부조(父祖)의 재산으로 소싯적부터 주색에 깊숙이 빠져버린 사람이었다. 실로 그는 당대에 만석(萬石) 거부를 가장 성공적으로 탕진한 사람이었는데, 그런 그에게 술을 마시는 것과 기녀(妓女)를 후리는 것 말고 남보다 뛰어난 점이라고는 하나도 없었다. 그리고 그것은 결혼과 더불어 더 심해 가 — 나중에는 숫제 타향에 자리 잡고 탕진만을 일삼았다.

그에게 있어 아내란 일변 두렵고 일변 밉기까지 한, 그러나 자기로서는 도저히 도달할 수 없는 어떤 세계의 사람이었다. 그래서 그 이상스러운 위축감이나 거북스러움은 그를 짜증나게 만들었고, 그녀를 경원하고 기피하게 만들었으며, 이윽고는 혐오하게까지 했던 것 같다. 그는 결혼 후의 생애 거의 전부를 타향에 나가 있으면서도 도합 여섯 번이나 그녀를 임신시켰는데 그것도 그런 심리의 한 변태 — 그래도 나는 너의 남편이라는 — 였을 것이다.

그녀가 그런 남편을 미워했는지 사랑했는지에 대해서는 알 길이 없다. 그러나 여러 가지로 미뤄보아 그 어느 편도 아니었으리란 짐작이 든다. 그녀에게는 자기만의 은밀한 세계가 있었으니 앞뒤 뜰을 메운 진기한 화초와 수석(水石), 언제나 그녀 방에 단정히 비치된 문방사우(文房四友) 그리고 몰락해 버린 친정에서 옮겨 온 고서(古書)고리짝 같은 것들이 바로 그 세계를 구성하는 것들이었다. 그러다가 주색에 아편까지 곁들여 결국 생명까지 탕진한 남편이 마흔도 못 되는 나이로 요절하자, 그 세계는 그대로 이 여원의 전부가 되었다.

그녀가 이 여원의 첫 번째 여왕으로 군림하게 되는 것은 그 뒤의 일이었다. 몇 년인가 꽃향기와 새소리 속에, 당음(唐音)과 문선(文選)의 곰팡이 냄새와 묵향(墨香) 속에 칩거하던 그녀는 시어머니마저 죽고, 그녀 자신이 이 여원의 어른이 되었을 때 ─ 라야 겨우 서른여섯 살이었지만 ─ 사랑방을 문중의 젊은이들에게 개방하였다. 이미 한 세대 이상 지난 일이고, 젊었던 지난날의 기사(騎士)들도 이제는 거개가 노년의 내리막길을 걷고 있지만, 그때의 여원은 아직도 그들 가슴속에 아름답게 살아 있다.

그들의 회상에 따르면 그때 그 사랑방을 꾸민 것은 옛 풍류와 멋의 잔영(殘影)이었다. 그들은 처음 아무렇게나 모여들었지만 곧 자정 작용(自淨作用)이 일어나 조야한 행실, 천학(淺學), 예(藝)와 기(技)에 대한 몰이해 ─ 이러한 것들은 저절로 그곳에서 추방되었다. 그리고 문중에서 가장 고귀한 정신들만 남아 몰락해 버린 왕조와 사라져간 우리들의 옛 영광을 읊조리거나 그들 본성과도 흡사한 화선지(畵線紙)에 승화된 정념(情念)을 수놓았다. 지금도 이 집 여기저기에 걸려 있는 수묵화 족자들이나 두툼한 조선식 기보

(棋譜) 한 권, 그리고 수정추회(水亭秋懷)라는 시문집은 그런 그들의 정신적인 면모를 보여주는 것들이다.

그러다가 오 년인가 만에 그 사랑방은 폐쇄되었다. 일제 말(日帝末)의 징병을 피해 고향에 숨어들었던 문중의 한 동경 유학생이 갑작스레 남양으로 떠나버린 직후의 일이었다. 그 애네의 오래된 사진첩에 사각모자를 쓰고 망토를 늘어뜨린 채, 슬플 정도로 크고 선명한 눈을 하고 서 있는 그 젊은이는 자기의 절망적인 연정 ─ 육촌 형수를 사랑하게 된 자의 ─ 을 1930년대 풍(風)의 길고 현란한 편지 속에 남겨 놓고 학도병에 자원해 버렸다.

원인을 모르는 문중의 경악 속에 그 젊은이가 떠나던 날 아침, 그녀는 홀로 뒤뜰 숲 속에 나가 정붙여 키우던 십자매 한 쌍을 놓아주고 오래오래 그들이 사라져간 창공을 응시하고 있었다고 한다. 그리고 그날로 사랑방에는 자물쇠가 잠기고 오래잖아 이 집은 문중에서 가장 쓸쓸한 집이 되고 말았다.

남양으로 떠난 그 젊은이는 결국 다시는 고향에 돌아오지 않았다. 격침된 수송선과 운명을 함께했다는 풍문도 있고, 달리는 전쟁이 끝나도 돌아오지 않고 토민(土民) 처녀와 결혼하여 그곳에 정주하였다는 말도 있었다.


"묵도(默禱)라도 하는 거야?"

갑작스러운 그 애의 물음에 나는 퍼뜩 정신을 차렸다. 어느새 잔을 채워둔 그 애가 조용히 나를 응시하고 있었다.

"들어야지. 다시 건배다."

나는 서둘러 잔을 들었다.

"이번에는 너를 낳아준 여인, 이 여원의 첫 번째 여왕을 위해서."

다시 항의가 담긴 듯한 그 애의 눈길이 나를 향하다가 문득 그 애 특유의 장난기 어린 목소리가 되어 이 건배를 받았다.

"그래, 어머니를 위해서. 우리들 모두의 미(美)와 사랑의 여왕을 위해."

다시 문밖에서는 한줄기 장대비가 요란스레 파초 잎을 때리고 지나갔다.

그러나 이 집과 나의 숙명적인 연관이 시작된 것은 두 번째 여왕 때부터였다. 지금은 평범한 개인 병원의 원장 부인인 그 애의 맏언니는 내 어린 날의 기억을 되살려볼 때 이 여원의 두 번째 여왕으로 조금도 손색이 없는 미인이었다. 그녀의 유난히 흰 살결과 섬세한 윤곽은 남도의 평야 지방에서 난 어머니에게서 온 것이었으며, 그윽한 눈과 이국적(異國的)인 정취마저 풍기는 얼굴 전체의 짙은 음영은 북도의 산악 지방에서 난 아버지에게서 물려받은 것이었다. 정신적으로는 그녀가 어머니에게서 이어받은 것은 겨우 예술에 대한 따뜻한 이해와 사랑의 천품 정도였다. 그러나 조심성 없는 웃음과 춤이라도 추는 듯한 경쾌하고 우아한 몸가짐, 아이와 같은 천진, 그리고 남의 불행에 함께 울 수 있는 한없는 동정심 같은 그녀 특유의 장점은 그 어머니의 많은 다른 장점을 대신할 만

하였다. 그것들은 모두 그녀의 아버지가 지녔던 호탕함이 극도의 순화(馴化) 끝에 그녀에게 전해진 것들임에 틀림없었다.

따라서 그런 그녀는 그때껏 타성(他姓)이라고는 옛 노비의 후손들이나 소작인들밖에 없는 고향 문중의 젊은이들에게서 일찍부터 사모의 대상이 됐다. 예를 들어 그녀가 가까운 도시에서 여고를 다닐 무렵의 토요일 같은 날은 누가 그녀의 집까지 짐을 날라주고 거기서 저녁을 먹게 되는가가, 당시 그 도시에 유학 간 모든 문중 젊은이들의 관심사였다. 그리고 운 좋게 선택된 젊은이는 그 무상의 영광에 어깨를 누르는 쌀자루의 무게나 야채 잎이 비어져 나오는 반찬 보따리를 들 때의 젊은이다운 수치심마저 잊게 되었다. 또 방학이 되면 이 집의 사랑방은 그 젊은이들로 떠들썩했다. 바깥어른이 없어 놀기에 부담이 없다는 것도 이유였지만 그보다는 다수한 문중의 처녀들 사이에서도 별처럼 빛나는 그녀의 아름다움 때문이었다.

그러다가 그녀가 여고를 졸업하고 돌아오자 그 사랑방은 정식으로 개방되고 그곳은 새로운 기사들로 가득 찼다.

노(老)여왕의 은회색 머리칼이 이상한 우수와 적막 속에 늘어가던 십여 년 만에 다시 찾아온 봄이었다. 노여왕 자신도 그 봄을 기껍게 맞았으며 찾아오는 젊은이들을 모두 지난 전란으로 잃어버린 아들을 대하듯 했다.

그때 그 사랑방을 지배한 것은 50년대 말의 억눌린 정열이었던 것 같다. 어렸을 적 나는 자주 이 집 담 밖에서 어딘가 과장의 혐의가 가는, 낭자한 가락과 왁자한 웃음소리를 들은 기억이 난다. 그러나 그 애의 보다 구체적인 추억에 의하면, 더 잦았던 것은 그들의 열띤 논쟁이었다. 그들은 거기서 통음(痛飮)에 젖고, 시와 음악을, 예술과 인생을 얘기했다. 그 모든 것들은 족외혼(族外婚)이라는 윤리의 철칙으로 왜곡된 그들의 본심 — 그녀의 아름다움을 향한 열렬한 숭배와 사모의 한 변형이기도 했다.

두 번째 여왕의 사랑은 비록 내가 초등학교 하급반 때의 일이었지만 비교적 내 기억에 선명하다. 그 상대가 나의 큰형인 데다 나는 그들의 어린 사자(使者)로서 후일 커다란 잿더미를 이루었던 그 많은 편지와 조그만 석고 마리아상을, 예쁘게 수놓은 손수건과 수정 목걸이를, 그리고 그들의 절망적인 사랑을 날랐기 때문이다. 지금은 거의 통속해져 버린 감상이지만, 당시는 천재적인 소질로 일찍부터 지방 문단의 인정을 받고 있던 큰형의 젊은 시인다운 정열이 이미 말한 대로 예술에 대한 따뜻한 이해와 사랑의 천품을 지닌 그녀의 영혼을 사로잡은 것 같다. 그것은 결코 불륜이라고는 부를 수 없는 아름답고 애절한 사랑이었다. 그녀에게는 딴 이름이 있었지만 큰형은 그녀를 소운(素雲)이라 불렀다. 나중에 슬프게 끝나버릴 사랑의 예감이 그로 하여금 그런 이름을 짓게 하였는지도 모를 일이었다. 그를 가로막고 있는 윤리의 언덕 위에 높게 떠 있는, 결코 잡을 수도, 도달할 수도 없는 흰 구름. — 그것이 그녀였다. 그리고 결국 그녀는 형이 아직 육군에 복무하고 있을 때 영영 떠나게 된다.

"오빠, 오늘로 오빠의 운아(雲兒)는 죽었습니다. 남은 것은 끝내 죽일 수 없었던 천한 몸과 오빠와 동성동본(同姓同本)인 현숙이뿐입니다. 그러나 오빠, 운아는 죽었지만 아름다운 추억은 곱게 간직한 채 갔습니다. 오빠의 비탄에 작은 위로로 삼아주시길. 아아, 그러면 안녕, 그렇게도 자주 불렀던 정다운 이름, 오빠 영원히 안녕."

이 짧은 편지를 마지막으로 그녀는 이웃의 군(郡) 출신의 젊은 의사에게 출가했다. 형의 오래된 일기장에 그렇게도 많은 만가(輓歌)를 남겨놓고, 아아, 그때 형은 차라리 그녀가 정말로 죽었기를 얼마나 간절히, 그리고 열렬하게 빌었던가. 장터거리를 휘어잡고 있는 주정뱅이 기자(記者)로 전락한 오늘에까지도.

이 여원(女苑)의 봄도 떠나간 그녀와 함께 끝나고 말았다. 다시 몇 년 후에 세 번째 여왕이 돌아올 때까지 이곳에는 잠시 정적이 머물게 된다.


"이번에는 두 번째 여왕의 차례지? 그래, 그녀의 슬픈 사랑을 위해."

새로운 잔을 쳐들면서 이번에는 그 애가 앞질러 말했다. 너도 알고 있었구나…… 어느새 그 애의 두 볼엔 엷은 홍조가 어리고 있었다.


세 번째 여왕이 돌아왔을 때, 그녀가 꾸민 사랑방의 분위기는 냉철한 이지(理智) 그것이었다. 자매들 중 유일하게 대학에 진학을 한 그 장래의 여류(女流) 사가(史家)는 신병으로 학업을 중단하고 돌아와서도 학문에 대한 집착을 버리지 못했다. 그녀의 무지에 대한 혐오는 유별났다. 문인적인 비약이나 논리의 불철저도 다 같이 그녀가 혐오하는 바였다.

따라서 그런 그녀의 성격은 어딘지 모르게 쌀쌀하고 거만한 인상을 주는 그녀의 아름다움과 함께 처음 얼마간은 모든 사람의 경원을 샀다. 그러나 이윽고 거기에 합당한 기사(騎士)들이 부족한 대로 그 사랑방을 메워갔다. 가정환경으로, 또는 그녀와 비슷한 이유로 한두 학기 휴학을 한 문중의 대학생들이나 문과대학을 졸업하고도 적당한 직장을 얻지 못해 때를 기다리는 집안 청년들이었다. 그리고 그런 그들과 밤늦도록 토론하고, 비판하던 그녀는 이 년 만에 신병(身病)이 회복되어 학교로 돌아갔다. 그리고 다시 여러 해 뒤에 나는 그녀가 어떤 대학에서 교편을 잡고 있다는 말을 들었다.

그러했던 세 번째 여왕에 대해 그 사랑을 의심한 사람은 아무도 없었다. 거기다가 그 무렵 나는 중학교를 다니기 위해 고향을 떠나 있었음에도 불구하고 나는 진작부터 내 여러 재종형 가운데 하나를 의심하고 있었다. 그녀가 휴학을 한 그 이듬해 그가 별다른 이유 없이 휴학을 하고 고향으로 내려왔다는 것과, 그녀가 학교로 돌아갈 무렵 해서 돌연 군에 입대해 버렸다는 애매한 이유 때문이었지만, 내게는 왠지 그것이 거의 확실한 것처럼 보였다.

사실 그 의심은 적중했다. 그 뒤 언젠가 나는 만취한 그가 이

집 대문에 기대서서 흔들거리고 있는 것을 본 적이 있다. 그때 비록 어둠 속이었지만 그의 양 볼에 번들거리며 흐르고 있는 것은 분명 소리 없는 눈물이었다. 거기다가 그는 또 부축하는 나를 개의함이 없이 이렇게 중얼거렸다.

"가엾은 것. 학문은 아무것도 줄 수 없는 것을…… 가엾은 것."

나중에 알았지만 그날은 또래들 중에서 가장 늦게까지 결혼 않고 남아 있던 그가 노모의 성화에 못 이겨 정혼한 날이었다.

네 번째 여왕이 여고를 마치고 돌아와 다시 이 사랑방의 주인이 되었을 때 이 집은 잠시 나와의 인연에서 멀어졌다. 다수한 종반(從班)과 형제자매들 중에서 그녀 또래는 내 누이 하나뿐이었는데 그나마도 일찍 죽었기 때문이었다. 따라서 그녀와 그녀 시절의 그 집 사랑방에 대해서는 먼 족인(族人)들에 의한 전문(轉聞)뿐이다.

거기에 따르면, 이 여원의 네 번째 여왕인 그 애의 셋째 언니는 평범밖에는 아무런 특징이 없는 여자였다. 그녀는 평범한 용모와 정신으로 돌아와 평범한 기사(騎士)들 사이에서 몇 년을 군림하다 역시 평범한 교사와 결혼하여 이 여원을 떠났다. 그리고 설령 그 이상의 무엇이 있었다 할지라도 나는 알 길이 없다.

어느새 상당히 취기가 올라 있었다.

"벌써 술이 다 됐네. 좀 더 가져와야겠어."

마지막 잔을 부으며 그 애가 말했다. 그 애가 다소 취한 걸음으로 다시 주전자를 채워 들어서는 것을 보고 나는 남았던 잔을 채웠다. 그 애가 이내 잔을 비웠다.

"이번에는 다섯 번째 여왕 차례지? 이 여원의 마지막 영광, 너 나의……."

그때 갑자기 그 애의 흰 손이 내 입을 막아 말을 중단시켰다.

"아직도 바보 같은 소리를 하려는 게지?"

그 애의 쓸쓸한 웃음이 다시 한번 항의를 대신했다.

내 손위의 형들이 보여준 그와 같은 실례(實例)는 어려서부터 나를 끊임없이 기대와 불안으로 설레게 했다. 아마도 조숙 탓이었겠지만, 나는 이미 초등학교 시절부터 큰형과 그 애의 맏언니를 원인 모를, 그러나 깊은 흥미로 지켜보았다. 그리고 막연한 대로 그 아름다움에 대한 기대보다는 불행했던 종말에 대한 엉뚱한 불안이 처음 상당 기간 나를 사로잡아 그 애를 이유 없이 경원하게 하였다.

그런데도 이상하리만치 그 애는 언제나 내 주위에 있었다. 고향에서 초등학교를 다닐 때 그 애는 육 년 줄곧 나와 한 반이었으며, 어쩌다 내가 아동극의 주인공이라도 되면 그 애는 반드시 내 대역(對役)이 되어 내 동작을 헷갈리게 하고 대사를 잊어버리게 했다. 그 후 문중의 해체가 시작되어 그 반수 이상이 자녀의 교육이나 가계(家計)의 재건을 위해 타향에 나가 살게 되었을 때, 그래서 같은 또래의 문중 형제들이 한자리에는 서넛조차 모이기 힘들게 되었을 때도 그것은 마찬가지였다. 예를 들면 내가 먼 도시로 공부하러 가도 오래잖아 나는 그곳에서 역시 그 도시 여학교의 교복을 입은 그 애를 만나게 되었고, 전혀 예고 없이 돌아와도 나는 다시 무심한 얼굴로 고향 언덕을 산책하는 그 애를 보게 되고는 했다.

그러다가 어느 날 그 운명은 ― 한 재능 있는 시인을 거리의 부랑자로 만들고 또한 날카로운 예지의 철학도를 무기력한 중등 교사로 만들어버린 그 운명은 내게서도 그 발단을 만들고 말았다. B시에서 고등학교를 다니던 어느 여름 토요일, 나는 어쩌다 막차를 타고 귀향하게 되었는데, 그 차가 고향을 이십 리 앞두고 고장이 남으로써 예상보다 일찍 내게 도달하고 말았다.

걷기에 익숙하거나 갈 길이 바쁜 사람들은 버스 수리가 지연되자 하나씩 둘씩 내려서 걷기 시작하였지만, 무엇 때문인지 잔뜩 지쳐 있던 나는 그대로 차가 수리되기를 기다렸다. 그런데 그 애도 버스에 타고 있었다. …… 사뭇 모르고 있었지만 이윽고 텅 비게 된 버스 앞자리에 앉은 것은 분명 그 애였다. 여고생의 제복에 싸여 나만큼이나 지친 듯한 표정이었다.

처음 그 애를 발견한 순간부터 내 가슴은 세차게 뛰기 시작했다. 지금껏 그 확실한 이유는 모르지만 짐작건대 지는 햇살에 발갛게 물든 그 애의 얼굴이 너무도 아름다웠기 때문이었을 것이다. 그것은 그때껏 내 기억에 남아 있던 그 애의 아름다움 ― 학예회 무대에서 하얀 의상을 입고 조그만 나비처럼 팔랑팔랑 춤을 추던 그 애의 ― 과는 전혀 다른 새로운 아름다움이었다.

마침내는 우리들도 차에서 내려 걷지 않을 수 없었다. 차장이

236

수리가 불가능함을 알리며 하차(下車)를 부탁한 데다 날은 점점 저물어 와 우리들도 다급해졌기 때문이었다. 남은 것은 어둡고 먼 시골길이었다. 도중에는 대낮에도 으스스할 정도로 참나무붙이가 무성한 언덕이 있었고, 흐린 날은 귀화(鬼火)가 번득이고 때로는 은은한 곡성까지도 들린다는 공동묘지도 있었다. 처음에는 서로 어색해서 평범한 얘기들을 그것도 띄엄띄엄 주고받던 우리들도 그런 곳을 지날 때는 어쩔 수 없이 손을 꼭 쥔 채 기대다시피 걷지 않을 수 없었다.

그러나 일단 그런 곳을 지나면 참으로 아름다운 여름밤이었다. 유난히도 별이 총총한 하늘 가운데로 은하수가 곱게 흐르고 있었다. 가까운 숲의 풀벌레 소리와 먼 논의 개구리 울음, 또 도로 연변의 호롱불 깜박이는 마을들은 감미롭고 아늑한 정취마저 자아냈다. 그리고 그런 주위의 아름다움은 우리들의 마음을 쉽게 공감으로 일치시켜, 잡은 손도 점점 자연스러워지고 대화도 자연스럽게 풀려나갔다.

그렇게 걷다가 고향 마을이 십 리쯤 남은 곳에 이르렀을 때부터 나는 갑작스러운 조급과 혼란에 빠져들었다. 무엇인가 꼭 해야 할 말을 잊고 있다는 느낌 때문이었다. ― 애, 나는 말이다. 너를 오래전부터 어쩌면 태어날 때부터……. 그러나 약간은 조숙해도 나는 역시 열일곱 소년에 지나지 않았다. 그런 말은 내 생애에서 처음 하는 말이며 ― 게다가 나는 고향의 풍토에, 그런 말을 그 애에게 해서는 안 된다는 완고한 그 율법에 익숙해 있었다. 곧 그래도 그걸 말하고 싶다는 욕망과 그 욕망을 저지하려는 이성(理性) 간에 맹렬한 난투가 심중에서 벌어졌다. 그리하여 집에 이르는 그 나머지 길은 그런 내면의 갈등으로 취기와도 흡사한 기분에 젖어 나는 걸었다. 몇 번인가 혼신의 힘으로 더듬거려 그 애를 불러 놓고 다시 어색한 침묵에 빠져드는 것이 그때 내가 한 전부였다.

이윽고 우리 마을의 낯익은 불빛이 가깝게 다가왔다. 멀리서 귀 밝은 동네 개가 우리를 향해 짖는 소리가 들렸다. 그제야 나는 앞뒤 없이 거의 난폭하게 그 애를 끌어안았다.

"얘애, 나는 말이다. 너를…… 너를……."

그러나 끝내 그 말을 다 마치지는 못했다. 그 애는 어쩔 줄 몰라하며 그저 가늘게 떨고 있을 뿐이었다.

잠시 후 나는 인사조차 제대로 나누지 못한 채 달리듯 그 애에게서 도망쳤다.


"네가 무얼 생각하는지 알아맞혀 볼까?"

문득 그 애가 나를 빤히 쳐다보며 물어왔다. 나는 부끄러운 장난을 하다 들킨 아이처럼 당황하며 대답했다.

"맞춰 보렴."

"그 여름밤이지?"

그런 그 애의 표정에는 적의 없는 조소와 동정이, 또 어떤 그리움 같은 것과 함께 미묘한 음영을 이루고 있었다.

"정말 얼마나 놀랐던지…… 그러나 무슨 일이 있었는지를 내가 미처 깨닫기도 전에 너는 달아나고 없었지."

나도 겸연쩍게 웃었다.

"그러나 —."

그 애는 쓸쓸한 표정으로 잔을 들며 계속했다.

"이제는 슬플 것도 괴로울 것도 없는 우리들의 그 마지막 밤을 위하여."

이번에는 내가 항의할 차례였다. 하지만 나는 잠자코 잔만을 비웠다. 돌연스러운 취기가 그녀의 상기(想起)로 강렬하게 되살아나는 그 마지막 밤의 아픔을 어루만져 주었다. 아아, 그래도 아직은 두고 오래 사랑하고 싶은 이여…….


그 뒤 우리는 제가끔의 인생을 사느라고 오래도록 서로 만나지 못했다. 비록 그 여름밤의 일은 인상 깊은 것이기는 하였지만, 또한 그만큼 즉흥적이고 돌발스러운 것이기도 하여서 우리에게서 지속적인 열정을 끌어내기에는 부족했던 모양이다. 그때 고등학교 2학년이었던 나는 곧 치열한 입시 준비에 들어갔고 뒤이은 대학 생활의 분망함 속에 몇 년간 거의 그 애를 잊고 지냈다.

그러다가 4년이 지나서야, 그러니까 내 나이 스물하나였을 적에 우리는 다시 만났다. 그때 나는 법대생이면서도 머리는 근거 없는 허무주의에 처박고 두 발은 탐미적 생활의 진창을 질퍽거리며 보낸 그 몇 년에 지쳐 고향으로 돌아왔던 것인데, 홀로 남은 노(老) 여왕 때문에 진학을 포기했던 그 애는 그 여원에서 그야말로 '따분한 인생'을 실습하고 있었다. 사랑방은 전례대로 개방되어 있었지만 이미 기사다운 기사는 남아 있지 않았다. 문중의 해체와 산업사회의 발달은 쓸 만한 젊은이가 고향에서 빈둥대는 것을 더 이상 허락하지 않았기 때문이다.

따라서 이렇게 만난 우리들은 아무런 앞뒤 연관 없이 마치 오래 전에 묵계된 것을 실천이나 하듯, 이내 서로에게 열중해 버렸다.

역설 같지만 나는 먼저 그 애의 무관심을 — 내가 그렇게 사뭇 미쳐 왔고 지금도 아직껏 헤어나지 못한 그 언어에 대한 무관심을 — 기뻐했던 것 같다. 주저 없이 외설스러운 말을 할 수 있고, 잔신경 씀이 없이 술잔을 나눌 수 있는 그 애와의 분위기를 나는 좋아했고, 그리고 무엇이든 허심하게 대하고 정직하게 받아들이는 그 애를 바라보면서 그때껏 내가 얼마나 변덕 많고 비뚤어지고 신경질적인 도회의 숙녀들에게 학대받았는가를 알았다.

둘이 있을 때면 함부로 불어대던 그 애의 휘파람 소리, 또 백치(白痴) 같은 그 애의 웃음소리를 나는 유쾌하게 들었으며, 그 애의 얼굴을 일견 우울한 것으로 만드는 긴 코와 하이힐만 신으면 나보다 더 커버릴 키를 매일 놀려 대면서도 그 애와 나다니기를 좋아했다. 그리고 그 아늑함과 포근함 — 고향 뒷산 같은 데서 그 애의 무릎을 베고 누워 떡갈잎 사이로 터진 푸른 하늘을 바라보고 있으면 비로소 나는 '아, 고향에 돌아와서 쉬고 있구나.' 하는 기분이 드는 것이었다.

그 애에게는 — 글쎄 내가 어떠하였는지 모르겠다. 그 무렵 여원에서의 나로 기억할 수 있는 것은 내가 굉장히 요란스러운 기사(騎士)였을 것이란 추측뿐이다. 나는 실로 훌륭한 어릿광대였으며, 시인이었고, 술꾼이며, 철학자였고 — 그리고 그 여원이 필요로 하는 모든 등장인물이었다. 결국은 실패하고 말았지만, 아마도 그것은 노(老)여왕의 은밀한 관찰로부터 그 애와 나를 은폐하기 위한 수단이기도 했을 것이다.

하지만 파국은 우리에게도 어김없이 찾아오고 있었다. 그것은 먼저 내부로부터 온 것이었다. 우연히 두 손을 마주 잡거나, 돌연한 기쁨으로 무심중에 얼싸안고 뺨을 부빈 것만으로도 감격으로 몸을 떨던 나는 점차 스스럼없이 그 애 무릎을 베게 되었고, 저녁 으스름 속을 산책할 때는 그 애 허리에 팔을 감기까지 되었다. 그리하여 그 전의 기사(騎士)들이 한결같이 퇴각해 버린 선에까지 이르러서도 나는 물러설 줄 몰랐다. 나는 불륜(不倫)이래도 좋을, 그 애의 몸과 마음 모두를 가지고 싶다는 욕망을, 그것도 맹렬하게 품기에 이르렀다. 금단(禁斷) 앞에서 더욱 치열해지는 인간의 기묘한 정념이었다. 물론 본능적인 죄의식이나 격심한 가책으로부터 오는 괴로움이 없는 것은 아니었다. 그러나 그것도 불면(不眠)의 한밤으로 그뿐, 이튿날 아침이면 벌써 아무런 소용이 없었다.

그 무렵부터 파국의 조짐은 외부로부터도 나타났다. 나는 몇 번인가 내 큰형으로부터 침중한 경고를 받았다.

"그 집에는 무언가 우리를 미혹시키는 것이 있어. 특히 우리 집안의 섬세한 감정을 헝클고 턱없는 격정을 유발시키는 그 무엇이. 하지만 또한 기억해야 해. 그녀들에게는 우리가 도저히 흉내 낼 수 없는 어떤 냉철함과 꿋꿋함이 있다는걸. 우리가 나머지 인생을 상처 입고 피 흘리는 동안에도 그녀들은 무엇 하나 손상당하지 않고 제 갈 길을 갈 수 있는 — 비정(非情)과도 흡사한 그 무엇이……"

멈추어야 할 곳에서 멈출 줄 모르는 우리를 민망히 여기던 노(老)여왕도 점차 질책의 눈으로 우리를 보게 되었고, 몇 안 남은 문중(門中)도 조심스레 우리에 대한 의심을 주고받았다. 그러다가 우리의 자제를 단념한 노(老)여왕의 결단으로 파국은 끝내 결정적인 것이 되었다. 여왕은 나의 출입을 정식으로 거절하는 한편 그 애의 맏언니를 적당한 구실로 불러들여 그 애의 감시 역을 맡게 했다.

잠시 암담한 절망과 불같은 자포자기의 나날이 흘렀다. 그러나 이미 고삐 잃은 나의 격정은 일찍이 그 어떤 기사도 생각지 못한 대담한 계획을 꾸미게 하였다. 우리에게 부당한 압제를 가하고 있는 고향과 혈연으로부터 그 애와 함께 영원히 떠난다는 계획이었다. 그런 내 계획은 우리가 사전에 정해 둔 은밀한 방법으로 그 애에게 전해져 이내 동의로 돌아왔다. 이미 우리들의 사랑은 작은 불륜(不倫)도 아니었다. 우리는 어느 시인의 노래처럼 헤어져 슬퍼하며 사느니보다는 차라리 마주보고 우는 별이고 싶었다.

그 밤 — 이 우울한 밤의 발단인 그 밤도 비는 이 밤처럼 억수로 퍼부었다. 우리들 두 용감한 패덕자는 그러한 빗속을 뚫고 각자의 집을 빠져나왔다. 그러나 미처 고향 동구도 벗어나기 전에 그 애는 문득 걸음을 멈추고 알지 못할 두려움에 떨리는 목소리로 말했다.

"아무래도 무서운 저주가 우리와 함께 출발하는 것 같애. 길고 검은 그림자를 한…… 어쩌면 죽음과도 흡사한 것이……."

그리고 갑자기 그 애는 내게 매달렸다.

"그래 우리는 어디로 간다는 거야? 무엇이 우리를 기다리고 있다는 거지?"

나는 그런 그 애를 격려하듯이 껴안고 가만히 입맞추었다. 비에 젖은 차가운 입술이 자꾸만 가련하게 떨리고 있었다. 그러자 갑자기 나에게도 우리를 기다리는 전혀 미지의 세계와 그러기에 힘들여 헤쳐나가야 할 앞날이 생생한 불안으로 덮쳐왔다. 고향의 분노와 저주, 그리고 끊임없이 이어갈 추문 같은 것들이 몇 날이고 몇 밤이고의 내장한 결심을 여지없이 흔들었다. 나는 잠시 망연히 서 있었다. 무너져가는 나를 지탱하기라도 하듯 그 애를 껴안은 채 그저 그 순간이 영원이기를 빌고 싶을 뿐이었다.

잠시 후 그 애가 돌연 비길 데 없이 명료한 동작으로 내 품을 벗어났다.

"역시 이대로가 좋아. 아무래도 난 돌아가겠어. 괴롭지만 혼자 가줘. 나는 네 슬픈 사랑의 연인으로…… 그것으로 만족하겠어. 잘 가. 정말로 사랑했던, 사랑했던……."

울먹이면서도 그 애는 결연히 돌아섰다. 그 결연함이 그대로 어떤 맹렬한 타격이 되어 내 가슴을 치고 지나갔다. 나는 둔중한 고통으로 가슴을 움켜쥐었다.

그때 저쪽에서 그 애의 다급한 발소리에 이어 신음 같은 목소리가 들려왔다.

"큰언니."

칠흑 같은 어둠 속에서도 희끗희끗한 두 그림자가 합쳐지는 것이 뚜렷이 보였다.

이어 그들 자매의 숨죽인 오열이 그대로 내 심장을 찢어왔다.

"왜 가지 않았니? 바보같이…… 나는 그저 너와 작별하러 나왔을 뿐인데……."

그러는 두 번째 여왕의 담담한 목소리가 오히려 무슨 준엄한 선고처럼 내 등을 떼밀었다. 나는 달렸다. 이제야말로 그 애로부터, 운명의 오랜 저주로부터 영원히 도망할 때라고 느껴졌다. 그리고…… 그것이 그 애와의 마지막이었다. 아아, 이 몽롱한 취기만이 아니더라도 나는 좀 더 아름답고 조리 있게, 또 더러는 애절한 목소리로 우리의 사랑을 추억할 수 있을 것이언만. 그 후의 세월이 얼마나 공허한 것이었고, 얼마나 많은 명정(酩酊)의 밤이 내 아침을 슬프게 하였던가도. 그리고 지금조차도 늦어 돌아가는 도회의 골목길이 얼마나 쓸쓸한가를…….


그 애는 울고 있었다. 나도 소리 없이 흐르는 눈물을 닦고 서둘러 나머지 술을 비웠다. 그 애가 다시 빈 주전자를 들고 나갔다.

잠시 후 돌아온 그 애의 발걸음은 눈에 띄게 불안정했지만 눈물 자국은 말끔히 가셔 있었다. 나는 주체할 수 없는 격정에서 깨나기 위해 무턱대고 주는 술을 마셨다. 그래서 어느 정도 안정을 회복했을 때 몸은 가눌 수 없이 취해 있었다.

"역시 ― 그러나 잘된 일이었어."

나는 간신히 힘을 모아 이렇게 말했다.

"비록 나는 이렇게 되고 말았지만, 그래도."

그때 그 애가 내 말을 가로막았다.

"그만해 둬. 운명이 제 갈 길을 간 건데 뭘."

그리고 상냥스레 나를 부축했다.

"우울한 대로 아름다운 인생의 삽화(揷話)였어. 이제 그만 돌아가 봐. 너의 도시로. 그리고 고향이고, 이곳이고, 다시 오지 않는 게 좋을 거야."

나는 비틀거리며 일어섰다. 밖은 여전히 세찬 빗줄기가 쏟아지고 있었다. 그 애의 손에 든 램프에 비친 여원은 온전한 정적 속에 그것 몇 배의 넓이로 확대돼 왔다. 이제 다시는 이곳으로 돌아올 수 없으리란 것이 새로운 숙명처럼 내 머릿속에 자리 잡았다. 한 달이 지나면 어느 낯선 그러나 선량하고 근면함에 틀림이 없는 농전(農專) 출신의 남자가 그 애의 남편으로, 언제 돌아올지 모르는 주인을 위해 이 집과 농장을 관리해나가리란 것도.

대문께에서 나는 불현듯한 애정으로 여원을 다시 한번 둘러보았다. 그러나 흔들리는 시야에는 만신창이 기사를 전송하는 마지

막 여왕의 처연한 자태와 저 사라진 모든 것의 추억처럼 희미한
빛을 내며 그녀의 손에 쥐어져 있는 램프만이 아련하게 클로즈업
되어올 뿐이었다.

(1980년)

방황하는 너

사라져 그리운 것들 가운데에는 삭자리 깔린 맨 봉당에 술독과 개다리소반이 있는 옛 주막이 있다. 그러나 그것들은 이미 여러 해 전에 고향에서조차도 자취를 감추었다.

그 귀향의 둘째 날 정산 선생의 초당에서 문전 축객을 당한 내가 우울하게 들어선 술집도 옛 주막의 흔적은 전연 없었다. 대도회의 그것처럼 시멘트 바닥을 한 홀에 포마이카 칠한 테이블 서넛과 가운데 연탄을 피우도록 되어 있는 둥근 양철 테이블 두엇이 놓인 대폿집이었다.

아직 초저녁이라 그런지 손님은 하나도 없었다. 나는 낯선 주모를 불러 막걸리 한 되와 두부 한 접시를 청했다.

첫 잔을 마시자 나는 아직도 고향 양조장에 안짱다리 김 씨가 일하고 있음을 짐작할 수 있었다. 도회의 술보다 조금 성겁기는 하지만 전혀 감미료나 약료의 첨가에서 오는 잡맛이 없는 막걸리 때문이었다.

술집에 들어설 때는 우울한 기분이었지만 몇 잔 따르자 술이 오르며 이번에는 조금씩 무료해지기 시작했다. 그때만 해도 홀로 마시는 술에는 익숙하지 않을 때였다. 주모라도 불러 최근의 장터거리 얘기라도 들을까 하고 있을 때 갑자기 누군가가 문을 열고 들어섰다.

영섭이었다. 먼 집안으로 나보다는 서너 살 아래인 동항(同行)이었다. 집안이 별로 넉넉지 못해 몇 해 전에 고등학교를 졸업하고 지방 공무원 시험을 쳐 그 무렵에는 면사무소에 서기로 나가고 있었다. 나는 손짓으로 녀석을 불렀다.

"형님 혼자서 웬일이십니까?"

녀석은 약간 뜻밖이라는 듯 자리에 앉자마자 물어왔다.

"너는 떼 지어 왔어? 그런데 너야말로 초저녁부터 웬일이냐?"

나는 약간 웃으며 말했다. 그러나 녀석은 왠지 내 웃음을 받아주지 않았다. 대신 따라준 술을 단숨에 벌컥벌컥 마시더니 빈 잔을 제자리에 놓으며 침중하게 말했다.

"울적한 일이 있어서요."

"울적한 일이라니?"

그러자 녀석은 한숨과 함께 말했다.

"종갑 씨가 죽었어요."

"종갑 씨가 죽었어?"

종갑 씨는 역시 족인(族人)으로 나이도 50이 넘고 항렬도 상당히 높지만 아이나 어른이나 문중에서는 모두 종갑 씨로만 불렀다. 일생을 떠돌다가 망친 홀아비에 대한 고향의 대우였다.

"네, 방금 행정 전화를 받았어요. 행려사망(行旅死亡) 통고였어요. 오늘 제가 당직이거든요."

"어디서? 왜?"

"울진입니다. 망양정(望洋亭) 부근인데, 아마 병들고 굶주려 죽은 모양입니다."

녀석의 말끝이 약간 떨렸다. 불행하게 떠돌다 죽은 핏줄기에 대한 연민 때문이었을까.

"기어이……."

나도 콧등이 시큰해 오면서 말을 맺을 수가 없었다. 침묵 속에 몇 순배 술이 돌고 새 술주전자가 나온 후에야 나는 다시 물었다.

"그 아재 여기 떠난 게 언제냐?"

"지난 사월입니다. 농업 인구 센서스를 맡아 한 후 면(面)에서 돈을 받자마자 떠났으니까요……."

"또 옥선(玉仙)이를 찾아갔니?"

"그랬겠지요."

"단소도 가지고."

"아마……."

그러고는 다시 대화가 끊겼다. 나는 녀석과 말없이 잔을 주고받으며 생전의 종갑 씨와 함께했던 날들의 회상에 젖어들었다.

　종갑 씨에 대한 내 첫 기억은 초등학교 상급반 때의 어떤 정월 달에 있었던 조그마한 사건과 얽혀 있다.

　그때도 종갑 씨는 이미 뒷날과 크게 다를 바 없는 종갑 씨였다. 남편의 방랑벽에 견디다 못한 그의 아내는 어린 딸과 함께 친정으로 돌아간 지 오래였고, 단단하다던 부모의 유산도 완전히 거덜 나 다리 뻗을 방 한 칸 멍석 펼 땅 한 자투리 없었다. 거기다가 처가 덕으로 들어간 군청에서 거액의 공금을 꺼내 쓰고 낙향한 그가 문중의 이 집 저 집을 떠돌며 식객 노릇을 하던 때였으니 다른 잡사에 무슨 겨를이 있었으랴.

　그런데 전쟁의 상처가 어느 정도 아문 그해 인근의 민촌(문중이 사는 언덕도 아니고 장사치가 사는 장터거리나 농막이며 드난살이들의 집이 있는 개골짝도 아닌 보통 농민들의 부락)에서는 오랜만에 걸립패를 꾸몄다. 전문적인 걸립패가 아니라 부락 사람들로 구성돼 그저 정월 한 달 면 내의 각 부락이나 도는 농악대 정도의 성격이었다.

　아직 모든 게 넉넉지 못하던 때였으므로 각종 기구(旗具)나 풍물(風物)은 초라하기 그지없었다.

　어디서 찾아낸 영기(令旗)인지 바탕인 남색은 바래져서 '令' 자가 겨우 드러날 정도였고, 수술도 군데군데 빠져 있었다. 용당기는 한지를 몇 겹 발라 먹칠한 것에 조잡한 솜씨로 용을 그려 넣은 것이었고, 농기(農旗)도 꿩장목이나 새로 갈았을까. '농자천하지대본

(農者天下之大本)'의 '之'와 '大' 사이가 찢어져 기우뚱했다. 어수화 고깔은 새로 만들어 그런대로 참을 만했지만 상모에 이르면 한심하였다. 특히 어린 우리들에게 가장 신나는 물채상모는 겨우 둘뿐이었다. 풍물도 비슷한 상태여서 누덕누덕 기운 장구가 아직도 인상 깊게 기억될 정도였다.

그러나 일 년 가 봤자 별반 구경거리가 없는 그때의 우리들에게는 그 농악대로도 굉장했다. 걸립이 시작되면서 우리는 십 리, 이십 리 되는 이웃 마을까지 가서 그들이 벌이는 걸궁굿이나 지신밟기를 구경했고 밤중에는 멀리 들판 가운데서 판굿을 벌이는 그들의 풍물 소리와 모닥불에 가슴을 설렜다.

그런데 마침내 그들이 우리 문중 마을에도 들어왔다. 정월 초이렛가 여드렛날 아침 문중 조무라기 패들은 당산 쪽에서 나는 방포(나팔 신호) 소리를 듣고 그리로 달려갔다.

이미 그들은 거기서 신나게 당산굿을 벌이고 있었다. 잠시 후에 영감댁 농막인 매기네 아버지가 집안 어른 분네들을 대신하여 멍석 한 닢과 상(床) 하나를 들고 왔다.

곧 멍석이 펴지고 권선부(勸善簿)를 얹은 상을 마주하여 걸립패의 상쇠와 매기네 아버지가 흥정을 했다. 모금, 숙식비, 체류 기간 등을 협정하는 것 같았다.

오랜 세월이 지나 그 자세한 것은 기억에 없지만 어쨌든 걸립패는 오래잖아 언덕 위의 문중 마을로 오르기 시작했다. 변변찮은 풍물에도 불구하고 그들은 열두 차(次) 서른여섯 가락을 멋지게

뽑으면서 행진해 올라갔다. 길군악 반삼채에 사모잡이요, 행진굿 반삼채에 도드리 가락이 흐드러졌다. 강마진으로 신장(神將)을 부르고, 금쇄진으로 윤무를 돌았다.

따라다니는 우리들에게 가장 신나는 것은 윗놀음이었다. 부들상모의 외상피놀음에 열두 발 물채상모가 어지럽게 돌아갔다. 대포수와 조리중의 익살도 구경거리였다. 대포수는 죽은 까치 한 마리를 꿰차고 거들거렸고 조리중은 송락 배낭을 메고 주척거렸다.

종가(宗家) 넓은 마당에 이르러 본격적인 지신밟기가 벌어졌다.

"주인 주인 문 여시오.

문 아니 열면 갈라요."

문굿이 시작되면서 상쇠의 낭랑한 음성이 두드러졌다. 그 상쇠가 바로 종갑 씨였다.

"에라, 만수(萬壽), 에라 대신(大神)이야.

성주(城主, 상량신) 근본이 어드메냐.

경상도 안동땅 제비원이로다.

제비원에 솔씨 받아 항장목(長木), 청장목 되었구나.

도리기둥 되었구나.

그 재목을 베어다가

이 집 상량(上樑)을 올렸더니

남풍이 건듯 부니

풍경소리 요란하구나.

에라, 만수, 대신이야……"

성주풀이에 이르러 종갑 씨의 음성은 더 낭랑해졌다. 얼굴은 불그스레하게 상기되고, 어깨는 흥에 겨워 주척거렸다. 그렇게 고방굿을 지나고 뒤안굿에 이르렀다.

"질토지신 오방관신 선고한 바,

이댁 규중 자녀 간 거느리고

안과태평, 소원성취 비나이다.

어하라 천룡아 지신밟자 천룡아……."

그때쯤이었다. 갑자기 둘러싼 구경꾼들을 헤치고 어른 분네 세 분이 나타났다. 세 분 모두 노기로 삼엄한 표정이었는데, 그중 한 분은 자루 달린 바가지에 무언가를 떠오셨다가 대뜸 종갑 씨에게 퍼부었다. 뒷간에서 퍼온 삭은 오줌이었다.

"이 씨도 잊어버린 놈아. 어디서 풍류질이냐?"

다른 두 분도 노한 목소리로 거들었다.

"이놈아 껍데기 아깝다, 껍데기 아까워."

"거곡장(長)이 이 꼴을 보았으면 구천에서 통곡할 게다."

거곡은 종갑 씨 부친의 택호(宅號)였다. 갑작스레 오줌 벼락을 맞은 종갑 씨는 한동안 얼떨떨한 표정이었다. 그러나 이윽고 정신을 수습한 그는 얼굴을 씻을 것도 잊은 채 참담한 몰골로 놀이판을 빠져나갔다.

"이 철없는 것들아. 이걸 구경하라고 끌어들였느냐? 족인이 사당패가 되어 돌아도 네놈들은 부끄럽지도 않느냐?"

어른분들은 이어 구경하고 있던 중년배의 숙항(叔行)들에게 질

타를 퍼부었다. 불만스럽지만 숙항들은 무안한 얼굴로 하나둘 흩어져버렸다.

지신밟기도 거기서 흐지부지되고 말았다. 종갑 씨가 빠져나간 농악대는 간신히 격식만 갖추고는 서둘러 언덕을 내려갔다.

종갑 씨가 족친이라는 것을 내가 알게 된 것은 그때부터였다. 그전에도 나는 그를 알고는 있었지만 문중의 천대 때문에 타성으로 여겨왔던 터였다. 그러나 솔직히 그때의 나를 지배한 감정은 일문으로서 민촌 것들과 어울려 풍물을 친 종갑 씨에 대한 분노나 불쾌감이 아니라 흥겨운 구경거리를 순식간에 망쳐버린 그 어른 분네에 대한 야속함이었다.

그렇지만 그 일이 있은 뒤로도 종갑 씨는 오랫동안 나와 무관한 사람이었다. 천성적인 방랑벽 때문에 일 년에 몇 달씩 안 보이는 것을 빼면 종갑 씨는 대개 고향에 머물렀으며 그에 대한 문중의 냉대도 변함없었다.

나중에는 가까운 집안까지도 공으로는 밥을 주지 않게 되어 그는 일 년의 태반을 문중의 잡일을 하며 보냈다. 손재주가 있고 머리도 영리해서 그가 밥 얻어먹을 정도의 일거리는 문중 어느 집에든 있었다. 도배 솜씨가 뛰어나고 간단한 구들장일도 했으며 가구나 농구 수선도 곧잘 해냈기 때문이다. 그러다가 때가 와서 목돈을 손에 쥐게 되면 그는 홀연 고향에서 사라졌다.

그가 목돈을 만지게 되는 것은 대개 무슨 조사나 통계로 면사무소의 일손이 달릴 때였다. 아주 달필이고, 수리에 밝기로 면(面)에서도 이름이 나, 도급 형식으로 면사무소에서 일을 얻어냈다. 그 무렵은 이미 아무도 애석히 여기지 않는 일제 때의 중학교 4년 중퇴 학력이 밑천이었다.

그가 그렇게 맡은 일은 빈틈없기로 정평이 나 있었다. 그리고 그 대가로 받는 돈도 상당했다. 보통 한 달쯤 밤낮없이 일을 하면 면 서기 몇 달치 봉급에 해당하는 돈을 받을 수 있었다. 하지만 그 돈으로 한 번 도회에 나가면 그는 마지막 동전 한 푼까지 다 쓰고도 또 얼마간 구걸과도 같은 생활을 하다가 완연한 거지꼴로 고향에 돌아왔다. 다시 잡일과 눈칫밥이 시작되고…….

그런 그의 이해 못 할 생활 방식과 성적(性的) 행실에 대한 나쁜 평판은 오히려 젊은 층들에게 어떤 경계심까지 품게 하였다. 나도 예외는 아니었다. 그러다가 대학에 간 첫해에야 나는 그를 다시 볼 기회를 가졌다.

그해 여름방학의 어떤 아침 나는 느지막이 개울에서 세수를 하고 돌아오다가 우연히 종갑 씨와 마주쳤다. 꾸벅 알은체만 하고 지나치려던 나는 문득 그 뒤를 따라오는 용팔이를 발견했다. 머리가 좀 모자라는 녀석으로 역시 종갑 씨처럼 잡일로 살아갔는데 그날은 술 한 초롱과 돗자리 한 장을 지게에 얹고 종갑 씨를 뒤따랐다.

종갑 씨는 그날따라 말쑥한 한복 차림에 쥘부채까지 하나 들고 있었다. 내게는 좀 낯선 차림이었다. 내가 약간 이상한 기분으로 다시 한번 종갑 씨를 쳐다보았을 때 문득 종갑 씨 쪽에서 면

저 말을 걸어왔다.

"너, 이제 술 마실 줄 알겠구나."

"네, 조금……."

나는 좀 얼떨떨해서 대답했다. 그와 얘기를 나눠본 적이 거의 없었기 때문이었다. 그도 별로 말수가 많은 편은 아니었다.

"그럼 나를 따라가자."

"어딜 가는데요?"

"유산(遊山) 간다."

나는 그의 의도가 얼른 이해되지 않았지만 원인 모를 호기심으로 그를 따라나섰다. 그는 말없이 동구를 벗어나더니 조그만 산봉우리에 자리를 잡았다. 앉아서 보니 개울과 들판이 내려뵈는 아주 전망 좋은 곳이었다.

그런데 거기서 종갑 씨는 또 한 번 이상한 짓을 했다. 용팔이가 지적한 곳에 돗자리를 깔고 술초롱과 안주 꾸러미를 벌여 놓자 그는 말했다.

"내 왼쪽 조끼 주머니에 든 것을 꺼내라."

용팔이가 시키는 대로 꺼내는 것을 보니 당시로서는 가장 큰돈이던 백 원짜리 한 장이었다.

"네가 가져라. 그리고 해 질 녘에 다시 와 돗자리와 술초롱을 돌려줘라."

나중에 술이 시작된 후에 나는 그게 이상해서 물어보았다.

"행하(行下)란 손으로 집어주는 법이 아니다. 그렇다고 봉투를 마련하지도 못했고 돈 담을 쟁반도 없으니……"

옛날 한량들이 술자리에서 행하를 내릴 때 돈을 쟁반에 담아 주었다는 것은 그 후에 들어 알게 됐지만, 그날 일은 확실히 인상 적인 데가 있었다. 그때의 내게 더 익숙한 팁 주는 방식은 백 원 짜리에 침을 발라 작부의 이마에 붙여주는 야비한 것이었기 때 문이다.

"등기 이전 서류를 하나 대서해주었더니 대서료 조로 오백 원 을 주길래 오늘은 유산을 나섰다."

그게 그 술자리의 설명이었다. 그리고 또한 그것이 내일이면 당 장 잡일이라도 해서 눈칫밥을 얻어먹어야 할 종갑 씨의 생활 방 식이었다.

그날 술맛은 정말 각별했다. 안주라야 고작 산나물 한 사발이 었지만 둘은 그 한 말 술을 다 마셨다. 술이 오르자 그는 괴춤에 서 손수 만든 듯한 단소 한 자루를 꺼내더니 이름도 알 수 없는 곡들을 불어댔다. 울고 싶을 만큼 애절한 가락이 있는가 하면 저 절로 어깻짓이 나는 밝고 아름다운 가락도 있었다. 그중의 한 곡 은 그 후 알게 된 잔영산(殘靈山)이 아니었던가 싶다.

둘은 그날 거기서 한잠 쓰러져 자고 해 질 무렵에야 산을 내 려왔다.

"너희 집안엔 풍류가 있지. 내가 어렸을 적에 가끔 천전(川前) 형 님이 가객들을 청해 창을 들으시던 게 기억나……."

천전은 내 진외가였다. 그러나 집에 돌아온 내가 약간 감격스럽게 종갑 씨 얘기를 했더니 형은 냉랭하게 말했다.

"그 짓으로 그 많은 논밭 다 날렸는데 그 정도 멋쯤이야 못 부릴라구."

그러나 종갑 씨와 본격적으로 가까이 지내게 된 것은 그 이듬해 내가 고향에 돌아와 건달로 지내게 되면서부터였다.

먼저 상세히 알게 된 것은 그의 전력이었다. 이미 그 유산(遊山) 이후 나는 왠지 그에 대한 고향의 해석에 의심을 품어왔었다. 그러나 그 자신의 입을 통해 들어보아도 별로 새로운 것은 없었다.

원래 종갑 씨의 집안은 언덕 위의 고가(古家) 중 하나로 몇 백석 추수는 실했다고 한다. 종갑 씨도 어렸을 적에는 인물 좋고 똑똑하기로 소문나 있었다. 그 단적인 예가 고향에서 보통학교를 졸업하고도 당시 서울의 명문이던 양정 중학교에 당당하게 입학한 이력이었다.

그러나 중학교 3학년 때부터 종갑 씨는 조금씩 이상해졌다. 공부를 게을리하고 어린 나이로 기방 출입까지 시작했다. 거곡 어른이 인근에 배메기로 갈라준 암소 백여 마리를 전부 송아지로 바꾸어 머릿수만 채워 놓고 그 차액으로 기생들과 놀아나기 시작한 것이 겨우 열아홉 살 때의 일이었다.

그 때문에 결국 그는 중학교를 졸업 못하고 4학년 때 완고한 부친에게 서울에서 끌려 내려와 이듬해 결혼했다. 그 뒤 스물셋에 거곡 어른이 돌아가실 때까지 잠잠했다. 그러나 그 자신이 한 번 가장이 되자 옛 행실이 되살아났다. 상복을 벗기도 전에 논 스무 마지기를 팔아 나선 것을 선두로 그는 오 년을 넘기기도 전에 수십 마지기 전답에 고가(古家)까지 날렸다.

일이 그쯤 되자 그의 노모는 화병으로 눈을 감고 아내는 어린 딸을 데리고 친정으로 돌아가 버렸다. 재물을 무겁게 여긴 거곡 어른이 살림밖에 볼 것 없는 집안에서 데려온 며느리였다. 당시만 해도 여자 쪽에서 먼저 이혼을 요구하는 것은 생각조차 못할 때였는데도, 그녀는 아무런 주저 없이 이혼을 요구하며 떠났다.

그 뒤 종갑 씨에게는 꼭 한 번 정상적인 삶을 회복할 수 있는 기회가 있었다. 전쟁 때문에 한몫 본 처족과 화해한 그가 촉탁이나마 군청 서기로 일한 때가 그랬다. 그 얼마간 그는 다시 돌아온 처자와 함께 평범한 가장으로 조용히 보냈다.

그러나 채 일 년도 안 돼 그는 거액의 공금을 빼돌려 또 어디론가 자취를 감추었다. 그것이 처자와의 마지막이자 결혼 생활의 마지막이었다. 일 년 후 그는 여전히 거지와 다름없는 꼴로 고향에 돌아왔다. 그리고 그 뒤 이십 년 이미 말한 것과 같은 세월을 보냈다.

그에게 한 가지 독특한 게 있다면 후회를 모른다는 점이었다. 배움이나 외모에 비해 그는 분명 더할 나위 없이 영락한 생활을 하고 있었지만 도무지 그의 표정에는 불행이나 비참의 그늘이 없었다. 오히려 더 자주 볼 수 있는 것은 평온과 자족의 기색이었다.

그가 무엇 때문에 그처럼 고향을 떠나 떠도는가 하는 것은 내 오랜 의문이었다. 내가 네 번째인가 다섯 번째 물었을 때에야 그는 마지못한 듯 대답했다.

"옥선(玉仙)이를 찾아서······."

나도 그때는 그 여자에 관해 들은 것이 별로 없었다. 그녀는 종갑 씨가 결혼 전에 동거한 적이 있는 기생이었다.

"아, 함께 사신 적이 있다던 그 기생 말입니까?"

나는 무심코 그렇게 반문했다. 그러나 종갑 씨의 반응은 의외로 강렬했다.

"그래, 기생이지. 그러나 네가 알고 있는 지금의 그 화냥 잡것들은 아니야. 내 옥선이는 이조 명기(名妓)의 전통을 이어받은 마지막 기생이야."

"이조 명기의 전통?"

그러자 그는 열렬한 어조로 말했다.

"너희들은 몰라. 이조의 기생이 어떤 존재였는지를. 그녀들은 그 시대의 정화(精華)였어. 가장 지적으로 우월하고 예술적으로 세련되었으며, 동시에 여성들 중 유일하게 사회에 참여하고 있었지.

다른 여자들이 무지와 암흑 속에서 가(家)라는 것에 함몰돼 있는 동안에도 그들은 자기로서 깨어 있었으며 부단히 연마하고 성취해 나갔지.

그녀들은 정신적인 귀족이었어. 어쩌면 우리 양반들보다 더욱, 화랑의 풍류가 우리 남자들에 의해 저열한 탐락(貪樂)이나 천민들의 기예로 전락해 가는 동안에도 그녀들은 그 본질적인 순수성을 보존해 왔어.

내 옥선이는 바로 그런 기생이었어. 생각해 봐. 그런 여자들이 부어주는 술이라면 인생을 바쳐 마신들 무슨 후회가 있겠어?"

그리고 그날을 시작으로 그는 술만 취하면 내게 옥선의 얘기를 들려주었다.

"삼현육각(三絃六角) 우리 옥선이가 뛰어나지 않은 것이 있겠는가만, 특히 가야금이 일품이었지. 그 부드럽고 아름다운 음색이 그녀 손끝에서 조화를 부릴 때면 그대로 선경(仙境)을 헤매는 기분이었어.

그녀가 스스로 취해 우조(羽調) 가락 도드리를 퉁기면 원곡 보허자(步虛子)를 채집했다는 영인(伶人)이 살아온다 해도 감탄하지 않을 수 없을 거야……."

"내 옥선이의 창(唱)도 더할 나위 없었어. 그녀가 계면조로 뽑는 옥중가는 여름밤에 서리가 치고, 기러기를 날게 할 만큼 미려 청고하고 애원 처절했어. 그녀의 끓는 목은 날카로운 비수가 번득이는 것 같았고, 방울목은 옥반에 구슬이 구르는 것 같았지. 파성(破聲)을 내면 징소리가 깨어지는 것 같고 귀곡성(鬼哭聲)을 내면 수천수만의 귀신이 흐느끼는 것처럼 들렸어……."

"그녀의 살풀이춤 한 사위를 네게 보일 수 있다면…… 춤을 추는지 머물러 있는지 분간하기 어려울 정도로 고요히 움직이다가 갑자기 우쭐거리며 앞으로 나가고, 변화 있게 돌고, 물러나며…… 온몸으로 말을 하지. 그 신비스럽고 환상적인 선, 모든 동작이 끝난 후에도 남는 황홀한 여운…….

그러나 그녀의 진정한 무기(舞技)는 역시 춘앵전(春鶯囀)에 있었지. 고운 화관에 노랑 앵삼을 입고 평조회상(平調會相)에 맞추어 느릿느릿 추어가면 그야말로 봄날 버들가지에서 지저귀는 꾀꼬리 같았어. 그녀는 나만을 위해 춘앵전을 출 때도 화문석 위가 아니면 추지 않았어……."

그 무렵 나는 국악에 대해서는 전혀 모르는 처지였지만 그런 종갑 씨의 얘기에는 어딘가 허구와 과장의 냄새가 짙게 풍겼다. 어떻게 지금 같은 세상에 그런 여자가 이름 없이 남아 있을 수 있을까. 그 어느 기예(技藝) 하나만으로 무형문화재가 된 이들에게서조차 종갑 씨가 묘사한 경지를 나는 보지 못했다.

내 이런 의문에 대해 종갑 씨는 언젠가 진지하게 설명했다.

"그녀의 정절 때문이지. 그녀는 오직 나만을 원했을 뿐, 세상의 이름 같은 것은 거들떠보지도 않았으니까."

그러고는 비로소 피상적으로만 알려져 있던 옥선이라는 여인과의 인연을 얘기해주었다.

"내가 그녀와 만난 것은 양정 중학교 3학년 때였어. 일 년을 쫓아다닌 끝에 나는 그녀를 몸담고 있던 송죽관에서 빼내어 올 수 있었지. 그러나 여기서도 아는 것처럼 어렵게 차린 우리들의 살림은 다섯 달도 안 돼 끝장이 나고 나는 서슬 푸른 아버님 기세에 눌려 고향으로 끌려오는 신세가 됐어.

우리가 다시 만난 것은 그로부터 삼 년이 지난 후였지. 그새 나는 결혼을 했지만 그녀는 아직도 나를 위해 정절을 지키며 기다리고 있더군. 정말 감격적인 재회였어. 그 뒤 우리는 오 년 가까이 함께 살았지. 산 좋고 물 맑은 곳을 골라가며 춤과 노래 속에 흘려보낸 꿈같은 세월이었어. 내 단소도 그때 그녀에게서 배운 거야. 어쩌면 내 인생은 그 오 년이 전부일지도 몰라…….

그런데 그럭저럭 견뎌냈던 돈이 떨어졌어. 아버님께 물려받은 땅 가운데 쓸 만한 땅은 그새 다 없어진 데다 토지개혁 풍문으로 남은 것도 값이 말이 아니었지. 나중에는 그녀의 금비녀며 가락지까지 잡히기 시작했어. 나는 점점 수심에 잠기는 그녀를 보며 결심했지. 그녀를 위해 떠나야 하리라고.

고향에 돌아와 보니 아무것도 없더구먼. 망연자실 고향에서 세월을 보내는 중에 6·25가 터졌어. 그리고 그 혼란 중에 나는 그만 옥선이를 잃어버린 거야. 전쟁이 끝나고 처가 덕에 얼마간 목돈을 쥔 나는 다시 옥선이를 찾아 나섰지. 일 년 가까이나 방방곡곡 있을 만한 곳은 다 돌아보았지만 끝내 행방을 알 수가 없었어.

전쟁 통에 혹시, 할른지도 모르지만, 그럴 리는 절대로 없어. 옥선이는 나를 두고는 절대로 죽을 수 없는 여자야. 분명히 이 세상 어딘가에 살아 있을 거야. 우리는 반드시 만나게 될 거야.

작년, 재작년으로 전라도 지방까지 다 돌았어. 이제 남은 곳은 이 땅, 경상도뿐이야. 가까워서 쉽게 만나질 것 같아 남겨 두었던 땅이지. 이번에 다시 한번 나서면 나는 반드시 옥선이를 만날 것 같아…….”

이미 50에 가까운 중년 남자의 순애보치고는 너무도 감상적이면서 또한 그가 살아가고 있는 인생과는 너무나 동떨어진 것이었다. 그때만 해도 그가 그녀를 찾아 고향을 떠나기 시작한 지 이십 년이 가까울 때였다.

그런데 그 뒤 고향을 떠나 도회로 돌아온 나는 다시 한번 종 갑 씨를 만났다.

어느 핸가 D시에 볼일이 있어 내려갔다가 도심 부근의 다방에 서 우연히 종갑 씨와 마주쳤다. 그는 몇 년 전 고향에서보다 한결 늙고 지친 표정이었다. 입성도 궁색이 완연했다. 그러나 다른 것은 아무것도 변한 게 없었다.

"이제 옥선이에게 거진 가까워진 것 같애. 곧 만나도록 돼 있어."

그는 자리에 앉자마자 그렇게 말문을 열었다. 나는 약간 반갑기 도 하고, 한편으로는 못 미덥기도 해서 물어보았다.

"무슨 소식이라도 들으셨습니까?"

그러자 그는 더욱 희망에 찬 목소리로 말했다.

"소식 정도가 아니야. 바로 옥선이의 제자를 만났어."

"뭐 하는 여잔데요?"

"바로 이 건물 5층에서 고전무용학원을 열고 있는 여자야. 지 금 그 여자가 사방으로 수소문하고 있어. 빠르면 오늘내일 중이라 도 만나게 될지 몰라."

"잘…… 됐군요."

나는 어딘가 미심쩍은 기분으로 더듬게 됐다.

"포기하지 않고 쫓아다닌 보람이 있었다고 할까."

“하지만 지금도 기다리고 있을까요? 이미 50이 넘었을 텐데…….”

“물론이지. 나이가 무슨 상관이야. 반드시 나를 기다리고 있을 거야. 어디 산수 좋은 곳에 조용히 숨어서…… 어쩌면 내가 얼굴도 못 본 내 아들을 기르면서 말이야…….”

“정말 꼭 만나시기를 빌겠습니다.”

“틀림없대두.”

내 의심에도 불구하고 그는 정말로 확신하고 있다는 표정이었다. 그러다가 문득 그의 어조에 풀이 죽으면서 더듬거렸다.

“그런데…… 그런데 말이야 — 너, 돈…… 가진 게 있니?”

나도 그를 만난 순간 이미 약간은 내놓을 각오가 되어 있었다. 그러나 막상 그의 입으로 내가 미리 짐작했던 돈 얘기를 듣고 보니 왠지 원인 모를 실망이 느껴졌다.

“많이는 없습니다.”

“오천 원만 다오. 급히 쓸 데가 있어서…… 혹 이번에 옥선이를 못 만나더라도 암포에 가서 갚으마.”

“아니, 그냥 쓰십쇼.”

나는 담담하게 말했다. 돈을 받은 그는 무슨 긴한 약속이라도 생각났다는 듯 서둘러 일어섰다. 어쩌면 몇 끼를 걸렀을지도 모른다는 추측 때문에 다시 그가 측은하게 느껴졌다.

그런데 이상한 것은 카운터에서 치르는 종갑 씨의 찻값이었다. 분명 나와 둘이 마신 것뿐인데, 내놓은 오천 원짜리의 거스름은 천 원짜리 한 장과 동전 몇 개였다. 그가 다방 밖으로 나간 후에 나는 종업원 아가씨에게 물어보았다.

"방금 나간 사람 찻값이 왜 그리 많죠?"

"외상값이에요."

"잘 아는 분이오?"

"그냥 두 달쯤 전서부터 단골이에요. 처음에는 씀씀이도 좋고 차림도 괜찮았는데 요즘 뭐가 잘 안되는가 봐요."

"하는 일이 뭐랍디까?"

"자기는 요 위 무용학원에 있다던데 그런 것 같지도 않대요. 한 번은 차 배달을 가보니까, 거기 있기는 해도 원장 태도가 여간 쌀쌀맞은 게 아녔어요. 최근에는 거기보다 우리 다방에 더 많이 계셨어요. 누굴 기다린다고 했지만 그가 아는 사람을 만난 것은 선생님이 처음인걸요."

그 말을 들은 나는 약간 허전해졌다. 내가 무엇인가 속았다는 것보다는 어쩌면 그가 영영 옥선이라는 여인을 만나지 못하리라는 예감 때문이었다.

과연 그는 그해에도 몇 달 후 결국은 거지꼴로 고향에 돌아왔다는 것이 내가 들은 후문이었다.


"형님, 아까부터 무얼 그리 골똘하게 생각하세요?"

영섭이가 불쑥 술잔을 내밀며 팔을 건드리는 바람에 나는 퍼뜩 정신이 들었다.

"음, 그 여자, 옥선이를 생각했다."

"옥선이? 그 여자를 왜?"

그렇게 묻는 영섭의 표정은 옥선이에 대한 고향의 일반적인 지식밖에 갖고 있지 않은 것 같았다. 아직 구제(舊制) 중학교도 졸업 못한 종갑 씨와 동거한 적이 있는 기생, 그 집의 탄탄한 살림을 거덜 낸 여자 따위.

약간 감상적이 된 나는 앞뒤 없이 옥선이의 얘기를 시작했다. 그녀의 가얏고를, 창(唱)을, 살풀이춤을, 춘앵전(春鶯囀)을, 그리고 종갑 씨와의 사랑을.

그런데 얘기를 듣고 있는 영섭은 내 얘기가 얼마 진행되기도 전에 쿡쿡 웃음을 흘렸다. 술이 오른 중에도 무언가 이상한 내막이 있는 것 같았다.

"왜 웃니? 너 그 여자 알아?"

그러자 녀석은 완연히 드러내놓고 웃어 젖혔다.

"형님은 속고 계셨어요."

"뭘?"

"그 옥선이란 여자 말예요. 형님이 말한 그런 여자는 이 세상에 있은 적이 없어요. 실제의 옥선이라는 여자는 이곳의 일반적인 소문 이상도 이하도 아니에요."

"네가 어떻게 알아?"

"그녀를 알고 있는 사람이 있거든요. 새로 온 군(郡) 산업과장이 종갑 씨와 중학 동창이죠. 옥선이도 잘 알아요, 후문까지도."

"……"

"그저 흔한 창기였대요. 두 번째 만나 동거하다 종갑 씨가 돈이 떨어지자 헌신짝 버리듯 도망간 여자예요. 노래도 춤도 모두 종갑 씨가 지어낸 거죠."

"그래 지금도 살아 있다든?"

"아뇨. 어느 포목상의 첩이 되었다가 산욕(産褥)으로 죽었대요. 그것도 벌써 이십여 년 전에."

"종갑 씨도 그걸 알고 있었나?"

"물론이죠. 다시 돈을 마련한 종갑 씨가 그녀를 찾아갔을 때, 그 포목상이 무덤까지 일러주었다니까요. 바로 시청 공금을 빼돌려 집을 나간 그해에."

"그런데 왜……."

나는 종갑 씨가 무엇 때문에 이미 죽은 줄 알면서도 그렇게 열렬히 그녀를 찾아 헤매었는가를 물을 작정이었다. 그러나 물음을 끝맺기도 전에 문득 떠오르는 답이 있었다.

어쩌면 종갑 씨가 그토록 열렬히 찾아 헤맨 것은 옥선이가 아니라 그녀를 통해 언뜻 접하였던 이조 풍류의 잔영(殘影)이 아니었을는지. 그리하여 스러져가야 할 것이기에 더 아름다운 그것이 알지 못할 향수로 그 고독한 영혼을 일생 동안 내몰았던 것이나 아니었던지.

(1980년)

# 달팽이의 외출

다소는 상쾌한 기분과 가벼운 몸으로 깨어나도 좋을 일요일의 늦잠이었지만, 형섭 씨는 몸도 마음도 그러하지 못한 채 눈을 떴다. 무슨 끔찍한 꿈이라도 꾼 것일까. 베갯잇이 함빡 젖어 있고, 또 그는 그대로 얼마나 안간힘을 썼는지 사지가 나른해 있을 정도였다. 그러나 그 자세한 내용은 통 떠오르질 않았다.

바깥은 화창한 봄날이었다.

그는 무거운 머리를 털어버리려는 듯 길게 기지개를 켠 후, 벌떡 일어나 창가로 갔다. 그 창가의 전망을 일요일 아침의 느슨한 기분으로 음미하는 것은 그의 오래된 은밀한 도락(道樂)이었다.

그러나 커튼을 걷던 그는 묘하게 당황한 기분으로 손길을 멈추지 않을 수 없었다. 그를 맞은 것은 언제나처럼 낯익은 북악이 아니고 쇠창살이 쭈뼛쭈뼛 솟아오른 새 담이었기 때문이었다.

"그예 해치웠군."

그의 묘한 당황은 일종의 낙담으로, 그리고 이어 원망스러운 눈길로 변하여 넓지 않은 앞뜰을 일주(一週)하였다. 그러나 그것을 받아야 할 아내는 그곳에 없었다.

새집으로 옮겨와서 두 번째 도둑이 들었을 때부터 아내는 담을 높이자고 그에게 성화를 부려 왔었다. 사실 외관상으로도 제법 멋을 부려 지은 집채에 비해 야트막한 블록 담은 — 비록 그것이 그저 '모범적'이지만 그의 스무 해 가까운 공무원 생활과 요령 있는 살림꾼으로 이름 붙은 아내가 마련할 수 있는 최대치였기는 하지만 — 썩 어울리는 것이 못 되었다.

그러나 그 어떤 이유에서든 담을 높이자는 아내의 제안에 대해서 선뜻 마음이 내키지 않았다. 그다지 집어 갈 값진 물건이 없다는 것이 겉으로 내세우는 이유이기도 하였지만, 그보다는 채 허리에도 오지 않는 싸리 울타리로 담을 삼아 유년과 소년 시절을 보낸 그의 생리에 높고 삼엄한 담은 맞지 않았던 탓이었다.

그래서 중년을 넘어서면 경제적인 이유로밖에 남편을 위협할 수 없는 평범한 여자답게 아내가, "끼닛거리는 없어도 도둑이 집어 갈 물건은 있어요." 하며 그를 윽박지르면 그는 어떤 재치 있는 도둑처럼 가볍게 그녀에게 응수하곤 했다.

"높은 담과 튼튼한 빗장이 우리를 유혹한다."

이런 그를 어이없어하면서도 한동안 아내는 그럭저럭 참아주었다.

새집을 들어 아직은 여유가 없는 가계부나, 벌어질 대공사의 번잡함이 그녀에게 마음에도 없는 인내를 강요하였던 셈이다.

그러나 세 번째로 도둑이 들자 아내는 서둘러 공사를 시작하고 말았다. 잃어버린 것은 그저 몇 벌 집기(什器)와 그의 거의 낡아가는 평상복(平常服) 정도였지만, 그것들이야말로 그녀의 영혼보다 더 소중한 것들인 만큼, 더 이상 그녀를 만류할 수 있는 것은 없었다. 그리하여 낮 동안은 완전히 집을 비워야 하는 그가 미처 느끼지 못한 이 며칠 사이에 담 증축은 완성되고 말았다.


그는 창턱에 걸터앉아 마치 하룻밤 새에 땅에서 솟아올라, 그래서 전연 새롭기만 하다는 느낌으로, 그 담을 찬찬히 살폈다. 과연 견고하고, 실용성 있어 뵈는 담이었다. 한 길은 훨씬 넘지 싶게 쌓고도 그 위에 날카로운 끝을 지닌 철책을 세우고 가시 철망까지 둘렀다.

그는 우선 감탄했다. 과연 이만하면 나는 새도 넘을 수 없으리라. 하물며 좀도둑쯤이야……. 그러나 그러면서도 마음 한구석이 점점 답답해오고, 또 그것이 어떤 우울과도 흡사한 기분으로 변해가는 것은 그 자신도 이해할 수 없는 일이었다. 나이 탓일까. ― 그는 담배를 한 개비 뽑아 천천히 불을 붙였다.

그때 저편에서 아직 페인트도 채 마르지 않은 철문을 열고 서슬이 시퍼런 아내가 들어왔다. 그 뒤를 셋째 욱(旭)이 놈이 끌려오며 앙탈을 부리고 있었다.

"여보, 얘 좀 혼내줘요."

"도대체 무슨 일로 이 야단이오?"

그만의 은밀한 도락을 잃은 불만이 퉁명스러운 목소리가 되어 나왔다.

"글쎄, 아유, 이 옷 좀 봐요. 아침부터 되잖은 애들과 어울려 이 꼴이라니까요."

"난 또 뭐라구, 좀 가만 두구료. 왜 애들 노는 데까지 참견이오? 애들은 원래가 그래야 탈 없이 잘 크는 법이오."

"저런 답답한 양반, 모르면 차라리 국으로 가만있어요. 그래 당신은 애가 대폿집 과부의 아들이나 야채 장수의 딸들과 어울려 진흙탕을 뒹굴며 상스러운 욕지거리를 떠들어 대도 좋다는 거예요?"

"여보, 말을 그리 함부로 하는 법이 아니오. 대폿집 과부건, 야채 장수건 그게 어디 사람 탓이오? 애들을 그런 식으로 길러서는 못써요."

무슨 끔찍한 말이라도 하고 있다는 아내의 표정에 막연히 우울하던 형섭 씨의 기분은 구체적인 불쾌함으로 변하여 그를 정색하게 만들었다. 그러나 아내는 아랑곳없이 계속 또 다른 위협으로 그의 대답을 궁하게 만들었다.

"아니, 그럼 당신은 그러다가 유괴범이 애를 데려가서 돈을 내라고 협박하거나 소매치기, 앵벌이를 시켜도 좋단 말예요?"

276

형섭 씨는 문득 대답하기 귀찮아졌다. 아침부터 아내와의 실속 없는 말다툼으로 기분을 잡치고 싶지 않았는지도 모를 일이었다.

"싫어 싫어, 그래도 재미있는걸……."

욱이란 놈은 그런 아버지에게 연신 구원을 청하는 눈길을 보내며 앙탈을 계속했다.

"당신 정말…… 애를 좀 호되게 야단이라도 치질 않고 — 안 되겠어."

아내는 마침내 그의 조력을 단념한 듯 매질이라도 할 작정으로 욱이란 놈을 부엌으로 끌고 갔다.

"공부라도 좀 하면 좋지 않니? 그림책도 동화책도 사주지 않던? 거리 귀신이 불러내기라도 하니?"

아내가 연방 욱이 놈을 꾸짖으며 사라져간 부엌에서 이제는 울먹이는 것으로 기세가 누그러진 욱이 놈의, 그러나 끈질긴 항의는 계속 들렸다.

"숙제도 엊저녁에 다했고, 동화책도, 그림책도 벌써 몇 번이나 읽었는걸……."

그 목소리에는 무언가 먼 미래에서 들려오는 어떤 것이 있어 그의 가슴을 찡하게 하였다.

"……내겐 유년이 없어. 그것의 정수인 추억, 그 자유분방함과 홀랑 벗은 친구도…… 대신 아이들을 위한 어른들의 거짓말 모음이나 부정확한 임화(臨畵) 나부랭이가 널려 있는 공부방과 흔해 빠진 화초분으로 걸음마저 조심해 걷지 않으면 안 될 정도로 좁은 뜰에 감금된 기억, 그리고 항상 옷에 싸여 있어 햇볕이 모자라는 소위 교양 있는 가정의, 부모의 취미에만 충실한 박제(剝製) 친구가 있을 뿐이야. 자라서 만나봐야 별반 나눌 얘기도 없고 그래서 어색한 눈웃음으로 지나쳐 갈 정도의. 모두 당신들의 알량한 애정과 배려 덕택이야……"

그러자 갑자기 잊었던 간밤의 꿈이 어렴풋이 기억나기 시작했다. 바로 이 욱이 놈이었다. 어디인가 거대한 감옥 같은 데 갇혀 — 애절하게 그를 부르고 있었다. 그 욱이를 구하려는 애타는 노력이 지난밤 그의 베갯잇을 땀으로 적시고, 이 아침의 그를 나른하게 만든 듯했다.


늦은 조반 후에 형섭 씨는 집을 나섰다. 대개 그렇게 나서는 일요일의 볕 밝은 아침은 유달리 화창하게 느껴지는 법이다. 그러나 좌석 버스 정류장으로 향하는 그에게는 그렇지 못하였다. 기원(棋院)으로 나가서 하루를 보낼 참이었던 그는 다시 아내의 성화에 부대끼어 마음 내키지 않는 외출을 하게 된 탓이었다.

칼라텔레비전 구입(購入) 때문이었다. 썰렁한 아침 밥상머리에서 아내가 처음 그 일을 들고 나왔을 때 형섭 씨는 대뜸 단호한 반대를 표명했었다. 텔레비전에 관한 한 — 어쩌다 다방 같은 데서 잠깐씩 보게 된 것이지만 — 삼류 코미디언의 저속한 익살이나, 눈에 거슬리는 복장으로도 부족하여 천한 몸짓까지 곁들이는 가수들, 그리고 그들의 싫증나는 왜색조(倭色調)가 아니면 어울리지 않는 재즈 속의 기성(奇聲)과 잡다한 선전 광고밖에 기억할 수 없는 그로선 당연한 일이었다. 흑백(黑白)을 사둔 것도 두고두고 후회해 온 터인데 한술 더 떠 칼라텔레비전이라니. 아직 방영은 시작되지 않았지만 요사스러운 색(色)이 부릴 작태를 눈앞에 보는 듯하였다.

이에 대해서 아내는 기묘한 반론(反論)으로 나왔다. 현대란 시대 자체가 전시 효과의 시대이며, 특히 그런 이 시대, 이 시점에 있어서 당분간 칼라텔레비전 안테나란 모든 면에서의 상류를 뜻하게 되리라는 것, 동창들의 방문을 받을 때에도 그렇지만, 식모 하나를 구하기 위해서도 칼라텔레비전은 꼭 필요하게 되리라는 것, 등등을 늘어놓아 마침내는 형섭 씨를 귀찮게 만드는 데 성공하였다.

마지막으로 형섭 씨는 경제적인 이유를 들어 도리어 아내를 역습해 보았지만 거기에 대해서도 아내의 간지(奸智)는 준비되어 있었다. 종로에서 크게 텔레비전 대리점을 내고 있는 그의 동향인을 상기시키며, 월부로 하되 횟수를 통상의 두세 배로 늘리면 크게 부담되지 않으리라고 우겼다.

형섭 씨는 결국 굴복하고 말았다. 결코 꼴사나울 만큼 내주장(內主張)에 따르는 사람은 아니었지만, 아이들이나 생활에 관한 한 항상 아내가 옳았다는 것은 그의 스무 해 결혼 생활에서 종종 체험한 바였다.

발길은 무거웠다. 그리고 주택가를 지나는 동안에는 갖가지 형태의 담들이 그날따라 유난히도 형섭 씨의 주의를 끌고 또 그런 그의 마음에 원인 모를 우울을 더해 갔다. 봉건 영주의 성채(城砦)를 연상케 하는 오만하리만큼 높고 당당한 것, 침입자에 대한 적의를 미학적으로 나타내려는 듯 타일을 박고 쇠창살에 산뜻한 페인트까지 칠해 놓은 것, 스스로의 악의를 변명하려는 듯, 그래서 소심한 경계만을 표현하고 있다는 듯 낮은 담에 어린애 이빨만큼이나 듬성듬성 깨진 병 조각을 꽂아 놓은 것 등 — 인간들은 자기의 불신과 적의를 나타내는 데도 참으로 다양한 방법을 고안하고 있었다. 특히 방금도 성가(聖歌) 소리가 들려오고 있는 교회당의 높은 담은, 언젠가 속리산 법주사의 대불(大佛)에서 피뢰침을 발견했을 때처럼 그를 가벼운 곤혹에 빠지게 했다.

그러나 그런 것들에게 벗어나 일단 차에 오르자 잔뜩 흐린 형섭 씨의 마음은 다시 새로운 방향에서 불어오는 미풍으로 점차 개기 시작했다. 즉 칼라텔레비전 건(件)만 제하면 지금 자기는 실로 여러 해 만에 한때 자기의 가장 가까웠던 옛 친구를 찾아간다는 것, 그는 동향인인 동시에 소학교와 중학교 두 곳에서 동창의 인연으로 만났으며, 또 따로 사적으로는 형섭 씨가 그 친구의 모든 것에 정통한 것처럼, 그 친구도 형섭 씨의 모든 것에 정통하여 — 심지어는 형섭 씨의 엉덩이에 난 검은 사마귀나, 지금은 긴 머리칼에 감추어진 커다란 흉터까지 알고 있을 정도인, 싸릿담을 격한 앞뒷집 막내 사이였다는 점 등이 이미 사십 줄에 접어든 그 나이답지 않게 그를 흥분시키고 들큰한 기대에 젖게 했기 때문이었다.

그리하여 버스가 시내 중심부로 접어들면서부터 형섭 씨는 엉뚱한 일정까지를 마련하게 되었다. 텔레비전 문제는 대충으로 하고, 오늘은 녀석과 가까운 교외라도 나가 허심히 옛 얘기나 나누며 술이나 한 잔 마셔야지. 그리고…… 아마도 아침나절 욱이 놈에게 느꼈던 어떤 감정이 그의 의식 내부에서 은밀히 작용하고 있는 탓이었지만, 그는 그런 자기의 계획이 얼마나 갑작스럽고 또 자칫 엉뚱하기까지 한 감정의 비약이 될 것인가에 대해서는 전혀 느끼지 못하고 있었다.

형섭 씨의 기우(杞憂)에도 불구하고 그 친구는 마침 점포에 나와 있었다. 요즘 같은 불황 중에서도 그 친구는 꽤 경기가 있어 보였다. 두셋 되는 판매원들이 모두 고객들에게 잡혀 있었고 그 친구도 형섭 씨가 들어가던 순간에 한 고객과 막 거래를 끝낸 참이었다.

"여, 동가리(토막) 오랜만일세."

그는 형섭 씨를 발견한 그 자리에서 시원스러운 목소리로 인사부터 먼저 보내왔다. 동가리란 어릴 때 키가 좀 작았던 형섭 씨의 별명이었다. 그런 친구에 대해 형섭 씨도 이상한 감격을 느끼며 대답했다.

"싹불이, 자네도 그간 잘 있었나?"

그러나 형섭 씨의 목소리는 어울리지 않게 높고 떨리는 것이었다. 가까이 있던 판매원과 고객이 일시에 그런 그를 힐끗 쳐다보았다.

"잘도 기억해 주는군. 하여튼 반가워, 오랜만일세."

다시 날아온 친구의 목소리와 이어 다가온 두툼한 손길이 하마터면 어색할 뻔한 형섭 씨를 구해 주었다.

"그래 제수씨나 조카 놈들은 모두 잘 있는가?"

그 친구는 악수가 끝난 손을 들어 자연스럽게 형섭 씨의 어깨를 쳤다. 다시 이상한 감격이 형섭 씨의 목소리에 무리한 대사를 강요했다.

"예끼, 이 불출한 사람, 여전 망발(妄發)은 그대로군. 자네 형수는 물론 조카님들도 건재하시다네. 나야말로 묻겠지만, 그래 제수씨 산란율 여전하고, 조카 놈들 성장률도 양호한가?"

이번에는 형섭 씨 자신에게도 어색했다. 그러나 친구는 개의치 않고 형섭 씨를 가까운 고객용 소파로 안내했다.

"나이를 먹으니 자꾸 우리 사이가 소원해지네. 그런데 자네 오늘은 웬일인가?"

의례적인 몇 마디 얘기가 더 계속된 후에 이윽고 그 친구는 중년다운 지긋한 목소리로 물어왔다. 일견 평범하고 알맞게 가라앉은 것이었지만 은밀히 무언가 탐색하는 듯한 물음이었다. 그러나 형섭 씨는 이렇게 자연스럽게 자기의 계획을 털어놓게 만들어준 친구의 화술에만 감사했다.

"마침 일요일이고 하기에 자네와 옛 얘기나 하며 술이나 한 잔 나눌까 해서……."

여기까지는 좋았다. 자기의 생각에만 취해 있는 형섭 씨는 일순 친구의 얼굴을 스쳐간 가벼운 실망의 표정을 놓쳐버린 채 여전히 그의 호의적인 웃음만 느끼고 있었을 뿐이었다.

"허엇 그 좋지, 그리고 또?"

"그다음엔 어디 교외선이라도 타고 가까운 곳으로 가세. 초가집도 볼 수 있고 냇물도 모래사장도 있는 그런 곳이라면 더 좋지."

"거긴 또 왜? 흠, 그러나 좋지. 가서는?"

친구의 웃음은 이제 얼떨떨한 기분과 합쳐서 묘한 것으로 변해 있었다.

"목욕이라도 하고 — 그리고 나는 자네의 싹불알을 잡아당기겠어. 씨름도 해야지, 자네를 모래사장에 메다꽂겠어……."

그제야 형섭 씨도 친구의 표정이 변한 것을 알아채고 말을 멈추었다. 처음 얼떨떨한 기분은 이내 구체적인 의아와 당혹으로 변해서, 이 평범한 상인의 얼굴을 아주 망쳐 놓았던 까닭이다.

"자네 어디 불편한 데라도 있나?"

"아니, 나는 이렇게 건강하다네. 그저…… 그런데 자네 — 그리고 그뿐인가?"

그 친구는 마지막 탐색을 시도하고 있지만 사실은 끝나 있었다. 그의 상혼은 크게 심기가 상해 있었다.

"또 있겠지. 만약…… 자네가 간다면……."

형섭 씨는 자신도 모르게 더듬거렸다. 오랫동안 섬세한 인간의 감정적인 일에 무관하게 살아온 그 친구는 망연히 그런 형섭 씨의 입술만 바라보고 있었다. 잠시 후에 그는 가까이 있는 판매원에게 마치 잊고 있었던 대단한 일처럼, 무뚝뚝한 지시를 내렸다.

"그 손님은 잠시 기다리게 하고, 내 자리에 가서 담배나 좀 가져와."

그러자 형섭 씨는 마지막 노력으로 실패한 대화를 만회하려고 화제를 바꾸었다.

"저런 자네, 그런 사소한 일로 고객을 기다리게 하면 되나?"

"염려 말게."

노련한 상인은 심드렁히, 그러나 태평스럽게 대답했다. 종전의 복잡했던 그의 표정은 그 방면에 대한 자신으로, 어느새 평정을 회복하고 있었다.

"만약에 내 십 년 경력이 헛되지 않다면, 저 사람은."

그는 눈짓으로 점포를 나서는 그 고객의 성난 듯한 뒷모습을 가리켰다.

"너댓 해 뒤쯤에나 다시 오게 되거나 아니면 다시 오지 않을 사람일세. 틀림없어. 적어도 그런 분별없이는 자기 자산이라고는 한 푼도 없이 출발한 내가 오늘에 이르지는 못했을 거네. 저 사람은 칼라텔레비전을 제일착으로 갖기에는 너무 지적이면서도 가난해 보여. 체중부터 평균치 미달이었지……."

잠시 막연한 대화가 오갔다.

그리고 그사이에도 그와 형섭 씨 사이에는 투명하긴 하지만 무언가 깨고 들 수 없는 막이 형성되어 갔다.

"그런데 사실은 아내가 말이야, 우리도 칼라텔레비전을 하나 들이자고 성화거든."

마침내 사태는 형섭 씨로 하여금 별로 마음에도 없는 그 일을 꺼내게 만들었다. 한 번 형성된 막은 점점 굳어가 — 집을 나설 때만 해도 가장 가까운 것처럼 느껴지던 그 친구가 순간순간 자신과는 무관한 사람으로 멀어져가는 것이 안타깝게 여겨진 탓이었다.

그러나 그 말의 효과는 기대 이상이었다. 형섭 씨의 말이 채 끝나기도 전에 앞서의 그 사람 좋아 뵈는 웃음이 다시 친구의 얼굴에 만발하였다.

"예끼, 이 사람. 그런 일을 가지고 여지껏 능청을 떨었군. 나는 또 자네가 어찌 됐나 했지. 그래, 몇 인치 정도를 원하던가?"

"그런데 조건이 있어. 자네네도 월부 있지?"

"암, 있다마다. 세상이 온통 월부로 돌아가는 판에 우리라고 그 유용한 제도를 안 둘 리가 있나? 참 인간들은 편리한 걸 생각해 냈지. 그래, 부인은 몇 인치를 원하던가?"

"그 횟수를 통상의 두세 배로 늘릴 수 있나? 계약금도 시원찮을거야."

거기서 다시 친구의 사람 좋아 뵈는 웃음은 약간 시들어졌다.

"나야 뭐, 그저 대리점에 지나지 않지만 — 한번 해보지. 그래, 도대체 몇 인치를 원하던가?"

그 친구에게 제일 중요한 것은 몇 인치짜리인가였다. 그다음이 가격 문제였고 그다음이 지불 관계였으며, 그렇게 상가의 정연한 순서대로 상당한 이익이 줄어든 상인과 살 마음이 별로 없는 고객 사이의 불만스러운 거래는 순조롭게 진행되었다.

나올 때 친구는 다시 처음처럼 허물없이 되어 형섭 씨의 어깨를 쳤다.

"우리 좀 자주 만나세. 자꾸 멀어지는 것 같아 서글퍼지네."

짐짓 숙연해진 데마저 있었다. 그러나 이번에는 형섭 씨야말로 크게 심기가 상해 있었다. 친구의 그 말도 대금을 자주 치러 달라는 독촉으로밖에는 들리지 않았다.

"응, 그러지."

쉬워 대답이었지, 내심으로는 가능하면 그 친구를 자주 만나지 않으리란 작정이었다.

옛 친구와 헤어진 형섭 씨는 다시 처음 아내에게 밀려 집을 나설 때와 같은 우울에 빠졌다. 조금 전 그 친구의 점포에서 느낀 막연한 불쾌감이 그대로 착잡히 가라앉은 우울이었다.

거리는 잡다한 사람들로 넘쳐흘렀다. 그는 그들에 떼밀리며 한동안 집 없는 사람처럼 걸었다. 어디로 갈까. 어느새 그의 집은 그대로 돌아가기는 정녕 싫은 곳이 되어 있었다. 대신 그 친구를 목표로 세웠던 그러나 턱없이 망쳐져 버린 마음속의 일정만이 고집스레 그를 사로잡고 있을 뿐이었다.

돌연스럽기는 하지만, 그런 형섭 씨의 감정 상태는 실로 오랜만에 느껴보는 일종의 신선한 충격이었다. 젊은 날의 이상들이 하나씩 둘씩 사소한 일상 속으로 사라져 마침내는 더 이상 남은 것이 없게 되었을 때부터 그는 그것들과 맞바꾸어진 자신의 조그마한 세계에 칩거하기 시작했다. 어떤 정부 기관의 중요하지 않은 계장

자리, 그곳에 비치된 책상이나 서류철처럼 그저 당연하기만 한 동료들과 부하 직원들, 그들과의 거의 수식어가 필요 없는 대화와 업무의 연장에 지나지 않는 인간관계, 그리고 집으로 돌아오면 밉지도 곱지도 않은 아내와 어느새 셋이나 되는 아이들, 십 년 넘게 공들여서야 마련한 대지 마흔 평 남짓의 집 한 채와 이제 겨우 급할 때면 택시 정도는 마음 놓고 탈 수 있는 생활. 그래도 아내는 좀 비싼 것을 사들이려면 여전히 월부를 이용해야 하고…… 이것이 그의 조그만 세계였다.

어쩌다 생기는 공휴일도 그것에서 크게 벗어나지는 못했다. 무슨 정성에서인지 아내가 기를 쓰고 사들이는, 그러나 하루만 물을 주지 않아도 이내 시들어버리는 값싼 화초분을 가꾸거나, 미처 읽지 못한 일주일치 신문을 뒤적이거나 점심을 집에서 먹기에 편리할 정도의 가까운 기원에서 이제는 더 늘지도 않는 바둑으로 소일하거나 기껏해야 일 년에 몇 번 정도인 영화 구경과 이따금씩 나서보는 낚시질이 있지만, 그 어느 때도 양편에 갈라선 아내와 아이들로 하여 그는 여전히 그 조그만 세계의 한가운데에 있을 뿐이었다.

지금 형섭 씨에게는 그런 세계가 갑자기 왜소하고 싫증나는 것으로 느껴졌다. 거기에 대한 자신의 집착마저 어리석은 몰두로 여겨졌다. 그 얼마나 끔찍한 불문(不問)과 타성이 나를 사로잡아 왔던가. 그는 문득 개탄하고 싶은 마음마저 일었다. 대신 그것들이 자기를 사로잡기 전의 자유롭고 아름답던 날들이 불현듯 그리운 것으로 떠올랐다.

그날의 누군가를 만나고 싶다. 그와 한 잔 술을 마시고 싶다. 가능하면 통음(痛飮)에 젖을 일이다. 그리고 그와 허심하게 옛 얘기를 나누고 싶다. 이제 슬프지도 그립지도 않은 지난 사랑이나 허망히 사라져버린 젊은 날의 꿈, 그 어느 날의 바닷가에서 그렇게 감탄하며 바라보았던 장려한 낙일(落日)의 기억도 좋다. 무엇이든 자유롭고 아름답던 그날에 속한 것이면, 적어도 이 왜소한 일상에서 벗어난 것이라면.

그것은 어쩌면 일찍이 소중하게 지녔던 모든 것을 잃고, 평범한 생의 한가운데서 점점 고립되어가고 있는 중년의 고독 때문인지도 모를 일이었다.

하지만 그날은 확실히 이상한 날이었다. 어떤 숙명과도 흡사한 힘이 그런 형섭 씨의 희망을 가는 곳마다 가로막고 있었다. 여느 사람도 우울에 빠지기 쉬운 일요일의 황혼이 왔을 때까지도 그는 여전히 혼자서 낯선 골목을 터덜거리는 신세였다. 낮 동안의 헛수고에 지친 몸과 이상한 종류의 외로움으로 그는 거의 울고 싶은 심정이었다. 그는 세 곳 옛 친구의 집을 들렀다가 헛되이 돌아오는 길이었다.

첫 번째는 그가 한 가난한 이상주의자 시절에 만난 다른 또 하나의 이상주의자로서, 지금은 어떤 대학에서 서양사를 강의하고 있는 친구였다. 그러나 형섭 씨는 도서관의 장서 냄새가 나는 그 친구의 서재에서 솔직한 축출을 당하고 말았다.

"미안해, 나는 몹시 바쁘다네. 적어도 모레까지는 이걸 출판사에 넘겨야 돼……."

색인표를 만들고 있는 두 여학생 사이에서 자기 저서의 마지막 교정에 몰두해 있던 부교수님은 그렇게 말했다. 사면 벽을 장식하고 있는 두툼한 전문 서적과 어지럽게 쌓여 있는 각종의 원고 더미들마저도 냉담과 적의로 형섭 씨의 침입을 거부하고 있는 듯 느껴졌다.

두 번째는 더 지독했다. 몇 번이나 초인종을 누른 후에야 인터폰을 통해 들려온 것은 주인의 부재를 알리는 가정부 소녀의 쌀쌀한 목소리뿐이었다.

그래서, 반드시 천박한 시기나 선망에서 비롯된 것이라고만 단정할 수 없는, 그저 씁쓸한 기분으로 그 동네를 벗어나던 형섭 씨는 우연히도 그곳 버스 정류장에서 세 번째와 만나게 되었다. 반갑지 않을 친구도 아니었다. 특별히 강렬한 추억은 없지만, 고등학교와 군대에 걸친 친구로 최근까지도 안부 전화 정도는 주고받던 사이였다. 두 아이와 부인을 동반하고 어디 유원지라도 다녀오는 모양이었는데, 그 친구는 대뜸 형섭 씨를 자기 집으로 끌었다. 찾아라도 갈 판에 청해 주니 더욱 반가웠다.

하지만 약간 술기운이 있는 그 친구에게 끌리어 평범한 중등 교사의 전셋집으로 들어간 형섭 씨는 오 분도 채 못 돼 다시 한번 자신의 부주의를 한탄하지 않을 수 없었다. 자신을 만나기 전의 그들은 얼마나 유쾌한 웃음으로 함께 보낸 하루의 기억을 나누고 있었던가. 두 아이를 가운데 놓고 갈라선 부부는 얼마나 어울리는 것이었으며, 거기에 붙어 서게 된 자신의 모습은 얼마나 어색했던가. 그리고 피곤한 나들이에서 돌아온 주부에게 조촐하고 단란하기만 한 저녁상으로는 대접할 수 없는 남편의 옛 친구란 얼마나 귀찮은 존재인가. — 그 모든 것에 형섭 씨는 부주의했다.

응보는 곧 왔다. 턱없이 호인이기만 한 그 친구가 굉장한 저녁상에 곁들여 맥주까지를 주문하자 처음부터 달갑잖은 표정이던 그의 아내는 명백하게 불만을 표시했다. 비록 우회적이기는 했지만 그것은 바로 침입자에게 보내는 완강한 적의였다. 그리고 늦게서야 그런 아내의 기분을 알아차리고 건성으로 재촉만을 되풀이하는 그 친구도 이미 찾던 사람은 아니었다. 형섭 씨는 서둘러 일어났다. 교묘한 변명으로 그 친구의 곤란한 입장을 해결해 준 것은 그래도 한 줌 남은 형섭 씨의 우정이었다.

형섭 씨는 눈에 띄는 대로 부근의 허술한 술집으로 들어갔다. 원인 모를 허탈감과 슬픔이 그를 녹초로 만들어 이제는 몸과 마음 모두 한 발짝도 더 내디딜 상태가 못 되었다.

빈속으로 마시는 술은 쉽게 올랐다. 형섭 씨는 그 쓸쓸한 방문이 계속되는 동안 점심마저 거른 채였다.

술집 한편에는 그 말고도 한패의 젊은 술꾼들이 자리 잡고 있었다. 휴가 나온 사병으로 보이는 젊은이 하나와 대학생이나 재수생으로 여겨지는 젊은이 셋이었다. 무슨 얘기를 하고 있는지 하나는 가끔씩 탁자를 쾅쾅 쳐댔고, 하나는 줄곧 울상이었다. 얘기를 하고 있는 쪽도 몹시 격해 있었지만 어쩐 일인지 목소리는 높지 않아 자세한 내용은 들리지 않았다.

그러나 형섭 씨의 눈에는 무엇인가 흥겨운 얘기를 허심탄회하게 떠들고 있는 것으로밖에 비치지 않았다. 좋은 시절 유쾌한 젊음 — 형섭 씨는 문득 그들과 어울리고 싶어졌다. 쉽게 풀려오는 몸과는 달리 술기운으로 과장된 그의 감정이 그들에게 엉뚱한 기대를 걸게 만든 것이었다. 저 젊은이들이라면 우울한 이 하루를 보상해줄지도 모른다. 따뜻한 영혼의 교류와 함께 잃어버린 과거에로의 통로를 발견하게 되는지도 모른다…….

그러나 정작 형섭 씨가 그들과의 접근을 시도하자마자 그런 기대는 터무니없는 오산이었음이 드러났다. 모처럼의 용기를 내어 그들의 자리에 끼어들었을 때 갑자기 중단되던 대화와 어색한 침묵, 이미 거슴츠레해진 눈가에 새롭게 살아나던 불신과 적의. 그것들은 그날의 어떤 경우보다 더 단단한 막으로 그의 틈입을 거부하고 있었다.

그제야 자기 나름의 생각에서 깨어난 형섭 씨는 묘한 당황으로 술 한 순배가 돌기 바쁘게 그 자리를 빠져나왔다. 그것이었다. 형섭 씨는 문득 깨달았다. 그들의 배후에서 그가 발견한 것은 바로 그날의 여러 친구들에게서도 막연히 느낀 바 있는, 형체는 없지만 명백한 담이었다. 사업, 학문, 소시민적 생활의 기쁨, 또 무엇, 무엇…….

거기서 문득 형섭 씨는 자신의 담을 생각해 보았다. 초라하였지만 그에게도 있었다. 그 하루 그가 그렇게도 열렬히 벗어나 보고자 했던 자신의 일상이었다. 결국 인간들은 모두가 담이라는 각자의 껍데기를 지닌 한 마리의 달팽이에 불과하였다……. 그 달팽이가 자웅동체라는 중학교 생물 시간의 지식이 문득 어떤 회화적인 상징성을 띤 채 떠올랐다. 그때 그런 그의 귀에 젊은이들이 나지막이 주고받는 말소리가 들려왔다.

"저치 뭐야?"

"좀 이상한데……."

그는 이제 현저히 낮아진 목소리로 얘기를 주고받는 그들을 살펴보았다. 좀 전의 선망 대신 그들도 역시 자신과 별반 다를 바 없으리라는 위안이 자신을 향한 그 불쾌한 추측의 말을 쉽사리 잊게 해주었다. 아직은 우연한 의지의 일치만으로도 엷은 공통의 껍질 안에서 함께 머리를 맞대고 있지만, 언제든 때가 오면 너희들도 제각기의 딱딱한 껍질 속으로 머리를 움츠리고 들어앉게 되리라.

어느새 두 병 가까운 소주가 비고 시간은 아홉 시에 가까웠다. 집 나온 달팽이는 돌아가야 할 때였다.

몸은 형편없이 취해 있었다. 빈속으로 마신 탓이겠지만, 넓고 바른 아스팔트 길이 고향 논둑길처럼 뵈는가 하면, 택시를 잡는 동안도 길바닥은 살아 숨쉬는 것처럼이나 오르락내리락했다. 정신 상태는 그보다 훨씬 더했다.

"당신 집에도 담이 있소?"

그것은 택시에 오른 형섭 씨가 행선지 다음으로 운전사를 향해 꺼낸 말이었다.

"담이야 훌륭하죠. 비록 셋방이지만."

취한 손님에게 익숙한 듯 젊은 운전사는 가볍게 받았다. 그러나 그게 탈이었다. 그 무심한 응수가 그만 형섭 씨의 마음속에 잠재해 있던 한 갈래의 악의를 자극해 버린 것이었다.

하루 종일 자기를 거부한 인간들에 대해 그때껏 축적돼 온 악의였다.

"훌륭하다고? 그럼 높고 튼튼하고 — 거기다가 철책을 얹고, 가시 철망까지 두르고 — 또 시멘트 담장에는 날카로운 유리까지 박아두었겠군. 그렇소?"

"네, 대개 그 비슷한 것이죠."

운전사는 여전히 가볍게 받아넘기며 앞쪽의 신호등에만 정신을 쓰고 있었다.

"그래, 그게 훌륭하다고? 도대체 당신은 그 담이란 것이 무엇인지 알고나 있소? 내 참, 한심해서…… 그 담이란 것은 — 그 담이란 말이요, 이봐요……."

마침내 형섭 씨의 악의는 엉뚱한 상대를 향해 정체를 드러내기 시작했다. 거기다가 그 운전사는 그날 아침 집을 나온 후로 처음 만나게 된 호젓한 말 상대란 점에서 그의 얘기는 훨씬 더 열심인 것이 되었다. 그러나 오래는 못갈 운명이었다. 실수를 재빨리 알아차린 운전사가 짐짓 거세게 그를 나무랐다.

"손님, 제발 입 좀 다물지 못하겠어요? 나는 방금 신호 위반에 걸릴 뻔했단 말이오. 정 그러시려면 내리쇼."

그래도 그 운전사는 일진이 좋은 편이었다. 왜냐하면 형섭 씨의 새로운 희생이 정말 우연히도 합승해 왔기 때문이었다. 대학 시절에 술꾼으로 명성을 드날리던 동창이었다. 마지막 본 것도 십 년이 가까웠지만 특징 있는 얼굴 때문에 형편없이 취한 눈에도 단박 알아볼 수 있었다.

"야, 이 촛병아."

형섭 씨는 언뜻 기억나는 대로 학교 시절의 별명을 불렀다. 어지간히 취해 있는 것 같은 상대도 대뜸 그를 알아보았다.

"윽, 딸깍발이군, 오랜만이야."

"너도 어지간히 악운이 드센 놈이구나. 아직도 마시고 있다니…… 나는 지금쯤 네놈이 위가 벌집처럼 되어 지옥에나 처박힌 줄 알았지."

사실 학생 시절에는 그들의 별명이 보여주고 있듯이 둘 사이는 별로 가까운 사이가 아니었다. 그러나 상대는 거의 무례에 가까운 형섭 씨의 그런 말에 개의하지 않았다. 형섭 씨는 계속했다.

"그래, 넌 뭐야?"

"나? 아, 그저 건달이지."

"건달이라고?"

"그렇다니까. 사십이 되도록 지긋한 직장 하나 없고, 처자도 없는……"

"그것 좋군, 좋아. 그런데 네놈두 담이 있어?"

"담? 그러구 보니 그것도 없군. 제집도 지니지 못한 주제에 담인들 있을라구."

"이 기사 양반은 셋집이라도 담은 훌륭하다고 자랑했는데?"

"하여튼 담은 없어. 나 역시 셋집이지만."

"정말이야?"

"그야 와보면 알 거 아냐? 헌데 왜 그러지?"

"정말 네 집 담은 없는 거다."

"틀림없다니깐……."

"좋아, 그럼 오늘 밤은 네놈 집에서 한 잔 더 걸치기로 결정했다. 어때?"

취한 탓이겠지만, 형섭 씨는 의외의 행운에 기뻐하는 어린애처럼 앞뒤 없이 결정했다. 그는 이제야말로 그의 낭비된 하루가 보상받게 되리라는 기대에 빠졌다. 다행히도 상대방은 그런 형섭 씨의 독단적인 결정을 별로 부담스럽게 여기지 않았다. 자기의 기쁨을 나타내기 위해 형섭 씨가 느닷없이 그의 시들어가는 볼에 입술을 갖다 댔을 때도 동창은 그저 호탕한 웃음으로 그런 형섭 씨의 진실을 받아들일 뿐이었다. 얼마 후에 택시는 형섭 씨의 집에서 별로 멀지 않은 새 아파트 앞에 멈추었다.

"팔리지 않는 글쟁이의 셋집이야. 어때? 담이 있는가 잘 살펴보게."

현관을 들어서면서 동창이 다시 한번 호탕하게 웃었다. 형섭 씨도 만족하게 웃었다.

그러나 대개 그러하듯 세상일이란 한 번 비뚤어지면 그대로 끝장을 보기 마련이어서 그날의 형섭 씨도 예외는 아니었다. 자신은 스스로를 팔리지 않는 글쟁이라고 낮추어 말했지만, 개성 있는 시와 날카로운 비평을 겸하고 있는 그 동창은 그런대로 문단의 일각을 차지하는 존재였다. 따라서 그에게도 사사(師事) 혹은 후배란 이름으로 드나드는 젊은 친구들이 있었던 것 같은데, 그날따라 그들 중 두 명이 형섭 씨와 전후하여 그 동창을 방문해 왔다.

그들이 지니고 온 마른안주나 진짜 양주병은 고마운 것이었다. 그 방문 자체도 우선은 별 상관이 없었다. 다만 그 뒤가 나빴다. 한 차례 술이 돈 후 형섭 씨가 화장실을 다녀왔을 때, 어느새 그들은 전혀 예상하지 못한 일을 시작하여 결국은 그의 하루를 망쳐 놓고 말았다. 소위 문학적인 토론이었다.

"이 몇 해 시를 공부해 오는 사이에 저는 이상한 종류의 불안에 시달리고 있습니다. 차마 끔찍한 소리지만, 우리들 종족의 몰락이 막연한 조짐으로서가 아니라 자명한 현실로 다가오고 있다는 느낌이 그것입니다. 더욱 분명히 말하면 우리들은 언어의 바벨탑을 쌓아온 것이며, 이제 너무 높게 올라오지 않았나 하는 것입니다. 현대 시단의 여러 흐름은 이제 단순한 다양성을 넘어 방언화(方言化)해 가고 있습니다. 결국 자신과 주위의 극소수에만 통하는 상형문자의 창도에 지나지 않은 것처럼 보입니다. 저 옛 바벨탑 말기의 징후지요. 본시 언어는 만인의 것이었고 우리는 그 토대 위에서 하늘을 향해 발돋움을 시작한 것입니다. 그 후 축탑(築塔)은 순조로워 지난 세기 말까지만 해도 다소의 방언은 생겼지만 우리들의 작업에 지장을 줄 정도는 아니었습니다. 그러나 금세기에 이르러 갑작스러운 언어의 분화가 일어났습니다. 수많은 상형문자가 무책임하게 창도되고 그것의 난해성에 기인된 혼란은 점차 격심해지고 있습니다. 어떤 사람들은 그런 현상을 우리들의 발전과 번성의 표지로 보고 있지만 사실은 명백한 몰락의 징후에 불과합니다. 이제 문제는 시가 단순히 범속한 대중과 작별했다는 정도가 아니라, 그 이상 우리들 상호 간의 언어조차 단절되기 시작하고 있다는 점입니다. 동일한 시가 이쪽 그룹에선 놀랄 만큼 비범한 것으로 손꼽히는데 저쪽 그룹에게는 전혀 논의의 가치조차 없는 것으로 단정되는 것이 그 한 예입니다. 만약 이대로 간다면 이윽고 우리들은 스스로가 자기 시의 유일한 독자가 되거나, 동일한 상형문자 내지 방언을 쓰는 사람들끼리 서로의 시를 바꾸어 보는 수밖에 없을 겁니다. 그리고 그것은 바로 우리들 종족의 몰락을 의미합니다. 언어를 과도하게 남용한 대가로 무너져 내리는 우리의 바벨탑과 더불어 오는⋯⋯."

창백한 얼굴에 쏘는 듯한 눈매를 지닌 젊은이가 무슨 준비해온 학과라도 외듯 쏟아 놓은 말이었다. 처음 형섭 씨는 어떻게든 그들의 대화에 끼어보기 위해 그 말에 귀를 기울였다. 그러나 그의 말이야말로 형섭 씨에게는 거의 의미를 알 수 없는 상형문자였다. 그러한 상형문자가 통용되던 도시를 그는 이미 오래전에 언뜻 지나쳤을 뿐이었다. 기억에 있다면, 자신도 한때 젊은 날에 선망의 눈길로 바라본 적이 있다는 정도일까.

별수 없이 형섭 씨는 기다리기로 마음먹었다. 어쨌든 이들은 곧 돌아가리라. 그러면 이 친구와 호젓한 분위기에 남아 오늘 도처에서 나를 가로막던 담들에 대해 얘기하리라. 인간들은 얼마나 왜소한 달팽이들인가, 그리고 그로 인해 얼마나 더 외로워지고 슬퍼지게 되는가도.

그러나 그들은 기다리는 형섭 씨는 아랑곳없이 대화에만 열중했다. 특히 조금 전의 그 젊은이는 이제 대화라기보다는 그대로 도도한 열변이 되어 새로운 상형문자를 그들 원래의 상형문자로 공격하기 시작했다.

다른 한 사람의 동행도 틈틈이 그를 지지하고 보충하는 열성을 보였다. 취해 있던 동창도 어느새 정색이 되어 그들의 말에 귀를 기울이고 있었다. 어느새 새로운 막이 다시 형섭 씨만을 남겨 놓고 그들 셋의 주위를 둘러치기 시작했다.

"……그들은 그 상형문자를 마치 천국이나 약속하는 무슨 부적처럼 내걸고, 그것으로 다수의 민중들과 자기들을 구별하는 표지로 삼고 있습니다. 진부라는 상투어로 평범하나 정당한 관찰과 이해를 간단히 경멸하며 과장이나 왜곡에 익숙하지 못하다는 이유 하나만으로 정직한 심성을 치기(稚氣)나 미숙이라고 단정합니다. 도대체 그들은 그 대단한 권리를 어디서 얻었단 말입니까……"

분위기는 점점 열기를 더해 갔다. 젊은이들의 볼은 마신 술의 취기 이상으로 붉었고 듣고만 있던 동창도 이따금씩 젊은이들의 말을 되받았다. 무료한 술잔을 기울이고 있는 것은 형섭 씨뿐이었다. 몇 번인가 점점 견고해지는 언어의 막을 헤치고 들려다 헛되이 퉁겨나고 만 그는 이제 그들이 제 풀에 지쳐 끝나기만을 기다렸다. 그러나 동창까지 정식으로 끼어든 그들의 대화는 끝이 없었다.

"……물론 어제오늘에 제기된 문제가 아니고, 또 자네의 편견이나 획일주의에는 반대지만, 확실히 일리는 있는 이야기야. 자네의 비난을 받아 마땅한 사람도 더러는 있겠지. 그러나 전부는 아냐. 또 새로운 기법의 시도나 상징의 창출이 항상 분열의 고의 위에서 이루어진다고 생각하면 그야말로 편견이지. 자네는 지나친 것을 걱정하지만 나는 그 반대야. 그래, 인류의 정신과 언어가 정확히 우리 세기에서 그 발전을 멈추리라는 확신은 어디서 온 것인가? 자네의 모든 우려는 그럴 경우에만 정당할 수 있으니까. 그러나 우리는 아직 도상에 있고 정신과 언어는 끊임없이 발전해 갈 것이라고 보는 내 입장에서 보면, 오히려 지금의 언어는 너무 불충분하고 애매해, 끊임없이 새로운 언어와 표현 양식이 필요하단 말일세. 하여튼 — 상형문자라고 했지? 좋아, 그들은 계속해서 자신의 상형문자를 발전시켜나가는 편이 옳아. 그것이 사물과 지금 있는 언어와의 간극을 메워줄 수만 있다면 당장은 난해하더라도 결국은 유용할 테니까. 오히려 우리는 그들의 용기에 감탄해 줘야해. 그들은 세월의 시금석을 부담으로 안고 있으니까. 즉 애써 창출한 상형문자가 결국은 아무에게도 통용되지 못하고 자기 자신만의 기호로만 끝날지도 모른다는 불안……."

"하지만 연금술사는 아무래도 금을 얻지 못했습니다. 결과로 유익했더라도 연금술사의 오류와 화학자의 오류는 구별돼야 합니다. 그런데 ─ 현대에는 그런 언어의 연금술사가 너무 많습니다. 땀 흘려 노력하기에는 너무 게으르고, 피 흘려 고뇌하기에는 너무 비겁한……."

마침내 형섭 씨는 자기가 그 하루 경험한 그 어떤 담보다도 더 견고한 담 밖에 서 있다는 걸 깨달았다. 그리고 그 깨달음과 동시에 그의 인내도 끝장나고 말았다. 지루함을 달래느라 대중없이 마신 양주 탓일까, 느닷없이 걷잡을 수 없는 분노가 그들 담 속의 세 사람을 향해 쏟아져 나왔다.

"이 거짓말쟁이, 이 사기꾼, 뭐? 담이 없다고? 이 악질적인……."

돌연한 형섭 씨의 성난 외침에 어리둥절해서 쳐다보는 동창의 머리 위를 아슬아슬하게 스쳐간 빈 양주병이 맞은편 벽에서 요란한 소리를 내며 부서졌다. 불행한 병이었다. 먼 아메리카 어디서 수륙만리 이 땅에 건너와 결국은 한 취객의 엉뚱한 분노로 산산조각 나고 말았다.

형섭 씨는 어둡고 조용한 밤길을 비틀거리며 걸었다. 서늘한 밤기운에 격정은 곧 가라앉고 다시 슬프고 외로운 감상만 남았다. 드디어 집으로, 단 하루만이라도 벗어나고 싶어 했던 자신의 담 속으로 돌아가는 길이었다. 그러나 그런 중에도 그는 길가의 담벼락을 툭툭 치며 그다음 주정을 잊지 않았다.

"나와라, 이 달팽이 같은 놈들아. 아니, 고개라도 내밀어라. 그리고 ― 이 쓸쓸한 거리를 봐라."

집은 그럭저럭 찾을 수가 있었다. 그런데 의외의 사태가 그를 기다리고 있었다. 대문이 있어야 할 곳에 대문이 없었다. 칠이 벗겨지고 비바람에 뒤틀린 나지막한 대문 대신에 아득할 만큼 높아 뵈는 새 담이 그를 가로막았다. 그는 몇 번이고 헛되이 근처를 살폈지만 낯익은 대문은 보이지 않았다.

그때였다. 몽롱한 취기 속을 예리하게 찔러오는 목소리가 있었다. 막내 욱이 놈이었다. 동시에 잊었던 그 새벽의 꿈이 생생히 떠올랐다. 거대한 감옥 같은 데에 갇혀 자기를 애절히 부르던 욱이 놈 ― 그러자 형섭 씨에게는 순간적인 혼동이 일어났다. 그의 내부에서 들려오는 목소리와 함께 그 담 속에 욱이 놈이 갇혀 있다는 확신이 그를 사로잡았다.

그는 다급한 마음으로 문이 있던 자리를 다시 힘껏 밀어보았다. 딱딱한 시멘트 담은 여전히 끄덕도 않았다. 그는 어쩔 줄 몰라 하며 주위를 살폈다. 퍼뜩 가까운 축대 공사장이 눈에 들어왔다. 그는 비틀거리며 그리로 달려가 큼직한 쑥돌 하나를 집어 들었다.

"욱아, 조금만 기다려라. 이 애비가 널 구해 주마. 이 애비가……."

그는 들고 온 쑥돌로 힘껏 시멘트 담을 내리쳤다. 한 번, 두 번, 세 번…… 담에서는 모랫가루가 부실부실 흘러내렸다. 나중에는 그도 그것이 자기 집의 담이라는 것을 알았지만 멈추지 않았다.

"그래, 욱아 너에게는 유년과 친구를, 나에게는 이웃과 자유를, 사람들은 — 자기의 조그만 세계를 지키기 위해 담을 쌓지만 사실은 외부의 더 큰 세계를 잃어버리는 어리석은 짓이란다. 자기를 가두는 짓이며 이웃을 외롭고 슬프게 하는 거란다……."

그런 그의 손에서 끈적하게 피가 흐르고 있었지만 그는 느끼지 못했다. 저쪽 골목 끝에서 점점 가까워 오는 호루라기 소리도, 밤하늘을 찢는 듯한 아내의 금속성 목소리도 그에게는 들리지 않았다.

(1980년)

# 금시조 金翅鳥

무엇인가 빠르고 강한 빛줄기 같은 것이 스쳐간 느낌에 고죽(古竹)은 눈을 떴다. 얼마 전에 가까운 교회당의 새벽 종소리를 들은 것 같은데 어느새 아침이었다. 동쪽으로 난 장지 가득 햇살이 비쳐 드러난 문살이 그날따라 유난히 새까맸다. 고개를 돌려 주위를 살피려는데 그 작은 움직임이 방 안의 공기를 휘저은 탓일까. 엷은 묵향(墨香)이 콧속으로 스며들었다. 고매원(古梅園)인가, 아니, 용상 봉무(龍翔鳳舞)일 것이다. 연전(年前)에 몇 번 서실을 드나든 인연을 소중히 여겨 스스로 문외 제자(門外弟子)를 자처하는 박 교수가 지난 봄 동남아를 들러 오는 길에 사왔다는 대만산의 먹이다. 그때도 이미 운필(運筆)은커녕 자리보전을 하고 누웠을 때라 고죽은 왠지 그 선물이 고맙기보다는 서글펐었다. 그래서 고지식한 박

교수가, "머리맡에 갈아두고 향내라도 맡으시라고……." 하며 속마음 그대로 털어놓는 것을, 예끼, 이 사람, 내가 귀신인가, 향내나 맡게…… 하고 핀잔까지 주었지만, 실은 그대로 되고 말았다. 문안오는 동호인들이나 문하생들을 핑계로, 60년 가까운 세월을 함께 지내온 분위기를 바꾸지 않으려고 매일 아침 머리맡에서 먹을 가는 추수(秋水)의 갸륵한 마음씨에 못지않게 그 묵향 또한 종일토록 머리맡에 풀어놓아도 물리지 않을 만큼 좋았다.

묵향으로 보아 추수가 다녀간 것임에 틀림없었다. 조금 전에 그의 잠을 깨운 강한 빛줄기는 어쩌면 그 아이가 나가면서 연 장지문 사이로 새어 든 햇살이었을 게다. 고죽은 그렇게 생각하며 살며시 몸을 일으켜보았다. 마비되다시피 한 반신 때문에 쉽지가 않았다. 사람을 부를까 하다가 다시 마음을 돌리고 누웠다. 아침의 고요함과 평안과, 그리고 이제는 고통도 아무것도 아닌 쓸쓸함을 의례적인 문안과 군더더기 같은 보살핌으로 깨뜨리고 싶지 않았다.

참으로 — 고죽은 천장의 합판 무늬를 멍하니 바라보며 생각했다. — 이 한살이[生]에서 나는 오늘과 같은 아침을 얼마나 자주 맞았던가. 아무도 없이, 그렇다, 아무도 없이…… 몽롱한 유년에도 그런 날들은 수없이 떠오른다. 다섯인가 여섯인가 되던 어느 아침에도 그는 장지문 가득한 햇살을 혼자 맞은 적이 있다. 밖에는 숨죽인 곡성이 은은하고 — 그러다가 흰 옷에 산발한 어머니가 그를 쓸어안고 혼절하듯 쓰러진 것은, 너무 오래 혼자 버려져 있다는 기분에 이제 한 번 큰 소리로 울음이나 터뜨려 볼까 하던 때였다. 또 있다. 그때는 제법 일고여덟이 되었을 때인데 전날 어머님과 함께 잠이 들었던 그는 또 홀로 아침을 맞게 되었다. 역시 할머니가 와서 그를 쓸어안고 우시면서 이렇게 넋두리처럼 외인 것은 방 안의 고요가 갑자기 섬뜩해져 문을 열고 나서려던 참이었다.

"아이고, 내 새끼, 이 불쌍한 내 새끼를 어쩔고? 그 몹쓸 년이, 탈상도 못 참아서……."

그 뒤 숙부의 집으로 옮긴 후에도 대개가 홀로 깨는 아침이었다. 숙모는 언제나 병들어 다른 방에 누워 있었고, 숙부는 집보다 밖에서 더 많은 밤을 새웠다. 그런 숙부의 서책(書冊) 냄새 밴 방에 홀로 잠드는 그로서는 또한 아침마다 홀로 깨어나지 않을 수 없었다.


생각이 유년으로 돌아가자 고죽은 어쩔 수 없이 지금과 같은 그의 삶 속으로 어린 그가 내던져진 첫날을 떠올렸다. 50년이 되는가, 아니면 60년? 어쨌든 열 살 나이로 숙부의 손에 끌려 석담(石潭) 선생의 고가를 찾던 날이었다.

이상도 하지, 까마득히 잊고 지냈던 지난날의 어떤 순간을 뜻밖에도 뚜렷하고 생생하게 되살리게 되는 것 또한 늙음의 징표일까. 근년에 들수록 고죽은 그날의 석담 선생을 뚜렷하고 생생하게 기억할 수 있었다. 이제 갓 마흔에 접어들었건만 선생의 모습은 이미 그때 초로의 궁한 선비였다.

"어쩌겠나? 석담, 자네가 좀 맡아줘야겠네. 내가 이 땅에만 있어도 죽이든 밥이든 함께 끓여 먹고 거두겠네만."

숙부는 그렇게 말했다. 무슨 일인가로 쫓기고 있던 숙부가 기어이 국외로 망명할 결심을 굳히고 어렵게 하는 소리였다.

"병든 아내를 맡기는 터에 이 아이까지 처가에 짐이 되게 하고 싶지는 않네. 맡아주게. 가형(家兄)의 한 점 혈육일세."

그러나 아무런 표정 없이 듣고 있던 석담 선생은 대답 대신 물었다.

"자네 상해, 상해 하지만 실제로 거기 뭐가 있는지 아는가? 말이 임시정부라고는 해도 집세도 못 내 쩔쩔매는 판에 하찮은 싸움질로 지고 새고 한다더군. 거기다가 춘강(春江) 선생님께서 아직까지 거기 계신다는 보장도 없지 않은가?"

"여긴들 대단한 게 뭐 있겠나? 어찌 됐건 맡아주겠는가, 못하겠는가?"

그러자 석담 선생은 한동안 말없이 그를 바라보더니 가벼운 한숨과 함께 대답했다.

"먹고 입히는 것이야 — 어떻게든 해보겠네. 하지만 아이를 기른다는 것이 어찌 그뿐이겠는가……."

"고마우이, 석담. 그것만이면 족하네. 가르치는 일은 근심 말게. 이놈의 세상이 어찌 될지 모르니 가르친들 무얼 가르치겠나? 이름 석 자는 이미 깨우쳐주었으니 일단은 그것으로 되었네."

그렇게 말한 숙부는 그에게로 돌아섰다.

"너 이 어른께 인사 올려라. 석담 선생이시다. 내가 다시 너를 찾으러 올 때까지 부모처럼 모셔야 한다."

그러나 숙부는 끝내 다시 그를 찾으러 오지 않았다. 나중에, 그러니까 그로부터 20년이 훨씬 지난 후에야 환국하는 임시정부의 일행 사이에 늙은 숙부가 끼어 있더라는 소문을 들은 적이 있었지만, 그 무렵 무슨 일인가로 분주하던 그가 이듬해 상경했을 때는 이미 찾을 길이 없었다.

숙부와 동문이요, 오랜 지기였던 석담 선생은 퇴계(退溪)의 학통을 이었다는 영남 명유(名儒)의 후예였다. 웅혼한 필재와 유려한 문인화로 한말 삼대가(三大家)에 꼽히기도 하지만, 사실 스승 춘강이 일생을 흠모했다는 추사(秋史)처럼 예술가라기보다는 학자에 가까웠다.

"너 글을 배웠느냐?"

숙부가 떠나고 석담 선생이 그에게 처음으로 물은 말은 그러했다.

"동몽선습(童蒙先習)을 떼었습니다."

"그렇다면 소학(小學)을 읽어라. 그걸 읽지 않으면 몸둘 바를 모르게 된다."

그러나 그뿐이었다. 그 뒤 그는 몇 안 되는 선생의 문하생들 사이에서 몇 년이고 거듭 소학을 읽었지만 선생은 끝내 못 본 체했다. 그러다가 열셋 되던 해에 선생은 그를 난데없이 가까운 소학교로 데려갔다.

"세월이 바뀌었다. 너는 아직 늦지 않았으니 신학문을 익히도록 해라."

결국 그의 유일한 학력이 된 소학교였다. 나중의 일이야 어찌 됐
건, 그걸로 보아 선생에게는 처음부터 그를 문하(門下)로 거둘 뜻
은 없었음에 틀림이 없다.


돌아가신 스승을 떠올리게 되자 고죽의 눈길은 습관적으로 병
실 모서리에 걸린 석담 선생의 진적(眞蹟)에 머물렀다. 모든 것이
넉넉지 못한 때에 쓴 것에다 오랫동안 표구를 하지 않은 채 보관
해온 터라, 종이는 바래고 낙관의 주사(朱砂)도 날아가 희미한 누
른색을 띠고 있었지만 스승의 필력만은 여전히 살아 꿈틀거리고
있었다.

금시벽해 향상도하(金翅劈海 香象渡河)

불행히도 석담 선생은 외아들을 호열자로 잃고 또 특별히 제자
를 택해 의발(衣鉢)을 전한 것도 아니어서, 임종 후로는 줄곧 석담
의 고가를 지킨 고죽에게는 비교적 스승의 유품이 많았다. 그러
나 장년을 분방히 떠다니는 동안 돌보지 않은 데다 동란까지 겹
쳐 남아 있는 진적은 몇 점 되지 않았다. 언젠가 고죽은 병석에서
이제 머지않아 스승을 뵈올 터인즉 후인(後人)의 용렬함을 어떻게
변명하겠는가, 하며 탄식한 적이 있는데 그 속에는 자신의 그와 같
은 소홀함에 대한 뉘우침도 있었을 것이다. 그런데 그 중요한 예외
가 지금의 액자였다. 그가 일평생 싫어하면서도 두려워하고, 이르
고자 하면서도 넘어서고자 했던 스승의 가르침이 거기에 들어 있

었기 때문이었다. 더 이상 붓을 놀릴 수 없는 요즈음에 와서도 그 액자의 자획 사이에서 석담 선생의 준엄한 눈길을 느낄 정도였다.

스물일곱 때의 일이었다. 조급한 성취감에 빠진 그는 스승에게 알리지도 않고 문하를 빠져나왔다. 좋게 말하면 자기 확인을 위해서였고 나쁘게 말해서는 자기 과시의 기회를 찾아서였다. 그리고 그 뒤 몇 달간 적어도 그 자신에게는 성공적인 유력(遊歷)이었다. 적파(赤坡)의 백일장에서는 장원을 했고, 내령(內嶺), 청하(淸夏), 두산(豆山) 등 몇 군데 남아 있던 영남의 서당에서는 진객이 되었으며 더러는 산해진미에 묻혀 부호의 사랑에서 유숙하기도 했다. 석 달 뒤에 그동안 글씨나 그림을 받아가고 가져온 종이와 붓값 대신 받은 곡식을 한 짐 지어 집으로 돌아올 때만 해도 그의 호기는 만장이나 치솟았다. 그러나 석담 선생의 반응은 뜻밖이었다.

"그걸 내려놓아라."

문 앞을 가로막은 석담 선생은 먼저 짐꾼에게 메고 온 것을 내려놓게 했다. 그리고 이어 그에게도 말하였다.

"너도 필낭(筆囊)을 벗어 이 위에 얹어라."

도무지 거역할 엄두가 나지 않는 음성이었다. 그는 영문도 모르고 필낭을 벗어 종이와 곡식 더미 위에 얹었다. 그러자 선생은 소매에서 그 무렵에는 당황(唐黃)으로 불리던 성냥을 꺼내더니 거기에다 불을 붙였다.

"선생님, 어쩔 작정이십니까?"

그제야 황급하게 묻는 그에게 석담 선생은 냉엄하게 대답했다.

"네 숙부의 부탁도 있고 하니 한 식객으로는 내 집에 붙여두겠다. 그러나 그 선생님이란 말은 앞으로 결코 입에 담지 마라. 아침에 붓을 쥐기 시작하여 저녁에 자기 솜씨를 자랑하는 그런 보잘것없는 환쟁이를 나는 제자로 기른 적이 없다."

그 뒤 고죽은 노한 스승의 용서를 받는 데 꼬박 2년이 걸렸다. 처음 문하의 끝자리를 얻을 때보다 훨씬 참기 어려운 혹독한 시련의 세월이었다. 그리고 지금 올려보고 있는 것은 바로 그 감격적인 사면(赦免)을 받던 날 석담 선생이 손수 써서 내린 글씨였다.

글을 씀에, 그 기상은 금시조(金翅鳥)가 푸른 바다를 쪼개고 용을 잡아 올리듯 하고, 그 투철함은 향상(香象)이 바닥으로부터 냇물을 가르고 내를 건너듯 하라…….

그러고 보면 어렵고 어려웠던 입문의 과정도 고죽의 기억 속에는 일생을 가도 씻기지 않는 한과도 흡사한 빛 속에 싸여 있다.

그 어떤 예감에서였는지 석담 선생은 처음 그를 숙부에게서 떠맡을 때부터 차가운 경계로 대했다. 명문이라고는 해도 대를 이은 유자(儒子)의 집이라 본시 물려받은 살림도 많지 않았지만, 그리고 그 무렵은 그나마도 줄어 몇 안 되는 문인들이 봄가을에 올리는 쌀섬에 의지해 살아가고는 있었지만, 어린 그를 받아들인다는 것이 석담 선생의 심기를 건드릴 만큼 경제적인 부담은 아니었다. 거기다가 나중 그가 자라 거의 지탱할 수 없는 스승의 살림을 도맡아 살 때조차도 석담 선생의 그런 태도는 조금도 변하지 않았던 것으로 보아 거기에는 무언가 다른 까닭이 있었다.

남들이 한두 해면 읽고 지나갈 소학을 몇 년씩이나 거듭 읽도록 버려둔 것하며, 열셋이나 된 그를 소학교 4학년에 집어넣어 굳이 자신의 학문과는 거리가 먼 곳으로 밀어낸 것도 석담 선생의 그런 태도와 연관을 가진 것이었다.

그런데 거기 못지않게 이해할 수 없는 것은 그런 석담 선생에 대한 그 자신의 감정이었다. 스승의 생전 내내, 그는 스승에 대한 형언할 수 없는 사모와 그에 못지않은 격렬한 미움으로 뒤얽혀 보내었다. 가만히 돌이켜보면, 그런 그의 감정 역시 어떤 필연적인 논리와는 멀었지만, 그것이 뚜렷이 자리 잡기 시작한 시기만은 대강 짐작이 갔다. 열여섯에 소학교를 졸업하고 석담 선생의 집 안에 남은 후부터 열여덟에 정식으로 입문할 때까지였다. 그동안 그는 학비를 도와주겠다는 당숙 한 분의 호의도 거절하고, 또 나날이 달라지는 세상과 거기에 상응하는 신학문에 대한 동경도 외면한 채, 가망 없는 석담 선생의 살림을 맡아 꾸려나갔다. 이미 문인들이 가져오는 쌀섬으로는 부족하게 된 양식은 소작 내준 몇 뙈기 논밭을 스스로 부쳐 충당했고, 한 짐의 땔감을 위해서는 20리 30리 산길도 마다하지 않았다.

사람들은 그런 그를 갸륵하게 여겼지만 실은 그때부터 그의 가슴에는 석담 선생을 향한 치열한 애증의 불꽃이 타오르고 있었다. 봄날 산허리를 스쳐가는 구름 그늘처럼, 또는 여름날 소나기가 씻어간 들판처럼, 가을 계곡의 물처럼, 눈 그친 후에 트인 겨울 하늘처럼 유유하고 신선하고 맑고 고요하면서도 또한 권태롭고 쓸쓸하고 막막한 석담 선생의 삶은 그에게는 언제나 까닭 모를 동경인 동시에 불길한 예감이었다. 선생이 알 듯 말 듯한 미소에 젖어 조는 듯 서안(書案) 앞에 앉아 있을 때, 그리하여 당신의 영혼은 이제는 다만 지난 영광의 노을로서만 파악되는 어떤 유현한 세계를 넘나들 때나 신기(神氣)가 번득하는 눈길로 태풍처럼 대필(大筆)을 휘몰아갈 때, 혹은 뒤꼍 한 그루의 해당화 그늘 아래서 탈속한 기품으로 난을 뜨고 거문고를 어를 때는 그대로 경건한 삶의 한 사표(師表)로 보이다가도, 그 자신이 돌보아주지 않으면 반년도 안 돼 굶어 죽은 송장을 쳐야 할 것 같은 살림이나, 몇몇 늙은이와 이제는 열 손가락 안으로 줄어든 문인들을 빼면 일 년 가야 찾아주는 이 없는 퇴락한 고가나, 고된 들일에서 돌아오는 그를 맞는 석담 선생의 무력한 눈길을 대할 때면 그것이야말로 반드시 벗어나야 할 무슨 저주로운 운명처럼 느껴졌다.

그러나 결국 고죽의 삶을 지배한 것은 사모와 동경 쪽이었다. 새로운 세계의 강렬한 유혹을 억누르고 신학문을 포기했을 때 이미 예측됐던 것처럼 그는 어느새 자신도 모를 열정으로 석담 선생을 흉내 내고 있었다. 문인들이 잊고 간 선생의 체본(體本), 선생이 버린 서화의 파지나 동도(同道)들과 주고받다 흘린 문인화 같은 것들이 그의 주된 체본이었지만 때로는 대담하게 석담 선생의 문갑(文匣)에서 빼내기도 했다.

처음 한동안 그가 썼던 지필(紙筆)은 후년에 이르러 회상할 때조차도 가슴에 썰렁한 바람이 일게 하는 것들이었다. 작은 글씨는 스스로 만든 사판(沙板)이나 분판(粉板)에 선생의 문인들이 쓰다 버린 몽당붓을 주워서 익혔고 큰 글씨는 남의 상석(床石)에 개꼬리빗자루로 쓴 후 물로 씻어 내리곤 했다. 그가 맨 처음 자신의 붓과 종이를 가져본 것은 선생 몰래 붓방과 지물포에 갈비(솔가리) 한 짐씩을 해다 준 후였다…….

석담 선생은 나중에 그걸 고죽의 야망이라고 나무랐다지만, 그렇게 어려운 수련을 하면서도 그가 끝내 석담 선생에게 스스로 입문을 요청하기는커녕 자신의 뜨거운 소망을 비치지조차 않은 것은 그 둘의 관계로 보아 잘 믿어지지 않는다. 그러나 그것이야말로 그의 예술적인 자존심, 어떤 종류의 위대한 영혼에게서 발견되는 본능적인 오만이나 아니었던지.

그러던 어느 날이었다. 아침 일찍부터 석담 선생 내외가 나란히 집을 비워 그 홀로 지키게 된 그는 선생의 서실을 치우다가 문득 야릇한 충동을 느꼈다. 그때까지의 연마를 한눈으로 뚜렷이 보고 싶다는 충동이었다. 마침 석담 선생이 간 곳은 백 리 길이 넘는 어떤 지방 유림의 시회(詩會)여서 그날 안으로는 돌아올 수 없었다.

그는 곧 서탁을 펼치고 선생의 단계석(端溪石) 벼루에 먹을 갈기 시작했다. 선생의 법도에 따라 연진에 먹물 한 방울 튀기지 않고 묵지(墨池)가 차자 선생이 필낭에 수습하고 남긴 붓과 귀한 화선지를 꺼냈다.

먼저 그는 해서(楷書)로 안체(顏體) 쌍학명(雙鶴銘)을 임사(臨寫)

했다. 추사(秋史)가 예천명(醴泉銘, 구양순이 쓴 九成宮醴泉銘)을 정서(正書)로 익히는 데에 으뜸으로 치던 것처럼 석담 선생이 문인들에게 가장 힘써 익히기를 권하던 것인데, 종이와 붓이 익숙해짐과 동시에 체본과 흡사한 자획이 나왔다. 다음도 역시 안체 근례비(勤禮碑)…… 차츰 그는 참담하면서도 황홀한 경지로 빠져들었다.

그러다가 그가 돌연한 호통 소리에 정신을 차린 것은 그 무렵 들어 익히기 시작한 난정서(蘭亭序) 첫머리 '영화구년세재계축(永和九年歲在癸丑)……'을 막 끝낸 직후였다.

"이놈, 그만두지 못하겠느냐?"

놀라 눈을 들어보니 어느새 어둑해진 방 안에 석담 선생이 우뚝 서서 내려다보고 있었다. 호통 소리는 높았지만 얼굴에는 노기보다 까닭 모를 수심과 체념이 서려 있었다. 그 곁에는 시(詩), 서(書), 화(畵), 위기(圍碁), 점복(占卜), 의약(醫藥) 등 일곱 가지 기예에 두루 능하다 해서 칠능군자(七能君子)란 별호를 가진 운곡(雲谷) 최 선생이 약간 기괴하다는 표정으로 서 있었다.

당황한 그는 방 안 가득 널려 있는 글씨들을 허겁지겁 주워 모았다. 예상과는 달리 석담 선생은 그런 그를 망연히 바라보고만 있었다. 그때 운곡이 나섰다.

"글씨는 두고 가거라."

허둥거리며 방 안을 치운 후에 자신이 쓴 글씨를 들고 문을 나서는 고죽에게 이르는 말이었다. 고죽은 거의 반사적으로 시키는 대로 따랐다. 야릇한 호기심과 흥분으로 이내 사랑채 부근으로 돌아와 방 안의 소리에 귀를 기울였다.

그사이 불이 밝혀진 방 안에서는 한동안 종이 부스럭거리는 소리만 들리더니 이윽고 운곡이 물었다.

"그래, 진실로 석담께서 가르치시지 않았단 말씀이오?"

"어깨너머 배웠다면 모르되 나는 결코 가르친 바 없소."

석담 선생의 왠지 우울하고 가라앉은 대답이었다.

"그렇다면 실로 놀라운 일이오. 천품(天稟)을 타고났소."

"……"

"왜 제자로 거두시지 않으셨소?"

"비인부전(非人不傳) — 운곡께서는 왕우군(王右軍, 왕희지)의 말을 잊으셨소?"

"그럼 저 아이에게 가르침을 전하지 못할 만큼 사람답지 못한 데가 있단 말씀이오?"

"첫째로 저 아이에게는 재기(才氣)가 너무 승하오. 점획(點劃)을 모르고도 결구(結構)가 되고, 열두 필법을 듣지 않고도 조정(調停)과 포백(布白)과 사전(使轉)을 아오. 재기로 도근(道根)이 막힌 생래의 자장(字匠)이오."

"온후하신 석담답지 않으신 말씀이오. 석담께서 그 도근을 열어주시면 될 것 아니겠소."

"그게 쉽겠소? 게다가 저 아이에게는 문자향(文字香)과 서권기(書卷氣)가 있을 리 없소. 그런데도 이 난(蘭)은 제법 그윽한 풍류로 어우러지고 있소."

"석담의 문하가 된 연후에도 문자향과 서권기에 뒤질 리가 있겠소? 그만 거두시구려."

"본시 내가 맡은 것은 저 아이의 의식(衣食)뿐이었소. 나는 저 아이가 신문학이나 익혀 제 앞을 가리기를 바랐는데……."

"석담, 도대체 왜 그러시오? 인연이 없는 자도 배움을 구해 찾아들면 쫓을 수 없는 법인데, 벌써 칠팔 년이나 한솥밥을 먹고 지낸 저 아이에게만 유독 냉정한 건 무슨 일이시오? 듣기에 저 아이는 벌써 몇 년째 석담의 어려운 살림을 도맡아 산다는데, 그 정성이 가긍하지도 않소?"

거기서 문득 운곡의 목소리에 결기가 서렸다. 운곡도 석담 선생과 그 사이의 기묘한 관계를 들은 게 있는 모양이었다.

"너무 허물하지 마시오. 실은 나 자신도 왜 저 어린아이가 마음에 걸리는지 알 수 없소. 왠지 저 아이를 볼 때마다 이건 악연(惡緣)이다, 이런 기분뿐이오."

석담 선생의 목소리가 가볍게 떨렸다.

"그럼 이렇게 하는 것이 어떻겠소? 석담, 정 거리끼신다면 사흘에 한 번이라도 좋으니 저 아이를 내게 보내시오. 이미 저 아이는 이 길을 벗어나기는 틀린 것 같소."

그러자 석담 선생이 갑작스러운 결연함으로 받았다.

"그러실 필요는 없소이다. 내가 길러보겠소."

그때 석담 선생께서 악연이라 한 것은 무엇을 가리키는 말이었을까. 그리고 그렇게 말하면서도 갑자기 그를 받아들인 것은 무엇 때문이었을까.

고죽이 석담 문하에 정식으로 이름을 얹은 것은 그다음 날이
었다. 하지만 그렇다고 무슨 엄숙한 입문 의식이 있었던 것은 아니
었다. 그날도 여느 때처럼 지게를 지고 대문을 나서는 고죽을 석
담 선생이 불렀다.

"이제부터는 들일을 나가지 마라."

마치 지나가면서 하는 듯한 말투였다. 그리고 갑작스러운 명(命)
에 어리둥절해 있는 고죽을 흘낏 건네 보고는 약간 소리 높여 재
촉했다.

"지게를 벗고 사랑에 들란 말이다."

— 그것이 그들 사제 간의 숙명적인 입문 의식이었다.


갑자기 방문을 여는 소리에 아련한 과거를 헤매던 고죽의 의식
이 현실로 돌아왔다. 잘 모아지지 않는 시선으로 문께를 보니 매
향(梅香)이 들어서고 있었다. 그러자 이상하게 등줄기가 서늘해지
며 눈앞이 밝아왔다. 얼마나 원망스러웠으면 이리로 찾아왔을꼬.
— 고죽은 회한과도 흡사한 기분에 젖어 다가오는 매향을 바라보
았다. 그러나 아니었다.

"아버님, 일어나셨습니까?"

추수였다. 가만히 다가와 그의 안색을 살피는 그녀의 화장기 없
는 얼굴에 짙은 수심이 끼어 있었다. 그는 힘을 다해 몸을 일으켰
다. 그런 기색을 알아차렸던지 추수가 가만히 거들어 등받이에 기

대주었다. 몸을 일으키기가 어제보다 한결 불편해진 것이 그 자신에게도 저절로 느껴졌다.

"과일즙이라도 좀 내올까요?"

추수가 다시 물었다. 그는 대신 그런 그녀의 얼굴을 멀거니 살피다가 힘없고 갈라진 목소리로 불쑥 물었다.

"네 어미를 기억하느냐?"

그가 이렇게 묻자, 추수가 놀란 듯한 눈길로 그를 올려다보았다. 마지막으로 데리고 살던 할멈이 죽은 후 일곱 해나 줄곧 그 곁에서 시중을 들어왔지만 한 번도 듣지 못한 물음이었기 때문인 것 같았다. 사실 그는 그보다 더 긴 세월을 매향의 이름조차 입에 담지 않았었다.

"사진밖에는……."

그럴 테지, 불쌍한 것, 핏덩이 같은 것을 친정에 떼어두고 다시 기방(妓房)에 나간 지 이태도 안 돼 그 어리석은 짓을 저질렀으니…….

"그런데 아버님, 그건 왜?"

"나는 조금 전에 네 어미가 들어오는 줄 알았다."

"……."

"원래가 늙어 죽을상은 아니었지만, 그렇게 서두를 필요도 없었는데……."

그가 그렇게 말하며 새삼 비감에 젖는 것을 보자 일순 묘하게 굳어졌던 추수의 얼굴이 원래대로 풀어졌다.

"과일즙이라도 좀 내올까요?"

이윽고 분위기를 바꾸려고나 하는 듯이 추수가 다시 물었다. 그도 얼른 매향의 생각을 떨치며 대답했다.

"작설(雀舌) 달여둔 것이 있으면 그거나 한 모금 내오너라."

그러자 추수는 잠깐 창을 열어 안 공기를 갈아 넣은 후 조용히 방을 나갔다.


그 어떤 열정이 나를 그토록 세차게 휘몰았던 것일까. ― 추수가 내온 식은 작설을 마시면서 고죽은 처음 매향을 만나던 무렵을 회상했다. 서른다섯, 두 번째로 석담 선생의 문하를 떠난 그는 그로부터 십 년 가까운 세월을 이곳저곳 떠돌며 보냈었다.

이미 중일전쟁이 가까운 때였지만, 아직도 유림이며 서원 같은 것이 한 실체로 명맥을 잇고 있었고, 시회(詩會)며 백일장, 휘호회(揮毫會) 같은 것들이 이따금씩 열리고 있을 때였다. 시(詩), 서(書), 화(畵)에 두루 빼어났다, 해서 삼절(三絶) 선생이라고까지 불리던 석담의 전인(傳人)이었기 때문인지, 아니면 그 스승에게 꾸중을 들어가며 참가한 몇 번의 선전(鮮展) 입선(入選) 덕분인지 그의 여행은 억눌리고 찌든 시대에 비하면 비교적 호사스러웠다. 한 달에 한 번 정도는 팔도 어디선가 그에게 상좌(上座)를 내어 주는 모임이 있었고, 한 고을에 하나쯤은 서화(書畵) 한 장에 한 달의 노자(路資)를 내줄 줄 아는 토호(土豪)가 남아 있었다.

고죽이 진주에 들르게 된 것도 그런 세월 중의 일이었다. 무슨 휘호회인가로 그곳에서 잔치와 같은 열흘을 보내고 붓을 닦으며 행랑을 꾸리려는데 난데없는 인력거 한 채가 회장(會場)으로 쓰던 저택 앞에 머물러 그를 청했다. 전에도 없던 일은 아니었으나 재촉 속에 타고 나니 인력거는 당시 진주에서는 첫째가는 무슨 관(館)으로 들어갔다. 두 칸 장방에 상다리가 휘도록 요리상을 벌여 놓고 그를 기다리는 것은 뜻밖에도 대여섯의 일본 사람과 조선인 두엇이었다. 서화를 아는 관공서의 장들과 개화된 지방 유지들이었다.

매향은 그 술자리에 불려나온 기생들 중의 하나였다. 한창 술 자리가 무르익어갈 무렵 그 자리를 마련한 듯 보이는 동척(東拓)의 조선인 간부가 기생들을 향해 빙글거리며 물었다.

"누가 오늘 저녁에 이 선생님을 모시겠느냐?"

그러자 기생들 사이에서 간드러진 웃음이 한동안 일더니 그중의 하나가 쪼르르 다가와 그 앞에서 다홍치마를 걷었다. 드러난 것은 화선지 같은 흰 비단 속치마였다. 스물두어 살이나 될까, 화려한 얼굴도 아니었고 요염한 교태도 없었지만 이상하게도 사람을 끄는 데가 있는 여자였다. 보아온 대로 필낭을 끄르면서도 그는 한꺼번에 치솟는 술기운을 느꼈다.

"네 이름이 뭐냐?"

"매향입니다."

그녀는 전혀 주위를 의식하지 않는 듯 당돌하게 대답했다. 오히려 당황한 쪽은 그였다.

"그럼 매(梅)를 한 그루 쳐야겠구나."

그는 애써 태연한 척 말했지만 붓 든 손이 떨리는 것은 어쩔 수 없었다. 그런데 나중에까지도 알 수 없던 것은 그가 친 매였다. 떠나온 스승에 대한 자괴감 때문인지 그녀의 속치마에 떠오른 것은 그 자신의 매가 아니라 석담 선생의 매였다. 등걸은 마르고 비틀어지고, 앙상한 가지에는 매화 두어 송이, 그것도 거의가 아직 피지 않은 봉오리였다. 곁들인 글귀도 석담 선생의 것이었다.

　　매일생한불매향(梅一生寒不賣香)

얼핏 보아서는 매향의 이름에서 딴 것 같지만, 일생을 얼어 지내도 향기를 팔지 않는다는 내용이 일제 말 권번기(券番妓)의 속치마에 어떻게 어울리겠는가. 그러나 지금까지도 남모르는 부끄러움으로 남아 있는 일은 정작 그 뒤에 있었다.

"이 매가 어찌 이렇게 춥고 외롭습니까?"

낙관이 끝나고 매향이 그렇게 물었을 때 그는 매향에게만 들릴 만큼 낮고 침중하게 대답했다.

"정사초(鄭思肖)의 난에 뿌리가 드러나지 않은 걸 보았느냐?"

그리고 뒤이어 역시 궁금히 여기는 좌중에게는 정월의 매화이기 때문이라고 설명했지만, 매향은 분명 알아듣는 눈치였다. 정사초의 난초를, 망국의 한과 슬픔을 표현하는 그 드러난 뿌리[露根]를.

그 밤 매향은 스스럼없이 그에게 몸을 맡겼다.

"이 추운 겨울밤에 제 속치마를 적시셨으니 오늘 밤은 선생님께서 제 한 몸을 거두어 주셔야겠습니다."

그 뒤 그는 매향과 함께 넉 달을 보냈었다. 언젠가 흥겨움에 취해 넘은 봄꽃 화려한 영마루의 기억처럼 이제는 다만 즐거움과 달콤함의 추상만이 남아 있는 세월이었다. 그러다가 이윽고 그들의 날은 끝났다. 그가 망국의 한을 서화로 달래며 떠도는 지사 묵객(墨客)이 아니었던 것처럼 그녀 역시 적장(敵將)을 안고 강물로 뛰어드는 의기(義妓)는 아니었다. 그가 자신도 모르는 열정에 휘몰려 떠도는 한낱 예인(藝人)에 불과하다면 그녀 또한 돌보아야 할 부모 형제가 여덟이나 되는 가무기(歌舞妓)일 뿐이었다.

둘은 처음으로 결정된 일을 실천하듯 미움도 원망도 없이 헤어졌다. 매향은 권번으로 돌아가고, 그는 그 무렵 전주에서 열리게 된 동문의 전람회를 바라고 떠났다. 그것이 이 세상에서 마지막 이별이었다.

그런데 이듬해 가을에 그렇게 헤어진 매향이 자신의 씨로 지목되는 딸아이를 낳았다는 소문을 들었다. 그때 마침 내설악의 산사(山寺) 사이를 헤매고 있던 그는 별생각 없이 추수(秋水)란 이름을 지어 보냈다. 슬프도록 맑은 가을 계곡의 물이 그 아이의 앞날에 대한 어떤 예감으로 그의 의식 깊이 와 닿은 것일까.

그리고 다시 몇 년인가 후에 그는 매향이 죽었다는 소문을 들었다. 어떤 부호의 첩으로 들어앉은 그녀는 마나님의 등쌀에 견디다 못해 석 냥이나 되는 생아편을 물에 타 마시고 젊은 목숨을 스스로 끊었다는 것이었다. 비정이라 해야 할지, 매향의 그 같은 불행한 죽음을 전해 들어도 그는 별다른 슬픔을 느끼지 못했다. 다만 그녀의 몸을 빌려 태어난 자기의 딸이 있었다는 것과 그 아이가 어디서 어떻게 지내고 있는가 하는 것을, 그것도 얼핏 떠올렸을 뿐이었다.

그러나 그가 정작 추수의 얼굴을 처음 대하게 된 것은 그가 살고 있는 도시의 여학교로 그녀가 진학을 오게 된 뒤의 일이었다. 불행하게 죽은 누이 덕분으로 그런대로 한 살림 마련한 그녀의 외삼촌은 누이에 대한 감사를 하나뿐인 생질녀를 돌보는 일로 대신한 탓에 그녀는 별로 어려움 없이 지내고 있었지만, 그는 가끔씩 딸을 만나러 그 여학교엘 들르곤 했다. 다가오는 노년과 더불어 새삼 그리워지는 혈육의 정을 달래기 위해서였다.

그러다가 그들 부녀가 한집에 기거하게 된 것은 비교적 근년의 일이었다.

이 도시에 서실(書室)을 열고 집칸을 마련하여 정착하게 되면서부터 얻어 산 할멈이 죽자 다시 홀로가 된 그에게 월남전에서 남편을 잃고 역시 홀로가 된 추수가 찾아든 것이었다. 칠 년 전의 일로, 그때 추수의 나이는 가엾게도 스물여섯이었다.

탕제(湯劑) 마시듯 미음 한 공기를 마신 고죽은 억지로 몸을 일으켜 세웠다. 미음 그릇을 들고 나가던 추수가 비틀거리는 그를 부축하며 물었다.

"오늘도 나가시겠어요?"

"나가야지."

"어제도 허탕 치시지 않았어요? 오늘은 김 군만 보내 둘러보게 하시지요."

"직접 나가 봐야겠다."

지난여름에 퇴원한 이래 거의 넉 달 동안 그는 하루도 거르지 않고 도심의 화랑가를 돌았다. 자신의 작품이 나오기만 하면 무조건 거두어들이는 것이었는데, 처음 거두어들일 때만 해도 특별히 이렇다 할 계획이 있었던 것은 아니었다. 그러나 지금은 차츰 어떤 결론으로 접근하고 있었다.

그것은 명확한 죽음의 예감과 결부된 것이었다. 담당의인 정 박사는 담담하게 자신의 완쾌를 통고하였으나, 여러 가지로 미루어 그의 퇴원은 일종의 최종적인 선고였다. 줄을 잇는 문병객도 그러했지만, 그림자처럼 붙어 시중하는 추수의 표정에도 어딘가 어두움이 깃들여 있었다. 제대로 음식을 받아들이지 못하는 그의 위도 정 박사가 말한 완쾌와는 멀었다. 입원 당시와 같은 격렬한 통증은 없었지만, 그는 그의 세포가 발끝에서부터 하나씩 하나씩 파괴되어 오고 있는 듯한 느낌을 떨쳐버릴 수 없었다.

"초헌(草軒)은 아직 연락이 없느냐?"

초헌은 추수가 김 군이라고 부르는 제자의 아호였다. 그로부터 직접 호(號)를 받은 마지막 제자로 몇 년째 그의 서실에 기식하고 있는 젊은이였다.

"반시간쯤 있다가 들른다고 했어요. 하지만 오늘은 집에서……"

"아니, 나가 봐야겠다. 채비를 해 다오."

그는 간곡히 말리는 추수를 약간 엄한 눈길로 건너 본 후 천천히 방 안을 걸어보았다. 몇 발짝도 옮기기 전에 눈앞이 가물거리며 몸이 자꾸만 기울어졌다. 추수가 근심스러운 눈으로 그런 그를 바라보다가 그가 다시 이부자리에 기대앉자 조용히 밖으로 나갔다. 그의 눈에 다시 돌아가신 스승의 휘호가 가득히 들어왔다.

석담 선생의 말처럼 정말로 그들의 만남은 악연이었을까. 그가 문하에 든 후에도 그들 사제 간의 묘한 관계는 변함이 없었다. 석담 선생은 그가 중년에 들 때까지도 가슴속에 원망으로 남아 있을 만큼 가르침에 인색했다. 해자(楷字)부터 다시 시작할 때였다. 선생은 붓을 쥐기 전에 먼저 추사의 서결(書訣)을 외우도록 했다.

글씨가 법도로 삼아야 할 것은 텅 비게 하여 움직여 가게 하는 것이다. 마치 하늘과 같으니, 하늘은 남북극이 있어서 그것으로 굴대를 삼아 그 움직이지 않는 곳에 잡아매고, 그런 후에 그 하늘을 항상 움직이게 한다. 글씨가 법도로 삼는 것도 역시 이와 같을 뿐이다. 이런 까닭으로 글씨는 붓에서 이루어지고, 붓은 손가락에서 움직여지며, 손가락은 손목에서 움직여진다. 그리고 어깨니 팔뚝이니 팔목이니 하는 것은 모두 그 오른쪽 몸뚱어리라는 것에서 움직여진다…….

대개 그런 내용으로 시작되는 사백 자 가까운 서결이었는데, 고죽은 그걸 한 자 빠뜨림 없이 외워야 했다. 그다음에 내준 것이 이미 선생 몰래 써본 안진경(顏眞卿)의 법첩 한 권이었다.

"네가 이걸 백 번을 쓰면 본(本)은 될 것이고, 천 번을 쓰면 잘 쓴다 소리를 들을 것이며, 만 번을 쓰면 명필 소리를 들을 수 있을 것이다."

가르침은 오직 그뿐이었다. 그전과 달라진 것이 있다면 드러내 놓고 연마할 수 있다는 것과 이틀에 한 번씩 운곡 선생에게 들러 한학(漢學)을 배우게 된 정도였을까. 그러다가 꼬박 삼 년이 지난 후에 딱 한마디 가르침을 덧붙였다.

"숨을 멈추어라."

이미 삼천 번을 쓴 연후에도 해자가 여전히 뜻대로 어울리지 않아 탄식할 때였다.

사군자에 있어서도 별로 다르지 않았다. 이를테면 난을 칠 때에도 손수 임사(臨寫)한 석파 난권(石坡蘭卷, 大院君의 蘭草集) 한 권을 내밀며 말했다.

"선 자리에서 성불(成佛)을 할 수 없고, 또 맨손으로 용을 잡을 수가 없다. 오직 많이 쳐본 후에라야만 가능하다."

그러고는 그뿐이었다. 가끔씩 어깨너머로 그의 난을 구경하는 일이 있어도 입을 열어 자상하게 그 법을 일러주는 일은 없었다.

그러다가 그의 난이 거의 어우러져 갈 무렵에야 몇 마디 덧붙였다.

"왼쪽부터 쳐라. 돌은 붓을 거슬러 써야지."

또 석담 선생은 제자의 성취를 별로 기뻐하는 법이 없었다. 입문한 지 십 년에 가까워지면서 그의 솜씨는 선생의 동도들에게까지 은근한 감탄으로 오르내리게 되었다. 그러나 선생은 그런 말만 들으면 언제나 냉엄하게 잘라 말했다.

"이제 겨우 흉내를 낼 수 있을 뿐이오."

스물일곱 적에 그가 선생의 집을 나서게 된 것도 아마는 그런 선생의 냉담함에 대한 반발이었을 것이다. 그러나 세상 사람들의 칭송을 들으면 들을수록 이상하게도 그는 반드시 스승의 칭찬을 받고 싶었다. 그것이 그를 석담 선생 곁으로 되돌아오게 만들고, 당시 용서를 받을 때까지의 이 년에 가까운 모멸과 수모를 참아내게 한 원인이었을 것이다.

그 이 년 동안 다시 옛날의 불목하니로 돌아가 농사를 돌보고 나뭇짐을 해 나르는 그를 선생은 대면조차 꺼렸다. 한 번은 견딜 수 없는 충동 때문에 선생 몰래 붓을 잡아본 적이 있었다. 은밀히 한 일이었지만, 그걸 알아차린 선생은 비정하리만치 매몰차게 말했다.

"나가서 몸을 씻고 오너라. 네 몸의 먹 냄새는 창부의 지분 냄새보다 더 견딜 수 없구나……."

그 뒤 다시 용서를 받고, 선생의 사랑방에서 지필을 만지는 것이 허락된 후에도 석담 선생의 태도는 별로 달라지지 않았다. 아니 오히려 그가 나이를 먹고 글씨가 무르익어 갈수록 선생의 차가운 눈초리에는 이해할 수 없는 불안까지 번쩍였다. 느긋해지는 것은 차라리 고죽 쪽이었다. 그런 스승의 냉담과 비정에 반평생 가

까이 시달려오는 동안, 그는 단순히 그것에 둔감해지거나 익숙해
지는 이상 스승이 괴로워하고 불안해하는 것을 찾아내어 행함으
로써 그로 인한 스승의 분노와 탄식을 즐기게까지 되었다. 몇 번의
단체 전람회나 선전(鮮展) 참가 같은 것이 그 예였다.

하지만 그들 불행한 사제 간이 완연히 갈라서게 되는 날이 점
점 가까워오고 있었다. 석담 선생이 불안해한 것, 그리고 그가 늘
스승을 경원하도록 만든 것이 세월과 더불어 하나둘 모습을 드러
내게 된 끝이었다.

본질적으로 일치될 수 없는 것은 그들의 예술관이라 할까, 서
화에 대한 그들의 견해였다. 석담 선생의 글씨는 힘을 중시하고 기
(氣)와 품(品)을 숭상했다. 그러나 그는 아름다움을 중히 여기고
정(情)과 의(意)를 드러내고자 힘썼다. 그림에서도 석담 선생은 서
화를 심화(心畵)로 여겼고, 그는 물화(物畵), 즉 자신의 내심보다는
대상에 충실하려고 했다. 그 대표적인 예가 그들 사제 사이에 있
었던 유명한 매죽(梅竹) 논쟁이었다.

사군자 중에서 석담이 특히 득의해하던 것은 대나무와 매화였
다. 그런데 그 대나무와 매화가 한일합병을 경계로 이상한 변화를
일으켰다. 대원군도 신동의 그림으로 감탄했다는 석담의 대나무
와 매화는 원래 잎과 꽃이 무성하고 힘차게 뻗은 것이었으나 그때
부터 점차 시들고 메마르고 뒤틀리기 시작했다. 그것은 후년으로
갈수록 심해 노년의 것은 대 한 줄기에 이파리 세 개, 매화 한 등
걸에 꽃 다섯 송이가 넘지 않았다. 고죽에게는 그것이 불만이었다.

"선생님께서는 어째서 대나무의 잎을 따고 매화의 꽃을 훑어 버리십니까?"

이제는 고죽도 장년이 되어 석담 선생이 전처럼 괴팍을 부리지 못하게 되었을 때, 고죽이 그렇게 물었다.

"망국의 대나무가 무슨 흥으로 그 잎이 무성하며, 부끄럽게 살아남은 유신(遺臣)의 붓에서 무슨 힘이 남아 매화를 피우겠느냐?"

"정소남(所南, 정사초)은 난의 노근(露根)을 드러내어 망송(亡宋)의 한을 그렸고, 조맹부는 훼절(毁節)하여 원(元)에 출사(出仕)했지만 정소남의 난초만 홀로 향기롭고 조맹부의 송설체(松雪體)가 비천하다는 말은 듣지 못했습니다."

"서화는 심화(心畵)니라, 물(物)을 빌려 내 마음을 그리는 것인즉 반드시 물의 실상(實相)에 얽매일 필요는 없다."

"글씨 쓰는 일이며 그림 그리는 일이 한낱 선비의 강개(慷慨)를 의탁하는 수단이라면, 그 얼마나 덧없는 일이겠습니까? 또 그렇다면 장부로 태어나 일평생 먹이나 갈고 화선지나 더럽히는 것이 얼마나 부끄러운 일입니까? 모르긴 하되 나라가 그토록 소중한 것일진대는, 그 흔한 창의(倡義)에라도 끼어들어 한 명의 적이라도 치고 죽는 것이 더욱 떳떳할 것입니다. 그런데도 가만히 서실에 앉아 대나무 잎이나 떼어내고 매화나 훑는 것은 나를 속이고 물을 속이는 일입니다."

"그렇지 않다. 물에 충실하기로는 거리에 나앉은 화공이 훨씬 앞선다. 그러나 그들의 그림이 서푼에 팔려 나중에 땅바닥 뚫어

진 것을 메우게 되는 것은 뜻이 얕고 천했기 때문이다. 너는 그림
이며 글씨 그 자체에 어떤 귀함을 주려고 하지만, 만일 드높은 정
신의 경지가 곁들여 있지 않으면 다만 검은 것은 먹이요, 흰 것은
종이일 뿐이다."

이와 비슷한 것으로는 예도(藝道) 논쟁이 있다. 역시 고죽이 장
년이 된 후에 있었던 것으로 시작은 고죽의 이러한 물음이었다.

"선생님 서화는 예(藝)입니까, 법(法)입니까, 도(道)입니까?"

"도다."

"그럼 서예(書藝)라든가 서법(書法)이라는 말은 왜 있습니까?"

"예는 도의 향이며, 법은 도의 옷이다. 도가 없으면 예도 법도
없다."

"예가 지극하면 도에 이른다는 말이 있습니다. 예는 도의 향이
아니라 도에 이르는 문이 아니겠습니까?"

"장인들이 하는 소리다. 무엇이든 항상 도 안에 있어야 한다."

"그렇다면 글씨며 그림을 배우는 일도 먼저 몸과 마음을 닦는
일이겠군요?"

"그렇다. 그래서 왕우군(王右君)은 비인부전(非人不傳)이란 말을
했다. 너도 이제 그 뜻을 알겠느냐?"

이미 육순에 접어들어 늙음의 기색이 완연한 석담 선생은 거기
서 문득 밝은 얼굴이 되어 일생을 불안하게 여겨오던 제자의 얼
굴을 살폈다. 그러나 고죽은 끝내 그의 기대를 채워주지 않았다.

"먼저 사람이 되기 위해서라면 이제 예닐곱 살 난 학동들에게

붓을 쥐어 자획을 그리게 하는 것은 어찌된 일입니까? 만약 글씨에 도가 앞선다면 죽기 전에 붓을 잡을 수 있는 이가 몇이나 되겠습니까?"

"기예를 닦으면서 도가 아우르기를 기다리는 것이다. 평생 기예에 머물러 있으면 예능(藝能)이 되고, 도로 한 발짝 나가게 되면 예술이 되고, 혼연히 합일되면 예도가 된다."

"그것은 예가 먼저고 도가 뒤라는 뜻입니다. 그런데도 도를 앞세워 예기(藝氣)를 억압하는 것은 수레를 소 앞에다 묶는 격이 아니겠습니까?"

그것은 석담 문하에 든 직후부터 반생에 이르는 고죽의 항변이기도 했다. 그에 대한 석담 선생의 반응도 날카로웠다. 그를 받아들일 때부터의 불안이 결국 적중하고 만 것 같은 느낌 때문이었으리라.

"이놈, 네 부족한 서권기(書卷氣)와 문자향(文字香)을 애써 채우려 들지는 않고 도리어 요망스러운 말로 얼버무리려 하느냐? 학문은 도에 이르는 길이다. 그런데 너는 경서(經書)에도 뜻이 없었고, 사장(詞章)도 즐거워하지 않았다. 오직 붓끝과 손목만 연마하여 선인들의 오묘한 경지를 여실하게 시늉하고 있으니 어찌 천예(賤藝)와 다름이 있겠는가? 그래 놓고도 이제 와서 부끄러워하기는커녕 오히려 앞사람의 드높은 정신의 경지를 평하려 들다니, 뻔뻔스러운 놈."

그러다가 급기야 그들 두 불행한 사제가 돌아서는 날이 왔다.

고죽이 서른여섯 나던 해였다.

그 무렵 고죽은 여러 면에서 몹시 지쳐 있었다. 다시 석담의 문하로 돌아간 그 팔 년 동안의 그의 고련(苦練)은 열성스럽다 못해 참담할 지경이었다. 하도 자리를 뜨지 않고 서화에 열중하는 바람에 여름이면 엉덩이께가 견디기 힘들 만큼 짓물렀고, 겨울에는 관절이 굳어 일어나 상 받기가 어려울 지경이었다. 석담 선생의 말없는 꾸짖음을 외면한 채 서화와 관련이 없으면 어떤 것도 보지 않았고 어떤 말도 듣지 않았다. 이미 그전에 십 년 가까이 석담 문하에서 갈고닦았지만, 후년에 이르기까지도 고죽은 그 팔 년을 생애에서 가장 귀중한 부분으로 술회하곤 했다. 그전의 십 년이 오직 석담의 경지에 이르고자 노력한 십 년이라면, 그 팔 년은 석담으로부터 벗어나려는 몸부림의 팔 년이었다.

그사이 그의 기법은 난숙해졌고, 거기에 비례해서 그의 이름도 차츰 그 세계에 알려지게 되었다. 평자에 따라서 다르지만, 어떤 이는 지금도 재기와 영감이 번득이는 그 시절의 글씨와 그림을 일생의 성취 중에서 으뜸으로 치고 있다. 그러나 고죽은 불타 버린 후의 적막과 공허라고 할까, 차츰 깊이 모를 허망감에 빠져 들어 갔다.

그것은 대략 두 가지 방향에서 온 허망감이었다. 그 하나는 묵향과 종이 먼지 속에 속절없이 흘러가 버린 그의 청춘이었다. 그에게는 운곡의 중매로 맞아들인 아내와 두 아이가 있었지만 그들은 처음부터 문갑(文匣)이나 서탁(書卓)처럼 필요의 대상이었지 열정의 대상은 아니었다. 그의 젊음, 그의 소망, 그의 사랑, 그의 동경은 오직 쓰고 또 쓰는 일에 바쳐졌을 뿐이었다. 그런데 이제 그의 젊음이 늦가을의 가지 끝에 하나 남은 잎새처럼 애처롭게 펄럭이는 순간에도 모든 걸 바쳐 추구했던 것은 여전히 봉우리 너머의 무지개처럼 멀고 도달이 불확실했다…….

그다음 그의 허망감을 자극한 것은 점차 한 서예가로 성장해 가면서 부딪치게 된 객관적인 자기 승인의 문제였다. 열병과도 같은 몰입에서 서서히 깨어나면서부터 고죽은 스스로에게 자조적으로 묻곤 했다. 내가 무슨 짓을 해왔으며, 하고 있냐고. 그리고 스승과 다툴 때의 의미와는 다르게 되물었다. 장부로서 이 땅에 태어나 한평생을 먹이나 갈고 붓이나 어르면서 보내도 괜찮은 것인가고. 어떤 이는 조국의 광복을 위해 해외로 떠나고, 혹은 싸우다가 죽거나 투옥되었으며, 어떤 이는 이재(理財)에 뜻을 두어 물산(物産)을 일으키고 헐벗은 이웃을 돌보았다. 어떤 이는 문화 사업을 통해 몽매한 동족을 일깨웠고, 어떤 이는 새로운 학문에 전념하여 지식으로 사회에 봉사하였다. 그런데도 자신의 반생은 어떠하였던가. 시선은 언제나 그 자신에게만 쏠려 있었고, 진지하고 소중하게 여겼던 지난날의 그 힘든 수련도 실은 쓸쓸한 삶에서의 도피거나 주관적인 몰입에 불과하였다. 자신만을 향해 있는 삶, 오오, 자신만을 향해 있는 삶…….

그런데 그 가을의 어느 날이었다. 이미 가끔씩 노환으로 자리보전을 하던 석담 선생은 그날도 병석에서 일어나기 바쁘게 종이와 붓을 찾았다. 그것도 그 무렵에는 거의 쓰지 않던 대필(大筆)과 전지(全紙)였다. 벌써 몇 달째 종이와 붓을 가까이 않던 고죽은 그런 스승의 집착에 까닭 모를 심화를 느끼며 먹을 갈기 바쁘게 스승의 곁을 물러나고 말았다. 어딘가 모르게 스승의 과장된 집착에는 제자의 방황을 비웃는 듯한 느낌이 드는 데가 있었기 때문이다. 그러나 한동안 뜰을 서성이는 사이에 그는 문득 늙은 스승의 하는 양이 궁금해졌다.

방에 돌아오니 석담 선생은 붓을 연진에 기대 놓고 눈을 감은 채 숨을 헐떡이고 있었다. 바닥에는 방금 쓰다가 그만둔 것인 듯 '만호제력(萬毫齊力)' 넉 자 중에서 앞의 석 자만이 쓰여져 있었다.

"소재(蘇齋, 翁方網)는 일흔여덟에 참깨 위에 '천하태평(天下太平)' 넉 자를 썼다고 한다. 나는 아직 일흔도 차지 않았는데 이 넉 자 '만호제력(萬毫齊力)'을 단숨에 쓸 힘도 남지 않았으니……."

그렇게 탄식하는 석담 선생의 얼굴에는 자못 처연한 기색이 떠올랐다. 그러나 고죽은 그 말을 듣자 억눌렸던 심화가 다시 솟아올랐다. 스승의 그 같은 표정은 그에게는 처연함이 아니라 오히려 자신 만만함으로 비쳤다.

"설령 이 글을 단숨에 쓰시고, 여기서 금시조(金翅鳥)가 솟아오르며 향상(香像)이 노닌들, 그게 선생님을 위해 무슨 소용이겠습니까?"

고죽은 자신도 모르게 심술궂은 미소를 띠며 물었다. 이마에 송글송글 땀이 맺힌 채 기진해 있던 석담 선생은 처음 그 말에 어리둥절한 표정이었다. 그러나 이내 그 말의 참뜻을 알아들은 듯 매서운 눈길로 그를 노려보았다.

"무슨 소리냐? 그와 같이 드높은 경지는 글씨를 쓰는 이면 누구든 일생에 단 한 번이라도 이르러 보고 싶은 경지다."

"거기에 이르러 본들 그것이 우리에게 무엇을 줄 수 있단 말입니까."

고죽도 지지 않았다.

"태산에 올라보지도 않고, 거기에 오르면 그보다 더 높은 산이 없을까를 근심하는구나. 그럼 너는 일찍이 그들이 성취한 드높은 경지로 후세까지 큰 이름을 드리운 선인들이 모두 쓸모없는 일을 하였단 말이냐?"

"자기를 속이고 남을 속인 것입니다. 도대체 종이에 먹물을 적시는 일에 도가 있은들 무엇이며, 현묘(玄妙)함이 있은들 그게 얼마나 대단하겠습니까? 도로 이름하면 백정이나 도둑에게도 도가 있고, 뜻을 어렵게 꾸미면 장인이나 야공(冶工)의 일에도 현묘함이 있습니다. 천고에 드리우는 이름이 있다 하나 이 나[我]가 없는데 문자로 된 나의 껍데기가 낯모르는 후인들 사이를 떠돈들 무슨 소용이 있겠으며, 서화가 남겨진다 하나 단단한 비석도 비바람에 깎이는데 하물며 종이와 먹이겠습니까? 거기다가 그것은 살아 그들의 몸을 편안하게 해주지도 못했고 헐벗고 굶주리는 이웃을 도울 수도 없었습니다. 그들은 그 허망함과 쓰라림을 감추기 위해 이를 수도 없고 증명할 수도 없는 어떤 경지를 설정하여 자기를 위로하고 이웃과 뒷사람을 홀렸던 것입니다…….”

그때였다. 고죽은 뜻 아니한 통증으로 이마를 감싸 안으며 엎드렸다. 노한 석담 선생이 앞에 놓인 벼루 뚜껑을 집어던진 까닭이었다. 샘솟듯 솟는 피를 훔치고 있는 고죽의 귀에 늙은 스승의 광기 어린 고함소리가 들려왔다.

“내 일찍이 네놈의 천골(賤骨)을 알아보았더니라. 가거라. 너는 진작부터 저잣거리에 나앉아야 할 놈이었다. 용케 천골을 숨기고 오늘날에 이르렀으니 이제 나가면 글씨 한 자에 쌀 됫박은 후히 받을 게다…….”

결국 그 자리가 그들의 마지막 자리였다. 그 길로 석담 선생의 집을 나선 고죽이 다시 돌아온 것은 이미 스승의 시신이 입관된 뒤였다.


벌써 십여 년 전의 일이건만 고죽은 아직도 희미한 아픔을 느끼며 이제는 주름살이 덮여 흉터가 별로 드러나지 않는 왼쪽 이마 어름을 만져보았다. 그러나 그와 함께 떠오르는 스승의 얼굴은 미움도 두려움도 아닌, 그리움 그것이었다.

“아버님, 김 군이 왔습니다.”

다시 추수의 목소리가 그를 끝 모를 회상에서 깨나게 하였다. 이어 방문이 열리며 초헌(草軒)의 둥글넓적한 얼굴이 나타났다. 대할 때마다 만득자(晩得子)를 대하는 것과 같은 유별난 애정을 느끼게 하는 제자였다. 사람이 무던하다거나 이렇다 할 요구 없이 일

년 가까이나 그가 없는 서실을 꾸려가고 있는 탓도 있겠지만 그보다는 글씨 때문이었다. 붓 쥐는 법도 익히기 전에 행서(行書)를 휘갈기고, 점획 결구(點劃結構)도 모르면서 초서(草書)며 전서(篆書)까지 그려 대는 요즈음 젊은이들답지 않게 초헌은 스스로 정서(正書)로만 삼 년을 채웠다. 또 서력(書歷) 칠 년이라고는 하지만 칠 년을 하루같이 서실에만 붙어 산 그에게는 결코 짧은 것이 아닌데도 그 봄의 고죽 문하생 합동전에는 정서 두어 폭을 수줍게 내놓았을 뿐이었다. 그러나 그의 글은 서투른 것 같으면서도 이상한 힘으로 충만돼 있어, 고죽에게는 남모를 감동을 주곤 했다. 젊었을 때는 그토록 완강하게 거부했지만 나이가 들수록 그윽하게 느껴지는 스승 석담의 서법을 연상케 하는 데가 있었기 때문이었다.

"오늘도 나가보시렵니까? 추수 누님 말을 들으니, 거동이 불편하신 것 같은데……."

병석의 스승에게 아침 문안도 잊은 채 초헌은 엉거주춤한 자세로 더듬거렸다. 그의 내숭스러워 뵈기까지 하는 어눌(語訥)도 젊었을 때의 고죽 같으면 분명 못 견뎌 했을 것이리라. 하지만 고죽은 개의치 않고 부드럽게 말했다.

"그러니까 한 점이라도 더 거두어들여야지. 그래, 시립 도서관에 있는 것은 기어이 내놓지 않겠다더냐?"

"전임자에게서 인수인계 받을 때 품목에 있던 것이라 어쩔 수 없다고 했습니다."

"매계(梅溪)의 횡액(橫額)을 준다고 해도?"

"누구의 것이라도 품목을 바꿀 수는 없다는 게 관장님의 말씀이었습니다."

"알 수 없는 것들이로구나. 오늘은 내가 직접 만나봐야겠다."

"정말 나가시겠습니까?"

"잔말 말고 가서 차나 불러오너라."

고죽이 다시 재촉하자 초헌은 묵묵히 나갔다. 궁금하다는 표정은 여전하였지만 스승이 왜 그렇게 집요하게 자신의 작품들을 거두어들이려 하는지는 그날도 역시 묻지 않았다.


날씨는 화창했다. 젊은 제자의 부축을 받고 화방 골목 입구에서 내린 고죽은 차례로 화방을 돌기 시작했다. 몇 달째 반복되고 있는 순례였다.

"아이구, 고죽 선생님, 오늘 또 나오셨군요. 하지만 들어온 건 하나도 없습니다. 선생님의 건강이 나쁘시단 소문이 돌았는지 모두 붙들고 내놓질 않는 모양이에요."

고죽을 아는 화방 주인들이 그런저런 인사로 반겨 맞았다. 계속 허탕이었다. 그러다가 다섯 번째인가 여섯 번째 화방에서 낯익은 글씨 한 폭을 찾아냈다. 행서 족자였다. 낙관의 고죽에 고자가 옛 고(古)가 아니라 외로울 고(孤)로 되어 있는 것으로 보아 두 번째로 석담 문하를 떠나 떠돌 때의 글씨 같았다.

"내 운곡 선생의 난초 한 폭을 줌세. 되겠는가?"

그런 제안에 주인은 은근히 좋아하는 눈치였다. 고죽의 낙관이 있기는 하나 일반으로 외로울 고를 쓴 것은 높게 쳐주지 않을 뿐 아니라 들어온 것도 한눈에 알아볼 정도의 소품이었다. 거기다가 운곡 선생의 난초가 어느 정도인지는 알 수 없으나, 고죽과의 그런 물물교환에 손해가 없다는 것은 이미 오래전부터 동업자들 사이에 떠도는 소문이었다.

"선생님이 원하신다면 그렇게 해드리지요."

마침내 주인은 생색 쓰듯 말했다.

"고맙네. 물건은 나중에 이 아이 편에 보내주지."

"저희가 사람을 보내겠습니다. 아니, 제가 찾아가 뵙죠. 저녁나절이면 되겠습니까?"

"그러게."

그러자 주인은 족자를 말아 포장할 채비를 했다.

"쌀 필요 없어. 그냥 주게."

고죽이 그런 주인을 말리며 앙상한 손을 내밀었다. 그리고 족자를 받자 응접용의 소파에 가 앉으며 족자를 폈다.

"잠깐 쉬었다 가지."

누구에게랄 것도 없는 고죽의 말이었다.


옥로마래농무생(玉露磨來濃霧生)

은전염처담운기(銀箋染處淡雲起)


고죽이 펴든 족자에는 그런 대구가 쓰여 있었다. 그 무렵 한동

안 취해 있던 황산곡(黃山谷, 황정견)체의 행서였는데, 술 한 잔 값
으로나 써준 것인지 자획이 몹시 들떠 있었다. 그러자 다시 그 시
절이 그리움도 아니고 회한도 아닌, 담담하여 오히려 묘한 빛깔
로 떠올랐다.

……석담 선생의 문하를 떠나온 후 한동안 고죽은 스승이 자
기를 내쳤다고 믿었다. 함부로 서화를 흩뿌린 대가로 술과 여자에
파묻혀 살면서도 자신은 비정한 스승에 대한 정당한 보복을 하고
있는 것이라고 생각했다. 그러나 아니었다. 차츰 거리의 갈채와 속
인들이 던져주는 푼돈에 익숙해지면서, 그리하여 그것들이 가져
다주는 갖가지 쾌락에 탐닉하게 되면서, 진실로 스승을 버리고 떠
나온 것은 그 자신이라는 생각이 들었다.

그는 가끔씩은 지금 자기가 즐기고 있는 세상의 대가가 반생
의 추구와는 아무런 관련이 없고 더구나 지난날의 뼈를 깎는 듯
한 수련을 보상하기에는 너무 초라한 것이라는 것을 떠올렸다. 노
자 또는 붓값의 명목으로 그가 받는 그림값은 비록 고상한 외형
은 갖추고 있어도 본질적으로는 기생에게 내리는 행하(行下)와 다
를 바 없으며, 그가 받는 떠들썩한 칭송 또한 장마당의 사당패에
게 보내는 갈채에 지나지 않았다. 그것들은 결국 마시면 마실수
록 더욱 목말라진다는 바닷물 같은 것으로서, 스승의 문하를 떠
날 때의 공허감을 더욱 크게 할 뿐이었다.

그런데도 그를 유탕(遊蕩)이며 낭비와도 같은 그 세월에 그토

록 잡아둔 것은 그런 깨달음과 공허감 사이의 묘한 악순환이었다. 저열한 쾌락이 그의 공허감을 자극하고, 다시 그 공허감은 새로운 쾌락을 요구했다.

거기다가 그때까지 억눌리고 절제당해 왔던 그의 피도 한몫을 단단히 했다. 역시 그 무렵에 고향엘 들러 알게 된 것이지만 그의 선친은 천석 재산을 동서남북 유람과 주색잡기로 탕진하고 끝내는 건강까지 상해 서른 몇에 요절한 한량이었고, 그의 모친은 망부(亡夫)의 탈상을 기다리지 못해 인근의 또 다른 한량과 야반도주를 해버린 분방한 여자였다. 소년 시절에는 엄격한 스승의 가르침과 그 길밖에는 달리 구원이 없으리라는 절박감에, 그리고 청장년 시절에는 스스로 설정한 이상의 무게에 눌려 잠들어 있었지만, 한 번 깨어난 그 피는 걷잡을 수 없게 그를 휘몰아댔다. 그는 미친 듯이 떠돌고, 마시고, 사랑하였다.

나중에 소위 대동아전쟁이 터지고, 일제의 가혹한 수탈이 시작되어 나라 전반이 더할 나위 없는 궁핍을 겪고 있을 때에도 그의 집요한 탐락은 멈출 줄 몰랐다. 아무리 모진 바람이 불어도 덕을 보는 사람이 있듯이 그 총중에도 번성하는 부류가 있어 전만은 못해도 최소한의 필요는 그에게 제공해주었기 때문이다. 변절로 한몫 잡은 친일 인사들, 소위 그 문화적인 내지인(內地人)들, 수는 극히 적었지만 전쟁 경기로 재미를 보던 장사꾼들…….

그러다가 고죽에게 한 계기가 왔다. 흘러 흘러 총독부의 고등문관(高等文官)을 아들로 둔 허 참봉이란 친일 지주의 식객으로 있

을 때였다. 어느 때 참봉인지는 알 수 없지만 그런대로 서화를 알
아보는 눈이 있는 참봉 영감은 가끔씩 원근의 묵객들을 불러 술
잔이나 대접하는 것을 낙으로 삼고 있었다. 잡곡밥이나 대두박도
없어 굶주리던 대동아전쟁 막바지이고 보면, 실은 술잔이나마 조
촐하게 내오고 몇 푼 노자라도 쥐어주는 것이 여간한 생색이 아
닐 수 없었다. 게다가 친일 지주라고는 해도 일찍 고등 문관 시험
에 합격한 아들을 둔 덕에 일제의 남다른 비호를 받고 있다는 것
뿐, 영감이 팔 걷고 나서 일본 사람들을 맞아들인 것은 아니어서,
청이 들어오면 대부분의 묵객들은 기꺼이 필낭을 싸들고 왔다. 그
런데 고죽이 머물고 있는 동안에 공교롭게도 운곡 선생이 찾아들
었다. 고죽은 반가웠다. 그는 스승 석담 선생의 몇 안 되는 지음(知
音)의 하나였을 뿐만 아니라 고죽 자신도 육칠 년 그에게서 한학
을 익힌 인연이 있었다. 결과야 어떠했건 결혼도 그의 중매에 의
한 것이었고, 석담의 문하를 떠날 때 가장 고죽을 잘 이해한 것
도 그였다. 그러나 고죽의 반가운 인사에 대한 운곡 선생의 반응
은 뜻밖이었다.

"흥, 조상도 없고, 스승도 없고, 처자도 없는 천하의 고죽이 이
하찮은 늙은이는 어찌 알아보누?"

한때 고죽이 객기로 썼던 삼무자(三無子)란 호를 찬바람 도는
얼굴로 그렇게 빈정거린 운곡 선생은 허 참봉의 간곡한 만류도 뿌
리치고 선 채로 되돌아섰다.

"석담이 죽을 때가 되긴 된 모양이로구나. 너 같은 것도 제자라

고 돌아올 줄 믿고 있으니…… 괘씸한 것."

그것이 대문간을 나서면서 운곡이 덧붙인 말이었다. 평소에 온후하고 원만한 인품을 지녔기에 운곡의 그러한 태도는 고죽에게 그야말로 절굿공이로 정수리를 얻어맞은 듯한 충격을 주었다.

그렇지 않아도 고죽은 이미 그런 떠돌이 생활에 지칠 대로 지쳐 있었다. 애초에 그를 사로잡았던 적막과 허망감은 감상적인 여정(旅情)이나 속인들의 천박한 감탄 또는 얕은 심미안(審美眼)이 던져주는 몇 푼의 돈으로 달랠 수 있는 것이 아니었으며, 그런 것들에 뒤따르는 값싼 사랑이나 도취로 호도(糊塗)할 수 있는 것도 아니었다. 거기다가 나이도 어느새 마흔을 훌쩍 뛰어넘어, 지칠 줄 모르던 그의 피도 서서히 식어가기 시작했다.

아마도 그 뒤에 있었던 오대산 여행은 꺼지기 전에 한 번 빛나는 불꽃과 같은 그의 마지막 열정에 충동된 것이었으리라. 운곡 선생에 이어 허 참봉에게 작별을 고한 그는 그 길로 오대산을 향했다. 그 어느 산사에 주지로 있는 옛 벗 하나를 바라고 떠난 것이었으나, 이미 그때껏 해온 과객(過客) 생활의 연장은 아니었다. 막연히 생각해 오던 늙은 스승에게로의 회귀가 이제는 더 이상 미룰 수 없는 일이 되면서, 그에 앞서 일종의 자기 정화(自己淨化)가 필요함을 느꼈기 때문이었다.

무사히 그 산사에 이른 뒤 그는 거의 반년에 가까운 기간을 선승(禪僧)처럼 지냈다. 그러나 십 년에 걸쳐 더께 앉은 세속의 먼지는 스승에 대한 오래된 분노와 더불어 쉽게 씻어지지 않았다. 새

봄이 와도 석담의 문하로 돌아간다는 일이 좀체 흔연해지지 않았기 때문이다.

그러던 어느 날이었다. 오전에 상좌중을 도와 송기(松肌)를 벗겨 내려온 그는 잠깐 법당 뒤 축대에 앉아 땀을 식히고 있었다. 그런데 그런 그의 눈에 희미하게 바랜 벽화 하나가 우연히 들어왔다. 처음에는 십이지신상(十二支神像) 중의 하나인가 싶었으나 자세히 보니 아니었다. 머리는 매와 비슷하고 몸은 사람을 닮았으며 날개는 금빛인 거대한 새였다.

"저게 무슨 새요?"

그는 마침 그곳에 나타난 주지에게 물었다. 주지가 흘낏 그림을 돌아보더니 대답했다.

"가루라(迦樓羅)외다. 머리에는 여의주가 박혀 있고, 입으로 불을 내뿜으며 용을 잡아먹는다는 상상의 거조(巨鳥)요. 수미산 사해(四海)에 사는데 불법수호팔부중(佛法守護八部衆)의 다섯째로, 금시조(金翅鳥) 또는 묘시조(妙翅鳥)라고 불리기도 하지요."

그러자 문득 금시벽해(金翅劈海)라는 구절이 떠올랐다. 석담 선생이 그의 글씨가 너무 재예(才藝)로만 흐르는 것을 경계하여 써준 글귀 중의 하나였다. 그러나 그때껏 그의 머릿속에 살아 있는 금시조는 추상적인 비유에 지나지 않았었다. 선생의 투박하고 거친 필체와 연관된 어떤 힘의 상징이었을 뿐이었다. 그런데 이제 그 퇴색한 그림을 대하는 순간 그 새는 상상 속에서 살아 움직이기 시작했다. 잠깐이긴 하지만 그는 그 거대한 금시조가 금빛 날개를 퍼덕이며 구만 리 창천을 선회하다가 세찬 기세로 심해(深海)를 가르고 한 마리 용을 잡아 올리는 광경을 본 듯한 착각마저 들었다. 그제야 그는 객관적인 승인이나 가치 부여의 필요 없이, 자신의 글씨에서 일생에 단 한 번이라도 그런 광경을 보면 그것으로 그의 삶은 충분히 성취된 것이라던 스승을 이해할 것 같았다…….

— 이튿날 고죽은 행장을 꾸려 산을 내려왔다. 해방 전해의 일이었다.

이미 스승은 돌아가신 후였지. — 고죽은 후회와도 비슷한 심경으로 석담 선생의 문하로 돌아오던 날을 회상했다. 평생을 쓸쓸하던 문전은 문하와 동도들로 붐볐다. 그러나 누구도 고죽을 반가워하기는커녕 말을 거는 이도 없었다. 다만 운곡 선생만이 냉랭한 얼굴로 말했다.

"관상명정(棺上銘旌)은 네가 써라. 석담의 유언이다. 진사니 뭐니 하는 관직은 쓰지 말고 다만, '석담김공급유지구(石潭金公及儒之柩)'라고만 쓰면 된다."

그러더니 이내 눈물을 쏟으며 말했다.

"그 뜻을 알겠는가? 관상명정을 쓰라는 건 네 글을 지하로 가져가겠다는 뜻이다. 석담은 그만큼 네 글을 사랑했단 말이다. 이 미련한 작자야…….."

석담과 고죽, 그들 사제 간의 일생에 걸친 애증이 흔적 없이 사라지는 순간이었다. 그제야 고죽은 단 한 번이라도 스승의 모습을 뵙고 싶었으나 이미 입관이 끝난 후여서 끝내 다시 뵐 수는 없었다……

"선생님, 이제 가보시지 않겠습니까?"

자신의 족자를 펴들고 하염없는 생각에 잠긴 고죽에게 초헌이 조심스레 말했다. 고죽은 순간 회상에서 깨어나며 천천히 몸을 일으켰다.

"가 봐야지."

그러나 다시 네 번째 화방을 나설 때였다. 갑자기 눈앞이 가물거리며 두 다리에 힘이 쑥 빠졌다.

"선생님, 웬일이십니까?"

초헌이 매달리듯 그의 팔에 의지해 축 늘어지는 고죽을 황급히 싸안으며 물었다.

"괜찮다. 다른 곳엘 가보자."

고죽은 그렇게 말했으나 마음뿐이었다. 이상한 전류 같은 것이 등골을 찌르며 지나가더니 이마에 진땀이 스몄다. 그러다가 다섯 번째 화방에 들어서는 정신조차 몽롱해졌다.

"이제 그만 돌아보시지요. 가 봐야 이제 선생님의 작품은 더 나올 게 없을 겝니다."

화방 주인도 그렇게 권했다. 그러나 고죽은 쓰러지듯 응접 소파에 앉으면서도 초헌에게 이르기를 잊지 않았다.

"너라두 나머지를 돌아보아라. 만약 나온 게 있거든 이리로 연락해."

초헌은 그런 고죽의 안색을 한동안 살피다가 말없이 화방을 나갔다.

"작품을 거두어 무엇에 쓰시렵니까?"

한동안을 쉬자 안색이 돌아오고 숨결이 골라진 고죽에게 화방 주인이 넌지시 물었다. 그것은 몇 달 전부터 화방 골목을 떠도는 의문 중의 하나였다. 그러나 고죽은 그 누구에게도 내심을 말하지 않았다. 그날도 마찬가지였다.

"다 쓸 데가 있네."

"그럼 소문대로 고죽 기념관을 만드실 작정이십니까?"

기념관이라. ─ 고죽은 희미하게 웃었다. 그러면서도 가슴속에서는 형언할 수 없는 쓸쓸함이 일었다. 내가 말한들 자네들이 이해해 주겠는가.

"그것도 괜찮은 일이지."

고죽은 그렇게 말하고는 슬쩍 말머리를 돌렸다.

"저거 진품인가?"

분명 진품이 아닌 줄 알면서도 그가 가리킨 것은 추사를 임모(臨模)한 예서 족자였다. 화법유장강만리 서예여고송일지(畵法有長江萬里 書藝如孤松一枝) ─ 원래 병풍의 한 폭이니 족자가 되어 떠돌 리 없었다.

"운봉(雲峰)이란 젊은이가 임서한 것인데 제법 탈속한 격(格)이 있어 받아두었습니다."

화방 주인도 그렇게 대답하며 그 족자를 바라보았다.

"그렇구먼……."

고죽은 희미한 옛 사람의 자태를 떠올리듯 추사란 이름을 떠올리며 의미 없는 눈길로 그 족자를 한동안 살폈다. 한때 그 얼마나 맹렬하게 자기를 사로잡았던 거인이었던가.

석담 선생의 집으로 돌아온 고죽은 그 뒤 거의 십 년 가까이나 두문불출 스승의 고가를 지켰다. 한편으로는 외롭게 남은 사모(師母)와 늦게 들인 스승의 양자를 돌보면서 한편으로는 새로운 수업에 들어갔다. 이미 다 거쳐나온 것들로 여겨온 여러 서체를 다시 섭렵하기 시작한 것이었다.

그는 모공정(毛公鼎), 석고문(石鼓文)으로부터 진(秦), 한(漢), 삼국(三國), 서진(西晋)에 이르기까지 여러 금석 탁본들을 새로이 모으고, 종요(鍾繇), 위관(衛瓘), 왕희지 부자(父子)로부터 지영(智永), 우세남(虞世南)에 이르는 남파(南派)와 삭정(索靖), 최열(崔悅), 요원표(姚元標) 등으로부터 구양순(歐陽詢), 저수량(褚遂良)에 이르는 북파(北波)의 필첩을 처음부터 다시 살폈다. 고죽이 만년에 보인 서권기로 미루어 그동안의 학문적인 깊이도 한층 더해졌음에 틀림이 없다. 문밖에서는 해방과 동족상잔의 전쟁이 휩쓸어가고 있었으나 그 어떤 혼란도 고죽을 석담 선생의 고가에서 끌어내지는 못했다.

그 서결을 통해서 석담 문하에 들어선 고죽이 추사와 새롭게 만나게 된 것도 그 기간 동안이었다. 그 거인은 처음 한동안 그가 힘들여 가고 있는 길 도처에서 불쑥불쑥 나타나 감탄을 자아내다가 이윽고는 온전히 그를 사로잡고 말았다. 일찍이 경험해 보지 못한 일로, 그것은 특히 스승 석담에 대한 새삼스러운 이해와 사모에서 비롯된 것이었다. 생전에 스스로 밝힌 적은 없었지만 분명 스승은 추사의 학통을 잇고 있었다. 아마도 스승은 그 마지막 전인(傳人)이었으리라. 그리고 스승이 가르침에 있어서 그토록 말을 아낀 것은 그와 같은 거인의 가르침에 더 보탤 것이 없어서였을 것이다.

그러나 추사도 끝까지 고죽을 사로잡고 있지는 못했다. 스승 석담이 일찍이 그를 받아들일 것을 주저했으며, 생전 내내 경계하고 억눌렀던 고죽의 예인적인 기질이, 승화된 형태이긴 하지만 차츰 되살아나기 시작한 까닭이었다. 먼저 고죽이 끝내 받아들일 수 없었던 것은 추사의 예술관이었다. 예술은 예술로서만 파악되어야 한다고 보는 입장에서 보면 추사의 예술관은 학문과 예술의 혼동으로만 보였다. 문자향이나 서권기는 미를 구현하는 보조 수단 또는 미의 한 갈래일 수는 있어도 그것이 바로 미의 본질적인 요소이거나 그 바탕일 수는 없었다. 그럼에도 추사에게 그토록 큰 성취를 볼 수 있었던 것은 다만 그 개인의 천재에 힘입었을 뿐이었다. 거기다가 그의 서화론이 깔고 있는 청조(淸朝)의 고증학(考證學)은 겨우 움트기 시작한 우리 것[國風]의 추구에 그대로 된서리가 되고 말았으며, 그만한 학문적인 뒷받침이 없는 뒷사람에 이르러서는 이 땅의 서화가 내용 없는 중국의 아류로 전락돼 버리게

한 점도 고죽을 끝까지 사로잡을 수 없던 원인이었다. 결국 추사
는 스승 석담처럼 찬탄하고 존경할 만한 거인이기는 하지만 예술
에 있어서의 노선(路線)까지 따를 만한 사람은 아니었다.

화방 주인의 예상대로 초헌은 한 시간쯤 뒤에 빈손으로 돌아왔
다. 나머지 여섯 곳을 돌았지만 밤사이에 나온 고죽의 작품은 없
었다는 게 그의 대답이었다.

고죽은 말리는 그를 억지로 앞세우고 시립 도서관으로 향했다.
그 책임자를 달래 그곳에 있는 권학문(勸學文) 한 폭을 되거둬들
이기 위해서였다. 그러나 결국 거기서 일은 벌어지고 말았다. 융통
성 없는 관장과 언성을 높이다가 혼절해 버린 일이 그랬다.

고죽이 눈을 뜬 것은 오후 늦게서였다. 자기 방에 누워 있었는
데 주위에는 몇몇 낯익은 얼굴들이 근심스러운 표정으로 둘러앉
아 있었다. 고죽은 천천히 눈을 돌려 그들을 살펴보았다. 무표정한
초헌 곁에 두 사람의 옛 제자가 앉아 있고 그 곁에 운 흔적이 있는
추수가 앉아 있다가 눈을 뜬 고죽에게 울먹이는 소리로 물었다.

"아버님, 이제 정신이 드십니까?"

고죽은 대답 대신 고개만 끄덕이고 계속하여 주위를 둘러보았
다. 추수 곁에 다시 낯익은 얼굴이 하나 앉아 있었다. 고죽에게는
첫 번째 수호 제자(受號弟子)가 되는 난정(蘭丁)이었다. 뻔뻔스러운
놈…… 그를 보는 고죽의 눈길이 험악해졌다. 난정은 고죽이 석담
선생의 고가에 칩거할 초기부터 나중에 서실을 연 직후까지 거의

십 년 세월을 고죽에게서 배웠다. 나이 차가 열 살을 넘지 않고 입문할 때 벌써 40에 가까웠으며, 또 나름대로 어느 정도 글씨를 익힌 상태였지만, 그래도 어디까지나 호까지 지어준 어엿한 제자였다. 그런데 어느 날부터 갑자기 발길을 뚝 끊더니 몇 년 후에 스스로 서예원을 열었다. 고죽은 자기에게 한마디 말도 없이 떠난 제자가 서운했지만, 기가 막힌 것은 그 뒤였다. 난정이 스스로를 석담 선생의 제자라고 내세우면서 고죽은 단지 사형(師兄)으로 그와 함께 십여 년 서화를 연구했다고 떠벌리고 다닌다는 소문 때문이었다. 고죽은 불같이 노해 그의 서예원으로 달려갔다. 함부로 배분(配分)을 높인 제자를 꾸짖으러 간 것이었지만 결과는 난정을 여러 사람 앞에서 시인해 준 꼴이 되고 말았다.

"어이구, 형님 웬일이십니까?"

수많은 문하생들 앞에서 그렇게 빙글거리며 시작한 그는 끝까지 "아이구, 형님."이요, "우리가 함께 수업할 때……."였다. 그러고는 여러 사람 앞에서 자신을 욕한 고죽을 석담 선생이 살아 있을 때 몇 번 드나든 것을 앞세워 모욕죄로 법정에까지 불러들였다. 십여 년 전의 일이었다.

"아버님, 이분께서 아버님의 대나무 두 폭을 가져오셨어요."

난정을 보는 눈이 험악해지는 것을 보고 추수가 황급히 설명했다.

"선생님께서 거두어들인다시기에…… 제가 가진 것을 전부 가져왔습니다."

그렇게 더듬거리는 난정에게도 옛날의 교활함은 보이지 않았다. 그도 벌써 60에 가까운가. — 못 본 지난 십여 년 사이에 눈에 띄게 는 주름을 보며 고죽은 가만히 눈을 감았다. 그러나 가슴속의 응어리는 쉽게 풀어지지 않았다.

"알았네. 가보게."

잠시 후 간신히 끓는 속을 가라앉힌 고죽이 힘없이 말했다.

"그럼…… 여기 두고 가겠습니다."

난정도 어쩔 수 없다는 듯 그렇게 말하며 어두운 얼굴로 방을 나갔다. 잠시 방 안에 무거운 침묵이 흘렀다. 다시 추수가 그 침묵을 깨뜨렸다.

"재식(在植)이 오빠에게서 전화가 있었어요."

"언제 온다더냐?"

"밤에는 도착할 거예요. 윤식(潤植)이에게도 연락할까요?"

"그래라."

고죽이 한숨처럼 나직이 대답했다. 재식이는 죽은 본처에게서 난 맏아들이었다. 본처에게서는 원래 남매를 보았으나 딸아이는 6·25 때 죽고 맏이만 남게 되었다. 윤식이는 마지막으로 데리고 살던 할멈에게서 난 아들로 고죽에게는 막내인 셈이었다. 재식이는 벌써 마흔셋, 부산에서 장사를 하고 있었고, 윤식이는 갓 스물로 서울에서 대학을 다니고 있었다. 별로 자상한 아버지는 못 되었지만, 통상으로 아들들을 생각하면 언제나 어린 윤식이가 마음에 걸렸다. 겨우 열세 살 때 어머니를 잃고 이복 누이인 추수 손에 자라난 탓이리라. 그러나 그날만은 왠지 재식의 얼굴이 콧마루가 찡하도록 그립게 떠올랐다. 찌들어가는 중년 남자로서가 아니라 거지와 다름없이 떠도는 것을 찾아왔을 때의 열여섯 소년의 얼굴이었다. 그리고 그와 함께 몇 십 년을 거의 잊고 지낸 본처의 얼굴이 떠올랐다.

고죽이 운곡 선생의 중매로 아내를 맞은 것은 스물두 살 때의 일이었다. 운곡 선생의 먼 질녀뻘이 되는 경주 최문(崔門)의 여자였다. 얼굴은 곱지도 밉지도 않았지만 마음씨는 무던해서 고죽의 기억에는 한 번도 그녀가 악을 쓰며 대들던 모습이 없다. 그러나 그들의 결혼은 처음부터 그리 행복한 것은 못 되었다. 고죽의 젊은 날을 철저하게 태워버린 서화에의 열정 때문이었다. 신혼의 몇몇 날을 제외하면 고죽은 거의 하루의 전부를 석담 선생의 집에서 보내었고, 집에 돌아와서도 정신은 언제나 가사(家事)와는 먼 곳에 쏠려 있었다. 생계를 꾸려가는 것은 언제나 그녀의 몫이었다. 수입이라고는 이따금씩 들어오는 붓값이나 석담 선생이 갈라 보내는 쌀말 정도여서 그녀가 삯바느질과 품앗이로 바쁘게 돌아도 항상 먹을 것 입을 것은 부족하였다.

그래도 고죽이 석담 문하에 있을 때는 나았다. 정이야 있건 없건 한 지붕 아래서 밤을 보냈고, 아이들도 남매나 낳았으며, 가끔씩은 가장으로서 할 일도 해나갔기 때문이었다. 그러나 고죽이 석담의 문하를 떠나면서부터 그나마도 끝나고 말았다. 온다 간다 말도 없이 훌쩍 집을 나선 그는 그 뒤 십 년 가까운 세월을 떠돌면서 처자를 까마득히 잊고 지냈다. 아직 살아 있는지 죽었는지조차도 모르는 사람에게는 미안한 일이지만, 그 무렵의 고죽에게 있어서 아내와 아이들은 거북살스러워도 참고 입어야 하는 옷 같은 존재였다. 하나의 구색, 또는 필요만큼의 의무였으며 — 그것이 그토록 훌훌히 아내와 아이들을 떨치고 떠날 수 있었던 이유였고, 또한 한 번 떠난 후에는 비정하리만치 깨끗이 그들을 잊을 수 있었던 이유였다.

실제로 아내는 몇 번인가 여기저기 수소문 끝에 고죽을 찾아온 적이 있었다. 그러나 그때마다 고죽은 뒷날 스스로도 잘 이해 안 될 만큼의 냉정함으로 그녀를 따돌리곤 했다. 어린 남매를 데리고 어렵게 살아가는 그녀에 대한 연민보다는 자기 삶의 진상을 보는 듯한 치욕과 까닭 모를 분노 때문이었으리라. 단 한 번 딸을 업고 그가 묵고 있는 여관을 찾아온 그녀에게 돈 칠 원과 고무신 한 켤레를 사준 적이 있는데 그것도 아내와 자식이었기 때문이라기보다는 헐벗고 굶주린 자에 대한 보편적인 동정심에 가까웠다. 그때 아내의 등에 업힌 딸아이는 신열로 들떠 있었고, 먼지 앉은 아내의 맨발에 꿰어져 있던 고무신은 코가 찢어져 자꾸만 벗어지려고 하고 있었다. 그러나 고죽이 그녀에게 무언가를 베푼 것은 그나마도 그것이 마지막이었다.

견디다 못한 아내는 결국 고죽이 집을 나선 지 오 년 만에 어린 남매와 함께 친정으로 의지해 갔다. 고죽이 매향과 살림을 차리던 그해였다. 그리고 다시 이듬해는 친정 오라버니가 있는 대판(大阪)으로 이주해 버린 후 다시는 돌아오지 않았다. 듣기로는 그곳에서 오빠의 권유로 개가하였다고 한다. 나중에 데려가기로 하고 친정에 맡겨둔 남매를 끝내 데려가지 않은 것으로 보아 그 소문은 사실임에 틀림없었다. 고죽이 다시 재식 남매를 거두어들인 것은 오대산에서 내려와 석담 문하로 돌아온 몇 해 후였는데, 그때 재식은 벌써 열여섯, 그 밑의 딸아이는 열한 살이었다.

고죽은 그가 아내를 돌보지 않은 것에 대해 한 번도 미안하게 생각해 본 적이 없듯이 자기와 아이들을 버리고 떠난 그녀를 결코 원망하지 않았다. 그것은 평생 동안 수없이 그를 스쳐간 모든 여자들에게도 마찬가지였다. 매향처럼 살림을 차렸던 몇몇 기생들이나 노년을 함께 보낸 두 할멈은 물론 서화로 맺어졌던 여류(女流)들도 지속적인 열정으로 그를 사로잡지는 못했다. 상대편 여자들이 어떠했건 고죽의 그런 태도만으로 그의 삶은 쓸쓸하게끔 운명지어져 있었던 셈이다.

그렇다면 내가 진정으로 열렬하게 사랑했던 것은 무엇이었을까. 내가 일생을 골몰하여 얻고자 했던 것은 무엇이었을까……. 그사이 하나둘 빠져나가고 초헌만 목상처럼 앉아 있는 병실을 힘없이 둘러보던 고죽은 다시 짙은 비애와도 흡사한 회상 속으로 빠져들어 갔다. 물론 그것은 서화였다. 이미 보아온 것처럼 그에게는 애초부터 가족이나 생활의 개념이 없었다. 소유며 축적이란 말도 그에게는 익숙한 것이 아니었고, 권력욕이나 명예욕 같은 것에 몸

달아 본 적도 없었다. 언뜻 보기에는 분방스럽고 다양해도 사실
그가 취해온 삶의 방식은 지극히 단순했다. 자기를 사로잡는 여러
개의 충동 중에서 가장 강한 것에 사회적인 통념이나 도덕적 비난
에 구애됨이 없이 충실하는 것, 말하자면 그것이 그를 이해하는
실마리이기도 한 그의 행동 양식이었다. 그런데 가장 세차면서도
일생을 되풀이된 충동이 바로 미적(美的) 충동이었고, 거기에 충
실하는 것이 그의 서화였다.

하지만 결국 그것이 내게 무엇을 줄 수 있었단 말인가. 고죽은
다시 자조적인 기분이 되면서 스스로에게 물었다. 아직도 그것이
내게 무엇을 줄 수 있다는 것인가…….

스승 석담과의 관계에서 알 수 있듯이, 고죽의 전 반생(前半生)
은 두 개의 상반된 예술관 사이에 끼어 피 흘리며 괴로워한 세월
이었다.

동양에서의 미적 성취, 이른바 예술은 어떤 의미로 보면 통상
경향적(傾向的)이었다. 애초부터 통치 수단의 일부로 출발한 그것
은 그 뒤로도 끝내 정치권력의 그늘을 벗어나지 못했으며, 때로
는 학문적인 성취나 종교적 각성에 의해서까지도 침해를 입었다.
충성이나 지조 따위가 가장 흔한 주제가 되고, 문자향이니 서권
기니 하는 말과 마찬가지로 도골 선풍(道骨仙風)이니 선미(禪味)니
하는 말이 일쑤 그 높은 품격을 나타내는 말로 쓰이는 것이 그 예
일 것이다.

물론 서양에 있어서도 근세까지는 사정이 이와 별반 다르지 않

았다. 오랜 기간 예술은 제왕이나 영주(領主)들의 궁성을 꾸미거나 권력이며 부(富)에 기생하였고, 또는 신의 영광을 찬양하는 데 바쳐지기도 했다. 그러나 시민사회의 형성과 더불어 그들의 예술은 주체성을 획득하고 팔방미인 격인 동양의 예술가와는 다른 그 특유의 인간성을 승인받았다.

다시 말해 그들은 예술을 강력한 인접 가치로부터 독립시키고, 예민한 감수성이나 풍부한 상상력 같은 이른바 예술적 재능도 하나의 사회적 가치로 승인하게 된 것이다. 그런데 고죽이 태어날 때만 해도 시대는 아직 동양의 전통적인 예술관에 얽매어 있었다. 예인(藝人)은 대부분 천민 계급에 속해 있었으며, 그들의 특징은 역마살이나 무슨 — '기'로 비웃음의 대상이었다. 예술의 정수는 여전히 학문적인 것에 있었고, 그 성취도 도(道)나 선정(禪定)에 비유되고 있었다. 그리고 스승 석담은 아마도 끝까지 그런 견해에 충실했던 마지막 사람이었다.

서구적인 견해로 보면 고죽은 타고난 예술가였다. 그러나 석담 선생의 눈에는 천박하고 잡상스러운 예인 기질에 지나지 않았다. 만약 고죽이 개성이 보다 약했거나 그가 태어난 시대가 조금만 일렀다면, 그들 사제 간의 불화가 그토록 길고 심각하지는 않았을 것이다. 하지만 고죽은 자기의 예술이 그 본질과는 다른 어떤 것에 얽매이는 것을 못 견뎌 했고, 점차 시민사회로 이행해 가는 시대도 그런 그의 편에 서 있었다. 정말로 그들 사제 간을 위해 다행한 것은 스승의 깊은 학문에 대한 제자의 본능적인 외경(畏敬) 못지않게, 스승에게도 제자의 타고난 재능에 대한 애정이 남아 있어 늦게나마 화해가 이루어진 일이었다.

그러나 석담 선생의 문하로 돌아왔다고 해서 고죽의 정신적인 방황이 끝난 것은 아니었다. 다시 십 년간의 칩거를 통해 고죽은 스승의 전통적인 예술관과 화해를 시도했지만 끝내 뜻을 이루지는 못했다. 추사에의 앞뒤 없는 몰입과 어쩔 수 없는 이탈이 바로 그 과정이었다.

그 뒤 다시 이십 년 — 나름대로는 끊임없이 연마하고 모색해 온 세월이었지만 과연 나는 구하던 것을 얻었던가. 그러다가 고죽은 혼절하듯 잠이 들었다.

고죽이 이상한 수런거림에 다시 눈을 뜬 것은 이미 날이 저문 후였다.

"곧 통증이 시작될 것입니다. 그것만이라도 막아드리지요."

누군가가 그렇게 말하며 이불을 젖혔다. 정 박사였다. 이어 살갗을 뚫고 드는 주삿바늘의 느낌이 무슨 찬바람처럼 몸을 오싹하게 했다. 방 안에 앉은 사람들의 수가 늘어 있었다. 고죽은 직감적으로 그것이 무엇을 뜻하는지 알 수 있었다.

"아버님, 절 알아보겠습니까? 재식입니다."

주삿바늘을 뽑기가 무섭게 언제 왔는지 아들 재식이 울먹이며 손을 잡았다. 열여섯에 거두어들인 후로도 언제나 차가운 눈빛으로 집안을 겉돌던 아이, 그 아이가 첫 번째로 집을 나간 일이 새삼 섬뜩하게 떠올랐다. 제 이름이라도 쓰게 하려고 붓과 벼루를 사준 이튿날이었다. 망치로 부수었는지 밤톨만 한 조각도 찾기 힘들 만큼 박살이 난 벼루와 부챗살처럼 쪼개 놓은 붓대, 그리고 한 움큼의 양모(羊毛)만 방 안에 흩어 놓고 녀석은 사라지고 없었다. 그 뒤 그가 군에 입대할 때까지 고죽은 속깨나 썩었었다. 낙관도 안 찍힌 고죽의 서화를 들고 나가 푼돈으로 흩어버리기도 하고 금고를 비틀어 안에 든 것을 몽땅 털어 집을 나가기도 했다. 그러나 제대하고 돌아와서부터 기세가 좀 숙여지더니, 덤프트럭 한 대 값을 얻어 나간 후로는 씻은 듯이 발길을 끊었다. 그가 다시 고죽을 보러오기 시작한 것이 마흔 줄에 접어든 재작년부터였다.

"윤식이도 왔어요."

추수가 흐느끼는 윤식의 손을 끌어 고죽의 남은 손에 쥐어주었다. 그녀의 눈은 이미 보기 흉할 정도로 부어 있었다. 각각 어미 다른 불쌍한 것들. 몹쓸 아비였다. 이제 너희에게 남기는 약간의 재물이 아비의 부족함을 조금이라도 메꾸어줄는지……. 고죽은 이미 그들 삼 남매를 위해 유산을 몫 지어 놓았다. 근교에 있는 과수원은 재식의 앞으로, 서실 건물은 윤식이 앞으로, 그리고 살고 있는 집은 추수에게, 그러고 보니 나머지 동산(動産)으로 문화상(文化賞)이라도 하나 제정할까 하던 계획을 취소한 것이 새삼 잘했다는 생각이 들었다. 평생을 무관하게 지내온 사회라는 것에 대해 삶의 막바지에 와서 그런 식으로 아첨하고 싶지는 않았다.

"이 사람들, 진정하게. 사람을 이렇게 보내는 법이 아니야."

둘러앉은 사람들 중에서 어떤 여자 하나가 흐느끼는 삼 남매를 말렸다. 그리고 그들을 대신하여 고죽의 두 손을 감싸 쥐면서 가만히 물었다.

"절 알아보시겠어요?"

벌써 약효가 퍼지는지 고죽은 풀리는 시선을 간신히 모아 그녀를 바라보았다. 옥교(玉橋)라는 여류 서예가였다. 고죽의 첩이라는 소문이 파다하게 돌 정도로 한때 몰두했던 여자였는데, 지금은 근교에서 자신의 서실을 가지고 조용히 살고 있었다. 알지, 알고 말고……. 그러나 무슨 말을 하기도 전에 혼곤한 잠이 먼저 고죽을 사로잡았다.

금시조가 날고 있었다. 수십 리에 뻗치는 거대한 금빛 날개를 퍼득이며 푸른 바다 위를 날고 있었다. 그러나 그 날갯짓에는 마군(魔軍)을 쫓고 사악한 용을 움키려는 사나움과 세참의 기세가 없었다. 보다 밝고 아름다운 세계를 향한 화려한 비상의 자세일 뿐이었다. 무어라 이름할 수 없는 거룩함의 얼굴에서는 여의주가 찬연히 빛나고 있었고, 입에서는 화염과도 같은 붉은 꽃잎들이 뿜어져 나와 아름다운 구름처럼 푸른 바다 위를 떠돌았다. 그런데 그 거대한 등 위에 그가 있었다. 목깃 한 가닥을 잡고 미끄러지지 않으려고 애쓰면서 매달려 있었다. 갑자기 금시조가 두둥실 솟아오른다. 세찬 바람이 일며 그의 몸이 쏠려 깃털 한 올에 대롱대롱 매달린다. 점점 손에서 힘이 빠진다. 아아……. 깨고 보니 꿈이었다. 꽤 오랜 시간을 잔 모양으로, 마루의 괘종시계가 새벽 네 시임을 알리는 소리가 들렸다. 진통제의 기운이 걷힌 탓인지 형용할 수도 없고 부위도 짐작이 안 가는 그야말로 음험한 동통이 온몸을 감돌고 있었지만, 정신만은 이상하게 맑았다.

문병객은 대부분 돌아가고 없었다. 남은 것은 벽에 기대어 잠들어 있는 재식이 형제와 책궤에 엎드려 자고 있는 초헌뿐이었다. 고죽은 가만히 상체를 일으켜보았다. 뜻밖에도 쉽게 일으켜졌다. 허리의 동통이 조금 가라앉은 것 같았다. 그러나 문득 자기가 할 일이 남았다는 것을 상기했다.

"상철아."

고죽은 조용한 목소리로 초헌의 이름을 불렀다. 미욱해 보이는 얼굴에 비해 잠귀는 밝은 듯 초헌은 몇 번 부르지 않아 머리를 들었다.

"서, 선생님, 무슨 일이십니까?"

잠이 덜 깬 눈에도 상체를 벽에 기대고 있는 고죽이 이상하게 보이는 모양이었다. 그는 황급히 일어나 고죽을 부축하려고 무릎걸음으로 다가왔다. 그러나 고죽은 손짓으로 그를 저지한 후 말했다.

"벽장과 문갑에서 그간 거두어들인 서화를 꺼내라."

"네?"

"모아 놓은 내 글씨와 그림들을 꺼내 놓으란 말이다."

그러자 초헌은 일어나서 시키는 대로 했다. 여기저기서 꺼내 놓고 보니 이백 점이 훨씬 넘었다. 액자는 모두 빼 없앴는데도 제법 방 한구석에 수북했다.

"아버님, 뭘 하십니까?"

그제야 재식이와 윤식이도 깨어나 눈을 비비며 궁금한 듯 물었다. 고죽의 행동이 거의 아픈 사람 같지 않아서, 간밤에 정 박사가 한 말은 잊어버린 듯했다. 그러나 고죽은 대답 대신 초헌에게 물었다.

"이 방의 불을 좀 더 밝게 할 수 없겠느냐?"

"스탠드가 어디 있는 것을 보았는데…… 한번 찾아보겠습니다."

여간해서는 고죽이 하는 일을 캐묻지 않는 초헌이 그렇게 말하며 밖으로 나가더니 잠시 후에 스탠드 하나를 찾아왔다. 방 안이 갑절이나 밝아지자 고죽은 초헌에게 명했다.

"지금부터 그걸 하나씩 내게 펴보이도록 해라."

초헌은 여전히 말없이 고죽이 시키는 대로 했다. 첫 장은 고죽이 오십 대에 쓴 것으로 우세남(虞世南)의 체를 받은 것이었다.

"우백시(虞伯施)의 글인데, 오절(五節, 덕행, 충직, 박학, 문사 등)을 제대로 본받지 못했다. 왼쪽으로 미뤄 놓아라."

그다음은 난초를 그린 족자였다.

"이미 소남(所南, 정사초)을 부인해 놓고 오히려 석파(石坡, 대원군)의 그늘을 벗어나지 못했구나. 산란(山蘭)도 심란(心蘭)도 아니다. 왼쪽으로 미뤄 놓아라."

고죽은 한 폭 한 폭 자평(自評)을 해나갔다. 오랜 원수의 작품을 대하듯 준엄하고 냉정한 평이었다. 글씨에 있어서는 법체(法體)를

364

본받을 경우에는 그 임모(臨模)나 집자(集子)의 부실함을 지적하여, 그리고 자기류(自己流)의 경우에는 그 교졸(巧拙)과 천격(賤格)을 탓하면서 모두 왼편으로 제쳐놓았다. 그림에 있어서도 마찬가지였다. 옛법의 엄격함에다 자신의 냉정한 눈까지 곁들이니, 또한 오른편으로 넘어갈 게 없었다.

새벽부터 시작한 그 작업은 아침 해가 높이 솟을 때까지 계속되었다. 나중에 정 박사가 몇 번이고 감탄했던 것처럼 거의 초인적인 정신력이었다. 아침부터 몰려든 사람들로 고죽의 넓은 병실은 어느덧 발 디딜 틈 없이 빽빽해졌다. 그러나 엄숙한 기세에 눌려 누구도 그 과도한 기력의 소모를 말릴 엄두를 못 냈다. 고죽도 초헌 외에는 아무도 느끼지 못하는 것 같았다.

그러다가 열 시가 넘어서야 분류가 끝났다. 초헌의 오른쪽으로 넘어간 서화는 단 한 폭도 없었다.

"더 없느냐?"

마지막까지 간절한 기대에 찬 눈으로 자신의 작품을 검토하고 있던 고죽이 더 이상 제자의 무릎 앞에 놓인 서화가 없는 것을 뻔히 보면서도 이상하게 불안에 떨리는 목소리로 물었다.

"네."

초헌이 무감동하게 대답했다. 그러자 고죽의 얼굴에 일순 처량한 빛이 떠돌더니 그때까지 꼿꼿하던 고개가 힘없이 떨구어지며 그의 몸이 스르르 무너져내렸다. 무슨 끔찍한 일이라도 당한 줄 알고 몇 사람이 얕은 외마디 소리와 함께 고죽 주위로 모였다. 그러나 고죽은 그 순간도 명료한 의식으로 내면의 자기에게 중얼거리고 있었다. 결국 보이지 않았다. 나 역시 일생에 단 한 번이라도 그걸 보고자 소망했지만, 어쩌면 그 소망은 처음부터 이룰 수 없는 것이라는 걸 실은 알고 있었는지도 모르지. 그래서 마지막 순간까지 이 일을 미루어온 것인지도 모르지…….

그렇다면 고죽이 그의 일생에 걸친 작품에서 단 한 번이라도 보고자 했던 것은 무엇이었을까. 그것은 바로 그 새벽의 꿈에서와 같은 금시조였다. 원래 그 새가 스승 석담으로부터 날아올 때는 굳센 힘이나 투철한 기세 같은 동양적 이념미의 상징으로서였다. 그러나 고죽이, 끝내 추사에 의해 집성되고 그 학통을 이은 스승 석담에게서 마지막 불꽃을 태운 동양의 전통적 서화론에서 벗어나게 되면서 그 새 또한 변용되었다. 고죽의 독자적인 미적 성취 또는 예술적 완성을 상징하는 관념의 새가 되어버린 것이었다.

이미 생애 곳곳에서 행동으로 드러나긴 하였지만, 특히 후인을 지도하면서 보낸 마지막 이십 년 동안에 더욱 뚜렷해진 고죽의 서화론은 대개 두 가지 점으로 요약될 수 있었다. 그 하나는 전통적인 견해가 글씨로써 그림까지 파악한 데 비해 그는 그림으로써 글씨를 파악하려 했다. 만약 글씨를 쓴다는 것이 문자로 뜻을 전하는 과정에 불과하다면 서예란 일생을 바칠 만한 의미가 없어지고 만다. 붓으로도 몇 달이면 뜻을 전할 만큼은 되고, 더구나 연필이나 볼펜 같은 간단한 필기구가 나온 지금에는 단 며칠로도 충분하다. 그러므로 서예는 의(意)에 있는 것이 아니라 정(情)에 있으며 글씨보다는 그림으로 파악되어야 한다. 특히 서예가 상형문자인 한문을 표현 수단으로 사용하는 동양권에서만 발달하고 표음문자를 쓰는 서양에서는 발달하지 못한 것도 그 까닭이다. 그런데도 글씨로만 파악했기 때문에 처음부터 그림이었던 문인화(文人畵)까지도 문자의 해독을 입고 끝내 종속적인 가치에 머물러 있었다. — 이것이 고죽의 주장이었다.

그다음 고죽의 서화론에서 특징적인 것은 물화(物畵)와 심화(心畵)의 구분이었다. 물화란 사물을 있는 그대로 표현하면서 거기다가 사람의 정의(情意)를 의탁하는 것이고, 심화란 사람의 정의를 드러내기 위해 사물을 빌려오되 그것을 정의에 맞추어 가감하고 변형시키는 것인데, 아마 서양화의 구상 비구상에 대응하는 것 같다. 고죽은 전통적인 서화론에서 그 두 가지가 묘하게 혼동되어 있음을 지적하면서 그 구분을 주장하였다. 그리고 서화가에 있어서 그 둘의 관계는 우열의 관계가 아니라 선택적일 뿐이며, 문자향이니 서권기 같은 것은 심화에서의 한 요소이지 서화 일반의 본질적인 요소일 수는 없다고 생각했다.

따라서 고죽의 금시조는 그런 서화론의 바다에서 출발하여 미적 완성을 향해 솟아오르는 관념의 새였다. 죽음을 생각해야 할 나이에 이르면서부터 고죽이 마음속에 간직하고 있던 서원(誓願)의 하나는 자기의 붓끝에서 날아가는 그 새를 보는 일이었다. 그는 그것으로 자신의 일생에 걸친 추구가 헛되지 않았으며 쓸쓸하고 괴로웠던 삶도 보상될 것으로 믿었다. 그런데 — 그는 끝내 그

새를 보지 못했다. 그가 힘없이 자리로 무너져내린 것은 단순히 기력을 지나치게 소모한 탓만은 아니었다.

그 자리에 있던 제자들이나 친지들은 고죽이 다시는 깨어나지 못할 것으로 생각했으나, 그는 채 오 분도 되지 않아 다시 눈을 떴다. 그리고 주위의 만류에도 불구하고 전처럼 상체를 일으키더니 뚜렷한 목소리로 초헌을 불렀다.

"이걸, 싸서 밖으로 가지고 나가거라. 장독대 옆 화단이다."

"⋯⋯?"

좀체 스승의 말을 되묻지 않는 초헌도 그때만은 좀 이상한 느낌이 드는 듯했다.

"나는 저것들로 일평생 나를 속이고 세상 사람들을 속여 왔다. 스스로 값진 일을 하고 있다고 착각하고, 당연한 듯 세상 사람들의 찬탄과 존경을 받아들였다."

"무슨 말씀을⋯⋯."

"물론 그와 같은 삶이 있을지도 모르지. 그러나 나는 아니다."

"⋯⋯."

"조금 전까지만 해도 나는 그것들에서 솟아오르는 금시조를 보기를 간절히 원했다. 그것으로 내 삶이 온전한 것으로 채워질 줄 알았다. 그러나 지금은 설령 내가 그 새를 보았다 한들 과연 그러할지 의문이다."

"⋯⋯."

"자, 그럼 이제는 시키는 대로 해라. 이것들을 남겨두면 뒷사람까지도 속이게 된다."

그러자 초헌은 말없이 서화 꾸러미를 안고 문을 나섰다. 스승의 참뜻을 알아들었기 때문인지, 아니면 더는 명을 거역할 수 없기 때문인지는 알 수 없지만, 자리에 있던 사람들은 아무도 그런 초헌을 말리러 나서지 못했다. 언제부터인가 고죽을 감돌고 있는 이상한 위엄과 기품에 압도된 탓이었다.

"문을 닫지 마라."

초헌이 나가고 누군가 문을 닫으려 하자 고죽이 말렸다. 그리고 마당께로 걸어가고 있는 초헌을 향해 임종을 앞둔 병자답지 않게 높고 뚜렷한 목소리로 말했다.

"거기다. 모두 내려놓아라."

방 안에서 한눈에 들어오는 장독대 곁 화단이었다. 몇 포기 시들어가는 풀꽃 옆에 초헌이 서화 꾸러미를 내려놓자 고죽이 다시 소리 높여 명령했다.

"불을 질러라."

그제야 방 안이 술렁거렸다. 일부는 고죽을 달래고 일부는 달려 나와 초헌을 붙들었다. 모두가 쓸데없는 소란이었다. 자기를 달래는 사람들을 거들떠보지도 않은 채 고죽이 돌연 벽력 같은 호통을 쳤다.

"어서 불을 붙이지 못할까!"

그런데 알 수 없는 것은 초헌이었다. 그 역시 까닭 모르게 성난 눈길이 되어 잠깐 고죽을 노려보더니, 말리려는 사람을 거칠게 제쳐버리고 불을 질렀다. 뒷날 고죽을 사이비(似而非)였다고까지 극언한 것으로 보아, 그의 내면에 숨겨져 있던 석담 선생적(的)인 기질이 고죽의 그 철저한 자기 부정(自己否定) 또는 지나친 자기 비하(自己卑下)에 반발한 것이리라. 마를 대로 마른 종이와 헝겊인 데다 개중에는 기름까지 먹인 것도 있어 서화 더미는 이내 맹렬한 불꽃으로 타올랐다. 신음 같은 탄식과 숨죽인 흐느낌과 나지막한 비명들이 여기저기서 터져 나왔다.

어떤 사람에게는 고죽 일생의 예술이 타고 있었다. 어떤 사람에게는 그 철저한 진실이 타오르고 있었고, 또 어떤 사람에게는 고죽의 삶 자체가 타는 듯도 보였다. 드물게는 불타는 서화 더미가 그대로 그만한 고액권 더미처럼 보이는 사람도 있었다. 반세기 가깝게 명성을 누려온 노대가, 두 대통령이 사람을 보내 그의 서화를 얻어가고, 국전 심사 위원도 한마디로 거부한 고죽의 진적(眞蹟)들이 한꺼번에 타 없어지고 있는 것이었다.

그러나 그때 고죽은 보았다. 그 불길 속에서 홀연히 솟아오르는 한 마리의 거대한 금시조를, 찬란한 금빛 날개와 그 힘찬 비상을.

— 고죽이 숨진 것은 그날 밤 여덟 시경이었다. 향년 일흔두 살.

(1981년)

370

# 낭만적 관념성이 주는 투쟁의 미학

강유정(문학평론가)

## 1. 주관성의 미학

이문열의 소설에 대해서는 "복고적 낭만주의자", "보수적 귀족주의자", "현란하고도 유려한 문체", "현학취미"와 같은 수식어들이 따라다닌다. 모두 다 정확히 들어맞는다고 할 수는 없지만 또 전혀 어긋난다고 말할 수도 없다. 이문열의 소설 안에는 이러한 특징들이 분명 있다. 이문열 소설에 대한 상투적 수식어 중 하나가 '자전적'이라는 평가이다. 여기에 대해서는 작가 자신도 여러 번 언급한 적이 있다. 작가 이순원과의 대담에서는 "어느 작가의 작품에서나 작가의 자전적 요소가 50퍼센트 이상을 차지하기 마련인데 다른 사람보다 유독, 나한테 그게 심한 것 같습니다."라고 말하기도 했고 심지어 그의 소설 『그대 다시는 고향에 가지 못하리』의 후기에는 이렇게 못 박기도 했다. "먼저 독자들에게 밝힌다. 모든 것을 픽션으로 받아들여 주기 바라며, 소설의 주인공과 작가의 동일시는 철저히 사양하겠다."

이문열의 소설에서 이처럼 '자전적' 요소를 탐색하는 이유는 이미 잘 알려져 있는 개인사 때문이기도 하다. 이문열의 개인사는 작은 의미의 가족사이기도 하지만 가문의 역사를 넘어선 한국사의 주요 부분과 중첩되기도 한다. 작은 의미의 가족사란 어린 시절 갖은 어려움을 겪어야 했던 아버지와의 사연을 의미한다. 이문열은 아버지의 월북 이후로 홀어머니 밑에서 심리적으로나 경제적으로나 곤궁한 어린 시절을 겪는다. 두 번째는 그렇게 태어난 물리적 장소인 서울을 떠나 기거하게 된 문중마을, 이문열의 표현대로라면 족친의 세계이다. 이제껏 한국 현대문학에서 거의 본 적 없는 문중과 족친의 어휘가 이문열의 소설 곳곳에 자리 잡고 있다. 이는 매우 고아하고도 유려한 복고 취미로 보이기도 했고, 한편 범접할 수 없는 교양의 높이로 짐작되기도 했다. 이문열 소설의 현학성과 유려한 문체는 그런 점에서 이러한 가문의 영향과 잘 어울리는 외견이기도 했다.

하지만 시간이 흐른 만큼, 자전적이라는 상투적 평가를 되돌아볼 필요가 있다. 분명 이문열 소설의 어떤 개성은 경험에서 비롯되었다는 점에서 자전적이라고 말할 수 있다. 하지만 이문열의 소설들이 단순한 체험적 고백이 아니라 철저히 서사적 자아를 경유

하는 주관적 서술이라는 점을 주목해야 한다. 「젊은 날의 초상」이나 「하구」를 자전적 소설로 판단하는 평가들을 보자면, 개인사를 지나치게 제한적으로 적용한 혐의에서 자유롭지 못하다. 미숙한 개인이 완숙의 과정으로 나아가는 교양적 면모가 지나치게 소루한 개인적 고백으로 축소되고 마는 것이다.

우리는 이쯤에서 자전성과 주관성을 구분할 필요가 있다. 자전적 이야기꾼과 주관적 이야기꾼은 결코 유사한 개념이 아니다. 이문열의 소설은 서술자의 자아가 매우 뚜렷한 주관 위에 직조되어 있다. 자전적 경험을 다룰 때도 마찬가지이다. 이것이 바로 이문열 소설이 지닌 자전적 요소의 특질이며 이는 한편 한국 문학사의 다른 작품들과 비교하기 어려운 독특한 주관성의 미학이기도 하다. 이문열의 주관성이란 세계를 그의 '주관'을 통해 여과하고자 하는 강인한 지성으로 설명할 수 있다. 그는 세상 그 어떤 것도 그저 있는 대로 받아들이지 않고, 자신의 관점과 이해를 통해 재구성한다. 그의 소설집 『금시조』는 이문열의 고유한 주관성을 잘 보여주는 작품들로 구성되어 있다.

『금시조』에 수록된 소설은 크게 두 가지로 구분된다. 하나가 '예술'로 상징되는 존재의 근원에 대한 탐구라면 다른 하나는 근원과 멀어진 현실에 대한 낮은 포복 자세의 탐사이다. 탐구와 탐사라는 명사가 암시하듯, 이문열의 소설은 현실의 모습을 그대로 묘사하는 사실주의 소설과는 거리가 멀다. 오히려, 이문열이 그려 놓은 '현실'은 어떤 관념을 응축한 세계상에 가깝다. 그의 소설이 알레고리성이 강하다는 의미이다.

　소설집 『금시조』를 관통하는 서술자는 체험을 회상하고 고백하는 '나'가 아니라 체험에 거리를 두고 그 경험을 주관화하는, 기획된 서사적 자아이다. 이문열의 소설은 철저히 매개된 소설인 것이다. 이 서사적 자아의 사유는 시민과 예술가 사이에 대한 갈등의 구체적 형상이기도 하다. 시민과 작가로서 일종의 자기 분리 작업을 거친 결과물들은 매우 현학적이며 장려한 문장을 통해 재현된다. 그래서 이문열의 서사 공간에는 고백하는 자아가 부재하는 역설적 주관의 세계가 열린다. 이는 실로 한국문학에 있어 매우 희유한 세계임에 분명하다.


## 2. 사라진 세계의 아름다움

　『금시조』는 그가 살아가는 시장과 그가 추구하는 세계 사이에 놓인 길에 대한, 가장 아름답고도 수준 높은 탐구의 결과물이다. 가장 높은 추구에 단편 '금시조'가 날고 있다면 가장 진 데에는 '어둠의 그늘'이 있다. 이문열의 소설집 『금시조』는 이 두 개의 간극 안에서 만들어진 일종의 알레고리이자 프리즘으로 볼 수 있다. 이문열의 소설은 이 두 간극 사이를 부지런히 오가며 일종의 전류를 만들어낸다. 어딘가 하나에 안주하지 않은 채 시장에서는 천국을 그리고 천국에서는 시장을 엿보고자 한다는 점에서 이문열 소설의 맛이 생겨난다. 이 간극은 문중의 세계와 그 바깥, 규율의 세계와 일탈의 세계 한편 예술과 일상, 담 안과 밖의 긴장으로 변주된다. 「방황하는 넋」에 등장하는 종갑 씨도 그런 인물 중 한 명이다.

'종갑 씨'는 나이도 50이 훨씬 넘고, 항렬로도 꽤 높지만 족인들 사이에서 그저 종갑 씨로만 불린다. 문중의 잡일을 하면서, 입에 겨우 풀칠이나마 하고 살아가는 그를 제대로 된 사람 취급해 주는 이가 거의 없다. 하지만 그런 종갑 씨가 서술자인 '나'에겐 조금 특별한 인물로 다가온다. 그가 추구하는 것은 주변에 흔하디흔한 족인들이 따르던 것과 다를 뿐만 아니라 어딘가 순정한 데가 있기 때문이다. 그 순정함은 "옥선"이라는 여자로 압축된다.

옥선이는 종갑 씨가 평생을 찾아다니는 기생이다. 한때 잠시 동거를 하기도 했던 옥선은 종갑 씨의 입을 통해 "이조 명기의 전통을 이어받은 마지막 기생"으로 추앙된다. 하지만 막상, 종갑 씨가 세상을 떠난 후 알게 된 옥선의 실체는 사뭇 실망스럽다. 세상 사람에게 그녀는 "그저 흔한 창기"였고, "돈이 떨어지자 헌신짝 버리듯 도망간 여자"에 불과하다. 그렇다면 종갑 씨는 왜, 이미 세상을 떠나버린 천기 옥선을 최고의 명기로 꾸며내 찾아다녔던 것일까?

어쩌면 종갑 씨가 그토록 열렬히 찾아 헤맨 것은 옥선이가 아니라 그녀를 통해 언뜻 접하였던 이조 풍류의 잔영이 아니었을는지. 그리하여 스러져가야 할 것이기에 더 아름다운 그것이 알지 못할 향수

로 그 고독한 영혼을 일생 동안 내몰았던 것이나 아니었던지.(270쪽)

종갑 씨에게 옥선은 하나의 고유명사를 가진 구체적 개인이 아니라 어떤 가치이자 분위기였다. "스러져가야 할 것이기에 더 아름다운 그것"은 서술자의 입을 통해 "향수"로 거듭난다. 이문열의 소설에서는 이렇듯, 스러져가는 것의 잔영과 그것에 대한 안타까운 향수가 종종 목격된다. 「폐원」도 그 세계 중 하나이다. '여원'이라는 별칭을 가졌던 그곳은 아버지가 요절하고 단 하나 있던 오빠마저 의용군에 끌려간 후 처연한 부재의 공간이 되어버렸다. 여자들만 남겨진 공간은 순결하기에 더욱 아름답고 처연한 공간이다. 한때 여원에 머물렀던 서술자가 그곳을 추억하는 이유는 "거기에는 무언가 가계(家系)의 단절을 앞둔 그네들의 남모르는 슬픔과 한"이 있기 때문이다. 이는 곧 스러져가야 할 것이기에 더 아름다운 그것과 상통한다.

이문열의 소설 가운데 존재의 원본과 예술의 근원에 대한 탐구가 있다면 그만큼이나 변해 버린 세상에 대한 혐오가 자리 잡고 있다. 그런 점에서, 이문열의 소설은 과거의 아름다움을 추억하는 낭만적 성향을 갖기도 한다. 이문열의 소설에는 이렇듯 이제는 스러져가야 할 것이 아니라 이미 완전히 사라진 것이 되어버린, 스러져가는 유교적 분위기에 대한 추앙과 향수가 자리 잡고 있다.

흥미로운 점은, 보르헤스의 소설 「삐에르 메나르, 〈돈키호테의 저자〉」처럼, 이러한 소설들이 처음 발표되었던 1980년대와는 달리 2016년의 맥락 가운데서 완연한 복고적 향수가 아니라 고고학적 아우라를 갖게 되었다는 사실이다. 옥선이나 여원의 공간을 추억하는 '잔영', '슬픔과 한'과 같은 단어가 경험의 접촉이 제한된 상상의 언어로 멀어졌기 때문이다.

이러한 맥락 가운데서, 2016년 이문열 단편들 가운데서 만나게 되는 고아한 '언어'들은 마치 세상과 거리를 둔 채 고집스레 지켜져 온 어떤 가치 있는 세계의 장식처럼 다가온다. 이제는 우리의 일상과는 멀어진 전통적 유교 문화의 언어 공간이 완전히 다른 빛으로 받아들여진다는 의미이다. 여원에 방문했던 이들이 "무언가 형언할 수 없는 장려와 우아"를 느꼈듯이 2016년 현재, 이문열의 소설이 무언가 형언할 수 없는 장려와 우아를 전달해 준다. 그리고 이 장려와 우아의 한가운데 유려한 한문체가 있다. "행하(行下)", "유산(遊山)", "흠향(歆饗)", "위자(慰藉)", "의발(衣鉢)", "흔연(欣然)"과 같은 아름다운 한자들이 그의 소설 적재적소에 앉아 이미 사라진 시대의 어떤 분위기를 고스란히 증명하고 있다. "백 원짜리에 침을 발라 작부의 이마에 붙여주는 야비한 전달 방식"에나 익숙한 사람에게 "행하(行下)란 손으로 집어주는 법이 아니다."라며 쟁반에 담아 내주는 풍경이 주는 어떤 멋과도 연관이 된다. 이미 한문이나 한자의 연원이나 의미는 거의 버리고 외래어에 훨씬 더 익숙한 지금의 독자에게, 이렇듯 다양하고 유려한 한문체의 세계는 그 자체로 특별한 독서 체험을 제공한다. 일부러 꺾어 쓴 듯한 이문열의 번역투 문장이 주는, 이채로운 매력도 이와 무관하지 않다.

이문열의 소설에 있어서, 족친의 세계로 요약될 고향의 정서와 전통은 그가 추구했던 정서의 근원이기도 하다. 평론가 이남호의 말처럼 양반과 사대부에 대한 동경은 이문열의 자존심이자 소설가로서의 힘을 제공하는 근원이었다. 그리고 이 동경은 시간의 흐름과 세상의 변화와 함께 그 자체로 고아한 미학을 발휘하게 된다. 이문열 소설의 복고적인 문체와 한문투는 이제는 찾아보기 힘든, 희유한 문체가 되었다. 사라져가는 세계를 향한 작가 이문열의 향수가 이젠, 일종의 고전적 풍취가 되어 그 하나의 미학을 완성한다. 사라진 세계에 대한 추억이 곧 그 세계에 대한 강렬한 증언이 되는 것이다.

## 3. 알레고리적 투쟁의 세계

그럼에도 불구하고, 가장 이문열적인 개성이자 특징이라고 한다면 바로 강렬한 관념적 투지이다. 투지라고 말할 수밖에 없는 까닭은 그의 소설적 세계가 강인한 간극 너머에 존재하는 대립물들의 팽팽한 인력과 갈등 위에 조형되어 있기 때문이다. 근대 소설의 근본적 동력이기도 했던 아이러니, 즉 세계의 모순을 발견하고 이 가운데서 갈등하고 고민하는 문제적인 인물, 그 인물의 팽팽한 정신적 모험과 유랑이 곧 이문열 소설의 근간이다. 특히 이문열 소설에 있어서 어떤 인물의 행위는 현실에 대한 이념적 탐구와 병행한다. 이문열의 소설이 강한 알레고리인 이유이다. 관념성, 알레고리, 아이러니는 어떤 점에서 모두 하나의 원인을 공유하고 있다. 이문열은 세상을 하나의 원리로 설명하고자 했고, 또 그 원리를 추적하기 위해 끝까지 탐색하고자 했던 근본주의자라고 할 수 있다.

그런 점에서, 이문열의 초기작이라고 할 수 있을「제쳐 논 노래」만 해도 그렇다. 어느 날 주인공은 한 여인을 찾아 자신이 어린 시절 성장했던 밀양에 간다. 그곳에 도착해서 그는 자신이 기억하고 있던 밀양과 실제의 밀양이 계속 어긋난다는 사실만을 거듭 확인한다. 어디에도 "찾고 있는 여인은 없"다. 이문열의 소설 속 주인공이 찾고자 하는 순정한 원본의 세계는 찾으려고 하는 순간 이미 손닿을 수 없는 먼 것이 되었거나 아예 존재하지 않았던 신기루로 사라지고 만다. 심지어「충적세, 그 후」에서는 직장의 세계에서 살아남아야 하는 현대인의 삶이 원시인들의 생존에 비유되기까지 한다.

「달팽이의 외출」의 인물이 찾아 헤매는 "담"도 그런 점에서 전형적인 관념의 조형물이라고 말할 수 있다. "대지 40여 평의 집 한 채와 이제 겨우 급할 때면 택시 정도는 마음 놓고 탈 수 있는 생활. 그래도 아내는 좀 더 비싼 것을 사들이려면 여전히 월부를 이용해야 하"는 "조그만 세계", 이 세계에 안주해야만 하는 '그'는 담을 더 높이자는 아내의 말에 불현 화가 나고 만다. 그의 눈에 "결국 인간들은 모두가 담이라는 각자의 껍데기를 지닌 한 마리의 달팽이에 불과"하다. 이 껍데기는, 문학에도 통용된다. 자신들끼리 통용하는 언어로 소통하는 문학의 공간은 재산으로 쌓아 올리는 세속의 담보다 더 위선적이기에 역겹다. 담, 달팽이, 껍데기가 의미하는 바는 독자가 짐작하는 그대로이다.

이문열의 소설에서는 도심 부근의 중산층들이 종종 비판의 대상으로 그려지곤 한다. 어떤 점에서, 뚜렷한 현학성과 지적과시욕, 혹은 교양적 태도는 점점 천박해지는 도심 중산층 문화와 차별성을 추구했던 정신적 귀족주의의 투지의 결과물이라고 말할 수 있다. 여기서 주목해야 할 것은 이러한 문제에 천착하는 작가 이문열의 순정한 정신의 투지이다. 어떤 점에서 지금 이러한 문제는 거의 문학적으로 다룰 여지가 없는, 필요의 세계로 여겨진다고 할 수 있다. 세상의 길과 작가의 길 가운데서 그 경계의 길을 추구하는 것 자체가 이미 정신적 귀족주의로 여겨지기 때문이다.

하지만 이문열의 소설에서는 "우정, 존경, 신뢰, 미움, 불신, 경멸"과 같은 추상적 관념어가 당당히 소설이 궁구해야 할, 작가가 찾아내야 할 근본 개념으로 전경화되어 있다. 2016년 이문열의 단편소설이 가진 관념적, 현학적 태도가 다시 한번 돌아봐야 할 가장 중요한 이유이기도 하다.


## 4. 금시조가 날아오르는 소설의 공간

「금시조」는 그런 의미에서 관념을 통한 세계와의 대결이라는 이문열 소설의 특징과 장점을 고스란히 드러낸 수작이다. 「금시조」 자체가 이문열이 한국문학에 남긴 그 성취인 것이다. 「금시조」에는 이문열 소설의 매혹과 장점이 고스란히 응축되어 있다. 순도 높은 예술에 대한 탐구, 시민과 작가 사이의 갈등, 현학적 열기, 고아한 유교적 풍미 등등 이문열만이 해낼 수 있으리라 짐작되는 이문열 소설의 특장이 모두 드러나 있기 때문이다.

「금시조」는 우선 정신을 숭앙했던 예술가 석담과 재기를 높이 쳤던 예술가 고죽의 예술적 대결로 볼 수 있다. 어린 시절 홀로 남게 된 고죽은 숙부의 손에 이끌려 석담의 식객이 된다. 그저 밥이나 굶기지 않고 옷은 해 입히겠노라 약조하고 받은 아이였지만, 고죽은 그저 먹고, 자고, 입는 것에 만족하는 아이가 아니었다. 고죽은 석담을 배우고 싶어 하지만 어떤 일인지 석담은 곁을 내주지 않고, 소학만 내리 읽힐 뿐이다. 그러던 어느 날 낭중지추라는 말처럼 운봉과 석담 앞에 자기를 드러낸 고죽이 석담의 제자가 되고, 이때부터 석담과 고죽의 인연은 더욱 복잡해진다. 석담은 고죽이 '재기로 도근이 막힌 생래의 자장'이라며 불신하고 고죽은 자신의 재주를 멸시하는 스승에게 더 깊은 반감을 갖게 된 것이다.

석담이 시서화에 능하면서도 결핍과 절제를 숭앙하는 내핍의 학자였다면 고죽은 자신의 화려한 기예를 세상에 드러내고자 했던 인물이다. 소설 「금시조」는 이 두 사람의 예술적 대결을 보는 재미도 있지만 무엇보다 한학의 고아함을 문자로 맛보는 것이 탁월한 작품이다. 마치 피터 쉐퍼의 『아마데우스』를 읽을 때, 살리에

리와 모차르트의 갈등만큼이나 고전주의 시대의 음악이 중요한 은유가 되는 것처럼, 「금시조」에서 석담과 고죽의 입을 통해 전개되는 유교의 어떤 정신적 높이는 소설의 소재에 머무는 게 아니라 그 자체로 내용이자 주제부를 형성한다.

「금시조」에 제시된 두 예술가의 세계관은 충돌함으로써 더 아름다운 빛을 낸다. 그리고 이는 우리가 문학을 비롯한 예술에 있어서 끊임없이 던지게 되는 질문이기도 하다. 이 논쟁은 모더니즘과 리얼리즘의 논쟁으로 변주되기도 하고, 세속주의와 정신주의의 입장으로 바뀌기도 한다. 이처럼 첨예한 예술관의 대립 자체가 하나의 예술적 지형의 본보기가 되어주는 것이다. 고죽과 석담은 말하자면 글씨를 쓰는 서예가들이라고 말할 수 있다. 하지만 이 두 사람은 단순히 '서예가'라고 말하기에 어려운 어떤 경지에 놓인 사람들인데, 그도 그럴 것이 그들의 글씨는 그저 손으로 써낸 것이 아니라 공부의 깊이와 사고의 투철함 마침내 정신의 높이를 고스란히 드러내는 증상이기 때문이다.

어떤 점에서 이러한 논쟁적 열기 자체가 이제는 거의 찾기 힘든, 순정한 정신적 공간이 되었다고도 할 수 있다. 주관성과 내면성의 세계가 형편없이 작아지고, 개인을 억누르는 세계의 무게가 관념이 저항할 수 있는 마지노선을 넘어가면서 언젠가부터 세상의 무게에 대해 이토록 투쟁하는 관념이 사라지고 말았다. 세상을 하나의 알레고리적 개념으로 일갈함으로써 그것을 지배했던 작가적 대결정신이 점차 마모되어간 것이기도 하다. 이문열의 소설이 지닌 도저한 관념성이 낭만적인 것으로 읽히는 이유도 여기에 있을 것이다. 예술, 인생의 진의, 우아한 향수를 두고 팽팽한 대결을 펼칠 수 있는 것, 그 관념의 아름다운 투쟁이 이미, 여기엔 없는 것이 된 지 오래다. 세상을 하나의 문장으로 표현하기 위해 싸우는 낭만적인 관념의 문학, 그것이 바로 이문열 소설의 매혹이자 힘이다.

1948년(1세)    5월 18일 서울 청운동에서 영남 남인(南人) 재령(載寧) 이씨(李氏) 집안에서 아버지 이원철(李元喆)과 어머니 조 남현(趙南鉉)의 셋째 아들로 태어나다. 본명은 이열(李 烈).

1950년(3세)    한국전쟁이 일어나자 부친 이원철이 월북하다. 어머니를 따라 고향인 경상북도 영양군 석보면 원리동으로 이사 하다.

1953년(6세)    경상북도 안동읍으로 이사하고, 중앙국민학교에 입학하 다.

1957년(10세)    서울로 이사하여 종암국민학교로 전학하다.

1958년(11세)    경상남도 밀양읍으로 이사하여 밀양국민학교로 전학하 다.

| | |
|---|---|
| 1961년(14세) | 밀양국민학교를 졸업하고, 밀양중학교에 입학하다. 6개월 만에 그만두고 고향으로 돌아가다. |
| 1962년(15세) | 이후 3년 동안 큰형님이 황무지 2만여 평을 일구는 것을 지켜보다. |
| 1964년(17세) | 고입 검정고시에 합격하고, 안동고등학교에 입학하다. |
| 1965년(18세) | 별 다른 이유 없이 안동고등학교를 중퇴하다. 부산으로 이사하여 이후 3년 동안 일없이 지내다. |
| 1968년(21세) | 대입 검정고시에 합격하고, 서울대학교 사범대학 국어교육과에 입학하다. |
| 1969년(22세) | 사대문학회에 가입하여 활동하다. 이 시기에 작가가 되기로 마음을 굳히는 한편, 사법고시를 준비하다. |
| 1970년(23세) | 사법고시를 준비하려고 학교를 중퇴하였으나 이후 세 번 연속 실패하다. |
| 1973년(26세) | 박필순(朴畢順)과 결혼한 후 군에 입대하여 통신병으로 근무하다. |
| 1976년(29세) | 군에서 제대한 후 고향으로 돌아가다. 곧바로 대구로 이사하여 여러 학원을 전전하면서 학원 강사를 하다. |
| 1977년(30세) | 《대구매일신문》 신춘문예에 단편 「나자레를 아십니까」가 입선하다. 이때부터 이문열이라는 필명을 사용하다. |
| 1978년(31세) | 대구매일신문사에 입사하다. |
| 1979년(32세) | 《동아일보》 신춘문예에 중편 「새하곡(塞下曲)」이 당선되다. 『사람의 아들』로 민음사에서 주관하는 제2회 〈오늘의 작가상〉에 당선되다. 단행본 출간 후 공전의 히트를 기록하다. 「들소」, 「그해 겨울」 등을 잇달아 발표하면 |

서 작품의 배경에 깔려 있는 풍부한 교양과 참신하고 세련된 문장, 새로운 감수성으로 한국 문학에 돌풍을 일으키다.

1980년(33세)  대구매일신문사를 퇴직하고 전업 작가로 나서다. 김원우, 김채원, 유익서, 윤후명 등과 〈작가〉 동인으로 활동하다. 『그대 다시는 고향에 가지 못하리』, 『그해 겨울』 출간. 「필론의 돼지」, 「이 황량한 역에서」 발표하다.

1981년(34세)  「그해 겨울」, 「하구(河口)」, 「우리 기쁜 젊은 날」 연작으로 이루어진 자전적 장편 『젊은 날의 초상』을 출간하다. 소설집 『어둠의 그늘』을 출간하다.

1982년(35세)  「금시조(金翅鳥)」로 〈동인문학상〉을 받다. 장편소설 『황제를 위하여』, 『그 찬란한 여명』을 출간하다. 「칼레파 타 칼라」, 「익명의 섬」 등을 발표하다.

1983년(36세)  『황제를 위하여』로 〈대한민국문학상〉을 받다. 장편 『레테의 연가』를 출간하다. 《경향신문》에 연재할 『평역 삼국지』의 자료 수집을 위하여 대만에 다녀오다.

1984년(37세)  장편 『영웅시대』를 출간하고, 이 작품으로 〈중앙문화대상〉을 받다. 장편 『미로일지』를 출간하다. 11월 서울로 이사하다.

1985년(38세)  소설집 『칼레파 타 칼라』를 출간하다.

1986년(39세)  대하 장편 『변경』을 《한국일보》에 연재하기 시작하다. 장편 역사소설 『요서지(遼西志)』를 출간하다. 경기도 이천군 마장면에 작업실을 마련하고, 그곳에서 집필 활동을 시작하다.

1987년(40세)  「우리들의 일그러진 영웅」으로 〈이상문학상〉을 받다. 소설집 『금시조』를 출간하다.

| 1988년(41세) | 나관중의 『삼국지연의』에 작가 자신의 비평을 달아 현대어로 옮긴 『이문열 평역 삼국지』를 출간하다. 소설집 『구로 아리랑』, 장편소설 『추락하는 것은 날개가 있다』를 출간하다. |
|---|---|
| 1989년(42세) | 대하장편소설 『변경』 제1부 세 권을 출간하다. |
| 1990년(43세) | 「금시조」, 「그해 겨울」이 프랑스에서 출간되다. |
| 1991년(44세) | 첫 산문집 『사색』을 출간하다. 장편 『시인』을 출간하고, 번역으로 『수호지』를 출간하다. 「새하곡」이 프랑스에서, 「금시조」와 「그해 겨울」이 이탈리아에서 출간되다. |
| 1992년(45세) | 산문집 『시대와의 불화』를 출간하다. 단편 「시인과 도둑」으로 〈현대문학상〉을 수상하다. 〈대한민국문화예술상〉(문학 부문)을 수상하다. 「금시조」가 일본에서, 『우리들의 일그러진 영웅』과 『시인』이 프랑스에서 출간되다. |
| 1993년(46세) | 장편소설 『오디세이아 서울』을 출간하다. 이탈리아와 네덜란드에서 『시인』이 출간되다. |
| 1994년(47세) | 그동안 발표했던 모든 중단편을 모아서 『이문열 중단편전집』을 출간하다. 세종대학교 국어국문학과 정교수로 부임하다. 일본에서 『우리들의 일그러진 영웅』이 출간되다. |
| 1995년(48세) | 뮤지컬 「명성황후」의 원작인 장막 희곡 『여우 사냥』을 출간하다. 콜롬비아에서 「금시조」, 「우리들의 일그러진 영웅」, 『시인』이, 러시아에서 「금시조」가, 중국에서 「우리들의 일그러진 영웅」이 출간되다. |
| 1996년(49세) | 프랑스에서 『사람의 아들』이, 영국에서 『시인』이 출간되다. |
| 1997년(50세) | 장편소설 『선택』을 출간하다. 이 작품을 놓고 여성주 |

진영과 격렬한 논쟁을 벌이다. 세종대학교 교수를 사임하다. 일본과 중국에서 『사람의 아들』이 출간되다.

1998년(51세)  대하장편소설 『변경』이 전 12권으로 완간되다. 「전야, 혹은 시대의 마지막 밤」으로 〈21세기문학상〉을 받다. 사숙(私塾)인 부악문원을 열어서 후진 양성에 힘쓰기 시작하다. 미국 뉴욕의 와일리 에이전시에 해외 출판권을 위임하다. 이는 이후 한국 작가들이 해외에 진출하는 하나의 모델이 되다. 프랑스에서 『황제를 위하여』가 출간되다.

1999년(52세)  『변경』으로 〈호암예술상〉을 받다. 일본에서 『황제를 위하여』가 출간되다.

2000년(53세)  장편소설 『아가(雅歌)』를 출간하다.

2001년(54세)  소설집 『술 단지와 잔을 끌어당기며』를 출간하다. 한 칼럼을 통하여 시민단체를 '정권의 홍위병'에 비유했다가 격렬한 논쟁에 휘말렸으며, 결국 일부 세력에 의하여 작품이 불태워지는 이른바 '책 장례식'을 당하다. 이 사건 이후 잇따른 보수 성향의 발언을 통하여 정치적 견해를 달리하는 세력과 정면으로 충돌하다. 그리스와 스페인에서 『시인』이, 미국에서 『우리들의 일그러진 영웅』이 출간되다.

2003년(56세)  노무현 대통령 탄핵 사태로 위기에 빠진 보수 세력의 정치적 재기를 돕기 위하여 한나라당 공천 심사 위원으로 활동하다.

2004년(57세)  산문집 『신들메를 고쳐 매며』를 출간하다.

2005년(58세)  스웨덴에서 『젊은 날의 초상』에 이어 『시인』이 출간되다. 이탈리아에서 『사람의 아들』이 출간되다.

| | |
|---|---|
| 2006년(59세) | 장편소설『호모 엑세쿠탄스』를 출간하다. 이 해부터 5년 동안 이탈리아에서『우리들의 일그러진 영웅』,『시인』,「금시조」,「그해 겨울」이 재출간되다. |
| 2007년(60세) | 독일에서「새하곡」에 이어『시인』이 출간되다. |
| 2008년(61세) | 대하 역사 장편『초한지(楚漢志)』를 출간하다. 독일에서『황제를 위하여』가 출간되다. |
| 2009년(62세) | 〈대한민국예술원상〉을 받다. 러시아와 우크라이나에서『사람의 아들』이 출간되다. |
| 2010년(63세) | 장편소설『불멸』을 출간하다. |
| 2011년(64세) | 장편소설『리투아니아 여인』을 출간하다. 중국에서『황제를 위하여』가, 터키에서『시인』이 출간되다. |
| 2012년(65세) | 『리투아니아 여인』으로 〈동리문학상〉을 받다. 페루에서「새하곡」과「금시조」, 태국에서『황제를 위하여』가 출간되다. |
| 2014년(67세) | 『변경』 개정판을 내다. 러시아에서『우리들의 일그러진 영웅』이 출간되다. 리투아니아에서『리투아니아 여인』이, 체코에서『시인』이 출간되다. |
| 2015년(68세) | 폴란드에서『우리들의 일그러진 영웅』이, 미국에서『사람의 아들』이 출간되다. 은관문화훈장을 받다. |
| 2016년(69세) | 『이문열 중단편전집』(전 6권) 출간,『이문열 중단편전집 출간 기념 수상작 모음집』이 출간되다. |
| 2020년(73세) | 『삼국지』,『수호지』가 개정 신판으로 출간되다.『사람의 아들』,『젊은 날의 초상』,『우리들의 일그러진 영웅』이 새롭게 출간되다. |

# 금시조

**신판 1쇄 인쇄** 2021년 4월 25일
**신판 1쇄 발행** 2021년 5월 7일

**지은이** 이문열

**발행인** 양원석
**편집장** 최두은 **디자인** 이은혜 **영업마케팅** 양정길 강효경

**펴낸 곳** ㈜알에이치코리아
**주소** 서울시 금천구 가산디지털2로 53, 20층(가산동, 한라시그마밸리)
**편집문의** 02-6443-8844 **도서문의** 02-6443-8800
**홈페이지** http://rhk.co.kr
**등록** 2004년 1월 15일 제2-3726호

ISBN  978-89-255-8887-2    04810
       978-89-255-8889-6    (세트)